KNAUR

VON ELISABETH KABATEK SIND BEREITS FOLGENDE
TITEL ERSCHIENEN:
- Laugenweckle zum Frühstück
- Brezeltango
- Spätzleblues
- Ein Häusle in Cornwall
- Zur Sache, Schätzle!
- Kleine Verbrechen erhalten die Freundschaft

ÜBER DIE AUTORIN:
Elisabeth Kabatek ist in der Nähe von Stuttgart aufgewachsen. Sie studierte Anglistik, Hispanistik und Politikwissenschaft in Heidelberg und Spanien und ist Übersetzerin. Seit 1997 lebt sie in Stuttgart. Ihre Romane »Laugenweckle zum Frühstück«, »Brezeltango«, »Spätzleblues«, »Ein Häusle in Cornwall« und »Zur Sache, Schätzle!« wurden auf Anhieb zu Bestsellern.

Elisabeth Kabatek

KLEINE VERBRECHEN ERHALTEN DIE FREUNDSCHAFT

ROMAN

Besuchen Sie uns im Internet:
www.knaur.de

*Für Susanne, die mich seit Jahren
mit ihrer wunderbaren Musik begleitet.*

Vollständige Taschenbuchausgabe März 2018
Knaur Taschenbuch
© 2017 Droemer Verlag
Ein Imprint der Verlagsgruppe
Droemer Knaur GmbH & Co. KG, München
Alle Rechte vorbehalten. Das Werk darf – auch teilweise – nur mit
Genehmigung des Verlags wiedergegeben werden.
Covergestaltung: ZERO Werbeagentur, München
Coverabbildung: FinePic®, München / Shutterstock
Satz: Nadine Clemens, München
Druck und Bindung: CPI books GmbH, Leck
ISBN 978-3-426-52144-1

2 4 5 3 1

Man will nicht nur glücklich sein, sondern glücklicher als die anderen. Und das ist deshalb so schwer, weil wir die anderen für glücklicher halten, als sie sind.

Charles-Louis de Secondat,
Baron de Montesquieu

PROLOG

Die Kollegen in Hamburg waren schnell gewesen, im Gegensatz zu der Gurkentruppe aus Boppard. Eine knappe Stunde nach dem Überfall hatte Kriminalhauptkommissar Schwabbacher das Video auf seinem Bildschirm. Selten in seiner langen Karriere im Stuttgarter Polizeipräsidium hatte ein Überwachungsvideo Schwabbacher derart viel Vergnügen bereitet; wieder und wieder klickte er darauf, als handele es sich um einen besonders witzigen Clip auf YouTube. Nach einer Weile hatte er das Video so oft gesehen, dass er eigentlich nur noch die Augen schließen musste, und schon lief der Film vor seinem inneren Auge ab.

Das Video zeigte den Schalterraum der »Hamburg Bank« am Jungfernstieg und setzte am Montagmorgen, 10.11 Uhr, ein. In der relativ kleinen Filiale gab es nur zwei Servicetheken für die Kunden sowie einen Kassenraum hinter einer Glasscheibe; alle drei Schalter waren mit Bankangestellten besetzt. Eine Frau bediente die Kasse, jeweils ein Mann und eine Frau arbeiteten an den Stehtischen. Es fing ganz harmlos an. Ein paar Kunden wickelten Geschäfte ab; die Stimmung war entspannt. Nacheinander verließen sie die Bank wieder, bis der Raum, abgesehen von den Angestellten, leer war. Nun betraten eine Frau und ein Mann gemeinsam die Filiale. Der Mann war um die fünfzig und hatte ungewöhnlich fülliges, kurzes braunes Haar, die Frau hatte lange schwarze Haare und trug Jeans und Chucks. Ihr faltiges Gesicht stand in seltsamem Kontrast zu ihrer jugendlichen Aufmachung. Der Mann hielt ein Blatt Papier in der Hand, das er nun in aller Ruhe mit der Schrift zur Straße auf die gläserne Eingangstür klebte. Darauf stand, wie Schwabbacher nur zu genau wusste: »Wegen Dreharbeiten bleibt diese Filiale heute geschlossen«. Die drei Mitarbeiter, sichtlich perplex, starrten den Mann ungläubig an.

»He, was machen Sie denn da!«, rief der Bankangestellte. Es klang empört, nicht ängstlich.

Die ältere Frau in Jeans sagte nun laut und vernehmlich: »Schönen guten Tag. Bitte entschuldigen Sie, wir möchten Ihnen keine Umstände machen.« Die drei Angestellten guckten die Frau mit großen Augen an. »Es sieht vielleicht nicht so aus, aber das ist ein Überfall. Geben Sie uns alles Geld, was Sie haben. Machen Sie keine Dummheiten, damit wir Komplikationen verhindern, niemand verletzt wird und Sie hinterher nicht zum Therapeuten müssen. Posttraumatische Belastungsstörung, man kennt das ja.« Die Frau an der Kasse bekam einen Lachanfall. Die anderen beiden guckten nur ungläubig; alle drei standen da wie angewurzelt. Die Frau in Jeans seufzte; sie öffnete ihre Handtasche, zog eine Pistole heraus und zielte auf die Angestellte am offenen Schalter. Die derart Bedrohte schrie auf, ihr Kollege griff hastig nach einem Telefon. »Finger weg!«, rief die Frau, zielte auf die Decke und gab einen Schuss ab.

»Und Finger weg vom Notknopf!«, brüllte der Mann, der unbewaffnet zu sein schien. »Heben Sie die Hände über den Kopf!« Die drei Angestellten hoben langsam die Hände, alle drei wirkten jetzt völlig verängstigt. Die Frau mit der Pistole ging nun näher an die Bankangestellte heran und zielte auf ihre Schläfe; die Mitarbeiterin schloss die Augen und begann erst heftig zu zittern und dann leise zu weinen.

»Fünfunddreißigtausend Euro«, rief die Frau mit der Pistole in Richtung der Kassiererin. »Geben Sie uns fünfunddreißigtausend Euro, dann stößt Ihrer Kollegin nichts zu.« Ihr Begleiter lief zur Kasse und baute sich drohend davor auf; er humpelte.

»Haben Sie nicht gehört«, zischte er.

»Aber ... aber so viel Geld haben wir gar hier nicht hier!«, stieß die Frau an der Kasse atemlos hervor.

»Dann holen Sie alles, was Sie haben«, sagte die Frau. »Und versuchen Sie nicht, uns hereinzulegen, wenn Ihnen das Leben Ihrer Kollegin lieb ist.«

Erste Befragungen der Bankangestellten hatten ergeben, dass der Überfall eine derart bizarre Mischung aus Dilettantismus und Gewaltbereitschaft gewesen war, dass sie eine besonders perfide Taktik dahinter vermuteten, und deshalb erst ein paar Minuten nachdem die beiden Bankräuber die Bank mit fünfzehntausend Euro verlassen hatten, die Polizei riefen. Auch die Kunden, die in die Filiale hineinwollten, hatten das mit den Dreharbeiten geglaubt, obwohl nirgends auch nur ein Kamerateam zu sehen gewesen war. Bewaffneter Banküberfall, dachte Schwabbacher begeistert, besser hätte es nicht laufen können, das gibt mindestens fünf Jahre. Auf diesen Augenblick hatte er zehn Jahre lang gewartet. Das Warten hatte sich gelohnt.

LUISE

STUTTGART, FEUERBACHER HEIDE, VILLA ENGEL

Seit er gegangen ist, kommt mir das Haus noch viel größer vor. Am frühen Morgen wache ich auf und lausche. Überall höre ich es ächzen, knacken und krachen. Aus den harmlosen Geräuschen werden knarrende Türen, die jemand heimlich aufzudrücken versucht, schleichende Schritte auf dem Parkett, Schubladen, die auf der Suche nach Wertsachen mit leisem Quietschen aufgezogen werden. Ich fürchte mich, in meinem eigenen Haus, dabei lebe ich seit vierundvierzig Jahren hier an der Feuerbacher Heide. Weil ich vor lauter Unruhe nicht mehr einschlafen kann, schimpfe ich mit mir selber und hoffe, dass ich davon wieder müde werde. Die Liste meiner Selbstanklagen ist lang.

- Stell dich nicht so an!
- Du führst dich auf wie ein kleines Kind!
- In alten Häusern knackt es nun mal,
  selbst in einer Villa am Killesberg!
- Weißt du eigentlich, wie viele Leute dich beneiden?
- Denk an all die armen Flüchtlinge!

Leider führt die Selbstbeschimpfung selten dazu, dass ich wieder einschlafe. Meistens bin ich richtig erleichtert, wenn ich höre, dass die Haustüre geht und Amila anfängt, unten in der Küche herumzuwerkeln. Dann weiß ich, es ist halb acht und ich habe die Nacht überstanden. Ich rufe sie dann auf dem Hausapparat in der Küche an, lasse mir eine Tasse Earl Grey ohne Milch bringen und wir plaudern ein wenig.

Ihr strahlendes Lächeln und ihre freundlichen Worte nach der einsamen Nacht sind wie eine Erlösung. Wann habe ich Amila jemals schlecht gelaunt erlebt? Nach dem Tee stehe ich auf, schlüpfe in meinen Badeanzug und drehe ein paar Runden im Pool, um wach zu werden (niemand kann mich im Pool sehen, nicht einmal Amila, trotzdem würde ich niemals nackt schwimmen). Manchmal falle ich nachts aber auch wieder in einen bleiernen Schlaf und wache erst gegen neun Uhr auf. Einmal habe ich deshalb den Bridge-Treff und einmal die Mitfahrgelegenheit zum Golfplatz auf dem Schaichhof verpasst.

Vielleicht sollte ich doch verkaufen. Ich könnte das Haus sofort loswerden. Es gibt genug Leute mit sehr viel Geld in Stuttgart, und in der Halbhöhenlage werden kaum Objekte angeboten. Jetzt schon stehen manchmal Immobilienhaie auf der anderen Seite der Mauer und fangen mich ab, schließlich lesen sie die Todesanzeigen. Wahrscheinlich denken sie, die Alte macht's eh nicht mehr lang hier, die zieht bald um ins Augustinum am Killesberg, ins betreute Wohnen für Reiche. Früher wären die gar nicht an mich herangekommen, es hätte praktisch keine Berührungspunkte gegeben, weil ich da fast immer im Mercedes auf dem Beifahrersitz saß und das Tor automatisch aufging. Aber jetzt muss ich zu Fuß zum Bus laufen wie die normalen Leute, und da stellen sie sich mir in den Weg, junge Schnösel im Anzug, die wohl glauben, ich würde mich von ihrem aufgesetzten Lächeln beeindrucken lassen. Sie strecken den Arm aus, wie eine Schranke quer über den Gehweg, und am Ende der Schranke klemmt eine Visitenkarte zwischen spitzen Fingern.

»Sie müssen doch jetzt nichts übers Knie brechen«, beschwören sie mich. »Aber nehmen Sie wenigstens meine Karte!« Manchmal leihe ich mir Amilas Hund aus. Vor dem großen Tier haben sie Respekt und rücken mir dann nicht dermaßen auf die Pelle.

Alle großen Banken und Immobilienmakler aus Stuttgart haben schon Prospekte eingeworfen oder jemanden geschickt, der unangekündigt vor der Tür stand. Wenn diese Leute klingeln, fragt Amila sie über die Sprechanlage, ob sie einen Termin bei der Dame des Hauses haben, und wenn sie verneinen, sagt sie streng, »Dann muss ich Sie jetzt leider bitten zu gehen.« Für wenig Aufwand eine gesalzene Provision, das ist es, wovon sie träumen. Wenn sie mich auf der Straße abpassen, beschleunige ich meine Schritte und lasse mich auf keine Diskussion ein, ich murmle nur: »Kein Interesse.« Einmal aber war so ein junger Mann besonders unverschämt, ich kam kaum an ihm vorbei, schließlich bin ich nicht mehr die Schnellste. Er lief neben mir her, als sei ich eine Prominente und er ein aufdringlicher Reporter, und da riss mir die Hutschnur, und ich sagte zuckersüß: »Aber natürlich will ich verkaufen. Was soll ich denn mit so einem großen Haus, allein?« Da fiel dem Kerl die Kinnlade herunter. Er riss die Augen auf, und ich könnte schwören, dass ich darin die nackte Gier leuchten sah. Ich blieb stehen und sagte (ganz leise, als sei ich nicht mehr recht bei Verstand und würde mit mir selbst reden), »Ja, für zehn bis fünfzehn Millionen wäre ich bereit zu verkaufen.« Da verschwand die Gier ganz schnell, und er sah nur noch töricht aus.

»Das ... das Haus ist sicher eine Menge wert«, stotterte er. »Ich fürchte bloß, zehn Millionen ist ein bisschen viel, selbst wenn in den letzten Jahren in Stuttgart die Immobilienpreise für Luxusobjekte in der Halbhöhenlage explodiert sind. Anderthalb Millionen könnten wir sicherlich erzielen, vielleicht sogar zwei. Machen wir doch einen Termin, dann sehen wir es uns in aller Ruhe an und sprechen darüber. Sie sollten nichts überstürzen.«

»Junger Mann, für zwei Millionen Euro verkaufe ich nicht einmal meine Doppelgarage oder den Pool«, erwiderte ich vernichtend. Innerlich war ich ganz aufgeregt, dass ich es fertigbrachte, so etwas zu sagen. Ich habe den frechen Kerl dann auch nie mehr gesehen.

Ich weiß auch nicht, weshalb ich mich plötzlich so einsam fühle im Haus. Schließlich war ich früher auch viel allein, vor allem abends. Günther saß oft bis spät in die Nacht in der Firma und arbeitete, oder er traf sich irgendwo in der Stadt hinter verschlossenen Türen oder in den Nebenzimmern von teuren Restaurants mit irgendwelchen wichtigen Leuten, die gut fürs Geschäft waren – andere Bauunternehmer, Anwälte, Wirtschaftsprüfer, Richter, Lokalpolitiker, Leute von der IHK, von Bosch, Daimler und Porsche, aus der Stadtverwaltung, von den Banken oder von der Presse. Günther liebte diese Treffen. Er bezeichnete sie als Bedarfsermittlung. Jemand hatte einen Bedarf und fand heraus, wer aus der Runde diesen Bedarf decken konnte, und weil man einander kannte, kam man dabei oft auch ohne Verträge aus. Das lief mehr so auf dem kleinen Dienstweg, wie Günther es zu nennen pflegte. Nichts Illegales, wie er betonte. Manchmal war der Bedarf auch einfach eine vertrauliche Information. Ich bekam von diesen Treffen nicht viel mit und hielt mich sowieso nicht für klug genug, um zu begreifen, um was es genau ging. Ein paar Jahre lang war Stuttgart 21 das beherrschende Thema, da wurden bei den Treffen die Pfründe verteilt, das verstand sogar ich. Günther hielt sich normalerweise mir gegenüber sehr bedeckt, aber in diesem Falle kannte seine Begeisterung keine Grenzen. Er bekam den Zuschlag, Luxuswohnungen auf dem S21-Gelände zu bauen, das war der Lohn für das viele Netzwerken, wie er sagte. Es schienen lukrative Projekte zu sein, aber sie waren auch extrem zeitaufwendig, und Günthers Arbeitszeiten wurden immer länger.

Es war ein ungeschriebenes Gesetz, dass die Geschäfte außen vor blieben, wenn wir als Paar eingeladen waren oder selbst eine Einladung gaben und die Damen mit anwesend waren. Man sprach stattdessen über Golfplätze und Restaurants oder Urlaub, nur manchmal zogen sich die Herren nach dem Essen gemeinsam zurück oder setzten sich im Sommer auf unsere Terrasse und rauchten Günthers teure Zigarren, während wir Frauen drinnen blieben und über die Kinder oder die Schule oder den Tennisclub oder das Ehrenamt redeten. Es gab auch ein paar jüngere Frauen in diesen Kreisen, die traten oft ehrgeiziger auf als die Männer, sie wirbelten herum, verteilten fleißig ihre Visitenkarten und versuchten hartnäckig, Strippen zu ziehen, nicht nur beruflich, sondern überall, auch im Elternbeirat der Schule.

Ich gehörte einer anderen Generation an; aus den Geschäften und dem Tennisclub hielt ich mich heraus, nur in der Schule engagierte ich mich, als die Kinder im schulpflichtigen Alter waren. Ich stand nicht so gerne im Rampenlicht. Dass Günther so viel weg war, war für mich normal. Nur manchmal, als die Kinder aus dem Haus waren, fragte ich ihn ganz vorsichtig, ob er nicht abends ein wenig öfter zu Hause sein könnte. Ein Abend die Woche, das hätte mir schon gereicht, nur Günther und ich, ein gemütliches Essen, von mir gekocht und nicht von Amila. Zwiebelrostbraten und handgeschabte Spätzle, das aß er doch so gern, auch wenn er Rheinländer war, dazu einen schönen grünen Salat vom Markt und ein Glas Rotwein, und Zeit füreinander. Einfach so wie früher, bevor Günther wichtig und erfolgreich geworden war. Normalerweise war er eine Seele von Mensch, aber in diesen Momenten reagierte er dann immer ziemlich gereizt. Was glaubst du eigentlich, wo unser

Geld herkommt? Glaubst du, ich wäre selber nicht auch gerne mehr daheim? Ohne diese Termine und die vielen Stunden in der Firma geht es nun mal nicht. Und du willst doch unseren Lebensstandard halten? Ich protestierte nie, aber es tat mir weh, dass Günther offensichtlich vergessen hatte, dass sein ganzes Startkapital von mir stammte. Nicht nur das Geld und die Villa, auch die vielen Kontakte, die ihm die Türen öffneten. Günther war ein armer Schlucker, als er nach Stuttgart kam, während ich aus einer alteingesessenen Stuttgarter Familie stammte und immer schon vermögend gewesen war, mein ganzes Leben lang. Meine Eltern waren mit Theodor Heuss befreundet, sie waren quasi Nachbarn an der Feuerbacher Heide.

Wichtiger als der Lebensstandard wäre es mir gewesen, mehr Zeit miteinander zu verbringen, vor allem, als Günther älter wurde und es erste Anzeichen dafür gab, dass er gesundheitlich angeschlagen war. Ich liebte ihn doch so sehr, ich liebte ihn noch genauso wie am ersten Tag, und ich hatte Angst um ihn. Ich wagte es aber nie, Günther ernsthaft zu bitten kürzerzutreten, weil ich genau wusste, er liebte die Arbeit mehr als mich und die Kinder. Das war einfach klar, daran gab es nichts zu rütteln, und ich akzeptierte es stillschweigend. Und selbst wenn er so viel außer Haus war, ich war mir doch immer hundertprozentig sicher, dass er mich auch noch liebte. Wie viele andere in seiner Position begannen im Alter eine Affäre mit einer jüngeren Frau? Wie viele Ehen zerbrachen um uns herum, und die Frau stand plötzlich ohne finanzielle Absicherung da? Kein Ehevertrag, keine Zugewinngemeinschaft, man liebte sich ja, und dann warf der Mann die Frau aus der Villa, und die Geliebte zog ein. Vorbei mit der Halbhöhe, die Frau musste hinunter in den Kessel, in eine Dreizimmerwohnung im Westen oder, noch schlimmer, in den Stuttgarter Osten.

Günther war nicht so. Ich wusste, dass er mich niemals betrügen würde und dass ihm der Sex, den wir nicht mehr hatten, nicht so viel bedeutete. Also nahm ich alles andere in Kauf. Man konnte nicht alles haben.

JAN

SINDELFINGEN, INDUSTRIEGEBIET

Es war wieder spät geworden. Christine hatte schon zweimal angerufen. Ich hatte ihr doch versprochen, früher daheim zu sein, wenigstens einmal! Wir waren bei den Nachbarn eingeladen, zum Grillen, halb acht. Aber das Meeting zog sich hin, länger als gedacht, und der Kunde war schwierig. Endlich war er weg, aber dann verwickelte mich der Chef zwischen Tür und Angel in ein längeres Gespräch. Wollte meine Meinung zum Kunden hören und noch schnell das weitere Vorgehen planen. Ich konnte ihn schlecht abwürgen, es war schließlich wichtig. Irgendwann klingelte das Handy zum dritten Mal.

»Seien Sie mir nicht böse, aber ich muss los. Wir haben eine Einladung. Meine Frau wird langsam nervös.«

Der Chef nickte und klopfte mir jovial auf die Schulter.

»Warum haben Sie das nicht gleich gesagt, es ist ja auch schon spät. Wir reden morgen weiter. Schönen Abend, Herr Marquardt.« Ich hastete ins Büro, schaltete den Computer aus, schnappte meine Aktentasche und lief zum Parkplatz. Ich stieg ins Auto und rief Christine zurück. Es war kurz vor sieben.

»Wo bleibst du nur!« Sie klang vorwurfsvoll. Wenn ich es mir recht überlegte, klang sie in letzter Zeit eigentlich immer vorwurfsvoll.

»Wir hatten ein Meeting. Ich konnte nicht einfach abhauen.«

»Immer ist irgendwas. Wenn es kein Meeting ist, dann ist es dein Chef oder eine dringende Terminsache. Man kann überhaupt nicht mehr mit dir planen.«

»Christine, ich bin total kaputt. Mach mir doch nicht noch zusätzlich die Hölle heiß.«

»Und ich sitze mit zwei Teenies zu Hause, die mir den ganzen Tag die Hölle heißmachen, und kriege von dir praktisch keinerlei Unterstützung.« Schon waren wir wieder beim Thema. Dabei hatte ich ihr doch nur Bescheid geben wollen.

»Du kannst doch schon mal vorgehen zu den Nachbarn.«

»Wie sieht das denn aus!«

»Wie du willst. Ich bin ja gleich da.«

Als ob es auf zehn Minuten ankäme. Ich knallte das Handy auf den Beifahrersitz und ließ den Motor an. Dann schaltete ich ihn wieder aus, stützte die Arme aufs Lenkrad und starrte durchs Fenster auf den Parkplatz mit Blick auf die Autobahn. Obwohl es spät war, standen noch eine ganze Menge Autos da. Nicht nur in meiner Abteilung wurden Überstunden geklopft. Ich war sicherlich auch nicht der Einzige, der zwei Töchter hatte, die pubertierten wie aus dem Bilderbuch und ohne Unterbrechung stritten, nörgelten und nölten. Das war aber eigentlich nicht das Schlimmste. Das Schlimmste war, dass sich meine einstmals glückliche Ehe in Luft aufgelöst hatte. Einfach weg. Einfach so. Was war bloß mit uns passiert? Oder besser, was war mit mir passiert?

LUISE

STUTTGART, FEUERBACHER HEIDE, VILLA ENGEL

Ohne Heiderose hätte ich das alles gar nicht durchgestanden.

Günther liebte nicht nur seine Arbeit mehr als mich. Er liebte seine Arbeit auch mehr als seine Gesundheit. Er ging nicht zum Arzt, obwohl er plötzlich schlecht schlief, dabei hatte er immer geschlafen wie ein Stein. Manchmal wirkte er sehr erschöpft. Er hörte auf, Tennis zu spielen, weil es ihn zu sehr anstrengte, und nahm in ziemlich kurzer Zeit stark zu. Das sei eben das Alter, meinte er, mit Mitte siebzig könne er den Stress einfach nicht mehr so gut wegstecken wie früher, aber das sei kein Grund, aus einer Mücke einen Elefanten zu machen, und Kürzertreten käme überhaupt nicht in Frage. Dabei hatte er seit ein paar Jahren einen Geschäftsführer in seinem Bauunternehmen, der ihm das Tagesgeschäft abnahm. Er war wie alle Männer seiner Generation, er hasste es, sich den Kopf über seinen Körper zu zerbrechen. Außerdem fiel es ihm schwer, Verantwortung abzugeben. Sein großes Vorbild war der Schraubenhersteller Reinhold Würth, der trotz seines hohen Alters immer noch täglich in die Firma ging, mehrere Stunden am Tag Briefe diktierte oder Telefonate führte und der selbst im Urlaub auf seiner Jacht das Arbeiten nicht lassen konnte.

Das Bild vom nimmermüden schwäbischen Patriarchen gefiel Günther, auch wenn er selber kein Schwabe war. Ich schlug einen längeren Urlaub in einem Wellnesshotel vor, an der Nordsee oder in den Bergen, zur Erholung, vielleicht auch eine Kur. Günther lehnte ab. Wellness war ihm ein

Graus. Früher, mit der Familie, waren wir oft auf Sylt gewesen, die Nordseeluft hätte ihm sicher gutgetan. Ein paar Tage Oberstdorf, das war alles, was er sich und mir zugestand, und ein Wochenende im Luxushotel. Gegen Luxus hatte Günther nichts.

Es ging dann ganz schnell. Zwei Stunden nach dem Herzinfarkt war Günther tot. Er war spät heimgekommen, wie immer, und wie immer hatte ich auf ihn gewartet, und wir redeten noch ein wenig. Das war ja das Schöne, nie hatten wir aufgehört, miteinander zu reden, Günther und ich. Wer konnte das schon von sich sagen, nach vierundvierzig Jahren Ehe? Er erzählte mir von seinem Abendessen, dann zog er sich den Schlafanzug an, bekam auf einmal einen Schweißausbruch und ging hinunter, um sich ein Glas Wasser zu holen. Dann hörte ich plötzlich ein dumpfes Geräusch. Ich wusste sofort, dass etwas Schlimmes passiert war. Das war wie ein Instinkt.

Ich sprang aus dem Bett, packte das Telefon und rannte aus dem Schlafzimmer. Günther lag seitlich auf der Treppe und röchelte, aschfahl im Gesicht.

»Hast du Schmerzen in der Brust?«, schrie ich, und er nickte schwach. Ich tastete nach seinem Handgelenk, der Puls raste. Ich griff von hinten unter seine Achseln und versuchte, seinen Oberkörper etwas höher zu lagern, aber er rutschte mir wieder weg. Ich wählte die 112. »Herzinfarkt, machen Sie schnell, bitte …« Dann kniete ich eine Stufe unter ihm, hielt seine Hand und streichelte seine Stirn, auf der kalter Schweiß stand. Er versuchte zu sprechen, aber er bekam keine Luft. Es dauerte zehn Minuten, bis der Krankenwagen kam. Zehn Minuten, in denen ich glaubte, den Verstand zu verlieren, und in denen ich nur einen einzigen Gedanken hatte: Stirb nicht, Günther, bitte stirb nicht, stirb nicht, ich kann ohne dich nicht leben, lass mich nicht allein, bitte. Ich weiß nicht, ob ich es laut sagte, wie ein Mantra, oder ob ich es nur dachte. Günther sah mich stumm an, ich sah die Todesangst in seinen Augen. Ich wollte ihn eigentlich keine Sekunde allein lassen, aber ich musste hinunter, um das Tor für den Krankenwagen zu öffnen. »Ich bin gleich wieder da, Liebster, ich muss nur kurz aufmachen«, flüsterte ich und drückte seine Hand. »Bitte, geh nicht fort.« Als ich zurückkam, war Günther bewusstlos. Eine Minute später war das Rettungsteam im Haus, legte Günther auf eine Trage und transportierte ihn die Treppe hinunter. Noch im Flur machte der Notarzt eine Herzdruckmassage, dann wurde Günther in den Krankenwagen gebracht.

Ich wäre so gern bei ihm geblieben, aber der Notarzt wehrte ab, und ich musste vorne einsteigen. Wir rasten den Eckartshaldenweg hinunter ins Katharinenhospital, zum Glück war kein Verkehr, es war ja schon nach Mitternacht. Immer wieder drehte ich mich um und blickte durch die Scheibe, ich fixierte den Notarzt mit weitaufgerissenen Augen, ich hypnotisierte ihn, damit er Günther so gut wie nur möglich versorgte. Als ob das einen Unterschied machte! Günther wurde mit routinierten Griffen versorgt, der Arzt bemerkte meinen Blick nicht einmal. Wir hielten im Hof des Katharinenhospitals, ich sprang vom Beifahrersitz und eilte nach hinten. Günther wurde gerade vom Notfallteam ans Krankenhauspersonal übergeben. Ich lief hinter der Trage her und mit hinein in die Notaufnahme. Dort wurde ich von einem Krankenpfleger aufgehalten und höflich gebeten, draußen zu warten. Das war das letzte Mal, dass ich Günther lebend sah. Keine Verabschiedung, keine Berührung, nichts als ein letzter, verzweifelter Blick auf einen reglosen Körper. Als mich der Arzt endlich holen ließ, war Günther schon tot.

Ich weiß nicht, wie lange ich weinend im Flur der Notaufnahme saß. Die Zeit verging quälend langsam, auf der anderen Seite saß eine Frau und wimmerte, ein Mann streichelte hilflos ihre Hand, Menschen in weißen Kitteln verschwanden hinter der Schwingtür. Irgendwann nickte ich ein.

»Frau Engel?« Ich schreckte auf. Man brachte mich in ein Sprechzimmer, hinter einem Schreibtisch saß ein Arzt und deutete auf einen Stuhl. Ich weiß nicht mehr, was er sagte, ich stand unter Schock. Er redete von irgendjemandem, der infolge von Kammerflimmern einen plötzlichen Herzstillstand erlitten hatte und gestorben war, ohne dass er hatte leiden müssen, und selbst wenn dieser jemand überlebt hätte, so wäre doch die Wahrscheinlichkeit sehr hoch gewesen, dass er ein Pflegefall geworden wäre, und da war es doch letztlich besser so, da war ich doch sicher seiner Meinung? Ich lächelte vor mich hin. Auf dem Schreibtisch standen das Foto einer bildhübschen Frau mit einem Baby auf dem Arm, die mindestens zwanzig Jahre jünger war als der Arzt, und eine Glaskugel mit dem Stuttgarter Fernsehturm. Ich nahm die Glaskugel in die Hand, schüttelte sie und sah zu, wie der Fernsehturm im Schneesturm versank. Ich stellte mir vor, ich würde mit Günther in diesem Schneesturm oben auf der Plattform stehen, im bitterkalten Winter zu Beginn des Jahres 1971. Wir hielten uns an den Händen und waren frisch verliebt. Plötzlich stand der Arzt ganz dicht vor mir. Ich hatte gar nicht mitbekommen, dass er aufgestanden war. Er nahm mir die Kugel aus der Hand. Dann sagte er laut und langsam: »Frau Engel, Sie stehen unter Schock. Sie wollen sich jetzt sicher von Ihrem Mann verabschieden, danach müssen Sie sich abholen lassen. Und ich gebe Ihnen etwas zur Beruhigung mit. Haben Sie Kinder? Sagen Sie mir, wen wir anrufen sollen.« Er legte mir ein Blutdruckgerät an.

»Heiderose«, sagte ich automatisch.

SABRINA

STUTTGART-VAIHINGEN, UNIVERSITÄT

Was habe ich getan. Was habe ich bloß angerichtet.

LUISE

STUTTGART, FEUERBACHER HEIDE, VILLA ENGEL

Die Kinder wollten eigentlich vor dem Begräbnis kommen.
Aber dann riefen sie an, eins nach dem anderen. Nun war
Vater ja sowieso schon tot, und da würde es ja nicht so viel
Sinn machen, früher anzureisen, und eigentlich würden sie
es erst direkt zur Beerdigung schaffen. Das würde ich doch
sicher verstehen? Zu viel Stress, im Moment. Natürlich verstand ich. Schließlich waren sie alle drei in dem Alter, in dem
man total eingespannt ist, Daniel mit seiner eigenen kleinen
Firma und Elias mit der neuen Abteilung, die er gerade übernommen hatte.

»Ich hab ein ganz schlechtes Gewissen. Soll ich nicht doch
vorher kommen?«, fragte Lea am Telefon. »Es tut mir so leid,
dich mit alldem allein zu lassen. Mit den Karten und den
Vorbereitungen für die Beerdigung und dem Leichen-
schmaus. Einen Tag vorher, das könnte ich schaffen.«

»Aber du hast doch selber so viel zu tun«, antwortete ich

automatisch, obwohl alles in mir schrie, ja, bitte komm, aber das laut auszusprechen wäre egoistisch gewesen. Ich hatte einen Kloß im Hals. Ich brauchte niemanden, der mir mit den Karten und der Organisation der Beerdigung half, Heiderose war ja da. Ich brauchte jemanden, der mich umarmte und festhielt. Jemanden von der Familie. Jemanden, bei dem ich endlich weinen konnte. Heiderose war dafür nicht die Richtige. Aber das sagte ich nicht.

»Na ja, es wäre schon einfacher, ich käme ein andermal für ein paar Tage«, sagte Lea. Sie klang erleichtert. »Nach der Beerdigung, mit etwas mehr Vorlauf. Das ließe sich besser planen, und du könntest ein bisschen Zeit mit deinem Enkel verbringen. Ich hab gerade einen Wahnsinnsdruck mit dem Projekt. Und ich muss nachts mehrmals raus, Felix hat Alpträume. Ich bin ziemlich erledigt.«

»Kind, das ist völlig in Ordnung. Hauptsache, du kommst zur Beerdigung.« Lea hatte den Ehrgeiz ihres Vaters geerbt. Einen stressigen Job in München und ein zweijähriges Kind, da hatte sie natürlich alle Hände voll zu tun. Sie hatte Felix spät bekommen, mit achtunddreißig, und nur drei Monate pausiert. Ich dagegen hatte Amila, die mir schon bei meinem Erstgeborenen mit Kind und Haushalt geholfen hatte, dabei war ich nicht einmal berufstätig. Wie sollte ich da kein Verständnis haben?

JAN

STUTTGART-VAIHINGEN

Ich bog in unsere Straße ein. Alles sah aus wie immer. Wie es eben aussieht in einer schwäbischen Einfamilienhaussiedlung im Speckgürtel von Stuttgart: Frei stehende Häuser mit gepflegten Gärten drum rum, Terrassen mit Rattanmöbeln, Balkone mit Blumenkästen, Riesentrampoline, Rasensprenger, Garagen für Familienkutschen und am Straßenrand der Zweitwagen für die Frau. Keine Ausländer, höchstens mal ein Italiener der zweiten Generation. Schon gar keine Flüchtlinge. Solide Schwaben, die hier gebaut hatten, oder die Kinder dieser soliden Schwaben, oder Schwaben, die sich eingekauft hatten. War ja eine super Geldanlage, so wie die Immobilienpreise in Stuttgart zurzeit stiegen, und dann noch die Nähe zum Freibad Rosental, ein unschlagbarer Standortvorteil.

Es war einfach schön.

Es war einfach grauenhaft.

Ich musste an meine WG-Zeit in Tübingen denken, Ende der Achtziger, ich studierte Philosophie, mein Zimmer, zwölf Quadratmeter. Wir waren zu fünft. Jeden Abend saßen wir in der Küche, rauchten alles Mögliche, tranken Bier und verbesserten die Welt. Wir hängten weiße Tücher aus den Fenstern gegen den Irakkrieg, wir wollten nach Nicaragua zu den Sandinisten, in den australischen Busch oder nach Asien. Wir kämpften für den Frieden, gegen die Raketenstationierung der Amis in Mutlangen, gegen den Konsum, und vor allem schworen wir uns, niemals spießig zu werden. Einfamilienhäuser im Speckgürtel von Stuttgart, nörgelnde Teenies, totgelaufene Ehen oder ein Job bei einem Automobilzulieferer kamen in unseren Visionen nicht vor. In unseren Visionen ging es bunt, alternativ und turbulent zu. Und vor allem glücklich. Nicht glücklich zu werden, das war völlig ausgeschlossen.

Ich hielt vor dem Haus, fuhr aber nicht in die Einfahrt, sondern blieb mit laufendem Motor auf der Straße stehen. Aus dem Nachbargarten stiegen graue Rauchschwaden auf, Klaus hatte die Grillkohle schon angezündet. Er winkte mir mit dem Föhn zu, ein paar Leute standen mit Gläsern oder Bierflaschen in der Hand herum, winkten ebenfalls und grinsten. Ich wusste schon vorher, worüber man reden würde. Wetter, Urlaub, Smartphones, Flüchtlinge. Ich drückte auf die Fernbedienung für die Garage, und das Tor schwang auf.

Jan. Du fährst jetzt sofort in die Einfahrt, hörst du? Erst in die Einfahrt und dann in die Garage. Dann steigst du aus, vergisst den französischen Rotwein nicht, den du heute Mittag bei Rewe gekauft hast, gehst in Haus, sagst Christine höflich hallo und versuchst, nicht mit ihr zu streiten, hörst du, obwohl sie die Rotweinsorte kritisieren wird, und dann tauschst du – aber hopp, hopp – deinen Anzug gegen die olivgrünen Bermudas, ein T-Shirt und die Sneakers, die Christine für dich gekauft hat, obwohl du am liebsten Jeans tragen und barfuß laufen würdest, und vergiss bloß nicht, dir mit dem Kamm durch die Haare zu fahren, und dann schaust du kurz nach den Mädchen und versuchst, nicht mit ihnen zu streiten, und dann gehst du mit Christine und dem Rotwein zu den Nachbarn, ohne zu streiten. Hörst du, Jan? Du fährst jetzt in die Einfahrt!

Ich blieb, wo ich war, mit laufendem Motor auf der Straße.

Das Handy klingelte. Die Haustür ging auf. Christine stand in der Tür, das Telefon am Ohr, und machte mit der freien Hand eine auffordernde Bewegung in meine Richtung. Auffordernd und vorwurfsvoll.

Ich stellte das Handy ab. Dann fuhr ich in unsere Einfahrt, rollte rückwärts wieder heraus, und ohne einen weiteren Blick auf Christine oder die Nachbarn zu werfen, fuhr ich gemächlich zurück in die Richtung, aus der ich gekommen war. Als ich nach rechts abbog, konnte ich für eine Zehntelsekunde Christine im Rückspiegel erkennen. Sie war auf die Straße gelaufen und blickte mir fassungslos hinterher, den Arm mit dem Handy in der Hand steil nach oben gereckt. Mir fiel ein Bild aus dem Lateinunterricht ein: Die Rachegöttin Tisiphone schwingt die Fackel des Wahnsinns. Dann verschwand Christine aus meinem Blickfeld.

LUISE

STUTTGART, FEUERBACHER HEIDE, VILLA ENGEL

Günther war ja eine stadtbekannte Persönlichkeit in Stuttgart, obwohl er ein Reigschmeckter war, und sein Tod löste entsprechende Reaktionen aus. Die Todesanzeigen in der Stuttgarter Zeitung füllten anderthalb Seiten. Baufirmen, Handwerksunternehmen, der Tennisclub, die IHK und die CDU, sogar die Stadt Stuttgart, weil Günther in der Stadt so viel gebaut hatte. »Mit großer Betroffenheit … völlig unerwartet … unser hochgeschätzter Partner Günther Engel … wir werden ihn sehr vermissen …« Blumen und Beileidskarten trafen ein. Hunderte von Menschen kamen zur Beerdigung auf dem Pragfriedhof. Sie legten riesige Kränze nieder, sie schüttelten mir die Hände, sie murmelten etwas von »Herzlichem Beileid« oder »Es war für uns alle ein Schock« und »Wir bleiben natürlich in Kontakt«.

Dann hörte ich nie mehr von ihnen.

Die schlimmste Zeit kam nach der Beerdigung. Obwohl Günther so wenig zu Hause gewesen war, war ich doch um ihn gekreist wie die Erde um die Sonne. Irgendwann würde ich mich um die Firma kümmern müssen, aber es gab ja den Geschäftsführer, und er hatte mir versichert, dass es keinen akuten Handlungsbedarf gab. »Alles wird in Herrn Engels Sinne weiterlaufen, das verspreche ich Ihnen. Kommen Sie wieder auf die Beine nach dem Schock, Frau Engel, dann sehen wir weiter.« Ich hatte meine vielen Ehrenämter, und natürlich wäre es mir nicht im Traum eingefallen, diese aufzugeben, aber mir machte nichts mehr Freude, nicht einmal mehr meine Bridge-Gruppe für die Senioren im *Haus am Killesberg*. Ich ging auch immer seltener zum Gottesdienst. Normalerweise ging ich sonntags in die Brenzkirche, aber ausgerechnet jetzt, wo ich den Glauben so dringend gebraucht hätte, gab er mir keinen Halt. Alles war so leer und sinnlos, das große Haus machte es nicht besser. Lea schob ihren Besuch immer weiter hinaus, ständig kam etwas dazwischen.

»Sie gefallen mir gar nicht«, sagte Dr. Dillinger, mein Hausarzt. »Ich verschreibe Ihnen jetzt etwas gegen die Depression.« *Depression*, wieso gebrauchte er dieses Wort? Andere Leute hatten Depressionen, aber doch nicht ich. Ich hatte keine Depression. Ich trauerte. War das nicht völlig normal, nach vierundvierzig Ehejahren?

Heiderose drängte mich, Günthers Sachen auszusortieren. »Ich kann dir doch dabei helfen. Du musst dich von Ballast befreien, danach wird es dir bessergehen.« Ich wimmelte sie immer wieder ab. Ich war noch nicht so weit. Manchmal öffnete ich Günthers Kleiderschränke und strich über seine Anzüge, teure Anzüge von Boss, die wir gemeinsam im Fabrikverkauf in Metzingen gekauft hatten, um fast die Hälfte reduziert. Günther guckte nicht so auf den Preis, aber ich war der Meinung, es gab keinen Grund, das Geld zum Fenster hinauszuwerfen, auch wenn wir genug davon hatten. Ich konnte mich nicht von den Anzügen trennen, ich nahm sie einzeln heraus und versuchte mich zu erinnern, zu welchem besonders festlichen Anlass Günther welchen Anzug getragen hatte.

Ich steckte in einem tiefen, dunklen Loch, und zum Herauskriechen fehlte mir die Kraft.

Eines Samstagabends Ende Juli saß ich im Wohnzimmer. Es war noch immer sehr heiß. Es war so ein Abend, an dem wir eine Einladung gegeben hätten. Günther hätte Schweinesteaks vom Schwäbisch-Hällischen Landschwein gegrillt, die ich in der Markthalle besorgt hätte, dazu das knusprige italienische Landbrot von Di Gennaro, Amila hätte Kartoffelsalat gemacht, und Lily, die halbwüchsige Tochter unserer Nachbarin, hätte für ein paar Euro die Stunde Günthers französischen Lieblings-Champagner und Häppchen gereicht. Langsam kroch die Dämmerung ins Wohnzimmer, unten in der Stadt gingen die Lichter an, und ich weinte und dachte an Günther. Ich weinte und fragte mich, wie mein Leben ohne ihn weitergehen würde, wie ich all die endlosen Stunden, Tage, Wochen und Monate überstehen sollte, die vor mir lagen, allein. Ich war sechsundsiebzig Jahre alt und kerngesund, es sah nicht so aus, als würde ich demnächst sterben.

Hier und jetzt brauchte ich einen Neuanfang, wenn ich nicht verrückt werden wollte, hier und jetzt würde ich damit beginnen, Günthers Sachen auszumisten. Ich begann in seinem Arbeitszimmer. Und so fand ich die Briefe.

SABRINA

STUTTGART, PFAFFENWALD

Ich brettere mit dem Mountainbike durch den Wald. Panik, Panik, Panik. Der Schweiß rinnt mir zwischen den Schulterblättern hinunter, ich zerfließe, dabei ist die größte Hitze des Tages vorbei, und ich trage nur ein ärmelloses Funktionsshirt und eine kurze Hose. Bloß heim. Alles abwaschen. Wo bin ich überhaupt? Da unten, die Bärenseen. Dieses schreckliche Durcheinander in meinem Kopf, es ist kaum auszuhalten, es dröhnt und plärrt nur so, ich kann mich gar nicht auf den Weg konzentrieren. Der Einzige, der das Durcheinander sortieren und das Dröhnen und Plärren zum Verstummen bringen kann, ist Oliver, er kann in meinen Kopf gucken wie in ein aufgeschlagenes Buch. Fünf Minuten, es wird höchstens fünf Minuten dauern, dann weiß Oliver, was mit mir los ist, ohne dass ich auch nur den Mund aufmache. Aber ausgerechnet Oliver ist jetzt der Letzte, der mir helfen kann.

Die Abfahrt runter zu den Bärenseen ist steil, der kürzeste Weg nach Hause. Nach Hause will ich, so schnell wie möglich. Ich fühl mich so schmutzig. Duschen, was essen, nichts mehr denken und vor allem nicht ans Telefon gehen. Oliver eine SMS schicken. Hab Migräne, muss gleich ins Bett, meld mich morgen, Kuss, Sabrina. Blöd nur, dass ich nie Migräne habe.

Ich klingele wie wild, dabei ist Radfahren hier eigentlich verboten. Fußgänger und Jogger machen genervt Platz. Warum holpert das plötzlich dermaßen, die Strecke ist doch gar nicht so uneben! Ich springe ab, der Hinterreifen ist platt. Na toll. Ich fluche, direkt neben einer Mutter mit Kinderwagen, laut, ausgiebig und so dreckig ich nur kann. Danach geht's mir besser. Die Mutter sieht mich strafend an. Dabei ist das Kind gerade mal ein paar Monate alt und versteht sowieso nichts. Natürlich hab ich kein Flickzeug dabei. Ich wollt ja nur eine Runde Mountainbiken, sonst nichts. Nach Vaihingen zur Uni zu fahren war nicht geplant, Oliver, ehrlich, das musst du mir glauben! Kein Radfahrer weit und breit. Rad zum Parkplatz schieben, noch mehr Schweiß. Vielleicht ist hier jemand mit Flickzeug? Die Autos stehen dicht an dicht, ist ja auch kein Wunder an einem warmen Sommerabend, ein paar Läufer machen Dehnübungen, Spaziergänger schlendern Richtung See, Radfahrer Fehlanzeige. Alles und alle so normal. Bloß ich nicht. Bloß ich mit den ganzen Spaghetti im Kopf.

Ich lehne das Bike an einen Baum und laufe die Reihe der Autos ab. Große, schicke Autos ohne Ende, schließlich sind wir in Stuttgart. Großes, schickes Auto, dessen Fahrer, ohne mit der Wimper zu zucken, ein eingesautes Mountainbike einladen würde, kein einziges. Dabei will ich nur noch heim. Mich verkriechen. Ein paar Tabletten mehr nehmen als sonst. Da, zwischen einem Mercedes und einem SUV eine Familienkutsche, ein Renault Kangoo. Nicht übertrieben sauber und groß genug, um ohne Umbauten ein Fahrrad hinten reinzupacken. Und mit Stuttgarter Kennzeichen! Sitzt da nicht sogar jemand drin? Zurück zum Rad sprinten, dann mit dem Rad wieder zum Auto. Am Steuer sitzt ein

Typ im Anzug, raucht zum Fenster raus und starrt ins Leere. Nicht mehr ganz jung. Sieht nicht so aus, als ob er sich fürs Joggen interessiert.

»Hallo.«

»Ja?« Er fährt zusammen und kriegt einen Hustenanfall. Offensichtlich hab ich ihn gerade von woanders zurückgeholt. Ich kenn das gut. Ich bin auch oft da, wo woanders ist.

»Sorry, ich wollt Sie nicht erschrecken. Sie fahren nicht zufällig demnächst runter in den Stuttgarter Süden? Ich muss zum Marienplatz, und mein Mountainbike hat einen Platten.«

»Marienplatz.« Jetzt guckt er mich an, als ob ich ihn gefragt hätte, ob er mich nach Timbuktu mitnehmen könnte.

»Ja, genau. Wissen Sie, wo das ist?«

»Natürlich weiß ich, wo das ist.« Er klingt genervt. Dann nimmt er einen letzten Zug aus der Zigarette, hustet noch mal, schnippt die Kippe aus dem Fenster, was ich jetzt nicht so doll finde, springt aus dem Auto, nimmt mir ohne ein Wort das Rad ab, geht um das Auto herum, öffnet die Heckklappe und legt das Rad mit einem einzigen, geübten Handgriff hinein. Dann kommt er zurück. Er hat sich die Anzughose mit Fahrradschmiere eingesaut. Er scheint es nicht zu bemerken. Ich sag nichts, ich bin bloß erleichtert.

»Steigen Sie ein.«

»Das ist supernett. Vielen Dank.« Ich kletter auf den Beifahrersitz und reiche ihm eine Packung Gauloises, die auf dem Sitz liegt. Es riecht nach Rauch. Igitt. Auf dem Rücksitz liegen ein paar Handtücher und Bikiniteile.

»Meine erste Zigarette seit fünfzehn Jahren«, kommentiert der Typ düster, legt den Rückwärtsgang ein, stößt ein Stück zurück und wartet auf eine Lücke im dichten Verkehr.

»Wohnen Sie auch im Stuttgarter Süden?«, frage ich. Irgendwas müssen wir ja reden. Er schüttelt den Kopf.

»Nein. Ich wohne in Vaihingen.« Er fädelt sich in den Verkehr ein.

»Aber dann ist das doch die falsche Richtung!«

»Macht nichts. Ich habe gerade nichts zu tun.« Ich zucke zusammen. Also das kann ich jetzt echt nicht brauchen. Er sieht meinen Blick. Zum ersten Mal lächelt er.

»Keine Sorge. Ich bin ziemlich harmlos.« Rein vom Aussehen hätte ich ihn jetzt auch nicht als gefährlich eingeschätzt. Er ist so um die fünfzig. Bierbauch, noch überschaubar, Haare, sehr überschaubar. Er sieht aus wie ein netter Langweiler. Oder lieber ein langweiliger Netter? In meinem Kopf streiten sich die Stimmen, was besser passt. Schnauze dadrin, sag ich.

»Wie bitte?«

»Ach, nichts«, antworte ich hastig. Ich hab mich echt nicht im Griff.

Er fährt aus dem Kreisverkehr heraus und den Berg hinunter.

»Wieso haben Sie nichts zu tun? Ich meine, es geht mich natürlich nichts an … aber das Auto sieht so aus, als ob in Vaihingen Frau und Tochter auf Sie warten.« Halt die Klappe, Sabrina, denke ich. Warum mischst du dich in das Leben anderer Leute ein? Kümmer dich lieber um deinen eigenen Kram! Aber das ist es ja gerade. Es ist wie in der Schule. Wenn ich mich um die Kinder kümmere, verstummen die Stimmen in meinem Kopf.

»Richtig getippt.« Er seufzt. »Wenn Sie's genau wissen wollen: Ich sollte jetzt eigentlich bei den Nachbarn zum Grillen sein, mit meiner Frau. Als ich zu Hause ankam, hab ich einen Koller gekriegt und bin einfach abgehauen.«

»Kurzschlussreaktion. Das kann doch jedem mal passieren!«, erkläre ich, superduper enthusiastisch. »Und jetzt tun Sie eine gute Tat und fahren mich heim. Sie könnten einen kleinen Spaziergang machen und Ihren Kopf auslüften, oder Sie trinken ein Bierchen am Marienplatz, und dann stoßen Sie ein bisschen verspätet zum Grillen dazu, und alles ist wieder gut.« Ich wirke total normal. Der Kerl muss denken, ich bin normal!

Er schüttelt den Kopf. »Ich werde nicht heimfahren. Ich haue für ein paar Tage ab. Ich brauche Abstand. Ich muss nachdenken.«

»Sie hauen ab? Einfach so?«

»Einfach so.«

»Wow.« Abhauen. Prima Idee. Wenn es bloß so einfach wäre. »Und Ihre Frau und das Kind? Und müssen Sie morgen nicht arbeiten?«

Er zuckt mit den Schultern. »Die werden alle mal ein paar Tage ohne mich klarkommen müssen. Meine Frau, meine zwei pubertierenden Töchter und die Arbeit.«

»Und wo wollen Sie hin?«

»Keine Ahnung. Also das mit dem Abhauen hab ich mir grad erst überlegt, als Sie an die Scheibe geklopft haben. Die Idee ist noch ... sagen wir, ziemlich frisch.« Er sieht ein bisschen verlegen aus.

»In den Süden! Ans Meer! Abends irgendwo Fisch essen, mit Blick auf einen schnuckeligen Hafen, in einer urigen Pension übernachten, morgens in einer Bar frühstücken ... und nach ein paar Tagen kommen Sie zurück, mit frisch aufgeladenen Batterien!«

Jetzt muss er grinsen. Bestimmt merkt er nicht, dass ich verrückt bin.

»Nett, dass Sie sich so reinhängen. Bloß, Süden ist nicht so meins. Vor allem nicht im Sommer! Mir ist es ja schon in Stuttgart zu heiß. Eigentlich wollte ich Richtung Norden. Vielleicht sogar bis zum Nordkap.«

»Im Anzug zum Nordkap?«

»Metzingen, Boss, Fabrikverkauf. Morgen besorge ich mir ein paar Outdoorklamotten.«

»Weiß Ihre Frau Bescheid? Dass Sie nicht nach Hause kommen, meine ich?« Schnauze, Schnauze, Sabrina, das geht dich doch nichts an! Das ist ein erwachsener Mann, kein türkisches Kind in deiner Klasse! Er schweigt. Wir fahren jetzt durch den Tunnel. Es ist nicht mehr weit bis zum Marienplatz. Es hätte ruhig ein bisschen weiter sein können.

»Wo soll ich Sie rauslassen?«

»Wo Sie am besten halten und das Rad ausladen können. Ich wohne in der Tübinger Straße.« Wir fahren aus dem Tunnel, er biegt nach links ab, dann fährt er nach rechts und ein Stückchen geradeaus und hält. Ohne es zu wissen, hat er direkt vor meinem Haus geparkt, auf der anderen Straßenseite. Ich ducke mich tief in den Sitz. Oliver schließt gerade meine Haustür auf. Das ist nicht so einfach, denn er trägt in der einen Hand einen eingewickelten Blumenstrauß und in der anderen eine Tüte mit Lebensmitteln. Er hat gesagt, er würde heute lange in der Schule bleiben, wegen der Lehrpläne für den Herbst, und dann in seiner eigenen Wohnung übernachten. Offensichtlich hat er seine Pläne geändert. Wieso bloß? Oliver weicht nie von dem ab, was er sagt (ganz im Gegenteil zu mir), von Überraschungen hält er überhaupt nichts (ganz im Gegenteil zu mir). Und wieso Blumen? O shit. Vor genau einem Jahr haben wir uns in der Schule kennengelernt, da hab ich mich vorgestellt. Auch das noch! Wenn ich jetzt aussteige, dann muss ich Oliver, der mit Blumen auf mich wartet, gestehen, dass ich mit dem evangelischen Relilehrer im Bett war, der auch noch sein bester Freund ist, und nicht weiß, ob ich ihn liebe. Also Oliver. Dass ich Kai nicht liebe, weiß ich. Das ist doch schon mal was! Auch wenn es für Oliver vielleicht anders aussieht. Aber wenn ich Kai nicht liebe, wieso war ich dann mit ihm im Bett? Wieso tue ich Oliver das an? Und der Sex war nicht einmal gut. Um ehrlich zu sein, er war beschissen. Die Panik wird jetzt schlimmer. Ich brauche meine Tabletten. Dringend.

Wir stehen schon eine ganze Weile. Der Mann scheint eine ziemliche Geduld zu haben. Jetzt sieht er mich an, fragend.

»Ist es hier okay?«

»Super. Eigentlich. Könnten Sie vielleicht noch ein paar Meter weiterfahren?«

Er fährt ein kleines Stückchen weiter und hält. Ich schließe die Augen und versuche, ruhig in den Bauch zu atmen, so, wie wir es im Yogakurs in meinem Fitnessstudio immer üben. Erst tief in den Bauch, dann weiter in die Brust und bis zu den Schlüsselbeinen. Der Atem bleibt irgendwo unterwegs hängen, und ich muss husten. Passiert mir im Yogakurs auch immer. Ich gucke in den Rückspiegel. Oliver ist im Haus verschwunden.

»Alles in Ordnung? Wollen Sie hier raus? Ist Ihnen nicht gut?«

»Ich will gar nicht raus. Nur kurz das Rad ausladen. Nehmen Sie mich ein Stückchen mit, Richtung Nordkap?«

LUISE

STUTTGART, FEUERBACHER HEIDE, VILLA ENGEL

»Engel …«

»Mama, endlich! Was ist los, bist du krank? Wieso gehst du nicht ans Telefon? Ich rufe jetzt schon zum fünften Mal an! Hast du unser Sonntagstelefonat vergessen? Ich hab gedacht, dir sei was passiert, ich war kurz davor, die Polizei zu alarmieren!«

»Es tut mir leid, Lea. Ich … ich hab's völlig vergessen … wie spät ist es?«

»Mama, es ist zwölf Uhr am Sonntagmorgen, seit drei Stunden versuche ich, dich zu erreichen, was ist los? Du weinst doch nicht, oder? Wieso weinst du? Was ist passiert?«

»Ich … ich kann nicht darüber reden … es ist zu schrecklich …«

»Mama, bitte! Du sagst mir jetzt, was los ist, und zwar sofort!«

»Bitte, Lea, zwing mich nicht …«

»Sag mir wenigstens, um was es geht! Bist du krank? Hast du Krebs?«

»Es geht nicht um mich, es geht … um deinen Vater …«

»O mein Gott.«

»… aber ich glaube, es ist besser, ich behalte es für mich …«

»Du weißt es. Du hast es herausgefunden …«

»Was soll das heißen … hast du es etwa … du hast es gewusst?«

»Es tut mir so schrecklich leid, Mama. Wir haben gehofft, dass du es nie erfährst.«

»Wir? Aber … wer ist wir?«

»Wir Kinder eben.«

»Ihr wusstet Bescheid? Ihr wusstet alle Bescheid? Elias, Daniel und du?«

»Ja. Und unsere Partner natürlich.«

»Die auch?«

»Du kannst ja wohl kaum erwarten, dass man so was mit sich allein ausmacht!«

»Das ist so … so demütigend …«

»Mama. Es war so offensichtlich! Direkt vor deiner Nase! Aber du warst so blind, du wolltest es einfach nicht sehen. Da hielten wir es für besser, dir nichts zu sagen. Wir wollten dir nicht weh tun, das war der einzige Grund, glaub mir!«

»Ihr habt es gewusst, und ihr habt mir nichts gesagt? Zehn Jahre lang?«

»Also, so lang wissen wir es noch nicht. Sieben, acht Jahre höchstens. Und wir haben Vater immer wieder beschworen, damit aufzuhören … und er hat es immer wieder hoch und heilig versprochen, und wir haben ihm geglaubt.«

»Ihr habt mich betrogen. Ihr alle, nicht nur Günther. Meine Kinder wussten alle Bescheid. Und wer noch?«

»Das weiß ich nicht. Vielleicht ist es noch mehr Leuten aufgefallen. Amila meinte jedenfalls, sie könne es schlecht abschätzen.«

»Amila? Amila weiß es auch? Und der Briefträger?«

»Mama, nicht weinen, bitte! Wir wollten dir doch nur den Schmerz ersparen. Du hast Vater immer auf ein Podest gestellt, du wolltest seine Schwächen nicht sehen! Ich meine, wie viel Geschäftsessen kann ein Mensch in der Woche haben? Trotzdem hast du nie auch nur den allerleisesten Verdacht gehabt. Warum sollten wir dir diese Illusion wegnehmen und dich unglücklich machen? Mama, leg nicht auf! Mama … Mama?«

JAN

RASTSTÄTTE WUNNENSTEIN

»Ist ja nett, dass du ans Telefon gehst. Sag mal, drehst du jetzt völlig durch? Kannst du mir vielleicht verraten, was diese Aktion sollte? Warum blamierst du mich dermaßen vor den Nachbarn? Und dann stellst du das Handy ab?«

»Es tut mir leid, Christine.«

»Kommst du jetzt vielleicht mal langsam nach Hause? Wo treibst du dich überhaupt rum?«

»An der Raststätte Wunnenstein.«

»Bitte wo? Was machst du da? Bier trinken? Musst du dafür bis fast nach Heilbronn fahren? Hätt's da nicht die Bahnhofskneipe in Vaihingen getan?«

»Ich brauche ein paar Tage Abstand.«

»Was soll das heißen, ein paar Tage?«

»Na, ganz einfach. Ich komme erst mal nicht nach Hause, ich fahre ein paar Tage weg.«

»Du fährst weg, mit dem Auto? Unserem Auto? Einfach so? Du kommst heute nicht mehr heim? Und wie bringe ich Nele morgen zum Handballturnier?«

»Ich kündige an, dass ich ein paar Tage wegfahre, und das Einzige, was dir dazu einfällt, ist das Handballturnier morgen, sonst nichts?«

»Soll ich etwa sagen, super Idee? Wieso haust du einfach ab?«

»Weil ich total frustriert bin, verdammt noch mal!«

»Und ob ich frustriert bin, interessiert dich das vielleicht? Weil ich mich ständig mit den Mädels rumschlage, während du gemütlich im Büro sitzt! Und wenn du jetzt abhaust, hängt noch viel mehr an mir! Wie stellst du dir das vor? Und was ist überhaupt mit deiner Arbeit?«

»Ich melde mich krank.«

»Und was ist mit *mir?*«

»Nicht weinen, Christine. Bitte, nicht weinen. Ich brauche einfach ein paar Tage Abstand. Nichts weiter. Dann komme ich zurück, wir reden, und alles wird wieder gut.«

»Nichts wird gut. Da ist doch eine andere Frau im Spiel! Der Klassiker. Midlife-Crisis. Du hast dich in eine Jüngere verliebt, kurz vor deinem fünfzigsten Geburtstag. Wie oft hatten wir das in letzter Zeit im Freundeskreis? Sei wenigstens ehrlich!«

»Da ist keine andere Frau. Wirklich nicht, Christine!«

»Bist du allein?«

»Natürlich! Total allein! Christine, bitte, gib mir einfach ein paar Tage Zeit. Nur ein paar Tage!«

»Sag mir wenigstens, wo du hinfährst!«

»Ich … ich weiß es noch nicht.«

»Das ist so was von egoistisch. Ich habe dafür null Verständnis, aber absolut null!«

»Ich melde mich wieder.«

»Jan. Jan, warte! Leg nicht auf! Jan … Jan?«

LUISE

STUTTGART, FEUERBACHER HEIDE, VILLA ENGEL

Amila hatte mir immer von den Fernbussen vorgeschwärmt, sie fuhr damit zu ihrer Tochter nach Berlin. »Billig und bequem!« Sie kaufte die Fahrkarten in einem Reisebüro auf der Königstraße, weil sie sich mit dem Internet nicht auskannte, da ging es ihr genauso wie mir. Nach ein paar Tagen in Schockstarre nahm ich am Mittwoch früh den 44er Bus hinunter zum Hauptbahnhof, ging zum Reisebüro und kaufte für den nächsten Morgen einen Fahrschein, Abfahrt Zuffenhausen acht Uhr. Ich fuhr sofort zurück nach Hause und gab Amila ohne weitere Erklärungen ein paar Tage frei.

»Wann kommen Sie wieder, Frau Engel?«

»Ich weiß es nicht. Ich rufe Sie an, sobald ich zurück bin.«

»Sagen Sie mir wenigstens, wo Sie hinfahren! Sie haben doch nicht einmal ein Handy, wie soll ich Sie denn erreichen, wenn etwas ist!« Amila klang beinahe verzweifelt.

»Nein, Amila, das möchte ich nicht. Es wird schon nichts sein. Ich mache die Alarmanlage an.«

»Und der Garten? Es ist doch so heiß. Die Rosen gehen kaputt, und der Rasen. Jemand muss gießen!« Amila fragte nicht, ob Heiderose zum Gießen kam. Dabei hatte Heiderose immer gegossen, wenn wir verreisten. Bestimmt hatte Lea Amila angerufen. Sie war den ganzen Morgen ungewöhnlich still gewesen. Jetzt wusste sie, dass ich sie für ihren Verrat bestrafte, weil ich ihr nicht sagte, wo ich hinfuhr. In all den Jahren hatte es nie auch nur eine einzige Unstimmigkeit zwischen Amila und mir gegeben. Ein Vertrauensverhältnis. Das hatte ich jedenfalls bis gestern geglaubt.

SABRINA

RASTSTÄTTE WUNNENSTEIN

lieber olli liebster olli es tut mir so leid ich hätt es dir gern selber gesagt und nicht dass du es von kai erfährst bitte bitte verzeih mir es ist einfach so passiert und hat nichts zu bedeuten ich liebe kai nicht aber ich brauch abstand nur ein paar tage mach dir keine sorgen mir gehts gut echt ich mag doch nur dich aber ich muss ein bisschen nachdenken ich meld mich wieder sabrina

LUISE

STUTTGART, FEUERBACHER HEIDE, VILLA ENGEL

Das Taxi kam um sieben Uhr. Ich schaltete die Alarmanlage ein, schloss alles sehr sorgfältig ab und stieg ins Taxi, ohne mich noch einmal umzudrehen. Ich hatte ein seltsames Gefühl, fast wie eine Vorahnung. Nicht so, als ob ich nur ein paar Tage verreiste, sondern so, als ob in meinem Leben ein neues Kapitel beginnen würde. Mir war mulmig zumute. Am Busbahnsteig in Zuffenhausen stand ein giftgrünes Ungetüm, drum herum standen Leute mit Gepäck und warteten. Als der Taxifahrer meinen Koffer zum Bus trug, starrten mich die Leute an, erstaunt und belustigt. Da wurde mir erst klar, dass man hier mitfuhr, um Geld zu sparen. Das Taxi hatte fast so viel gekostet wie die Fahrkarte! Außerdem fiel ich in meinem schwarzen Kostüm völlig aus dem Rahmen. Die meisten Fahrgäste waren jung und trugen Jeans und Kapuzenpullis oder T-Shirts und kurze Hosen. Das war auch viel vernünftiger. Obwohl es erst halb acht war, war es schon sehr heiß. Der Taxifahrer stellte den Koffer ab und verschwand eilig. Um mich herum schoben die jungen Leute hektisch ihr Gepäck in den Bauch des Busses. Offensichtlich machte man das hier selbst. Mühsam verstaute ich meinen Koffer, niemand kam mir zu Hilfe, und ich mochte auch nicht fragen. Einen Augenblick lang dachte ich nervös an das Bargeld zwischen meinem Formhöschen und dem Kulturbeutel. Vielleicht hätte ich es doch lieber bei mir behalten sollen?

Mittlerweile hatte sich am Einstieg des Busses eine Menschentraube gebildet. Ich stellte mich hinten an, kam aber nicht voran, weil sich ständig Fahrgäste von der Seite vordrängelten. Endlich scannte der Busfahrer mein Ticket mit seinem Handy ein. Es kam mir unglaublich modern vor. »Freie Platzwahl«, erklärte er.

Ich fand noch einen einzelnen Fensterplatz und hoffte, dass ich allein bleiben würde, weil mir nicht nach Unterhaltung war, aber nach ein paar Minuten tauchte eine junge Frau mit einem Geigenkasten auf.

»Ist hier noch frei?«

Ich nickte. Sie verstaute den Geigenkasten in der Gepäckablage und ließ sich auf den Sitz am Gang fallen.

»Ganz schön viel los für die Uhrzeit«, sagte sie.

»Sind Sie Musikerin?«

Sie nickte.

»Ich spiele Bratsche in einem Streichquartett, wir geben heute Abend ein Konzert in Würzburg. Um elf ist Probe, ich hoffe, wir sind pünktlich.«

»Wie interessant! Was spielen Sie heute Abend?« Sie erzählte vom Konzert, von ihrer Liebe zu Brahms, von ihrer Tätigkeit an einer Musikschule und davon, wie mühsam es war, als freiberufliche Musikerin mit Auswärtsterminen einen Sohn allein zu erziehen. Das Gespräch floss locker dahin; ich war erstaunt, wie leicht es mir fiel. Ich hatte selten Kontakt zu fremden Leuten. Vor allem aber erstaunte mich, dass sich diese junge Frau offensichtlich gern mit mir unterhielt. Überhaupt war es angenehm entspannt im Bus.

»Und Sie, wo fahren Sie hin?«

»Hamburg.«

»Ganz allein? In Ihrem Alter?« Sie wurde rot. »Entschuldigen Sie. War nicht so gemeint. Aber Sie sehen nicht aus wie jemand, der regelmäßig Fernbus fährt.«

»Sie brauchen sich nicht zu entschuldigen. Ja, ich bin allein unterwegs. Mein Mann ist kürzlich verstorben.« Automatisch stiegen mir die Tränen in die Augen. Wieso eigentlich? Das Schwein. Spontan legte sie mir die Hand auf den Arm.

»Deshalb die schwarze Kleidung. Das tut mir sehr leid.«

»Eigentlich sollte ich froh sein. Er hat mich mit meiner besten Freundin betrogen, jahrelang.« Sie starrte mich mit offenem Mund an. »Ich habe es gerade erst herausgefunden.«

»Und Sie haben nichts geahnt?« Ich schüttelte den Kopf. Und dann erzählte ich ihr alles. Es brach aus mir heraus, als hätte jemand eine Schleuse geöffnet. Wie ich in Günthers Arbeitszimmer, seinem Allerheiligsten, das nur Amila zum Putzen betreten durfte, die Briefe gefunden hatte, die Heiderose ein Jahrzehnt lang geschrieben hatte, Seite um Seite, ordentlich gestapelt und chronologisch sortiert wie Geschäftsunterlagen; sie musste sie an Günthers Büro adressiert haben. Der älteste Brief war zehn Jahre alt, darin offenbarte Heiderose, dass sie seit Jahren unsterblich in Günther verliebt sei und nicht länger schweigen könne, auch wenn es sich um den Mann ihrer besten Freundin handle. Unmittelbar darauf hatte eine Affäre begonnen, die bis zu Günthers Tod andauerte, der letzte Brief war zwei Tage vor seinem Herzinfarkt datiert, und der Tonfall war noch genauso leidenschaftlich und inbrünstig wie in den ersten Briefen. Günther und Heiderose! Mir wurde beim Lesen schlecht. Heiderose rekapitulierte die Liebesnächte mit Günther wie in einem billigen Groschenroman. Dabei war Heiderose dick, und Günther hatte immer großen Wert auf meine schlanke Linie gelegt, und mich sofort darauf hingewiesen, wenn ich mal ein Pfund zu viel hatte!

Sie trafen sich in einer Wohnung im Hallschlag, nicht gerade die beste Gegend von Stuttgart, aber dort bestand weder für Günther noch für Heiderose die Gefahr, erkannt zu werden. Von den zahlreichen Geschäftsessen, die Günther angeblich an den Abenden absolvierte, hatte es nur einen Teil gegeben. Heiderose, meine beste Freundin aus Kindertagen, Freundin der Familie, Patin von Elias, Heiderose, die mich nachts im Katharinenhospital abgeholt hatte, Heiderose, die mir in den Tagen nach Günthers Tod beigestanden war, stets gefasst. Erst am Grab hatte sie geweint, hemmungslos, aber schließlich war sie seit Jahrzehnten mit Günther befreundet, und ich war zu sehr mit mir selber beschäftigt gewesen, um mir etwas dabei zu denken.

Am frühen Sonntagmorgen, ein paar Stunden nach dem Fund der Briefe, immer noch unter Schock, rief ich Heiderose an und stellte sie zur Rede. Aber Heiderose schämte sich nicht einmal.

»Verstehst du nun, warum ich dir beim Ausmisten helfen wollte? Ich wollte dir den Schmerz ersparen. Ich hätte die Briefe verschwinden lassen, wenn ich sie vor dir gefunden hätte. Ich dachte mir, dass sie im Arbeitszimmer sind.«

»Ihr habt mich jahrelang belogen, Günther und du«, weinte ich in den Hörer. »Mein Mann und meine beste Freundin!«

»Er hat dich trotz allem nie verlassen. Obwohl ihr keinen Sex mehr hattet.«

»Aber wir waren doch glücklich! Auch ohne … Sex! Sex spielt in einer langjährigen Ehe keine Rolle mehr! Da geht es um Vertrauen und Treue!« Das war das erste Mal in meinem ganzen Leben, dass ich das Wort *Sex* laut aussprach.

»Luise«, flüsterte Heiderose. »Günther liebte Sex. Er war der sinnlichste, leidenschaftlichste Mann, den ich kannte. Glaubst du im Ernst, ein Mann kann jahre-, um nicht zu sagen jahrzehntelang ohne Sex auskommen?«

»Jahrzehntelang«, schluchzte ich. »Das ist doch total übertrieben!«

»Ist es nicht. Du hattest zum letzten Mal Sex mit Günther vor fünf Jahren, nach der Feier zu seinem siebzigsten Geburtstag. Ihr wart beide betrunken, was bei dir die Ausnahme und bei Günther die Regel war. Wir Gäste waren schon gegangen, da bist du in deiner langen Abendrobe in den Pool gefallen, und Günther hat dich herausgefischt. Dann wart ihr beide so albern, dass ihr auf den Fliesen des Pools Sex hattet. Einmal Sex in zehn Jahren, das hat Günther mir gesagt, und hinterher war es euch beiden peinlich. Ihm war es sogar mir gegenüber peinlich.«

»Das ist gelogen«, flüsterte ich. »Er hat dich angelogen, wir hatten viel öfter Sex. Und schämst du dich denn überhaupt nicht?«

»Nein, ich schäme mich nicht. Günther war der Mann meines Lebens, und mir war mein eigenes Glück wichtiger als deins, das gebe ich ganz offen zu. Und ich habe ihn auch glücklich gemacht und bin immer deine Freundin geblieben, obwohl ich schrecklich eifersüchtig war, weil du die offizielle

Frau an seiner Seite warst und ich ihn immer nur heimlich treffen konnte. Ich habe ihn nie gebeten, sich scheiden zu lassen. Weshalb also sollte ich mich schämen?«

Wir hielten in Würzburg auf dem Busbahnhof. Das Mädchen mit der Geige hatte mir voller Mitgefühl zugehört. Die Sache mit dem Sex behielt ich natürlich für mich, so etwas konnte man doch nicht mit einem wildfremden Menschen besprechen.

»Entschuldigen Sie bitte«, sagte ich leise zu der jungen Frau. »Ich weiß gar nicht, warum ich Ihnen das erzähle. Es ist nur … es hat so gutgetan, mir alles von der Seele zu reden.« Sie lächelte.

»Sie müssen sich nicht entschuldigen. Ich bin zwar viel jünger, und es steht mir eigentlich nicht zu, aber darf ich Ihnen trotzdem einen Rat geben? Sie sehen doch noch total gut aus. Vielleicht lernen Sie noch mal jemanden kennen? Und wenn Sie keinen Geldmangel haben … warum genießen Sie nicht einfach das Leben, solange Sie können? Kommen Sie doch mal zu einem Konzert, zum Beispiel! Klassische Musik tut der Seele gut!« Sie kramte eine Karte aus der Tasche. »Hier, da stehen alle unsere Auftritte in nächster Zeit drauf.« Sie drückte meine Hand. »Alles Gute.«

Auf einmal fühlte ich mich seltsam leicht.

Die junge Frau winkte mir noch ein letztes Mal zu, nachdem sie ihre Tasche aus dem Gepäckfach des Busses geholt hatte. Niemand schien zu überwachen, wer welches Gepäckstück mitnahm. Was, wenn jemand meinen Koffer stahl, mit all dem Bargeld darin? Wie hatte ich nur so dumm sein können, das Geld nicht bei mir zu behalten! Ein junges Pärchen war zugestiegen, blieb im Gang neben meinem Platz stehen und sah sich suchend um.

»Es gibt keine zwei freien Plätze mehr nebeneinander«,

sagte der junge Mann bedauernd. Die beiden küssten sich innig. Das Mädchen setzte sich neben mich und sah dem jungen Mann sehnsüchtig hinterher. Nach einer Minute war er zurück.

»Auf dem Sitz neben mir sind die Vorräte des Busfahrers, Getränke und so«, erklärte er seiner Freundin eifrig. »Wenn wir das hierher räumen, können wir zusammensitzen. Wenn es Ihnen nichts ausmacht, natürlich«, ergänzte er, an mich gewandt.

»Ich kann doch nach hinten gehen, das ist viel einfacher«, sagte ich spontan.

»Oh, das wäre total nett.« Der junge Mann strahlte. Das Mädchen strahlte auch. Ich sammelte meine Sachen zusammen, ging nach hinten und sah mich auf halbem Weg noch einmal kurz um. Das Pärchen hatte bereits begonnen, sich leidenschaftlich zu küssen. Ich konnte mich nicht mehr daran erinnern, wie sich das anfühlte, verliebt zu sein. Jemanden die ganze Zeit anfassen zu wollen. Es war zu lange her, und es hatte immer nur Günther gegeben. Nun ja, nicht ganz.

Schon nach kurzer Zeit bereute ich es, meinen Platz hergegeben zu haben. Vorher hatte ich einen Fensterplatz gehabt, jetzt konnte ich nicht einmal mehr hinaussehen, weil eingeschweißte Plastikflaschen und Kaffeebecher mannshoch auf dem Sitz am Fenster gestapelt waren. Außerdem rutschten die Flaschen immer wieder gefährlich in meine Richtung. Irgendwann hinter Würzburg begann es in meinen Gedärmen zu rumpeln. Es gab zwar eine Bustoilette, aber ich ekelte mich davor. Mussten die Fahrer nicht gesetzliche Pausen einhalten? Ich ging nach vorne.

»Entschuldigen Sie bitte. Machen wir irgendwann eine Pause?«, fragte ich. Ich musste mich festhalten, ich konnte kaum gerade stehen.

»Raststätte Großenmoor-Ost!«, rief er fröhlich. »Halbe Stunde!« Eine halbe Stunde, das würde ich durchhalten.

Ich hielt es aber fast nicht durch. Ich hatte schlimme Krämpfe, es war kaum zu ertragen. Ich rollte mich auf dem Sitz zusammen wie ein Embryo; zum Glück beachtete mich niemand. Endlich hielten wir auf dem Rastplatz. »Zwanzig Minuten!«, rief der Fahrer. »Fünf vor halb eins fahren wir weiter. Bitte seien Sie pünktlich!« So rasch ich konnte, lief ich ein paar Stufen hinauf Richtung Raststätte. Auf dem Weg zum WC kam ich an einer Wickelstation vorbei, hinter der transparenten Scheibe wickelte ein Mann mit dunkler Hautfarbe und wilden Locken ein Kind. In meiner Welt gab es Schweizer oder Franzosen und Amerikaner, aber niemanden, der schwarz war. Natürlich gab es viele Flüchtlinge auf den Stuttgarter Straßen, viele von ihnen waren schwarz, aber aus der Flüchtlingsarbeit am Killesberg hielt ich mich heraus. War das jetzt normal, dass schwarze Männer Kinder wickelten? Wo war ich bloß die letzten Jahre gewesen? Mit zitternden Fingern kramte ich die 70 Cent für die Toilette zusammen und warf sie in den Schlitz der automatischen Tür, die Krämpfe waren jetzt kaum mehr auszuhalten. Warum konnte man nicht einfach bei einer Klofrau bezahlen? Die Schranke schwang auf. Ich lief in die nächste Toilette, breitete Papier über der Brille aus, obwohl sie angeblich automatisch gereinigt wurde, und ließ mich darauf sinken.

Die Krämpfe kamen in Wellen, wie Wehen. Es barst aus mir heraus, als würde ich mein komplettes altes Leben ausscheiden, all die Trauer und die Versteinerung der letzten Tage, Wochen und Monate, vielleicht sogar Jahre, all der Schmerz, den Günther mir mit seinem Verrat zugefügt hatte. Es wollte nicht aufhören, mein ganzer Körper wurde zerrissen, geschüttelt, malträtiert, und dann kamen auch noch die Tränen. Ich war völlig machtlos. Unerbittlich verrann die

Zeit, aber was sollte ich denn machen? Im Hintergrund lief Unterhaltungsmusik, und eine Stimme erklärte munter, dass man 50 Cent des Toilettenbons in der Cafeteria einlösen konnte. Jemand klopfte an die Tür. »Besetzt!«, rief ich mühsam. Endlich hörten die Krämpfe auf. Ich fühlte mich zittrig und schwach, aber auch erleichtert. Jetzt bin ich dich los, Günther, dachte ich. Ich sah auf die Uhr, halb eins, der Bus würde doch sicher auf mich warten. Die alte Dame fehlt noch, ohne sie können wir nicht fahren, sie kommt sicher gleich! Ich machte mich sauber, so schnell ich konnte. Vor der Toilette stand eine Klofrau mit Kopftuch und starrte mich an. Ich lief an ihr vorbei, wusch mir die Hände mit Seife, so viel Zeit musste sein, ich tupfte mein Gesicht ab und eilte hinaus, durch die Schranke und die Treppe hinauf, wich einer Gruppe aus, die mir entgegenkam, und nahm schnell die Stufen hinunter zum Parkplatz, der Schweiß rann mir den Rücken hinunter. Das Pärchen. Dem Pärchen musste doch aufgefallen sein, dass ich fehlte? Da stand der grüne Bus. Ich war unendlich erleichtert, lief, so schnell ich konnte, und winkte wie verrückt. Niemand winkte zurück. Der Bus war leer. Auf einem großen Schild stand »Erfurt.«

Mein Bus war weg.

SABRINA

RASTSTÄTTE GROSSENMOOR-OST

Wir machen an einer Raststätte eine Pause, Großenmoor, irgendwo hinter Fulda, nie gehört. Es ist bumsheiß. Es gibt ein kleines bisschen Grün und ein paar unbequem aussehende Bänke, aber die sind alle belegt. Wir haben ja auch genug im Auto gesessen. Ich stelle mich an den einzigen Tisch, einen Stehtisch mitten in der Betonwüste mit fabelhafter Aussicht auf den Lkw-Parkplatz, und warte auf Jan, der Kaffee für uns beide holt. Er hat sich grad ein bisschen über mich geärgert. Er hat getankt, und dann ist er zum Zahlen gegangen und aufs Klo, und in der Zeit habe ich die Frontscheibe geputzt und den ganzen Dreck aus dem Auto weggeschmissen, gebrauchte Tempos und irgendwelche Papierschnipsel, Einkaufszettel und Parktickets und so. Ich dachte, ich würde Jan einen Gefallen tun. Als er wieder auftauchte, hat er sich aber leider kein bisschen gefreut.

»Lass gefälligst mein Auto eingesaut. Ich hau doch nicht vor Christines Putzfimmel ab und tausch ihn dann gegen deinen ein!«, hat er mich angezischt.

»Es tut mir leid«, murmele ich. »Weißt du, ich bin innerlich so unaufgeräumt, dass ich äußerlich extreme Ordnung brauche, sonst drehe ich durch. Deswegen werde ich ja auch Lehrerin, und nicht irgendwas total Kreatives mit Medien und so, wie man es in meiner Generation sonst gern wird.«

Ich hab Jan noch nicht gesagt, dass ich außer meinem Hausschlüssel und meinem Handy nur einen Zehneuroschein dabeihabe, sorgfältig zusammengefaltet in der Brusttasche meines Funktionsshirts. Ich bin schließlich zum

Mountainbiken aufgebrochen, nicht ans Nordkap. Ich hab nicht mal eine Jacke. Er weiß auch noch nicht, dass ich gar nicht an Bargeld komme, weil mein Konto bei einer Direktbank ist, ich also ohne meine Girocard nirgends Geld abheben kann. Er muss mir halt was leihen, bis wir wieder in Stuttgart sind, das ist doch sicher kein Problem. Ist ja nicht so, dass ich kein Geld auf der Bank hätte. Gestern Abend hat er mich an der Raststätte Wunnenstein zum Essen eingeladen, er Schnitzel, ich Penne mit Brokkoli, danach setzten wir uns ins Gras, tranken Bier aus Dosen, guckten auf die Löwensteiner Berge und hingen unseren Gedanken nach, bis es dunkel wurde.

Auch wenn Raststätten per se nicht besonders romantisch sind, hätte es romantisch sein können, wenn wir beide nicht so düster drauf gewesen wären. Danach haben wir im Auto gepennt, er vorne auf dem Sitz, ich hinten auf der umgeklappten Rückbank. Er hat den Sitz flachgelegt und nicht dich, kichert die Stimme in meinem Kopf. Ruhe dadrin! Die Freibad-Handtücher seiner Frau und seiner Töchter hat er mir zum Zudecken überlassen. Es war komischerweise überhaupt nicht komisch. Ich meine, wir sind uns eigentlich völlig fremd, wir sind beide ohne jeglichen Plan abgehauen, und ich kann's immer noch nicht fassen, dass ich das durchziehe, aber es war kein bisschen peinlich. Das mit Jan fühlt sich an wie mit einem alten Kumpel, dessen Schwächen man in- und auswendig kennt, aber man sieht großzügig drüber hinweg, weil man sich ja eigentlich mag. Ja, genau so fühlt es sich an. Jan ist nämlich so ein bisschen knurrig. Ist ja auch kein Wunder, das mit seiner Ehe und seinen Töchtern scheint grade ziemlich auf der Kippe zu stehen. Nicht, dass wir viel darüber geredet hätten; wir waren beide viel zu sehr mit uns selber beschäftigt, ich hab ihm nur grob erzählt, was bei mir abgeht. Er ist dann sofort eingepennt und hat geschnarcht.

Ich konnte natürlich nicht schlafen, nicht nur wegen des Schnarchens und weil es so unbequem war. Ich musste die ganze Zeit an Oliver denken und an das, was ich ihm angetan habe. Die Spaghetti in meinem Kopf waren mal wieder total verknotet.

Nach langem Grübeln kapierte ich dann mitten in der Nacht, warum ich mit Kai ins Bett gegangen bin. Nicht, weil er so toll aussieht und ich mich total zu ihm hingezogen gefühlt hab. Nee. Ich wollte Oliver eine reinwürgen. Mit seinem besten Freund, damit's auch richtig weh tut. Und warum? Damit er nicht denkt, das mit uns wäre jetzt sicher. Mit Zukunft und so. Wie krank ist das denn? Ich will eigentlich gar nichts von Kai, aber ich hab Sex mit ihm, um Oliver weh zu tun. Damit's für alle Beteiligten auch wirklich kompliziert wird, such ich mir einen Kollegen von Oliver aus, an der Schule, an der ich Referendariat mache. Und um noch eins draufzusetzen, ist es sein bester Freund. Der mich, wie ich schon lang weiß, sehr mag. Das kann doch eigentlich nur eins bedeuten: Ich liebe Oliver nicht. An diesem Punkt kriegte ich eine Panikattacke. Schweißausbruch, Herzrasen, dann das Gefühl, von innen raus zu explodieren, das volle Programm eben. Ich kenn das aber schon, deswegen war es nicht so schlimm. Allerdings wird es schlimmer werden, ohne Citalopram. Ich habe keine Ahnung, wie mein Körper auf das abrupte Absetzen reagieren wird. Bisher merke ich nichts.

Ich mache das Handy an.

»Hör auf, dich fertigzumachen«, sagt Jan, stellt sich neben mich, reicht mir den Kaffeebecher und ein Croissant. Wir haben noch nichts gefrühstückt außer den paar letzten Butterkeksen, die in der angebrochenen Packung auf dem Rücksitz lagen. »Entweder du rufst Oliver jetzt an oder du lässt das Ding aus.« Seit gestern Abend hat mir Oliver ungefähr siebzehn Nachrichten geschickt und achtmal versucht, mich anzurufen. Obwohl ich ihn betrogen habe. Hat der denn gar keinen Stolz? Ich an seiner Stelle wäre erst mal total verletzt und würde mich gar nicht melden. Meine Mutter hat's auch probiert, aber die weiß ja von nichts. Die muss ich irgendwann zurückrufen, sonst macht sie sich Sorgen. Schnell mache ich das Handy wieder aus und wische mir den Schweiß von der Stirn. Gut, dass Oliver nicht weiß, dass ich mit einem Mann unterwegs bin. Obwohl er sich vor Jan nun wirklich nicht fürchten müsste. Der könnte ja mein Vater sein.

»Und du? Wie viele Nachrichten hast du von Christine gekriegt?«

»Keine einzige. Hab ich ehrlich gesagt auch nicht anders erwartet.«

Auf dem Lkw-Parkplatz hält einer dieser giftgrünen Billigbusse und spuckt eine Ladung Fahrgäste aus.

»Bist du schon mal mit so einem Ding mitgefahren?«, frage ich Jan.

»Nö. Ich bin entweder mit der Familienkutsche unterwegs oder mit dem Zug oder Flieger, wenn's beruflich ist. In diesen Bussen fahren doch bloß Kids mit.«

»Nicht ganz«, antworte ich. Die Gruppe aus dem Bus marschiert mit strammem Schritt in unsere Richtung. Die meisten sind unter dreißig und tragen Jeans und T-Shirts, Studenten wahrscheinlich, die aus Geldgründen mit dem Fernbus fahren. Mitten in der Gruppe sehe ich jedoch eine ältere Dame. Sie kann nur eine Dame sein, denn sie fällt sowohl alters- als auch klamottenmäßig komplett aus dem Rahmen. Sie ist nicht sehr groß, trägt ein schwarzes Kostüm und Pumps und eine zum Kostüm passende schwarze Handtasche.

»Der geht's nicht gut«, stelle ich fest. Die Frau geht vornübergebeugt und presst die freie Hand auf ihren Bauch. Ihr Gesicht ist schmerzverzerrt.

»Montezumas Rache«, mutmaßt Jan. Die Bustruppe teilt sich vor unserem Stehtisch und flutet links und rechts an uns vorbei. Schon nach wenigen Minuten kommen die ersten Leute von der Truppe wieder aus der Raststätte und laufen zurück Richtung Bus.

»Na, allzu viel Pause gönnt man denen offensichtlich nicht«, meint Jan. »Die haben bestimmt einen sehr straffen Zeitplan. Sollen wir auch los?«

»Ich könnte uns noch was zu essen holen, für später.«

»Gute Idee. Für mich bitte was mit Wurst oder Fleisch und ohne Hasenfutter.«

»Das ist ungesund.«

»Ja, Christine.«

Die Raststätte ist extrem minimalistisch. Es gibt nur eine Segafredo-Bar, eine Theke für warmes Essen, einen kleinen Shop und eine einzige Kasse, wo gerade der Rest der Bustruppe ansteht. Ein älteres Ehepaar schaut mich komisch an und wundert sich wohl über mein ärmelloses Shirt und die superkurze, neongrüne Hose. Das Sandwich-Angebot im Shop ist begrenzt. Ich rufe Jan auf dem Handy an.

»Baguettebrötchen mit Salami und Käse, okay?« Ich will nicht schon wieder einen Fehler machen. Jan lacht sich schlapp und meint, ich soll's nicht übertreiben. Für mich kaufe ich ein Baguettebrötchen mit Käse und Salat und für uns beide eine große Flasche Wasser. Ich zahle 9,80 Euro dafür und stecke die restlichen 20 Cent in eine kleine Kasse für notleidende Studenten. Als ich wieder rauskomme, ist der eine grüne Bus weg und ein neuer da, mit einem Schild »Erfurt«. Wir laufen zurück zum Auto, steigen ein, und Jan gibt Gas.

»Guck mal, da«, rufe ich.

Am Rand des mickrigen Beschleunigungsstreifens, ein paar Meter hinter dem Schild »Kassel-Erfurt-Gießen«, steht die alte Dame in dem schwarzen Kostüm und versucht ganz offensichtlich zu trampen. Sie steht aufrecht wie ein Zinnsoldat, hat einen Arm ausgestreckt, umklammert mit dem anderen ihr Handtäschchen und lächelt krampfhaft mit weitaufgerissenen Augen, während Autos und Lkws knapp an ihr vorbeizischen und hupen.

»Warum hockt die nicht in ihrem Bus? Oder im Mercedes ihres Mannes? Einen blöderen Platz zum Trampen hätte sie sich wohl kaum aussuchen können!«, sagt Jan kopfschüttelnd.

»Da stimmt doch was nicht. Halt an!«, befehle ich. »Sie wird sonst noch über den Haufen gefahren!«

»Wir haben mit uns selber genug zu tun, auch ohne sie!«

»Nun halt schon an!«, wiederhole ich, aber wir sind schon vorbei. Dann stöhnt Jan, tritt mit voller Wucht auf die Bremse, und wir fliegen beide nach vorn in den Gurt. Ich reiße die Türe auf und brülle, »Kommen Sie, schnell!« Aber die Frau kriegt es nicht mit, der Verkehr ist viel zu laut. Jan flucht, drückt auf den Knopf der Warnblinkanlage und springt aus dem Wagen, ein Lkw taucht hinter uns auf dem Beschleunigungsstreifen auf, hupt wie blöd und überholt uns schlingernd, gleich rammt er uns. Jan hat die Frau erreicht, brüllt ihr etwas zu, packt sie am Ellenbogen und schiebt sie auf dem Seitenstreifen in Richtung Auto. Sie stolpert vor ihm her. Er reißt die Schiebetür des Renaults auf, schubst die Frau hinein, donnert die Tür zu und springt unter weiterem wilden Gehupe wieder auf den Fahrersitz. Jan und die Frau keuchen. Jan gibt Gas.

»Danke.« Die alte Dame hinter uns schnappt nach Luft. »Vielen herzlichen Dank. Ich bin noch nie getrampt.«

»Ach, tatsächlich, gut, dass Sie drauf hinweisen«, knurrt Jan. »Übrigens hält man den Daumen nach oben, nicht nach unten. Außerdem stellt man sich nicht auf den Beschleunigungsstreifen, sondern vor die Ausfahrt. Und wenn man richtig gut organisiert ist, hat man ein Schild, auf dem steht, wo man hinwill. So haben wir das früher jedenfalls gemacht.«

»Ach so«, sagt die Frau. »Kein Wunder, haben die alle so komisch geguckt.« Sie klappt ihr Handtäschchen auf, nimmt mit spitzen Fingern etwas heraus, wischt sich die Hände ab und tupft sich über die Wangen. Der Geruch von Erfrischungstuch weht durchs Auto. Dann zieht sie einen Kamm und einen Spiegel heraus und bringt ihre zerzausten, kurzen schlohweißen Haare in Ordnung. Das alles, ohne einen Ton zu sagen. Wie alt mag sie sein, Anfang siebzig?

»Warum sind Sie nicht im Bus?«, frage ich.

»Oh. Woher wissen Sie, dass ich im Bus war? Ich habe ihn verpasst.«

»Und Ihre Sachen?«

»Sind im Bus. Ach du liebe Güte.« Sie stopft Spiegel und Kamm zurück in die Handtasche, zieht ein Portemonnaie heraus und fingert darin herum. Dann lässt sie das Portemonnaie sinken. »Mein Geld!« Sie klingt jämmerlich. »Fast mein ganzes Geld ist im Koffer. Ich hatte Angst, im Bus bestohlen zu werden. Dabei waren das lauter nette junge Leute!«

Jan seufzt. »Wie viel Bargeld haben Sie bei sich?«

»Dreiundvierzig Euro, zweiunddreißig Cent.«

»Nicht die Welt«, sage ich. »Aber es gibt ja EC-Automaten. Den Koffer kriegen Sie sicher wieder. Am besten rufen Sie gleich an, damit der Fahrer den Koffer beim nächsten Stopp sicherstellt. Auf der Fahrkarte steht doch sicher eine Telefonnummer.«

»Ich habe keine EC-Karte«, murmelt die Frau. »Geldange-
legenheiten hat mein verstorbener Mann erledigt. Ich habe
auch kein Handy. Ich habe nie eins gebraucht, bisher.«

»Oh«, sage ich und werfe Jan einen Blick zu. Dass es noch
Leute ohne Handy gibt! Und sie hat Geldprobleme, wie ich.
Wobei Jan das mit meinen Geldproblemen noch gar nicht
weiß. Wir schweigen eine Weile.

»Verzeihen Sie, ich habe mich noch gar nicht vorgestellt.
Mein Name ist Engel. Aus Stuttgart.«

»Jan«, sagt Jan. »Stuttgart-Vaihingen.«

»Sabrina«, sage ich. »Stuttgart-Süd.«

»Engel, Luise«, präzisiert die Frau. »Stuttgart-Killesberg.
Seltsamer Zufall, nicht wahr?«

Wir schweigen wieder.

»Wo wollen Sie überhaupt hin?«, fragt Jan. Es dauerte eine
Weile, bis Luise Engel antwortet.

»Hamburg.« Und dann, nach einer weiteren Pause, »Glaube ich wenigstens.«

»Was soll das heißen, Sie glauben?« Wieder eine Pause.

»Der Bus fährt nach Hamburg. Ich bin mir aber eigentlich
gar nicht so sicher, ob ich da überhaupt hinwill.«

Jan stöhnt.

»Bitte nicht noch eine von der Sorte!«

LUISE

IRGENDWO AN DER AUTOBAHN A7 HINTER FULDA

»Ich halte bei der nächsten Möglichkeit an, okay?«, sagte Jan, der Fahrer. »Dann kümmern wir uns um Ihren Koffer, Frau Engel, und überlegen, wie es weitergeht.«

»Ich bin Ihnen wirklich sehr dankbar«, antwortete ich. Das war ich tatsächlich. Ich hatte mich sehr gefürchtet, wie ich da im brausenden Verkehr an der Autobahn gestanden hatte. Jan hatte recht, das war sehr dumm von mir gewesen. Ich war ein wenig verunsichert. Wie hatte ich es zu verstehen, dass er und die junge Frau sich mit Vornamen vorgestellt hatten, Jan mich aber »Frau Engel«, nannte? In meiner Welt bot man sich frühestens nach zehn, fünfzehn Jahren das Du an, wenn überhaupt. Ich beschloss, beim Vornamen mit »Sie« zu bleiben, damit war ich auf jeden Fall auf der sicheren Seite. Wie Sabrina und Jan wohl zueinander standen? Wie ein Paar wirkten sie nicht, Sabrina war auch deutlich jünger, Ende zwanzig, Anfang dreißig. Sie war sehr hübsch, mit langen blonden Haaren und Sommersprossen, wie es den Männern gefiel. Jan schätzte ich auf um die fünfzig. Nicht, dass das heutzutage ein Hinderungsgrund war bei den jungen Leuten. Das geht dich überhaupt nichts an, Luise, tadelte ich mich sogleich. Wir fuhren durch ein dichtes Waldgebiet, auf einem Schild stand »Waldhessen.« Nach ein paar Kilometern tauchte ein Hinweisschild für einen Parkplatz auf. Jan fuhr von der Autobahn und parkte in der letzten freien Lücke. Die Autos waren bis unters Dach bepackt, Familien picknickten, bestimmt fuhren sie in die Ferien an die See.

»Da hinten ist noch ein freier Picknickplatz«, sagte Jan.
»Ich nehme die Deutschlandkarte und das Handy mit.«

»Und ich unsere Baguettebrötchen«, meinte Sabrina.

Wir stiegen aus und liefen an einer Mutter vorbei, die versuchte, ihr laut heulendes Kind zu beruhigen. Die Mülleimer quollen über, überall lagen Tempos, Papierfetzen und leere Dosen herum.

»Ist ja eklig«, kommentierte Sabrina.

»Du kannst gern ein bisschen aufräumen«, antwortete Jan. Es klang bissig. So, wie er mit Sabrina redete, kannten sich die beiden schon lange. Alte Freunde, wahrscheinlich. Wir setzten uns auf die Bänke aus unbequemem Stahlrohr, Jan auf der einen, ich auf der anderen Seite. Sabrina machte ihren Platz erst mit der Hand sauber, bevor sie sich neben Jan niederließ. Sie nahm ein belegtes Brötchen aus der Tüte, brach es, ohne etwas zu sagen, in der Mitte auseinander und reichte mir die Hälfte. Erst wollte ich höflich ablehnen, aber ich hatte tatsächlich schrecklichen Hunger nach dem Durchfall, und mein Vesper lag im Bus. Sabrina biss in ihr Brötchen und wischte mit der anderen Hand auf ihrem Handy hin und her. Jan biss ebenfalls in ein Brötchen, faltete die Deutschlandkarte auf dem Tisch auf und schob sein Handy zu mir herüber. Ich starrte hilflos auf das schwarz glänzende Rechteck.

»Könnten Sie vielleicht … ich habe noch nie …«, murmelte ich entschuldigend und reichte ihm die Fahrkarte. »Sehen Sie hier, ›Hotline 24 Stunden‹.« Jan tippte die Nummer ab und reichte mir dann das Handy. Ich fühlte mich überhaupt nicht mehr zeitgemäß. Wie telefonierte man bloß mit einem völlig flachen, kalten Gerät, das sich nicht im mindesten an das Ohr schmiegte, wie es ein Hörer tat? Musik ertönte. »… besetzt … der nächste freie Platz …« Ich konnte kaum etwas verstehen wegen der rauschenden Autobahn und des brüllenden Kinds. Endlich meldete sich eine menschliche Stimme.

»Hier ist Luise Engel. Ich war auf dem Weg nach Hamburg und habe an der Raststätte meinen Bus verpasst. Könnten Sie sich freundlicherweise um meinen Koffer kümmern, er ist im Bus, und es ist einiges an Bargeld darin.«

»Wir geben keine telefonischen Auskünfte, tut mir leid. Sie müssten ein Online-Formular ausfüllen.«

»Aber … mein Gepäck! Und das Geld! Können Sie nicht den Fahrer informieren, dass er den Koffer sicherstellt? Am Koffer ist ein Namensschild.«

»Wir haben Hunderte von Bussen, die zeitgleich quer durch Deutschland fahren, und die Leute lassen ständig etwas liegen. Es tut mir wirklich leid, aber es geht nur über das Formular.«

Ich ließ das Telefon sinken. »Sie können nichts tun«, sagte ich niedergeschlagen. »Es geht nur über ein Formular im Internet.«

»Das soll wohl ein Witz sein!«, rief Jan erbost. »Was ist denn das für ein Kundenservice!«

»Wie viel Bargeld haben Sie im Koffer?«, fragte Sabrina.

»Achthundert Euro«, antwortete ich und senkte den Blick. »Ich wusste ja nicht, wie lange ich wegbleibe. Aber ich habe es in der Seifenschale versteckt. Da findet man es doch nicht ohne weiteres, oder? Wer benutzt schon eine fremde Seife?«

Jan stöhnte. »Niemand. Man schmeißt gleich die Seifenschale mitsamt dem Geld weg.«

»Das mit dem Geld ist jetzt wirklich nicht so ungewöhnlich«, bemerkte Sabrina. »Vor kurzem hat irgendein Fußballer fünfundsiebzigtausend Euro im Taxi liegenlassen.« Ich war ihr dankbar, dass sie mir zur Seite sprang.

»Wie sind Sie denn früher an Geld gekommen?«, fragte Jan.

»Mein Mann hat mir immer Bargeld gegeben«, murmelte ich. »Er ist erst vor ein paar Wochen verstorben. Ich bin noch nicht dazu gekommen, eine eigene EC-Karte zu beantragen.«

»Das ist echt total emanzipiert«, stellte Jan fest. »Ich hätte nicht gedacht, dass es so was noch gibt.«

»Jan, nee also wirklich, Frau Engel hat erst vor kurzem ihren Mann verloren, da musst du sie doch nicht auch noch blöd anmachen! Lass uns lieber das Formular ausfüllen.«

»Das kannst du doch vergessen. Wir können nur auf den Fahrer hoffen. Sie haben also dreiundvierzig Euro, zweiunddreißig Cent, Frau Engel. Für eine Fahrkarte nach Stuttgart wird das nicht reichen. Wie viel Geld hast du noch, Sabrina?«

»Das kann ich dir ganz genau sagen. Gar keins.«

»Gar keins?«

»Ich hatte zehn Euro. Die habe ich an der Raststätte für unseren kleinen Imbiss ausgegeben.«

»Und wie kommst du jetzt an Geld?«

»Gar nicht. Ich bin bei einer Direktbank. Ich kann nur mit Karte abheben, und die liegt in Stuttgart. Ich bin *total* von dir abhängig.« Sabrina grinste.

»Na toll. Und auf die Idee, mich darauf hinzuweisen, bist du nicht gekommen?«

»Ich hatte Angst, dass du mich dann nicht mitnimmst, und bis jetzt kamen wir klar. Allerdings hätte ich bei Gelegenheit gern ein paar andere Klamotten. Falls wir noch ein bisschen unterwegs sind, meine ich. Ich kann nicht ewig in diesem heißen Höschen herumrennen.« Jan zog sein Portemonnaie aus der Tasche und zählte sein Geld.

»Noch mal für Doofe. Wir haben insgesamt zweiundsechzig Euro, achtundvierzig Cent, und ich bin der Einzige, der Geld abheben kann?«

»Richtig. Aber du kriegst es natürlich wieder, gell, Frau Engel. Sie sehen ja auch nicht gerade arm aus.«

Ich nickte eifrig. »Gerne mit Zinsen. Glauben Sie mir, es mangelt mir nicht an Geld.« Wie gut, dass ich erwähnt hatte, dass ich am Killesberg wohnte!

»Was wollten Sie eigentlich in Hamburg? Eine alte Freundin besuchen?«, fragte Jan.

»Nein. Ich wollte Urlaub machen.«

»Zum Gottesdienst in den Michel, eine Hafenrundfahrt, Scholle paniert mit Remouladensoße?«

»Äh – nein. Das heißt, vielleicht auch. Ich wollte – also ich wollte die Reeperbahn besuchen.« Ich spürte, wie ich rot wurde, aber es wäre mir unredlich vorgekommen, die beiden anzulügen, nachdem sie mir so selbstlos geholfen hatten.

»*Sie* wollten auf die Reeperbahn?« Jan guckte mich mit sehr großen Augen an.

»Nun ja«, flüsterte ich und fühlte mich extrem lächerlich. »Ich wollte irgendwie ausbrechen und einmal in meinem Leben etwas Verruchtes tun.«

»Die Reeperbahn ist ein einziger Touristennepp und ungefähr so verrucht wie das Stuttgarter Rotlichtviertele«, erklärte Jan, und es klang verächtlich.

»Ach«, murmelte ich enttäuscht.

»Sei nicht so fies«, protestierte Sabrina. »Haben Sie in Hamburg ein Hotel gebucht?«

»Nein. Ich bin ziemlich spontan aufgebrochen. Und Sie, wo wollen Sie eigentlich hin?«

»Ans Nordkap«, antwortete Sabrina. »Wissen Sie, Luise, das klingt jetzt vielleicht seltsam, aber Jan und ich sind gestern Abend ziemlich spontan aufgebrochen. Wir kennen uns eigentlich gar nicht.«

»Tatsächlich! Das kommt einem gar nicht so vor.« Sabrina hatte mich Luise genannt!

»Nein, das kommt einem nicht so vor, weil wir uns ständig in die Wolle kriegen wie ein altes Ehepaar, das ist ganz putzig, nicht wahr, Jan?«

»Um ehrlich zu sein, das mit dem Nordkap ist genauso bescheuert wie die Reeperbahn«, sagte Jan düster. »Das schaffen wir nie. Heute ist Donnerstag, und wir sind gerade mal nördlich von Fulda! Spätestens Sonntagabend muss ich wieder in Stuttgart sein. Ich habe keine Krankmeldung. Ausbrechen ist ja gut und schön, aber ich kann deshalb meinen Job nicht riskieren. Schließlich muss ich eine Familie ernähren. Für dich ist es einfacher, Sabrina, du hast sowieso Schulferien. Sabrina ist Referendarin an der Grundschule«, ergänzte er an mich gewandt. Dann schwiegen wir alle drei.

»Gar nicht so leicht, einfach abzuhauen«, sagte Sabrina und seufzte. »So ohne Plan, irgendwie.« Jan seufzte ebenfalls. Ich seufzte auch, vor allem, weil mir klarwurde, dass es mit meinem Ausbrechen bald ein Ende haben würde. Einmal in meinem Leben hatte ich etwas wirklich Aufregendes tun wollen, und dann blieb ich kurz hinter Fulda kleben!

»Wir sind echt 'ne geile Truppe«, murmelte Jan düster. »Planlos, geldlos, orientierungslos. Aber wir können nicht den ganzen Tag hier rumhängen.« Er starrte auf die Karte. »Am besten bringen wir Frau Engel zum Bahnhof Kassel, da sind die Verbindungen nach Frankfurt und Stuttgart gut. Ich hebe Geld ab, leihe ihr das fehlende Geld für die Fahrkarte und gebe ihr meine Kontonummer.«

»Kleiner Einwand, wollen wir überhaupt nach Kassel?«, fragte Sabrina. »Das kostet uns ewig viel Zeit. Wir könnten Luise doch auch nach Hamburg bringen und ihr helfen, ihren Koffer wiederzukriegen.« Sabrina lächelte mich an; ich mochte sie.

»Und wenn das nicht klappt? Sitzt sie ohne Geld in Hamburg.«

Ich starrte unglücklich auf die Karte von Deutschland. Jan wollte mich loswerden, ganz klar. Ich wollte aber nicht zurück nach Stuttgart! Ich war doch gerade erst aufgebrochen. Ich brauchte Abstand. Abstand von Günthers Grab, von Heideroses Briefen an Günther und von Lea, die Bescheid gewusst hatte. Ich musste die beiden überzeugen, mich mitzunehmen, ich musste mir etwas einfallen lassen, schnell! Bloß, ich war eine alte Frau, ich war nicht mehr schnell. Früher war ich schnell gewesen, was für ein Tennis hatte ich mal gespielt … Konzentrier dich, Luise! Fulda, Kassel, weiter östlich Erfurt, und dazwischen … Ich tippte links von Erfurt auf die Karte.

»Eisenach«, murmelte ich. »Ich war noch nie in Eisenach.«

»Ich auch nicht«, erklärte Jan und zuckte mit den Schultern. »Es gibt Schlimmeres.«

»Luther.« Ich versuchte, überzeugend zu klingen. »2017 ist Lutherjahr.«

»Martin Luther King?«, fragte Sabrina.

»Martin Luther. Der Reformator. Er hat meinen Glauben begründet. Evangelisch?«

»Ach, der. Meine Eltern sind Altachtundsechziger, da war nicht viel mit Religion. Ich bin nicht mal getauft. Luther. Saß der nicht auf einer Burg rum und hat die Bibel übersetzt?«

»Genau. Die Wartburg. Oberhalb von Eisenach. Ich war noch nie dort.«

»Macht das was?«

»Jeder, der evangelisch ist, sollte einmal in seinem Leben auf die Wartburg pilgern«, flunkerte ich wild. »Das ist wie – wie Mekka für Muslime.« Pfui, schäm dich, Luise, jetzt lügst du doch, dachte ich.

»Aha«, sagte Sabrina. »Das wusste ich gar nicht, dass es bei euch Evangelen auch so Jobs gibt, die man abarbeiten muss.«

»Doch, doch. Bloß früher war das halt kompliziert, wegen der DDR. Ich bin ja auch nicht mehr die Jüngste«, hauchte ich und schlug die Augen nieder. »Wer weiß, wie viel Zeit mir noch bleibt.« Ich konnte selber nicht fassen, was ich da erzählte. Noch nie in meinem ganzen Leben hatte ich so ein Theater gespielt. Aber das war besser, als postwendend nach Hause geschickt zu werden.

»Wir haben doch sowieso null und gar keinen Plan, Jan. Wenn Frau Engel einen Pilgertrip auf die Wartburg brauchen kann und das Nordkap viel zu weit weg ist, warum fahren wir nicht einfach hin?«

»Ich weiß nicht, ob es so eine gute Idee ist, sich nach Frau Engel zu richten. Ich denke, Frau Engel sollte so schnell wie möglich zurück nach Stuttgart und zusehen, wie sie ihren Koffer zurückbekommt.« Jan blickte Sabrina durchdringend an. »Zumal es finanziell bei uns dreien etwas bescheiden aussieht, um es mal vorsichtig zu formulieren.«

»Aber du kriegst dein Geld doch wieder!«, rief Sabrina. »Ich bin Referendarin, ich habe Geld auf der Bank. Oder bist du knapp bei Kasse oder hast Schiss, wir zahlen dir unsere Schulden nicht zurück?«

»Natürlich nicht!«

»Also dann. Ab nach Eisenach. Wir pilgern auf die Wartburg!« Sabrina hatte ganz offensichtlich ihren Spaß. Jan hatte ganz offensichtlich keinen. So hatte das keinen Zweck.

»Lassen Sie nur. Ich habe Ihnen schon genug Umstände bereitet. Es ist wahrscheinlich wirklich besser, ich fahre zurück nach Stuttgart.«

Jan seufzte. Dann faltete er die Karte zusammen.

»Sabrina hat recht. Eigentlich ist es völlig wurscht, wo wir hinfahren.«

»Ab nach Eisenach! Und mit der Siezerei ist ab sofort Schluss, Luise, hörst du?«

Sabrina grinste mich an. Zum ersten Mal seit vielen Wochen musste ich spontan lachen und hatte nicht einmal ein schlechtes Gewissen dabei, obwohl ich doch eigentlich in Trauer war und nicht lachen durfte.

JAN

EISENACH, OUTDOORLADEN SOPHIENSTRASSE

»Am besten kaufen wir Zipphosen«, erklärte Sabrina. »Damit sind wir für jedes Wetter gerüstet. Dass diese Blusen immer kariert sein müssen! Das sieht einfach völlig bescheuert aus. Und sobald wir zurück sind, überweise ich dir das Geld.« Sie fing an, sich durch die Kleiderständer zu arbeiten, gründlich und methodisch Bügel von links nach rechts zu schieben, so wie Männer das niemals hinkriegen würden.

Mir war es ziemlich wurscht, wie die Klamotten aussahen; ich kaufte fast nie Kleidung. Schleichend, über die Jahre, hatte Christine diesen Job übernommen, zumindest für Unterhosen, Unterhemden, Socken, T-Shirts und Hemden. Anfangs hatte ich mich dagegen gewehrt. Das war doch entwürdigend! In einer festen Beziehung zu leben hieß doch nicht automatisch, sich selbst komplett aufzugeben und in regelmäßigen Abständen neue Unterhosen im Schrank vorzufinden, während die zerschlissenen wie von Geisterhand verschwanden, um dann im Putzschrank wieder aufzutauchen! Wobei sie meistens sogar verschwanden, bevor sie zerschlissen waren, dabei konnte man so eine Unterhose gut und gerne zehn Jahre tragen, wenn man nicht so pingelig war. Irgendwann wusste ich nicht einmal mehr meine Größen.

Ich nahm eine olivgrüne Zipphose, ein farblich passendes T-Shirt, ein kurzärmeliges blaues Hemd, eine schwarze Fleecejacke, Outdoorsandalen und eine Baseballkappe, wegen der Sonne. Hatten sich die Größen etwa geändert? Ich hatte das dumpfe Gefühl, dass ich weitaus größere brauchte als früher. Sabrina mäkelte, das Olivgrün von der Hose wäre anders als das vom T-Shirt, und überhaupt, ich sähe aus wie ein amerikanischer Soldat. Sie selbst entschied sich für eine beige Zipphose, schnell trocknende Wäsche, zwei karierte Blusen und einen Fleecepulli. Wäsche hatte ich natürlich vergessen, aber ein paar Tage ging das schon noch; Frauen waren da ja empfindlicher. Zwei Fleecedecken nahmen wir auch noch mit, für alle Fälle. Irgendwie schon komisch, wir kauften ein, als würden wir gemeinsam in den Urlaub fahren, dabei kannten wir uns kaum und hatten null Plan, was wir nach Eisenach machen würden. Billig waren die Klamotten auch nicht gerade.

Wir hatten Luise nach einem gemeinsamen Mittagessen auf dem Marktplatz von Eisenach in einem Straßencafé zurückgelassen und ein paar Straßen weiter einen kleinen Sportladen gefunden. Vor der Bestellung hatten wir bis auf den letzten Cent ausgerechnet, welche Gerichte und Getränke wir uns leisten konnten, einschließlich Kaffee für Luise und einem Euro Trinkgeld.

»Kann ich das zusammen einpacken?«

Sabrina nickte. Der Verkäufer scannte die Preise ein, legte die Kleider zusammen, packte die Fleecedecken dazu und schob alles sorgsam in eine riesige Plastiktüte. »Das macht dann 379,95 Euro.« Ich zuckte einen Moment zusammen; das war teurer als gedacht, aber von Sabrina kriegte ich ja die

Hälfte zurück. Ich legte meine EC-Karte auf den Tresen, der Verkäufer schob sie in das Maschinchen, und ich gab meine Geheimnummer ein. Es ratterte, das Maschinchen, spuckte ein Stück Papier aus, und der Verkäufer riss es ab.

»Transaktion abgebrochen«, stellte er fest. »Sie müssen Ihre Nummer leider noch mal eingeben.« Er zog die Karte heraus, schob sie erneut in das Gerät, und ich tippte die Geheimzahl erneut ein. Eine Weile passierte nichts.

»Sie sind nicht von hier, oder?«, sagte der Verkäufer, wahrscheinlich, um die Zeit mit etwas Smalltalk zu überbrücken.

»Nein«, rief Sabrina fröhlich. »Stuttgart. Das hört man, gell? Waren Sie schon mal in Stuttgart?«

»Nein, nie. Wieder abgebrochen.« Der Verkäufer schüttelte den Kopf, nahm die Karte und wischte sie an seiner Hose ab.

»Manchmal nutzen sich die Karten ab, und dann geht es irgendwann nicht mehr«, sagte er in einem Ton, als sei es seine Schuld. »Wir versuchen's noch mal.«

Es klappte wieder nicht.

»Bist du sicher, dass die Geheimzahl stimmt?«, fragte mich Sabrina.

»Natürlich bin ich mir sicher«, gab ich genervt zurück. »Ich hab die Karte schon tausendmal benutzt. Es gab nie ein Problem.«

»Tausendmal berührt, tausendmal ist nix passiert …«, summte Sabrina und grinste.

»Wo ist der nächste Geldautomat?«

»Wenn Sie aus dem Laden gehen und dann nach rechts, direkt auf der Kreuzung ist die Santander-Bank, da ist drinnen ein Automat. Ich lasse die Tüte so lange hier liegen, kein Problem.« Der Verkäufer nahm die Tüte und legte sie hinter den Tresen auf eine Ablage.

»Wir sind gleich zurück!«, rief Sabrina fröhlich. Dass sie immer gleich so zutraulich sein musste! Die Bank war nur ein paar Schritte von dem Outdoorladen entfernt und verlangte 3,75 Euro Gebühr von fremden Geldinstituten. Unverschämt, eigentlich, aber was sollten wir machen. Ich schob meine Karte in den Automaten, gab meine Geheimnummer ein und den Betrag von achthundert Euro. Das war realistisch. Schließlich waren wir zu dritt und brauchten außer den Klamotten Geld für Essen, Benzin und Übernachtung. »Transaktion abgebrochen«, leuchtete es auf dem Display auf.

»Die Karte ist futsch, ganz klar«, erklärte Sabrina schulterzuckend. »Wahrscheinlich musst du an einen Bankschalter.«

»Ich ruf jetzt erst mal die Bank an«, sagte ich. »Ich weiß nicht mal, ob die hier eine Filiale haben, bei der ich abheben kann, und dann haben wir ein richtiges Problem.«

Ich suchte die Telefonnummer meiner Bank im Adressbuch meines Handys und landete bei einer Hotline. Nachdem ich fünf weitere Tasten gedrückt hatte, hatte ich endlich einen Mitarbeiter an der Strippe.

»Guten Tag. Ich habe ein Problem mit meiner EC-Karte. Ich kann weder bezahlen noch Geld abheben.«

»Nennen Sie mir doch bitte Ihren vollständigen Namen, Adresse, Kontonummer und Geburtsdatum, dann schaue ich gern mal für Sie rein.« Ich ratterte meine Angaben hinunter. Ein paar Sekunden blieb es still; dann räusperte sich der Mann.

»Ihre Frau heißt Christine, richtig?«

»Äh – ja, in der Tat. Wieso?«

»Und sie hat Sie nicht informiert.«

»Nein«, sagte ich und kam mir saublöd vor. »Worüber?«

»Sie war heute Morgen in der Bank und hat Ihr gemein-

sames Konto von einem ›Oder‹- in ein ›Und‹-Konto umgewandelt.«

»Aha. Und das bedeutet was genau?«

»Das bedeutet, Sie können nur noch gemeinsam über Ihr
Guthaben verfügen.«

»Wie bitte? Wollen Sie mir damit sagen, ich kann allein
weder Geld abheben noch mit der Karte bezahlen?«

»Richtig. Ab sofort müssen Sie alle finanziellen Entscheidungen gemeinsam treffen. Natürlich können Sie das Konto
jederzeit wieder in ein ›Oder‹-Konto verwandeln, dazu müssen Sie aber gemeinsam mit Ihrer Frau in Ihre Filiale gehen.«

»Das kann ja wohl nicht wahr sein! Es kann ja wohl nicht
sein, dass meine Frau ohne mein Einverständnis beschließt,
dass wir jetzt alles nur noch im Einverständnis machen können!«

»Tut mir leid. So sind nun mal die Regeln. Die haben Sie
übrigens mal unterschrieben.«

»Dann sind das verdammte Scheißregeln! Ich bin in
Scheiß-Eisenach, und ich brauche Geld!«

»Entschuldigen Sie bitte. Ich bin nur die Hotline. Ich mache weder die Regeln, noch bin ich Ihre Frau.«

»Aber dann hat sie ja auch kein Geld!«

Der Mann räusperte sich wieder.

»Bevor Ihre Frau das Konto umgewandelt hat, hat sie
zweitausendfünfhundert Euro abgehoben.«

Wütend drückte ich das Gespräch weg. Großartig. Christine hatte mir den Geldhahn zugedreht, und Luise hatte
wahrscheinlich gerade mit unserem letzten Geld das Mittagessen bezahlt. Ab sofort waren wir ohne einen Cent.

Wir standen wieder vor dem Outdoorladen.

»Das war's dann wohl mit den Klamotten. Wir sind komplett pleite. Was machen wir jetzt?«

»Ich geh kurz rein und sag Bescheid«, erklärte Sabrina. »Dann holen wir Luise ab und überlegen, wie's weitergeht.«

»Ach, lass doch. Das merken die doch von allein«, wehrte ich ab, aber Sabrina war bereits im Laden verschwunden. Ich ging auf die andere Straßenseite und wartete neben einer Kneipe, die sich »Das total verrückte Kartoffelhaus« nannte. Sie sah nett aus, aber wie sollten wir ohne Geld in eine Kneipe? Ich war stinkwütend auf Christine. Sie wollte mich zwingen, nach Hause zu kommen, ganz klar. Wir waren ganz schön tief gesunken, dafür, dass wir uns mal geliebt hatten. Ich fummelte eine Zigarette aus der Packung mit den Gauloises und zündete sie mir an. Das war jetzt schon die fünfte seit gestern Abend, dabei hatte ich sechs Monate gelitten wie ein Schwein, als ich vor fünfzehn Jahren bei Neles Geburt mit dem Rauchen aufgehört hatte. Immerhin musste ich nicht mehr husten. Die Ladentür wurde aufgerissen, und Sabrina rannte heraus, in einer Hand hielt sie die Tüte mit den Outdoorklamotten. In ihren Augen lag ein seltsamer Glanz.

»Lauf!«, kreischte sie und packte mich am Arm, so dass mir die Zigarette aus der Hand fiel. Ich schüttelte sie instinktiv ab, sie rannte an mir vorbei und dann in einem völlig irren Tempo nach rechts Richtung Kreuzung.

»Nun komm schon!«, schrie sie.

Ich stierte ihr nur blöd hinterher und blieb wie angewurzelt stehen. Bis die Ladentür zum zweiten Mal aufgerissen wurde, der Verkäufer auftauchte und mit wutverzerrtem Gesicht auf mich zulief.

»Scheiß-Schwaben!«, brüllte er.

Da drehte ich mich um und rannte auch, rannte die Straße hinunter und versuchte, dem Verkäufer zu entkommen, rannte und fing schon nach wenigen Metern an zu keuchen, au Mann, ich war seit Jahren nicht gejoggt, mein Bauch schwabbelte und wabbelte vor mir her, und ich kam Sabrina, die bei der Santander-Bank nach links abgebogen war, nur langsam näher, ihrem straffen, jungen Körper und ihren braungebrannten Beinen in dem knappen Höschen, ich joggte nicht, ich floh, weil Sabrina spontan und ohne wirklich Rücksprache zu halten, eine Tüte mit Klamotten im Wert von dreihundertneunundsiebzig Euro und fünfundneunzig Cent geklaut hatte.

Ich warf einen panischen Blick zurück über die Schulter. Der Verkäufer verfolgte uns nicht länger, er stand stattdessen mit dem Telefon am Ohr inmitten hupender Autos auf der Kreuzung und gestikulierte wild.

»Der kann nicht hinter uns her, weil er allein im Laden ist!«, rief Sabrina über die Schulter, und sie klang triumphierend. Sie war nicht im mindesten außer Atem, obwohl sie die volle Tüte trug, während ich keuchte wie eine Dampflok.

»Sabrina! Sag mal, spinnst du? Du kannst doch nicht einfach 'nen Sack Klamotten klauen! Und ich steh da wie der Vollpfosten! Und der Typ ruft jetzt die Polizei!«

»Bis die Polizei auftaucht, sind wir längst über alle Berge.« Sabrina hatte ihr Tempo etwas gedrosselt und lief jetzt in lockerem Trab; sie schien sich nicht im mindesten schuldig zu fühlen. Wir liefen an einem Schuhladen vorbei und bogen nach rechts ab, der Verkäufer konnte uns nicht mehr sehen, und meine Panik ließ nach. »Ich kann nicht die ganze Zeit in kurzen Höschen rumrennen, und wir kommen doch nie wieder hierher. Meine Therapeutin meint, ich solle meine Grenzen mehr ausloten, ich sei zu brav.« Auf Sabrinas Gesicht lag ein entrücktes Lächeln, das mich dunkel an Christine erinnerte. Christine in den ersten drei Jahren unserer Beziehung, wenn wir Sex gehabt hatten. Offensichtlich hatte Klauen bei Sabrina eine ähnliche Wirkung. Ein Klau-Orgasmus. Gab's so was? Sabrina lief nach links in eine Passage, über dem Eingang stand »Markscheffelshof«, ich keuchte hinterher.

»Warte gefälligst, Sabrina! Der würd ich gern mal die Meinung geigen, deiner Therapeutin! Du hast geklaut! Mit Grenzen ausloten hat das überhaupt nichts zu tun! Wenn du das hier als Psychoworkshop oder Selbsterfahrungstrip betrachtest, setz ich dich in den nächsten Zug nach Stuttgart!« Ich war schweißgebadet und stinksauer auf Sabrina und Christine, am meisten aber auf mich selber und meine beschissene körperliche Verfassung.

»Und womit soll ich die Fahrtkarte bezahlen?«

»Versteck dich im Zugklo, ruf deinen Oliver an. Nicht mein Problem!«

Wir gingen jetzt in normalem Tempo durch die Passage, die sich zu einem schmalen Gang verengt hatte, der mitten durch ein Café führte. Auf der anderen Seite öffnete sich eine Glastür, und wir landeten in der Fußgängerzone.

»Rechts«, sagte ich. »Der Marktplatz ist gleich da vorne.« Um uns herum waren lauter Leute mit Einkaufstüten, und wir fielen kein bisschen auf. Wenn der Verkäufer nicht die Polizei hinter uns herschickte, waren wir aus dem Schneider. Noch ein paar hundert Meter, und da war der Markt, und das Café mit den grünen Schirmen, und darunter Luise.

LUISE

EISENACH, MARKTPLATZ

Wo Sabrina und Jan nur blieben? Nicht, dass es sich schlecht saß auf dem Marktplatz von Eisenach, angenehm im Schatten unter einem lindgrünen Sonnenschirm und mit Blick auf die Georgenkirche und ein paar Marktstände. Außerdem wurde auf dem Markt gerade »Familie Dr. Kleist« gedreht. Ich sah die Fernsehserie mit dem sympathischen Francis Fulton-Smith in der Hauptrolle eigentlich recht gern. An einem Wagen mit Thüringer Bratwurst erkannte ich Lisa, die Tochter von Dr. Kleist. Schaulustige hatten sich versammelt, die Polizei sicherte die Dreharbeiten. Zu gucken gab es also genug. Leider war ich es überhaupt nicht gewohnt, allein in einem Lokal zu sein. Mein ganzes Leben lang war ich immer mit Günther unterwegs gewesen, früher natürlich als Familie, aber in den letzten Jahren meist zu zweit, oft auch mit Geschäftsfreunden von Günther. Günther war es wichtig, dass ich ihn begleitete, weil er fand, dass ich besser mit Leuten plaudern konnte als er, und das tat seinen Geschäften gut.

Bestimmt zog ich mitleidige Blicke auf mich, wie ich da so alleine in meinem schwarzen Kostüm im Café saß. Sieh nur, die Witwe, wie bedauernswert, sie hat niemanden, der ihr Gesellschaft leistet. Ich war viel zu warm und witwenhaft angezogen, und in den engen Pumps waren meine Füße angeschwollen. Warum war ich nicht mit den beiden mitgegangen? Es gab schließlich haufenweise Rentner, die in albernen Zipphosen und Wandersandalen in Fußgängerzonen umherliefen.

Sabrina war sofort auf das Café »Zucker & Zimt« auf dem Markt losgestürzt, als sie »Bio« und »Vegane und vegetarische Speisen« auf dem Schaufenster gelesen hatte. Sie war offensichtlich Vegetarierin. Jan war es erst zufrieden, als er feststellte, dass es auch Fleisch gab.

»Dieses ganze vegane Zeugs geht mir echt auf den Zeiger!«, monierte er. »Man traut sich ja kaum noch, sich als Fleischesser zu outen!«

»Nicht streiten«, sagte ich schnell, als ich sah, dass Sabrina kurz vorm Explodieren war. »Wetten, ich rechne schneller im Kopf zusammen, was das Essen kostet, als ihr mit dem Handy?« Ich gewann haushoch.

»Führ das mal meinen Grundschülern vor«, staunte Sabrina. »Von denen kann keiner mehr Kopfrechnen.«

Nach dem Essen zogen die beiden los, um in einem Outdoorladen ein paar Straßen weiter bequeme Kleidung zu kaufen.

»Dass es in der DDR Outdoorläden gibt!«, rief ich aus und bemerkte in der gleichen Sekunde, wie dumm diese Bemerkung war. Jan verdrehte die Augen. »Entschuldigung. Ich hab's vergessen. Wisst ihr, ich war seit der Wende nicht in der DDR. Ich meine natürlich in Ostdeutschland. Irgendwie habe ich das noch nicht so verinnerlicht.«

Schon beeindruckend, diese Smartphones, mit denen man sogar nach Läden suchen konnte! Ich sah auf die Uhr; Jan und Sabrina waren jetzt schon über eine Stunde weg. Nun ja, mit Hinlaufen und Anprobe und allem … Ich musste auf die Toilette. Hoffentlich setzte sich niemand an meinen schönen Tisch. Wie machte man das, wenn man alleine war? Ich konnte ja schlecht meine Handtasche liegen lassen. Also Beeilung! Auf dem Weg zur Toilette kam ich an einer Vitrine mit Kuchen vorbei. Ich hatte mir vor Jahren angewöhnt, Kuchenvitrinen und Dessertkarten keines Blickes zu würdigen, schließlich legte man im Alter schneller zu, vor allem wenn man klein war, so wie ich, und Günther legte Wert auf meine Figur. An meinem Körper war nicht ein einziges Gramm Fett, ich trug Push-up-Büstenhalter und Formhöschen, um mein trotz Sport und Diät vom Alter schlaff gewordenes Fleisch zu stützen. Jetzt blieb ich stehen. Die Kuchen sahen köstlich aus. Es gab vegane Kuchen, die sicherlich sehr gesund und recht kalorienarm waren, und eine Thüringer Mohntorte, die ganz bestimmt nicht kalorienarm war. Welchen Grund hatte ich eigentlich, weiter auf meine Figur zu achten? Gebracht hatte es mir doch sowieso nichts, außer dass Günther mich vermutlich vor seinen Geschäftskollegen versteckt hätte, wenn ich fett und unansehnlich geworden wäre. Und auch wenn ich es nicht hatte zugeben wollen, weil es zu erniedrigend war: Heiderose hatte die Wahrheit gesagt, als sie mir an den Kopf geworfen hatte, dass zwischen Günther und mir seit Jahren Funkstille im Bett geherrscht hatte. Ich war jetzt sechsundsiebzig Jahre alt. Mein letzter Sex war fünf Jahre her und hatte ungefähr zwei Minuten gedauert, weil der betrunkene Günther gekommen war wie eine Rakete, und wenn ich es realistisch betrachtete, würde ich nie mehr in meinem Leben Sex haben. Wen interessierte es schon, ob ich schwabbelig war oder nicht? Wer würde mich überhaupt noch einmal nackt sehen, außer meiner Gynäkologin und dem Leichenbestatter? Ich ging an die Theke und bestellte mit sehr breitem Lächeln Thüringer Mohntorte, dazu einen Milchkaffee. Ich trank meinen Kaffee seit Jahren schwarz, wegen der Kalorien, dabei schmeckte mir schwarzer Kaffee überhaupt nicht. Damit war jetzt ein für alle Mal Schluss. Vielleicht war es ja doch nicht so traurig, Witwe zu sein.

Erst am Tisch fiel mir siedend heiß ein, dass ich unser Budget überzogen hatte. Zu spät. Falls Jan kein Bargeld mitbrachte, musste er zur Not eben kurz zum Geldautomaten laufen. Mit Hochgenuss verspeiste ich die Torte und ließ den Milchbart eine Weile auf der Oberlippe, ehe ich ihn ableckte. Da bogen Jan und Sabrina um die Ecke, Sabrina mit einer großen Tüte in der Hand. Ich freute mich richtig, die beiden zu sehen, dabei kannte ich sie doch kaum! Nun musste ich nur meine Pilgertour auf die Wartburg möglichst glaubwürdig weiter ausfabulieren. Die zwei sahen erhitzt aus. Es war aber auch sehr warm. Tatsächlich wirkte Jan nicht nur erhitzt, sondern auch ausgesprochen schlecht gelaunt. Das schien bei ihm allerdings relativ normal zu sein; wenn ich das richtig mitbekommen hatte, dann durchlebte er derzeit eine Ehekrise. Sabrina machte dagegen einen geradezu euphorischen Eindruck. Beide ließen sich auf Stühle fallen. Sie waren außer Atem.

»Und, hat alles gut geklappt?«, fragte ich. »Habt ihr was Hübsches zum Anziehen gefunden? Bevor wir losgehen, das Geld wird leider nicht reichen. Ich habe mir noch einen Kaffee und einen Kuchen gegönnt, weil es so lange gedauert hat.«

Jan antwortete nicht, während Sabrina laut herauslachte. Sie schien gar nicht mehr damit aufhören zu können. Je mehr sie lachte, desto böser guckte Jan.

»Wir haben kein Geld«, erklärte sie fröhlich. »Christine, also Jans Frau, hat das Konto gesperrt.«

»Ach du liebe Güte. Wie habt ihr denn die Kleider bezahlt? Und was machen wir jetzt?«

Beide schwiegen und guckten ins Leere. Sabrina kicherte vor sich hin, aber es klang nervös; Jan trommelte mit den Fingern auf dem Tisch und wirkte noch böser. Plötzlich hörte man Tatütata, ein paar Straßen weiter. Sabrina und Jan zuckten zusammen.

»Lasst uns zum Auto gehen«, drängte Jan. »Schnell. Damit wir die Tüte loswerden. Vor allem mit der Polizeipräsenz hier auf dem Platz.«

»Aber … das fehlende Geld!«, protestierte ich.

»Die Bedienung ist grad drinnen im Café. Lass uns einfach verschwinden, Luise.« Die beiden standen schnell auf. Ich zögerte.

»Nun komm schon, Luise. Die paar Euro, ich bitte dich!«, murmelte Sabrina leise und griff nach der Tüte. »Was glaubst du, was die hier am Tag an Umsatz machen!«

Ich legte alles, was wir an Bargeld besaßen, auf den Tisch, auch die Zweicent- und Eincentstücke, aber es waren mindestens sechs Euro zu wenig. Sabrina und Jan waren schon losgelaufen, ohne sich noch einmal nach mir umzusehen. Ich stolperte mit gesenktem Kopf zwischen den vollbesetzten Cafétischen hinter ihnen her, mein Gesicht glühte. Jeder musste uns doch unseren Betrug ansehen! Und die Polizei war wegen der Dreharbeiten nur ein paar Meter entfernt! Mein ganzes Leben lang war ich ehrlich gewesen, auch dann, wenn man mir versehentlich zu viel herausgegeben oder etwas auf der Rechnung vergessen hatte. Noch nie hatte ich jemanden auch nur um ein paar Pfennige betrogen, und die Bedienung war so freundlich gewesen!

Mit schmerzenden Füßen humpelte ich hinter Sabrina und Jan drein, bis ich sie in der Fußgängerzone eingeholt hatte. Hier waren wir aus dem Blickfeld des Cafés verschwunden, Gott sei Dank! Schweigend gingen wir zum Auto, das ein paar Straßen weiter vor einem Bistro am Karlsplatz geparkt war. Jan knallte die Tüte auf die Rückbank und drapierte ein Badetuch darüber. Er schien immer noch böse zu sein.

»Wollt ihr die neuen Sachen nicht anziehen?«, fragte ich.

»Später«, winkte Sabrina ab.

»Ich hätte mit euch mitgehen und auch was kaufen sollen, mein Kostüm ist viel zu warm und unbequem.«

Jan schnaubte. »Kaufen, wer redet denn hier von kaufen? Sabrina hat die Klamotten geklaut. Deswegen werde ich wohl noch eine Weilchen in Anzughose und weißem Hemd herumlaufen.« Er donnerte die Schiebetür zu.

»Geklaut? Sabrina, du hast die Sachen geklaut? Um Himmels willen!« Meine Stimme klang ziemlich hysterisch, das fiel sogar mir auf.

»Nicht so laut!«, zischte Jan und machte eine Kopfbewegung in Richtung der Leute, die vor dem Bistro draußen saßen. Sabrina nickte und wirkte sehr vergnügt. War sie etwa auch noch stolz?

»Wegen ihrer Therapeutin«, fuhr Jan fort, »die ihr gesagt hat, sie solle ihre Grenzen mehr ausloten. Ist die nicht niedlich, die Therapeutin? Und so kompetent! Deswegen können wir die Klamotten erst anziehen, wenn wir raus sind aus Eisenach. Wobei man uns wahrscheinlich auch so findet. Ist ja nicht zu überhören, dass wir aus Schwaben kommen, und hier steht ein Auto mit Stuttgarter Kennzeichen auf dem Präsentierteller, nur ein paar Schritte vom Lutherdenkmal entfernt. Die müssen nur ihre Äuglein aufsperren, dann haben sie uns.« Deswegen war Jan so böse! Ich war mir nicht sicher, was mich mehr schockierte, dass Sabrina gestohlen hatte oder dass sie zu einer Therapeutin ging.

»Jetzt mal doch nicht den Teufel an die Wand«, meinte Sabrina. »Die Polizei hat sicher Wichtigeres zu tun. Die ist damit beschäftigt, die Straßen für diese Langweilerserie mit dem Pappnasen-Doktor in der Hauptrolle zu sichern. Gehen wir jetzt pilgern, oder besorgen wir noch schnell ein paar Klamotten für Luise? Ich hätte da 'ne coole Idee.« Sie nahm ihr Handy.

»Nein, Sabrina, bitte nicht«, sagte Jan sehr bestimmt. »Für heute hattest du genug coole Ideen.«

»Wo gibt's Klamotten umsonst?«

»Sabrina, bitte! Deine Aktion vorhin hat mir echt gereicht. Ich kriech jetzt bestimmt nicht in den nächsten Altkleidercontainer, durchwühle stinkende Plastiktüten nach paarweise zusammengeknüpften Bequemschuhen für Luise und werd von aufmerksamen Eisenachern angezeigt, weil sie einen schwäbischen Hintern aus einem Container ragen sehen.«

»Nix Container. Fundbüro! Da haben wir's. Städtisches Fundbüro Eisenach, Markt 22, donnerstags geöffnet bis 18 Uhr«, las Sabrina von ihrem Smartphone vor.

»Wir sind gerade eben abgehauen vom Marktplatz. Weil wir dort nicht genug bezahlt haben, falls du's vergessen hast. Und die Polizei ist vor Ort.« Jan verschränkte die Arme, lehnte sich gegen den Renault und guckte sehr finster.

»Im Auge des Sturms herrscht die größte Ruhe«, deklamierte Sabrina.

»Du bist verrückt«, flüsterte Jan. »Du bist vollkommen verrückt, weißt du das?«

»Klar. Deshalb bin ich ja auch in Therapie und nehme Antidepressiva. Das heißt, im Moment nehme ich keine, weil ich sie in Stuttgart liegen habe. Vielleicht bin ich deshalb ein klitzekleines bisschen verrückter als sonst. Entzugserscheinungen.«

»Und was willst du auf dem städtischen Fundbüro?«

»Fragen, ob sie was gefunden haben.«

»Gefunden, was denn gefunden! Natürlich haben sie auf dem Fundbüro was gefunden, deswegen heißt es ja Fundbüro. Zumindest mal einen schwarzen Knirps-Schirm!«

»Bei der Hitze brauchen wir keinen Schirm, sondern irgendeine Klamotte, die Luise passt.«

Zehn Minuten später standen wir vor einem Gebäude neben dem Stadtschloss, nur hundert Meter entfernt von dem Café, in dem ich gerade noch gesessen und zu wenig bezahlt hatte, und nur fünfzig Meter entfernt von den Dreharbeiten und der Polizei, aber niemand schenkte uns Beachtung. Auf einem Schild am Gebäude stand »Bürgerbüro – kompetent, freundlich, zuverlässig«. Die Stimmung auf dem Marktplatz, der von Touristen, Marktbeschickern, dem Filmteam und Schaulustigen bevölkert wurde, hätte nicht entspannter sein können. Ich dagegen stolperte nervös hinter Sabrina drein, die zweifellos die Führung unseres Unternehmens übernommen hatte. Ich hatte das Gefühl, meinen freien Willen komplett aufgegeben zu haben. Jan schüttelte nur die ganze Zeit stumm den Kopf. Sabrina drückte die schwere Holztür des Gebäudes auf. Mir war immer noch nicht ganz klar, was sie eigentlich vorhatte. Ohne zu zögern, steuerte sie eine Glastür im Erdgeschoss an, öffnete sie und rief munter:

»Ist das hier das Fundbüro?«

Hinter einer Theke saß ein schlanker Mann mit wenig Haaren an einem Computer. »Bitte lächeln«, stand auf einem Schild, das aussah, als hätten es Kinder gemalt. Automatisch knipste ich mein höflichstes Lächeln an und straffte meine Schultern.

Der Mann stand auf und sagte freundlich, »Ja, da sind Sie hier richtig. Was haben Sie denn verloren?«

»Meine Mutter hier hat eine Tasche verloren. Auf einer Bank. Sie hat sie stehenlassen. Eine ganze Tasche mit Kleidung. So … eine Übernachtungstasche. Weil wir hier übernachten, wissen Sie? In Eisenach, Luthers lieber Stadt!« Sabrina strahlte den Mann vom Bürgerbüro an, als müsse er uns extrem dankbar dafür sein, dass wir Luthers liebe Stadt mit unserem Besuch beehrten. Ich warf einen raschen Seitenblick auf Jan. Er stützte den Arm auf dem Tresen auf, ließ den Kopf schwer darauf sinken und guckte so leidend, als sei er auf einem Begräbnis.

»Aha. Wie sah die Tasche denn aus, und wann haben Sie sie verloren?«

»Wie so eine Sporttasche. Zum Umhängen. Blau, von Adidas. Nicht wahr, Mutti, die Tasche war doch blau?«

»Äh – ja«, antwortete ich und spürte, wie sich mein höfliches Lächeln leicht verkrampfte.

»Und verloren hat sie sie gestern. Oder war's vorgestern?«

»Leider hat niemand eine blaue Tasche abgegeben.«

»Hmm. Vielleicht hat jemand die Tasche behalten, weil sie so toll blau war, und die Kleidung weggeworfen? Sie könnten ja einfach mal alles bringen, was man in den letzten Tagen so abgegeben hat, und wir schauen es schnell durch, ob was von Mutti dabei ist?«

Der Mann hinter dem Tresen räusperte sich. »Sie müssten schon etwas präzisere Angaben machen, was Ihre Mutter so vermisst.«

»Unsere liebe Mutti ist ein bisschen dement, wissen Sie. Sie hat ein gaaanz schlechtes Erinnerungsvermögen, und ich kenne ihre Klamotten natürlich auch nicht so genau. Mutti ist normalerweise im Heim. Wir haben sie jetzt nur für ein paar Tage rausgeholt, damit sie ihre Protestantenpflicht erfüllen und auf die Wartburg pilgern kann. Danach kann sie in Ruhe sterben.« Ich zuckte zusammen; Sabrina nahm meine rechte Hand und tätschelte sie beruhigend.

»Äh – ja«, sagte der Mann. Sein Lächeln war mittlerweile eingefroren. Meins auch.

»Wie viel Pilger kommen denn so im Jahr?«, fragte Sabrina im Plauderton. Ich zuckte wieder zusammen.

»Da müssten Sie ein Gebäude weiter nachfragen, im Stadtschloss, da ist das Touristenbüro«, erklärte der Mann, ohne mit der Wimper zu zucken. Offensichtlich hatte er uns im Geiste bereits in die Schublade »Nicht recht bei Trost« gesteckt. »Wir sind hier das Bürgerbüro.«

»Ihr kommt ohne mich klar«, murmelte Jan. »Du kennst Muttis Klamotten besser als ich, Sabrina. Ich warte dann mal draußen und rauche eine.«

Hilflos sah ich Jan hinterher, der es sehr eilig hatte, zu verschwinden und mich mit der durchgedrehten Sabrina und dem städtischen Angestellten, mit dem ich mittlerweile größtes Mitleid hatte, alleine zu lassen.

»Haben Sie denn in den letzten Tagen Kleidung hereinbekommen, die Mutti gehören könnte?«

»Entschuldigen Sie«, sagte der Mann und bemühte sich sichtlich, höflich zu bleiben, »Wir sind hier kein orientalischer Basar, auf dem man Teppiche ausbreitet. Mutti müsste schon etwas genauer sagen, was sie so verloren hat.«

»Das verstehe ich natürlich. Mutti, kannst du dich an die Sachen erinnern, die in der Tasche waren?«

Ich überlegte. Was brauchte ich am dringendsten? »Ein Kleid. Ein Sommerkleid Größe 36. Bequeme Schuhe in Größe 37. Eine … Hose. Ein Nachthemd. Eine dünne Jacke. Unterwäsche. Strümpfe. T-Shirts in verschiedenen Farben. Ein schwarzer Knirps-Schirm.« Das mit dem Knirps-Schirm sagte ich nur, damit es authentischer wirkte.

»Muttis Gedächtnis scheint doch noch ganz intakt zu sein. Ich schaue mal nach«, sagte der Mann hinter dem Tresen, ohne auch nur eine Miene zu verziehen. Nach ein paar Minuten kam er mit einer Jeansjacke, einem Paar knallroter, halbhoher Turnschuhe und einem schwarzen T-Shirt zurück und breitete alles auf der Theke aus.

»Ich kann mir nicht vorstellen, dass irgendetwas davon Ihrer Mutter gehört«, erklärte er. »Die Jeansjacke hat eine Männergröße, die Chucks sind Größe 38, und die Sachen entsprechen ja auch nicht unbedingt dem Kleidungsstil Ihrer Frau Mutter.« Mit einem süffisanten Lächeln hielt er das langärmelige schwarze T-Shirt hoch. Es war voller Löcher, die aussahen, als seien sie mit Absicht hineingeschnitten worden. Die schwarz gekleideten Jugendlichen, die in Stuttgart in der Klett-Passage herumhingen, trugen so etwas.

»Ach, wissen Sie, meine Mutter liebt Crossover! Willst du mal anprobieren, Mutti?«

»Anprobieren? Also entweder gehören Ihnen die Sachen und Sie erkennen sie wieder, oder sie gehören Ihnen nicht!«, rief der Mann erbost.

»Ich sagte Ihnen doch bereits, Mutti ist dement! Wie soll sie sich da an ihre Kleidung erinnern?« Sabrina schnappte die Jeansjacke und hielt sie mir hin. Erst wollte ich abwehren, ich wollte keine Jacke, die mir nicht gehörte, aber dann schlüpfte ich gehorsam aus meiner Kostümjacke heraus und in die Jeansjacke hinein. Ich konnte doch Sabrina nicht brüskieren! In die Jeansjacke hätte ich dreimal hineingepasst. Die Ärmel waren so lang, dass sie mir fast bis zu den Fingerspitzen reichten. Mit hängenden Armen stand ich da, spürte, wie die Jacke um meine Hüften schlotterte, und fühlte mich lächerlich.

»Umkrempeln?«, schlug Sabrina vor.

Der Mann vom Fundbüro verdrehte die Augen. Ich schüttelte den Kopf und streifte die Jacke wieder ab. Sabrina griff stattdessen nach den Turnschuhen. Es war eine Wohltat, aus meinen Pumps heraus- und in die Turnschuhe hineinzuschlüpfen. Sie waren mir zwar ein wenig zu groß und hatten ein paar Löcher, von denen ich nicht wusste, ob sie gewollt oder ungewollt waren, aber das war nicht so schlimm. Bestimmt konnte man sie enger schnüren, und mit den entsprechenden Socken … Ich nickte eifrig. Dass ich jemand anderem sein Eigentum streitig machte, war mir in diesem Augenblick völlig egal.

»Dann sind das also die Chucks Ihrer Mutter?« Der Mann lehnte sich über den Tresen und blickte auf meine Füße, die nun in knallroten, knöchelhohen Turnschuhen mit Löchern steckten, kombiniert mit blickdichten Feinstrumpfhosen, einem schwarzen Kostüm und sechsundsiebzig Jahren.

»Ja, natürlich! Die heutigen Senioren sind schließlich modern!«

»Wenn Sie's sagen. Das macht dann fünf Euro.«

»Fünf Euro?«

»Genau.«

»Aber das sind doch unsere Schuhe! Die Schuhe meiner lieben Mutti! Wir wollen nix kaufen. Wir haben was verloren!«

»Wir erheben aber für die Ausgabe von Fundsachen eine Verwaltungsgebühr von fünf Euro. Wissen Sie, es gibt sogar manchmal den seltsamen Fall, dass Leute Dinge finden, die sie nie verloren haben.« Der städtische Angestellte blickte Sabrina jetzt durchdringend an; ich sah verschämt zu Boden.

»Wir haben aber keine fünf Euro«, murmelte Sabrina, und es klang trotzig. Mir reichte es jetzt. Das war alles so schrecklich peinlich! Zu Hause hatte ich das Konto voller Geld und den Schrank voller Kleider, und hier bettelte ich um ein Paar löchrige Turnschuhe!

»Sabrina. Lass uns gehen, bitte. Wir haben den freundlichen Herrn schon lange genug beansprucht.« Ich bückte mich, um aus den Schuhen zu schlüpfen.

»Warten Sie«, seufzte der Mann. »Nun nehmen Sie die Chucks schon mit! Die sind vor zwei Jahren hier abgegeben worden, die vermisst eh keiner mehr! Aber bitte gehen Sie jetzt!«

»Danke«, sagte ich leise.

»Geht doch!«, rief Sabrina fröhlich. »Hätten Sie vielleicht noch eine Plastiktüte, damit Mutti ihre Pumps transportieren kann?«

»Sabrina, komm jetzt«, sagte ich hastig, bückte mich umständlich, um meine Pumps aufzusammeln, und ging aus der Glastür, ohne mich noch einmal umzudrehen; mein Gesicht brannte vor Scham.

»Haben wir es jetzt endlich zu lokaler Berühmtheit gebracht, Sabrina? Oder willst du noch einen draufsetzen?« Jan stand mit einer Zigarette in der Hand auf dem Marktplatz in der Sonne.

»Immerhin habe ich ein Paar bequeme Schuhe für Luise organisiert.« Sabrina schien tatsächlich sehr zufrieden mit sich.

»Können wir jetzt langsam mal lospilgern?«, fragte Jan. »Deshalb sind wir schließlich hier. Wie läuft das korrekt ab, Luise? Nicht, dass du noch wegen Pilgerversagens in die Hölle kommst.«

»Wir pilgern ja schon«, log ich. »Wir sind am Lutherdenkmal vorbeigekommen, und dort drüben in der Georgenkirche hat Luther gepredigt.« Das mit der Kirche hatte mir die freundliche Bedienung erzählt; die freundliche Bedienung, die ich um ihr Geld geprellt hatte. Sie hatte mir auch einen Stadtplan gegeben, auf dem ein Lutererlebnispfad eingezeichnet war, den ich jetzt zum Pflichtprogramm für Protestanten deklarieren würde. Ich zog den Plan aus meiner Handtasche.

»Als Nächstes müssen wir zur Predigerkirche, das ist nur ein paar hundert Meter von hier, und von dort zu Fuß den Schlossberg hinauf zur Wartburg. Aber wenn wir rechts um den Marktplatz gehen, stolpern wir über die Polizei, und wenn wir linksrum gehen, müssen wir am Café vorbei.«

»Dann gehen wir eben mittendurch«, erklärte Jan seelenruhig. Mir war ein wenig mulmig, als wir über den Marktplatz liefen und rechts abbogen. Die Polizei beachtete uns nicht. Café, Outdoorladen, Fundbüro. Irgendwann würden die Eisenacher im Gedenken an unsere Delikte einen Schwabenerlebnispfad einrichten.

»Musst du oben auf der Wartburg eigentlich noch ein religiöses Ritual absolvieren?«, fragte Sabrina. »Irgendwas küssen, die erste Lutherbibel oder so, oder dreimal um einen Brunnen gehen und dabei das Vaterunser beten?«

»Nein, nur hochlaufen.« Ich wusste ja nicht einmal, ob es auf der Wartburg einen Brunnen gab!

»Ich bin echt froh, dass ich keine Religion habe«, meinte Sabrina. »Ist doch bloß Stress. All die Regeln und so.«

»Nein, nein, so ist das bei Luther nicht. Da zählt allein der Glaube. Und Glauben gibt schließlich Halt im Leben«, sagte ich. Ich sagte es ganz automatisch und eigentlich nur, weil ich das Gefühl hatte, meinen evangelischen Glauben verteidigen zu müssen. Dabei war er mir mit Günthers plötzlichem Tod abhandengekommen. Ich war zwar wenige Tage später zum Gottesdienst in die Brenzkirche gegangen, und man hatte mich umarmt und mir herzliches Beileid gewünscht. »Gell, wennd' was brauchsch, Luisle, noo sag'sch.« Es war sicher gut gemeint. Aber all die Beileidsbekundungen, die Predigten und die Gebete waren mir plötzlich so hohl vorgekommen. So hohl und so floskelhaft. Ich konnte auch nicht mehr beten. Es war, als sei die Verbindung zwischen mir und meinem Gott gekappt worden. Da, wo seit Kindheitstagen mein Glauben gewesen war, klaffte plötzlich ein tiefes, gähnendes Loch.

»Wenn ich gläubig wäre, dann Buddhistin«, erklärte Sabrina. »Yoga und Meditation sind cool. Ich mach manchmal Yoga mit den Kids in der Schule, das bringt die total runter. Und Buddhisten sprengen sich wenigstens nicht selber in die Luft. An was glaubst du eigentlich, Jan?«

»Dieser ganze Yoga-Meditations-Hype nervt mich genauso wie der Vegan-Hype. Christine steht auch manchmal in aller Herrgottsfrühe im Schlafzimmer und erschreckt mich mit herabschauenden Katzen und halben Hyänen. Ich bin mit siebzehn aus der katholischen Kirche ausgetreten. Ich glaube an Werte.«

»Was für Werte?«

»Umweltschutz. Abrüstung. Weltfrieden. Oder auch, dass man andere nicht bestiehlt. Bringst du deinen Kids eigentlich auch das Klauen bei?«

»Natürlich nicht. In der Schule würdest du mich nicht wiedererkennen. Da bin ich ein leuchtendes Vorbild. Ich versuche, die Kinder zu guten Menschen zu erziehen, die auf andere Rücksicht nehmen. Was sie später draus machen, ist ihr Ding. Heutzutage geht doch alles, da bastelt sich doch jeder seine Werte selber.«

Wir standen jetzt vor der Predigerkirche, die man anscheinend zum Museum umfunktioniert hatte. Auf einer Tafel war ein Diagramm aufgemalt.

»Der Lutherweg ist zweiundzwanzig Kilometer lang!«, rief Sabrina. »Die musst du aber nicht abpilgern, oder?«

»Nein, nein, nur das Kernstück, den Schlossberg hinauf von hier bis zur Wartburg.« So war es im Stadtplan eingezeichnet, von der Predigerkirche bis zur Eselstation. Ich hatte nicht die geringste Ahnung, wo der Lutherweg von dort aus hinführte.

»Und hoffentlich nicht schweigend!«

»Weil das würd der Sabrina jetzt wirklich arg schwerfallen«, erklärte Jan.

An einem Gymnasium begannen wir unseren Aufstieg.

»Guck mal, hier ist Luther zur Schule gegangen, 1498 bis 1507!«, rief Sabrina. »Ganz schön jung, dein Glauben. Mohammed und Buddha waren deutlich früher dran. Da könnt ihr Protestierer nicht mithalten.«

»Protestanten protestieren nicht«, murmelte ich. »Zumindest nicht die Pietisten. Das ist ja gerade das Problem. Ich hab's nie gewagt, mich gegen meine strenggläubige Mutter aufzulehnen.«

Wir kamen an einer Tafel mit einem Lutherwort vorbei. »Anständig leben in dieser Welt heißt: Mitten im Schankhaus nüchtern, mitten im Hurenhaus anständig, mitten im Tanzhaus göttlich, mitten in der Mördergrube rechtfertig zu leben.« Mitten im Tanzhaus göttlich? Meine Mutter hatte mir Tanzen nicht einmal erlaubt, genauso wenig wie Kino. Ich war heimlich zur Tanzstunde gegangen, in den Schönblick in der Weißenhofsiedlung, zur Tanzschule Lux. Irgendwann flog ich auf.

Sabrina stand schon an der nächsten Tafel und winkte.

»Guck mal, Luise, Luthers Trauung! Ich dachte, er war Mönch und Single!«

»Anfangs schon, aber dann hat er in Wittenberg Katharina von Bora geheiratet, eine entflohene Nonne.«

»Und Luther hat sich unter dem Decknamen Junker Jörg auf der Wartburg versteckt. Wie findest du das, Junker Jan?«, fragte Sabrina.

Jan brummte irgendwas zur Antwort.

Der Luthererlebnispfad führte jetzt steil bergan in den Wald. Ohne Socken rutschte ich in den Turnschuhen herum, in dem dunklen Kostüm und der Feinstrumpfhose schwitzte ich entsetzlich. An den Fersen und an meinem Hallux hatte ich schmerzende Blasen. Ich blieb stehen, schnappte nach Luft, legte die Pumps einen Moment auf dem Waldboden ab, zog meine Kostümjacke aus und hängte sie mir über den Arm mit der Handtasche. Warum hatte ich überhaupt eine Jacke dabei, bei der Hitze? Ohne ein Wort sammelte Sabrina die Schuhe auf. Der Aufstieg schien sie kein bisschen anzustrengen. Jan schnaufte dagegen heftig. Er trug noch immer Anzughose, weißes Hemd und geschlossene schwarze

Schuhe. Endlich hatten wir den ersten Anstieg bewältigt. Unter einer Eiche stand ein schlichtes Holzbänkchen. Deutscher geht's wahrlich nimmer, dachte ich, Wald, Eiche, Bänkchen, Luther.

»Willst du nicht einen Moment ausruhen, Luise?«, fragte Sabrina. Ich nickte dankbar, zu sehr außer Atem, um sprechen zu können, und freute mich über Sabrinas Fürsorge. Wir passten gerade so zu dritt auf die Bank. Ich war immer so fit gewesen, aber die paar Runden im Schwimmbad täglich reichten nicht aus, und das Golfen hatte ich zu oft verschlafen. Du hast dich gehenlassen, Luise, schalt ich mich in Gedanken, während mein Atem langsam ruhiger wurde.

Im wohltuenden Schatten der Eiche sahen wir vom Bänkchen hinunter in den Wald, lauschten den Vögeln, und alles war so friedlich. Ausnahmsweise sagte keiner etwas. Plötzlich durchzuckte mich ein Glücksgefühl. Ich fühlte mich, als würde ich einen schönen Urlaubstag mit Freunden verbringen. Ich war eine stinknormale Touristin, die in ihren Sommerferien zur Wartburg spazierte. Natürlich war es nicht stinknormal. Wir hatten keinen Cent mehr in der Tasche, und Sabrina hatte mich beinahe genötigt, ihre peinliche Inszenierung im Fundbüro mitzuspielen. Aber hatte sie es nicht mir zuliebe getan? Und hatte es mir, wenn ich ehrlich war, nicht sogar ein ganz kleines bisschen Spaß gemacht? Das hier war verrückter und wilder als meine Ferien und die Geschäftsreisen mit Günther. Ich war mit zwei Menschen unterwegs, die ich erst seit ein paar Stunden kannte, und hatte nicht die geringste Ahnung, wo das alles hinführte, wo mein Gepäck abgeblieben war und wann ich wieder nach Hause fahren würde. Es war mir egal. Hier und jetzt war ich glücklich.

JAN

IRGENDWO AUF EINER WIESE IM THÜRINGER WALD, NICHT WEIT VON EISENACH

Auf einem kleinen Sträßchen fuhren wir aus Eisenach hinaus. Nun, da Luise erfolgreich gepilgert war, waren wir wieder komplett planlos. Ohne Ziel, ohne Geld, ohne Essen, ohne Übernachtungsmöglichkeit und bald auch ohne Benzin. Stillschweigend kletterten wir in den Renault, als gäbe es nichts zu besprechen. Ohne Geld blieb uns sowieso nichts anderes übrig, als im Auto zu übernachten. Ich fuhr einfach los und bog in irgendeine Richtung ab. Der Thüringer Wald machte seinem Namen alle Ehre. Wald. Noch mehr Wald. Wald ohne Ende, ein plätscherndes Bächlein, Wanderparkplätze und Holzabfuhrwege und ziemlich viele Wege mit Schildern, auf denen »Privat« stand. Bestimmt hätte man trotzdem irgendwo das Auto abstellen und übernachten können, aber ich wollte erst ein paar Kilometer zwischen uns und Eisenach bringen. Ich würde dann ruhiger schlafen, selbst wenn ich nicht glaubte, dass uns die Polizei auf den Fersen war.

An einem Wanderparkplatz, an dem »Rennsteig« stand, hielt ich kurz an, weil Sabrina fror. Ich fand im Handschuhfach mein altes Schweizer Taschenmesser, schnippelte die Preisschilder an den geklauten Klamotten ab, und wir zogen uns hinter dem Auto um. Es war eine Wohltat, aus meiner Anzughose voller Fahrradschmiere und dem völlig verschwitzten weißen Hemd rauszukommen. Ich knüllte beides zusammen und warf den Kleiderhaufen mitsamt meinen schwarzen Schuhen hinten ins Auto. Sabrinas sexy Körper war mir in dem Mountainbike-Höschen deutlich lieber gewesen als in einer karierten Bluse und einer unförmigen Zipphose, aber ich hielt natürlich die Klappe, sonst hätte sie mir bestimmt eine übergebraten. Fünfzig zu werden hieß ja schließlich nicht, dass einem die Frauen nicht mehr gefielen. Im Gegenteil. In letzter Zeit ertappte ich mich immer wieder dabei, wie ich jüngeren, attraktiven Frauen hinterherschaute. Einmal hatte mich Christine dabei ertappt. Saupeinlich.

Luise und Sabrina waren so clever gewesen, sich auf dem Klo der Wartburg notdürftig zu waschen und Wasser aus dem Hahn zu trinken. Das mit dem Waschen fand ich nicht so schlimm, aber getrunken hatte ich seit dem Mittagessen nichts mehr. Ich hatte entsetzlichen Durst. Ich sagte jedoch nichts.

»Warum bleiben wir nicht über Nacht hier?«, fragte Sabrina. »Ist doch ganz lauschig.«

»Weil der Rennsteig ein total bekannter Wanderweg ist. Morgen tauchen hier in aller Herrgottsfrühe die ersten Wanderer auf. Wir fahren noch ein Stück.«

Es war kurz nach halb zehn, die Sonne war schon untergegangen. Im Auto war es still geworden. Wir fuhren aus dem Wald heraus. »Wir brauchen dringend was zum Übernachten, ehe es dunkel wird«, sagte ich. »Am besten eine Wiese mit Bäumen, auf der man uns nicht gleich sieht.«

»Okay, dann halten wir ab jetzt Ausschau nach einem geeigneten Plätzchen.« Sabrina klang so eifrig wie eine Pfadfinderin am Zeltwochenende. Die Straße führte wieder in den Wald, in engen Serpentinen den Berg hinauf und aus dem Wald heraus auf ein Hochplateau.

»Schau mal, da!«, rief Sabrina.

Links bog ein Schotterweg in die Wiesen und Felder ab. Nach ein paar hundert Metern hielt ich an. In der Dämmerung sah man nichts als Wald und endlose Hügel. Nirgendwo das Licht einer Ortschaft, kein Verkehr, nichts. Besonders dicht besiedelt schien dieser Thüringer Wald nicht zu sein.

»Sind wir hier nicht zu exponiert?«, spekulierte Sabrina. Ich fuhr noch ein Stück auf dem rumpeligen Feldweg bergab. Jetzt konnte man uns von der Straße aus nicht mehr sehen. Auf einer Wiese mit Obstbäumen parkte ich den Renault. Die Tankanzeige stand jetzt auf Reserve; ich sagte nichts. Es reichte, wenn ich die beiden morgen früh damit beunruhigte. Nicht, dass sie besonders beunruhigt wirkten.

»Wie machen wir's mit dem Schlafen?«, fragte Sabrina.

Luise war schon vor längerer Zeit verstummt.

»Ich lege die Sitze um, dann habt ihr eine ziemlich große Liegefläche. Ist vielleicht ein bisschen hart, aber mit den beiden Fleecedecken werdet ihr wenigstens nicht frieren.«

»Und du?«

Ich zuckte mit den Schultern. »Ich leg mich unter einen Obstbaum. Das Auto ist zu klein für drei.«

»Aber wir haben doch nur zwei Decken!«, protestierte Luise. »Du wirst dir den Tod holen, Jan!«

»Ich deck mich mit dem Badetuch von Christine zu. Ist ja eine warme Nacht. Früher hab ich ständig draußen geschlafen.« Das »Früher« war ungefähr fünfundzwanzig Jahre her, während des Studiums, als ich kein Geld hatte, aber das sagte ich nicht. Ich war doch kein Weichei.

»Mir knurrt der Magen«, murmelte Sabrina. »Dir nicht, Luise?« Luise schüttelte den Kopf.

»In meinem Alter braucht man nicht mehr so viel. Mir reicht in der Regel der Seniorenteller. Und ich hatte ja noch die Mohntorte. Normalerweise esse ich gar keinen Kuchen.«

»Und du, Jan?« Ich hatte einen Bärenhunger, aber was half's, darüber zu reden?

»Ich werd's überleben«, knurrte ich, kletterte nach hinten und klappte die Rückbank um. Sabrina machte die Taschenlampe an ihrem Handy an und verschwand mit Luise zwischen den Bäumen. Dass die beiden schon zusammen pinkelten, war kein gutes Zeichen. Für meinen Geschmack freundeten sie sich viel zu schnell an. Plötzlich ertönten entzückte Schreie.

»Äpfel!«, brüllte Sabrina. »Da hängen lauter Äpfel am Baum!« Kurz darauf tauchte sie mit einem Arm voller Äpfel wieder auf und streckte mir strahlend einen hin. Ich schüttelte den Kopf.

»Sabrina. Es ist Ende Juli. Die können unmöglich reif sein.« Sabrina zuckte mit den Schultern und schlug ihre Zähne in einen Apfel.

»Megasauer, aber besser als nichts.« Mit der freien Hand zog sie ihr Smartphone aus der Hosentasche. »Kein Empfang. Das war ja klar.«

»Wahrscheinlich sind die Leitungen im Zonenrandgebiet noch nicht so gut«, erklärte Luise und schüttelte auch den Kopf, als Sabrina ihr im Licht der Handy-Taschenlampe einen Apfel hinstreckte.

»Klar, und Honecker ist nicht in Chile gestorben, sondern hockt immer noch in Ost-Berlin rum. Mann, Luise, Zonenrandgebiet ist Geschichte!«, sagte ich.

»Ich hatte achtundzwanzig Lebensjahre mit der Mauer«, antwortete Luise trotzig. »Da muss man sich halt erst mal umstellen. Wie geht's jetzt eigentlich weiter, so ganz ohne Geld?« Sie öffnete die Beifahrertür und ließ sich auf den Sitz sinken. Sie wirkte erschöpft.

»Wir reden morgen früh darüber. Im Augenblick können wir sowieso nichts mehr ausrichten.«

»Bist du eigentlich nicht stinkesauer auf Christine?«, fragte Sabrina mit vollem Mund. »Das mit dem Konto ist doch schließlich 'ne ganz schön heftige Nummer. Sie will dich mit Gewalt zum Heimkommen zwingen.«

»Klar bin ich sauer, was glaubst du denn! Schließlich weiß sie, dass ich zurzeit die Krise habe. Da könnte sie mir doch die paar Tage Auszeit gönnen!«

»Hast du die schon länger? Die Krise, meine ich«, fragte Sabrina weiter. Ging sie ja eigentlich überhaupt nichts an. Andererseits war's auch ganz schön, nicht immer alles mit sich alleine auszumachen.

»Keine Ahnung, wann das anfing. Irgendwann bin ich aufgewacht und war völlig frustriert. Du bist fast fünfzig, dachte ich, das ist ja heutzutage kein Alter, aber du hast jetzt schon das Gefühl, da kommt nichts Neues mehr, außer noch mehr Fett auf deinen Bierbauch. Du wirst arbeiten müssen, bis du siebenundsechzig bist, Nele und Melissa werden aus dem Haus gehen, und du musst ihnen die Ausbildung finanzieren, also verlier bloß deinen Job nicht und die Motivation, auch wenn um dich rum die Kollegen ohne Kinder rausfliegen. Du wirst immer erschöpfter werden, weil sich die Arbeit immer mehr verdichtet, also vergiss das mit dem Kürzertreten, weil du es dir eh nicht leisten kannst. Fünf der zehn Haare, die dir noch geblieben sind, fallen dir aus Sorge um deinen Job aus, und die restlichen fünf, weil du dich darum sorgst, dass deine Kinder keinen finden. Du wirst mit der Partnerwahl deiner Töchter nicht einverstanden sein und dich vor lauter Eifersucht lächerlich machen. Du wirst dich wieder mit Christine zusammenraufen müssen, weil du die Kinder nicht mehr als Puffer zwischen dir hast. Du wirst auf den Urlaub hinfiebern, weil du dringend Erholung brauchst, und dich dann auf Teneriffa in dem Wellnesshotel, das Christine ausgesucht hat, langweilen. Dabei wollte ich mal was bewegen, verändern, erfinden. Ich wollte nicht da landen, wo alle landen, in der Sackgasse von Familie, Einfamilienhaus und Grillabenden mit den Nachbarn, die genauso kotzlangweilig sind wie man selber. Ich wollte, dass irgendwas von mir bleibt.«

So viel hatte ich seit ungefähr zehn Jahren nicht am Stück geredet. Zumindest nicht mit Christine.

»Na, das klingt nach einer lustigen Zukunft«, meinte Sabrina. »Da wird man ja richtig neidisch. Glücklich sein hört sich anders an.«

»Man hat kein Anrecht auf Glück«, sagte ich düster. »Man hat verdammt viel Glück, wenn man Glück hat. Aber vielleicht muss man einfach die Ansprüche runterschrauben. Es gibt Leute, die sind in meinem Alter schon tot.«

»Aber deine Kinder bleiben doch«, warf Luise ein.

»Kinder. Du meinst diese pubertierenden Monster, die mir und Christine zurzeit das Leben zur Hölle machen? Das mit den Kindern habe ich mir echt einfacher vorgestellt.«

»Ihr müsst eben zusammenhalten. Gerade jetzt ist es doch wichtig, dass Christine und du an einem Strang ziehen.«

»So wie Günther und du?«, spottete ich. »Beim Mittagessen hast du 'ne andere Geschichte erzählt.«

»Ja, so wie Günther und ich«, sagte Luise leise. »Auch wenn Günther mich betrogen hat, wenn es um die Familie ging, passte kein Blatt zwischen uns.«

Sabrina hüpfte schon seit einiger Zeit neben mir auf und ab.

»Lasst uns schlafen gehen. Mir ist kalt, und je schneller ich schlafe, desto schneller vergesse ich meinen Hunger.«

Die beiden Frauen kletterten ins Auto. »Gute Nacht. Vergesst nicht, von innen zu verriegeln.«

»Gute Nacht, Jan. Hoffentlich frierst du nicht!«, rief Luise. Ich zog die Schiebetüre zu. Dann schaltete ich die Taschenlampe am Handy an, fand den Weg zum nächsten Baum, ging drum rum, pinkelte, ging dann wieder auf die andere

Seite, wickelte mich in Christines Badetuch und legte mich hin. Es war zappenduster. Keine Straßenlaterne, kein Autoscheinwerfer von der Straße, kein Licht vom nächsten Haus. Bei uns im Westen gab's das ja kaum mehr. Den Mond oder die Sterne sah ich natürlich auch nicht unter dem Baum. Ein Käuzchen rief. Super. Endlich mal wieder draußen schlafen, mitten in der Natur! Wann hatte ich das zum letzten Mal gemacht? Seit die Mädels pubertierten, wollten sie vom Zelten nichts mehr wissen, noch nicht mal ein Ferienhäuschen in Dänemark war ihnen gut genug, es musste schon ein Hotelurlaub sein, in der Türkei oder auf Malle. Hauptsache, sie wurden braun, von Natur hautnah hielten sie gar nichts, da konnte es ja Spinnen geben, igitt. Ich hörte Sabrina und Luise im Auto quatschen und kichern, als seien sie bei einer Übernachtungsparty. Echt toll. Da hatte ich meinen beiden Teenagern für ein paar Tage entkommen wollen, und stattdessen hatte ich jetzt zwei fremde Frauen am Hals, die offensichtlich nie aus der Pubertät rausgekommen waren. Und Sabrina hatte die Outdoorklamotten geklaut, als sei es eine therapeutische Übung! Der Ladenbesitzer hatte uns bestimmt angezeigt. Hätte ich Sabrina bloß nicht an den Bärenseen eingesammelt, dann wäre alles anders gelaufen. So wie ich es mir eigentlich vorgestellt hatte mit der Auszeit: mal wieder allein sein, Natur genießen, abends irgendwo in eine Musikkneipe, eine Salamipizza essen und ein paar Bier trinken, ausschlafen. Ruhe haben, vor allem. Darüber nachdenken, wie es mit mir und Christine weitergehen sollte. Christine und die gesperrte EC-Karte, wir waren in der Abwärtsspirale, ganz klar. Lieber nicht drüber nachdenken. Sich jetzt trennen, wo die Mädels uns so dringend brauchten? Oder noch ein paar Jahre durchhalten, bis sie aus dem Haus waren, und sich dann was Jüngeres suchen? So hatten es schon diverse Kumpels gemacht. Plötzlich liefen sie mit

Frauen rum, die zwanzig Jahre jünger waren und die sie wegen ihrer angeblichen Lebenserfahrung anhimmelten. Frauen, so alt und so attraktiv wie Sabrina. Ich fand's total peinlich. Wenn sie die dann auch noch mit in die Kneipe schleppten, wusste ich nie, was ich mit ihnen reden sollte.

Wenigstens war mein Job erst mal kein Problem, bis Montag früh brauchte ich keine Krankmeldung. Spätestens dann war sie rum, die sogenannte Auszeit. Meinen Job riskieren? Niemals! Selbst wenn wir uns weiter so saublöd anstellten wie bisher, in drei Tagen würden wir es ja wohl zurück nach Stuttgart schaffen, und dann Schwamm drüber und kein Sterbenswörtchen über die geklauten Klamotten zu Christine, selbst wenn sie noch so hartnäckig nachbohren würde, wie ich die bezahlt hatte. Am besten schmiss ich die Sachen einfach weg. Ich hatte der Personalabteilung und meinem Chef eine SMS geschickt, ich hätte die Sommergrippe. Mein Chef war sicher nicht glücklich, aber was sollte er machen, ich war eigentlich nie krank, der konnte sich echt nicht beschweren. Tat er auch nicht, er hatte mir sogar total nett zurückgeschrieben und gute Besserung gewünscht. Das war also nicht das Problem. Ein Riesenproblem war's dagegen, kein Geld zu haben, und damit nicht genug, zwei Frauen am Hals, die genauso wenig Plan hatten wie ich. Auch wenn Sabrina offensichtlich kleptomanisch veranlagt war, mit ihr kam ich klar. Aber Luise! So eine alte Frau, selbst wenn sie einigermaßen fit wirkte, die konnte doch jederzeit einen Schlaganfall oder einen Herzinfarkt kriegen, das war doch eine Verantwortung! Wir hatten nicht mal eine Telefonnummer, um im Notfall einen Angehörigen zu verständigen! Wir mussten sie unbedingt loswerden. Vielleicht konnte ich sie mir irgendwie vom Hals schaffen, heimlich, ohne dass Sabrina es merkte? Bevor sie sich zu sehr mit Luise anfreundete. Dass Frauen immer gleich so dicke miteinander sein mussten! Null gesunde Distanz wie bei uns Männern. Der Altersunterschied von fünfundvierzig Jahren schien sie kein bisschen zu interessieren. Wie Christine. Die freundete sich im Urlaub auch immer ruck, zuck mit einer anderen Frau an, meistens eine, die gerade Beziehungskrise hatte und deshalb allein unterwegs war, und die quatschte uns dann bei jeder Gelegenheit die Ohren mit ihren Problemen voll. Ich lauschte. Die Stimmen im Auto waren verstummt.

Mitten in der Nacht wachte ich auf. Wurzeln drückten schmerzhaft in meinen Rücken, alles tat mir weh, und außerdem war es saukalt. Von wegen laue Sommernacht! Das Handtuch war nass. Früher hätte mir das nichts, aber rein gar nichts ausgemacht. Verdammtes Älterwerden! Ich stand auf und hüpfte ein bisschen auf und ab, bis mir wieder warm wurde. Es war kurz nach vier, über mir im Baum fingen die ersten Vögel zu zwitschern an. »Schnauze«, blaffte ich. Im Auto rührte sich nichts. Ich legte mich wieder hin.

»Morgen!«

Ich fuhr hoch. Es war hell geworden. Ich schnappte nach Luft. Bleckende Zähne und ein Maul, aus dem der Sabber lief, gerade mal anderthalb Meter vor mir. Ein tiefes Knurren. Panisch rutschte ich zurück an den Baumstamm; mein Herz raste. Der Schäferhund war angeleint, immerhin. Der Mann, der mit der einen Hand die Leine und in der anderen einen Stock hielt, trug dreckige Jeans, Gummistiefel, einen Cowboyhut und einen Schnauzbart im Gesicht.

»Äh – guten Morgen.« Ich warf einen hastigen Blick auf meine Armbanduhr. Was wollte der Mann von mir, um kurz nach sieben?

»Ich würde dann gern kassieren. Sie fahren ja sicher bald weiter.« Seine Stimme klang sachlich.

»Kassieren?«, fragte ich verwirrt.

»Genau. Die zehn Euro.«

»Welche zehn Euro?«

»Die zehn Euro Campinggebühr. Haben Sie das Schild nicht gesehen?«

»Schild. Welches Schild?« Langsam kam ich mir vor wie ein Papagei.

»Direkt über Ihrem Kopf.«

»Können Sie den Hund wegnehmen? Ich hab's nicht so mit Hunden.« Das war noch milde ausgedrückt. Ich hatte eine Hundephobie, seit ich als Kind von einem Boxer gebissen worden war. Der Mann zog den Schäferhund einen halben Meter zurück.

Mühsam rappelte ich mich auf und ließ das durchnässte Handtuch fallen. Meine Kleider waren feucht, mir tat alles weh. Der Schäferhund knurrte jetzt lauter. Ich konnte kaum den Kopf drehen, so steif war ich. Auf einem Schild am Baum stand »Privatgrundstück. Zelten und Campieren 10 Euro / Nacht.« Darunter eine Handynummer.

»Tut mir leid, wir haben das Schild nicht gesehen, es war schon dunkel, als wir hier ankamen. Wir dachten, das sei einfach eine Wiese und wir stören niemand, weil weit und breit kein Licht war. Wir sind auch gleich weg.«

»Einfach eine Wiese.« Der Bauer nickte und sah nachdenklich aus. »Das meinen ziemlich viele Leute, wenn sie mit dem Wohnmobil von Eisenach kommen und hier auf den Feldweg fahren und über Nacht bleiben. Deswegen komme ich morgens regelmäßig vorbei. Falls jemand das Schild nicht gesehen hat und nicht anruft, so wie Sie. Ist ja kein Beinbruch, Sie geben mir jetzt einfach die zehn Euro, und die Sache ist erledigt.«

Ich fing an zu schwitzen. »Das würde ich gern, wirklich. Es ist bloß so, das klingt jetzt vielleicht seltsam, aber wir haben kein Bargeld, wir müssen erst welches abheben.« Der Mann schwieg einen Moment. Dann guckte er den Hund an. »Haste das gehört, Schnuffel? Komisch. Der Mann hier hat ein Stuttgarter Kennzeichen. Weißte, Schnuffel, die Schwaben, die sind reich, die haben nach der Wende den halben Osten aufgekauft und sich 'ne goldene Nase an uns verdient, und jetzt will mir der Mann hier erzählen, er hätte keine zehn Euro. Zehn Euro, davon kriege ich grade mal 'ne Packung Hundefutter für dich. Was sollen wir davon halten?« Der Köter, der kein bisschen nach einem Schnuffel aussah, sondern nach einem Ich-fress-dich-gleich-mit-Haut-und-Haaren-auf, knurrte noch lauter. Ich zitterte.

»Es ist eine lange Geschichte, wirklich …«

»Eine lange Geschichte. Ich habe keine Zeit für lange Geschichten, ich muss los und meine Schweine füttern, und mein Hund hier« – seine Stimme wurde ganz sanft – »mein Hund hier auch nicht.« Der Schäferhund bellte und sprang wild hin und her, der Bauer riss ihn zurück und briet ihm mit dem Stock eine über, was den Hund nur noch aggressiver machte. Ich hatte eine Scheißangst. Wieso wachten die Frauen nicht auf?

»Warum notieren Sie nicht einfach Ihre Bankverbindung und wir überweisen Ihnen das Geld!«

Der Mann lachte. »Niedlich. Echt total niedlich. Meinen Sie vielleicht, nur weil ich im Osten wohne, bin ich blöd?«

»Nein, natürlich nicht. Ich hole Ihnen die zehn Euro. Mein Geldbeutel ist im Auto. Ich bräuchte dann mal meine Sandalen.« Der Hund sabberte nämlich gerade drauf.

»Ich bin mir sicher, Sie schaffen die paar Meter ohne Schuhe«, sagte der Mann. »Soll ja gesund sein, auf nassem Gras zu laufen.« Ich tastete nach dem Autoschlüssel in meiner Hosentasche. Wenn ich jetzt zum Auto ging, würden mich beide eskortieren, er und der Köter, dann war's zu spät zum Abhauen. Es gab nur eins, zum Auto rennen und losfahren, ohne Schuhe und mit den beiden schlafenden Frauen hintendrin. Mit Gummistiefeln würde mich der Kerl niemals einholen. Und er würde doch nicht allen Ernstes seinen Hund auf mich hetzen wegen ein paar Euro? Ich atmete tief ein. Dann rannte ich los.

»Schnuffel, fass!«

Doch. Der Kerl hetzte seinen Hund auf mich.

LUISE

IRGENDWO AUF EINER WIESE IM THÜRINGER WALD, NICHT WEIT VON EISENACH

»Luise, bist du wach? Ich kann nicht einschlafen«, flüsterte Sabrina. Wir lagen auf der Liegefläche des Renault eng beieinander. Die Fleecedecken polsterten den harten Boden kaum ab. Seltsamerweise störte mich die Intimität mit einem Menschen, den ich kaum kannte, nicht. Es war sogar irgendwie gemütlich. Nicht so einsam wie die Nächte seit Günthers Tod.

»Ich kann auch nicht schlafen.« Ich dachte an mein Ehebett, klassisch zweigeteilt mit Ritze. In den letzten Wochen hatte ich mir immer wieder überlegt, ob ich mir nicht ein Einzelbett kaufen sollte, mit einer schönen, breiten Matratze, damit ich nicht bei jedem Zubettgehen und Aufstehen auf Günthers leere Seite starrte. Sobald ich wieder in Stuttgart war, würde ich mir ein neues Bett kaufen. Wenn auch aus einem anderen Grund.

»Du könntest mir was aus deiner Kindheit erzählen«, schlug Sabrina plötzlich vor.

»Meine Kindheit? Da gibt es nichts zu erzählen.« Abgesehen davon hatte sich noch nie jemand dafür interessiert. Nicht einmal meine eigenen Kinder.

»Nun komm schon. Der Killesberg ist doch ein Mythos. Zumindest für uns, die wir nicht dort wohnen. Wie war das, dort aufzuwachsen? Und deine Eltern. Heute Nachmittag hast du gesagt, du hast es nicht gewagt, dich gegen deine Mutter aufzulehnen. Waren deine Eltern so streng?«

»Nachkriegszeit war Nachkriegszeit, egal ob am Killesberg oder anderswo, von Mythos war da nicht viel zu merken. Verglichen mit heute waren meine Eltern natürlich streng. Aber das waren schließlich ganz andere Zeiten! Als angehende Lehrerin kannst du dir das heute kaum mehr vorstellen. Ich kam 1946 in die Kochenhofschule, dort wurden wir mit dem Rohrstock geschlagen oder am Ohr aus der Bank gezogen. Da rannte man nicht zum Schulamt, um sich zu beschweren, so wie die Eltern am Killesberg das heute machen, wenn sie glauben, ihr Kind sei ungerecht behandelt worden.«

»Nicht nur am Killesberg. Was glaubst du, was bei uns an der Schule los ist, wenn ein Lehrer auch nur mal laut wird gegenüber einem Schüler! Und deine Eltern, haben sie dich auch geschlagen?«

»Meine Eltern nannten es Züchtigung, und die war Teil einer gottesfürchtigen Erziehung, die gute Menschen aus mir und meinem Bruder machen sollte. Das Böse wurde sozusagen aus uns herausgeprügelt, zu unserem eigenen Wohl, weniger aus mir als aus meinem Bruder. Ich war meistens brav und bekam selten Schläge.«

»Ehrlich gesagt, ich habe meine Eltern manchmal bis aufs Messer provoziert, und sie haben mir nie auch nur einen

Klaps gegeben. Das wär mir fast lieber gewesen, als dass sie mir stundenlang erklärten, warum dies oder jenes nicht gut für meine Entwicklung ist. Weißt du, Sabrina-Schätzchen, es ist nicht gut für dich, wenn du deine Apfelsaftschorle absichtlich umschmeißt, und die Mami wird dann seeehr traurig. Willst du mir nicht sagen, warum du das gemacht hast?«

»Meine Eltern hätten uns dafür windelweich geprügelt. Es gab da so eine Sache, die war ein Dauerkonflikt zwischen meiner Mutter und mir. Sie legte großen Wert darauf, dass wir ordentlich aussahen. Ordentlich, nicht hübsch, wohlgemerkt. Wenn ich heute die kleinen Mädchen sehe, herausgeputzt wie Prinzessinnen oder kleine Erwachsene, das wäre damals undenkbar gewesen. Meine Mutter war eine aufrechte Pietistin, und Eitelkeit war eine Todsünde. Ich habe sie in den immergleichen Kleidern in Erinnerung, die Haare streng nach hinten gekämmt. Natürlich herrschte im Krieg und in der Nachkriegszeit große Not, aber langsam wurde es besser, und in den fünfziger Jahren hätten sich meine Eltern neue Kleider ohne Probleme leisten können. Meine Klassenkameraden gingen samstags mit ihren Eltern zum Einkaufen zu Breuninger und kamen montags stolz mit ihren neuen Sachen zur Schule, aber wir mussten jahrelang dieselbe Kleidung auftragen. Meine Mutter half in der Firma meines Vaters und war abends rechtschaffen müde. Trotzdem strickte sie nach einem langen Arbeitstag aus den alten Pullovern meines Vaters Winterpullover für mich und meinen Bruder. Weil ich nie schöne Kleider besaß und meine Mutter mir nie sagte, dass ich hübsch war, um meine Eitelkeit nicht zu befördern, war ich überzeugt davon, dass ich ein hässliches Kind war. Erst als Teenager fing ich an, mich selbst zu mögen.«

»Luise. Jemand, der mit sechsundsiebzig noch so gut aussieht wie du, kann als Kind unmöglich hässlich gewesen sein!«

»Ja, das ist seltsam, nicht wahr? Aber ich durfte nicht einmal einen Spiegel in meinem Zimmer haben. Als meine Mutter starb, fand ich eine Kiste mit alten Kinderbildern von mir. Ich weiß noch, wie ich die Kiste durchsah und mir nach wenigen Bildern die Tränen kamen. Das kleine Mädchen auf diesen Fotos war ein zartes, hübsches Kind und so völlig anders, als ich mich selbst in Erinnerung hatte. Das muss man sich mal vorstellen, da war ich schon neununddreißig Jahre alt!

Als Kind fand ich mich zwar nicht hübsch, aber mein Haar liebte ich. Es war lang und dicht und einfach wundervoll. Wenn es offen war, ging es mir bis zur Hüfte, aber natürlich durfte ich es nicht offen tragen. Vor der Schule kämmte meine Mutter meine Haare mit einer Drahtbürste, schnell und brutal, und flocht sie dann zu Zöpfen. Es tat furchtbar weh und trieb mir jedes Mal die Tränen in die Augen. Sie benutzte nicht einmal hübsche Haargummis, sondern nur hässliche Haushaltsgummis. Manchmal, wenn ich von der Schule kam, meine Mutter noch arbeitete und nur das Dienstmädchen im Haus war, machte ich mir die Zöpfe heimlich auf und kämmte mein Haar, langsam, genüsslich und hingebungsvoll, und dabei stellte ich mir vor, ich sei Rapunzel, und gleich würde der Prinz kommen und an meinem Haar zu mir heraufsteigen. Ich wurde immer erwischt. Meine Mutter merkte sofort, wenn ich mir die Zöpfe selber wieder flocht, ich kriegte es einfach nicht so straff hin wie sie. Ich glaube, für sie war das ... fast eine Art Selbstbefriedigung. Sich mit dem eigenen Körper zu beschäftigen, nur aus Freude, nicht, weil es notwendig war. Zur Strafe sperrte sie mich in den Kohlenkeller. »Ich werde dir die Eitelkeit schon austreiben, Frollein«, sagte sie.

Der Kohlenkeller war schlimmer als der Teppichklopfer. Ich blieb auf der obersten Treppenstufe sitzen, damit ich wenigstens den schmalen Streifen Licht vom Türspalt sah, ansonsten war es stockduster. Bis heute träume ich davon, wie ich in diesem Kohlenkeller sitze und in die Dunkelheit starre, ein Häufchen Elend, erstarrt vor Furcht, denn dort unten hausten Hexen. Ich hörte, wie sie unten im Keller umherhuschten, sie schlichen die Treppe hinauf, gleich würden sie mit ihren kalten Fingern nach mir greifen, um mich zu quälen und zu töten. Ich weinte nie, ich schlug auch nicht gegen die Kellertür, um das Herz meiner Mutter zu erweichen, weil ich wusste, es würde die Zeit im Keller nur verlängern. Wenn ich aus dem Keller kam, war ich so verängstigt, dass ich den Rest des Tages keinen Ton mehr sagte.«

»Luise. Das ist doch grausam! Du musst doch komplett traumatisiert sein! Heutzutage würde man das Jugendamt einschalten!«

»Früher wusste doch kein Mensch, was ein Trauma ist.«

»Aber deine Mutter muss doch gemerkt haben, wie schlimm es für dich war!«

»Natürlich. Aber für sie ging es nur darum, einen guten Menschen aus mir zu machen. Der schmale, steile Weg führt ins Himmelreich, der breite, bequeme, auf dem man sich amüsiert, in die Hölle.«

»Na toll. Mir ist der breite Weg lieber. Und dein Bruder?«

»Der wurde selten in den Keller gesperrt. Dafür wurde er manchmal windelweich geprügelt, wenn ihn mein Vater dabei erwischte, dass er mit Puppen spielte, aber das war damals eben so, ein Junge hatte ein Junge zu sein. Mein Vater setzte große Hoffnungen in ihn, er sollte einmal die Schuhfabrik übernehmen.«

»Deine Eltern hatten eine Schuhfabrik?«

»Ja, im Osten, am Stöckach. Meine Eltern hätten gerne

mehr Kinder bekommen, aber meine Mutter hatte mit ihren Schwangerschaften große Probleme. Nach zwei Fehlgeburten kam ich endlich nach drei Jahren Ehe gesund auf die Welt. Nach meiner Geburt erlitt sie weitere Fehlgeburten, bis es endlich mit meinem Bruder klappte, vier Jahre nach mir. Meine Mutter sprach nie darüber. Ich weiß es nur aus ihren Tagebüchern, die ich nach ihrem Tod fand, zusammen mit den Kinderbildern. Die vielen Fehlgeburten laugten ihren Körper aus; sie starb mit nur dreiundsechzig Jahren. In den fünfziger Jahren ging es uns gut, wir litten keine materielle Not; die Schuhfabrik brummte, die Nachfrage nach Straßenschuhen war riesig, vor allem nach Damenschuhen. Wir waren privilegiert, keine Frage. Viele Leute denken ja, die Probleme, die wir gerade in Stuttgart haben, seien neu, aber das ist alles schon mal da gewesen, der Wohnungsmangel war noch viel schlimmer als heute, weil so viele Häuser zerbombt waren. Die Menschen hausten in Luftschutzbunkern und Kellern, sogar unter der Rosensteinbrücke. Das kannst du dir heute gar nicht mehr vorstellen, wie Stuttgart einmal ausgesehen hat. Kennst du die Fotos von Hannes Kilian?«

»Nie gehört.« Sabrina gähnte. So genau hatte sie das mit meiner Kindheit wahrscheinlich gar nicht wissen wollen, aber ich war jetzt in Fahrt.

»Er hat das Elend dokumentiert wie kein Zweiter. Den zerbombten Schlossplatz, die Bettler, die Waisenkinder. Dann kamen die Flüchtlinge aus dem Osten, und die Wohnungsnot wurde noch einmal schlimmer. Kinder kamen an unsere Tür, um zu betteln, viele von ihnen waren Waisen, schmal und schlecht genährt. Für meine pietistischen Eltern war materieller Wohlstand ein Gottesgeschenk, das ihnen Verantwortung auferlegte, Abgeben und Teilen spielte eine wichtige Rolle. Wenn es bei uns klingelte, schickte mich meine Mutter mit einem Apfel oder einem Stück Brot an die

Tür, und dann standen wir schüchtern voreinander, das bettelnde Kind und ich, und am liebsten hätte ich es hereingebeten in unsere warme Stube, um mit mir zu spielen. Meine Eltern arbeiteten viel, ich hatte nicht viele Spielkameraden, mein Bruder war zu klein. Ich war einsam, schätze ich. Bis Heiderose ins Haus nebenan zog.« Ich konnte nicht weitersprechen; ein dicker Kloß steckte in meinem Hals. Es war auch nicht nötig. Neben mir atmete Sabrina ruhig und gleichmäßig.

»Jan! Was ist denn los, Jan!«, brüllte Sabrina. Ich fuhr schlaftrunken hoch. Es war hell. Jan hatte das Auto in Bewegung gesetzt, ohne Vorwarnung. Wir holperten in einem wahnsinnigen Tempo über den Feldweg. Ich versuchte, mich aufzurappeln und irgendwo Halt zu finden, aber mein Körper wurde unkontrolliert hin und her geworfen und schlug schmerzhaft gegen irgendwelche Wagenteile. Die dünne Fleecedecke war weggerutscht und schützte mich nicht. Sabrina hatte es auf die Knie geschafft, klammerte sich an der Rückenlehne des Fahrersitzes fest und streckte den Arm nach mir aus. Sie packte meine Hand, aber ich schaffte es nicht, mich aufzurichten. Jan bog um eine Ecke, und endlich wurde die Fahrt ruhiger, wahrscheinlich waren wir wieder auf der Landstraße.

»Halt an, Jan! Hörst du nicht!«, schrie Sabrina. »Luise tut sich weh!« Jan raste in viel zu hohem Tempo weiter, ohne zu reagieren. Wir fuhren scharf um ein paar Kurven, Sabrina ließ meine Hand los, wieder wurde ich hin und her geschleudert. Ich stieß einen Schmerzensschrei aus, als ich mit dem Musikantenknochen am Ellenbogen gegen die Wagenwand prallte.

»Jan. Du hältst jetzt an. Und zwar sofort!«, brüllte Sabrina wieder, und ich sah aus den Augenwinkeln, wie sie Jan von hinten an der Schulter packte und rüttelte. Das Auto machte einen Schlenker, und endlich hielten wir an. Mühsam rollte ich mich auf die Knie; mir tat alles weh. Aus dem Alter, in dem man in einem Auto schlief, war ich definitiv heraus, und nun auch noch diese Höllenfahrt, ich würde lauter blaue Flecken bekommen. Wir standen auf einer Ausweichstelle neben der Landstraße. Sabrina rappelte sich auf.

»Alles okay, Luise?«, rief sie, schob die Schiebetür des Renaults zurück und sprang auf die Straße, ohne Schuhe, nur in T-Shirt und Höschen. Sie lief um das Auto herum, riss die Fahrertür auf und nahm Jan in die Arme.

»Schschsch«, murmelte Sabrina. »Alles wird gut. Was ist denn passiert?« Ein paar Sekunden verharrten sie unbeweglich, während ich langsam aufstand und mühsam in meinen Rock und meine Turnschuhe schlüpfte; meine schicken Pumps hatten wir versehentlich unter der Bank in Eisenach liegenlassen. Ich fühlte mich wie zerschlagen.

»Es geht schon wieder.« Jan löste sich aus der Umarmung. Er war totenbleich; auf seiner Stirn standen Schweißperlen.

Sabrina schrie auf. »Scheiße, was ist das denn?«

»Schäferhund. Hat mich gerade gebissen. Dabei hatte ich schon vorher 'ne Hundephobie.« Sabrina ließ sich gegen die geöffnete Autotür sinken, wie eine Plastikpuppe, aus der man die Luft gelassen hatte.

»Ich kann kein Blut sehen«, erklärte sie matt.

Ich kletterte mühsam aus dem Wagen, rückte den Rock zurecht, strich die Seidenbluse glatt, ging um das Auto herum und schob Sabrina beiseite. Jan war barfuß. Er hatte sein rechtes, zerfetztes Hosenbein hochgeschoben. An der Wade klaffte eine tiefe, blutige Wunde; die Abdrücke von Zähnen waren unübersehbar. Der Hund hatte offensichtlich ein Stück von Jans Wade mitgehen lassen.

»Der Verbandskasten«, sagte ich. »Wo ist dein Verbands-

kasten, Jan? Wir müssen die Wunde desinfizieren und ver-
binden.«

»Verbandskasten? Keine Ahnung. Hab ich noch nie gebraucht. Ich weiß nicht mal, ob ich einen habe.«

»Sabrina«, befahl ich. »Du reißt dich jetzt zusammen,
hörst du? Geh und such den Verbandskasten.« Sabrina, jetzt
auch totenbleich, ging ein paar Meter vom Auto weg und
übergab sich zwischen zwei Bäumen.

»Sabrina! Den Verbandskasten bitte!«

Sabrina richtete sich auf, nickte, wischte sich mit dem
Handrücken den Mund ab, holte tief Luft und marschierte
um das Auto herum.

»Ich kann die Wunde versorgen, Jan, ich bin schon seit
vielen Jahren Ehrenamtliche beim Roten Kreuz. Was ist passiert?«

»Dieser Verrückte. Dieser durchgeknallte Ossi-Bauer. Er
wollte zehn Euro von mir, weil wir auf seiner Wiese über-
nachtet haben. Dass wir kein Geld haben, hat er mir nicht
abgenommen. Das glaubt einem ja auch keiner. Was sollte
ich denn machen? Ich hab gesagt, ich hole das Geld aus dem
Auto. Als er kapiert hat, dass ich abhauen will, hat er seinen
Schäferhund auf mich gehetzt.«

»Du bist ja barfuß! Was ist aus deinen neuen Sandalen
geworden?«

»Hundefutter.« Jan zippte die unteren Teile seiner Wan-
derhose ab und verzog schmerzhaft das Gesicht, als er das
rechte Hosenbein über die Wunde hinweg vorsichtig vom
Bein schälte.

»Ich find keinen Verbandskasten!«, rief Sabrina von hinten. »Mannomann, Jan, das ist grob fahrlässig! Wie kann
man nur so schlampig sein! Bestimmt hast du auch kein
Warndreieck und keine Warnweste! Das Einzige, was ich gefunden habe, ist ein Kaugummi, der an der Fußmatte klebt!«

Jan seufzte. »Hör auf rumzuölen. Wenn da kein Verbandskasten ist, dann ist da eben keiner.«

»Das geht doch nicht! Luise, nun sag doch auch mal was!«

»Sabrina, hör jetzt damit auf, wenn da kein Verbandskasten ist, müssen wir eben improvisieren! Bist du gegen Tetanus geimpft, Jan?«

Jan zuckte mit den Schultern. »Glaub schon. Ist das nicht jeder?«

»Normalerweise ja, aber man benötigt alle paar Jahre eine Auffrischung. Du musst Christine anrufen. Sie soll in deinem Impfpass nachsehen.«

»Einen Scheiß werd ich tun«, knurrte Jan.

»Tetanus ist tödlich«, sagte ich. »Am besten bringen wir dich zum Arzt. Hast du dein Versicherungskärtchen dabei?«

»Super Idee. Vor allem, nachdem wir einen Stapel Klamotten geklaut und kein Geld für die Apotheke haben.«

»Dann fahren wir eben zur nächsten Tankstelle und kaufen einen Verbandskasten.«

»Super Idee, die zweite. Wir haben auch dafür kein Geld. Übrigens auch fast kein Benzin mehr.«

»Dann hauen wir eben an der Tanke ab, ohne zu zahlen«, rief Sabrina von hinten, während sie die Autositze hochklappte. »Danach fahren wir zurück in den Westen. Niemand wird ein paar geklaute Klamotten, geklautes Benzin und einen geklauten Verbandskasten miteinander in Zusammenhang bringen. Lauter Bagatellen. Und was zu essen brauchen wir auch, ich fall bald um vor Hunger.«

»Die Frau tut total harmlos, aber hinter ihrer hübschen Fassade verbirgt sich ein unglaubliches kriminelles Potenzial. Sag mal, aus was für einer Familie stammst du eigentlich?«, fragte Jan. »Vati knackt Autos, Mutti klaut bei Edeka?«

»Meine Mutter ist Lehrerin, so wie ich, allerdings am

Gymnasium. Mein Vater ist ein linker Pfarrer«, entgegnete Sabrina achselzuckend.

»Gudrun Ensslins Vater war auch Pfarrer, in Bad Cannstatt.«

»Da war ich noch nicht mal geboren. Ich kenn die RAF nur aus Erzählungen. Das ist eine Ausnahmesituation, ich hab vor diesem komischen Trip mit euch noch nie im Leben gegen das Gesetz verstoßen! Und jetzt müssen wir weitermachen. Erst besorgen wir Benzin und Essen, dann bringen wir dich zum Arzt, Jan, irgendwo weit weg von hier. Ich fahre.«

»Ihr wollt Benzin stehlen?«, wandte ich ein. »Aber das geht doch nicht!«

»Ich find's ja auch nicht toll«, sagte Jan genervt. »Aber in dem Fall gebe ich Sabrina recht. Wie willst du das Benzin bezahlen? Irgendwann müssen wir ja auch wieder nach Hause. Und zwar rechtzeitig.«

»Benzin klauen ist nicht so schlimm«, meinte Sabrina. »Ein Kavaliersdelikt. Vor allem jetzt, wo der Ölpreis so niedrig ist.«

»Es ist trotzdem nicht recht«, murmelte ich. Wo war ich da bloß hineingeraten?

»Nein, das ist es nicht, aber was sollen wir sonst machen? Also, bist du drin oder draußen, Luise?«, fragte Jan.

Ich sah mich um. Die Landschaft um uns herum war weit und offen, kein Auto war zu sehen, keine Ortschaft, und ich hatte nicht die geringste Ahnung, wo wir waren, außer dass es sich um den Thüringer Wald handelte. Eine Wahl hatte ich nicht. Außerdem mochte ich Sabrina gern.

»Mensch, wir brauchen dich doch, Luise! Wer soll sonst Junker Jans Wunde verarzten?«, rief Sabrina. Sie kletterte auf den Beifahrersitz, noch immer im Höschen, das Handy in der Hand. Dass Jan trotz seiner Verletzung wie hypnoti-

112

siert auf ihre nackten Beine starrte, schien sie nicht zu bemerken. »Ich guck mal, wo die nächste Tanke ist.«

»Willst du dir nicht erst mal was anziehen?«

»Gleich, gleich, Protestanten-Luise. Mist. Immer noch kein Empfang.«

»Dann müssen wir eben jemanden fragen.«

»An wen hast du da gedacht, Luise, an Fuchs oder Hase? Seit wir hier stehen, ist kein einziges Auto vorbeigekommen.«

»Wir können nur auf gut Glück weiterfahren«, sagte Jan achselzuckend und startete den Wagen.

»Hey, Tarzan, du bist vom Baum gefallen und Jane fährt ab jetzt, vergessen?« Sabrina trommelte sich gegen die Brust.

»Hast du deinen Führerschein dabei?«

»Nö, natürlich nicht! Aber darauf können wir jetzt wirklich keine Rücksicht nehmen!«

Jan humpelte um das Auto herum. Immerhin war Sabrina in ihre Hose geschlüpft.

»Solltest du nicht wenigstens Jans Bein abtupfen?«, fragte sie.

Ich schüttelte den Kopf.

»Das Blut ist angetrocknet. Wir bringen nur Dreck in die Wunde. Wir brauchen so schnell wie möglich was zum Desinfizieren, Hundespeichel ist voller Bakterien.«

Sabrina setzte sich ans Steuer, ich kletterte wieder auf den Rücksitz. Sie richtete sich umständlich am Steuer ein, verstellte die Spiegel, trat probehalber auf Kupplung und Bremse und wackelte an den Gängen herum. Dann drehte sie den Schlüssel im Schloss. Der Wagen machte ein paar Hüpfer vorwärts. Sabrina lenkte das Auto zurück auf die Landstraße. Ich reckte mich ein wenig nach vorn, um zu sehen, wie es Jan auf dem Beifahrersitz ging. Er hatte die Augen geschlossen. Wahrscheinlich hatte er Schmerzen.

Die Landstraße führte wieder in den Wald. In engen Kehren ging es hinauf und hinunter. Manchmal bremste Sabrina vor der Kurve scharf und fuhr dann im Schneckentempo hindurch, ein andermal fuhr sie mit viel zu hoher Geschwindigkeit hinein und musste dann abrupt bremsen. Vorher war weit und breit kein Auto zu sehen gewesen, jetzt hatte sich hinter uns eine Schlange gebildet. Auf den kurzen Geraden vollzogen sich halsbrecherische Überholmanöver, sicher von Einheimischen, die die Strecke kannten und von dem Renault Kangoo mit Stuttgarter Kennzeichen genervt waren.

»Du hast einen lausigen Fahrstil, Sabrina«, stellte Jan fest.

»Ich weiß. Ich fahr genauso, wie's in meinem tiefsten Innern aussieht. Chaotisch. Ich kann's leider nicht besser.« Mir war ein wenig übel. Ob das an Sabrinas Fahrstil lag oder daran, dass wir schon sehr, sehr lange nichts mehr gegessen hatten, konnte ich nicht sagen. Nach ein paar Kilometern kamen wir in einen kleinen Ort. Bunte Häuschen standen am linken Straßenrand Spalier. Nach ein paar Kurven waren wir bereits in der Ortsmitte an einem alten Turm.

»Förtha«, sagte Jan. »Nie gehört.«

»Hier muss es doch irgendwo menschliches Leben geben«, meinte Sabrina.

»Schau, da vorne kommt jemand aus einer Bäckerei«, entgegnete ich.

Sabrina hielt abrupt neben der Bäckerei, würgte dabei den Motor ab und öffnete rasch die Autotür.

»Entschuldigen Sie, wir suchen eine Tankstelle. Möglichst nahe.« Sie schnupperte, dann schloss sie die Augen und seufzte. »Hmm, riecht das gut, was Sie da in der Tüte haben.« Die Frau lachte, deutete auf die Bäckerei und sagte, »Dann nehmen Sie sich doch was mit. Schmeckt garantiert besser als das aufgebackene Zeugs, das die Tankstellen verkaufen.«

»Ja, das tut es bestimmt«, bekräftigte Sabrina.

»Ist noch ein Stück bis zur nächsten Tankstelle. An der Kreuzung rechts, dann noch so vier, fünf Kilometer.« Die Frau winkte und verschwand um die Ecke.

»Ich – brauche – was – zu – essen«, flüsterte Sabrina. »Jetzt. Gleich. Sonst falle ich um. Tot.« Wie traumwandlerisch öffnete sie die Autotür.

»Denk nicht im Traum dran. Hörst du? Du bringst jetzt nicht wieder die Nummer vom Outdoorladen wegen ein paar Brötchen«, zischte Jan, beugte sich zu Sabrina hinüber und packte sie an der Schulter.

Ohne zu antworten, schüttelte Sabrina ihn ab, sprang aus dem Auto, ließ die Fahrertür angelehnt und lief die Treppe hinauf in die Bäckerei.

»Mist. Die will tatsächlich Brötchen klauen! Mitten im Ort! Luise, du musst sie aufhalten!«

»Ich bin aber nicht so schnell!« Ich rüttelte am Griff der Schiebetür herum, aber nichts bewegte sich.

»Nun mach schon, Luise!«

»Die Tür klemmt!« Jan riss seine Beifahrertür auf, aber Sabrina stürzte bereits aus der Bäckerei, eine große Papiertüte in der Hand. Mit drei Riesensätzen war sie am Auto, sprang hinein, pfefferte Jan die Tüte in den Schoß, startete den Motor, rührte in den Gängen herum und schoss nach hinten. Es krachte. Ich drehte den Kopf und hielt den Atem an; Sabrina hatte eine Vespa umgenietet. In der Tür der Bäckerei stand jetzt plötzlich eine Frau im weißen Kittel, sie sah nicht einmal böse aus, in ihrem Blick lag nur blanke Fassungslosigkeit; unsere Blicke trafen sich. Sie zögerte eine Sekunde, dann lief sie die Treppe hinunter. Sabrina fluchte, schoss nach vorne und beinahe in ein Auto, das gerade um die Ecke bog und uns in letzter Sekunde auswich. Dann gab sie Gas und fuhr in ihrem ruckeligen Fahrstil die Dorfstraße hinunter. Ich drehte mich um. Die Frau aus der Bäckerei stand mitten auf der Straße und sah uns hinterdrein, wie erstarrt.

»Rechts!«, brüllte Jan, als Sabrina schon fast über der Kreuzung war. Sabrina machte eine Vollbremsung, bog ab und fuhr dann mit quietschenden Reifen aus dem Ort hinaus. Ich hatte nun doch ein wenig Angst, Sabrina würde uns gegen den nächsten Baum setzen, und fühlte noch immer den fassungslosen Blick der Verkäuferin auf mir ruhen. Siebtes Gebot, du sollst nicht stehlen, nicht einmal Weckle, dachte ich, seufzte leise und hoffte inständig, dass der Vespa nichts Ernsthaftes passiert war.

»Sag mal, spinnst du jetzt völlig?«, rief Jan. Er schien sehr wütend auf Sabrina zu sein. »Die haben garantiert mein Kennzeichen aufgeschrieben. Wegen ein paar Brötchen! Hat die Geschichte mit den Klamotten nicht gereicht? Und umsichtigerweise hast du der Passantin auch noch gesagt, wo wir hinwollen!«

»Hunger. Ich hatte einfach einen Aussetzer, vor lauter Hunger. Gib mir ein Weckle!«, keuchte Sabrina. Weil Jan nicht reagierte, langte sie selber nach der Tüte auf seinem Schoß, zog ein Brötchen heraus und stopfte es sich gierig in den Mund. Da sie nur eine Hand am Steuer hatte, schlingerte das Auto heftig hin und her. Wir waren inzwischen auf einer Allee; die Bäume links und rechts kamen uns gefährlich nahe. Jan stöhnte und schüttelte den Kopf.

»Du bringst uns noch um, Sabrina!« Sabrina nahm die zweite Hand wieder ans Lenkrad. Jan hielt mir die Brötchentüte hin.

»Iss langsam, Sabrina. Das tut deinem Magen nicht gut, so zu schlingen, nachdem du lange nichts zu dir genommen hast!«, mahnte ich, nahm ein Körnerbrötchen aus der Tüte, biss hinein und kaute sorgfältig. Es schmeckte himmlisch, trotz meines schlechten Gewissens. Auch Jan kaute auf einem Brötchen herum. Sabrina hatte das erste Brötchen in Rekordgeschwindigkeit verputzt und biss bereits in das zweite.

»Reicht uns das Benzin bis zur Tanke?«, fragte sie mit vollem Mund.

»Wird knapp«, entgegnete Jan.

»Ich hätte die grünen Äpfel nicht essen sollen. Die gehen mir jetzt im Magen rum.«

»Kein Wunder, wenn du so frisst. Sag mal, hast du echt noch nie was geklaut?«

»Doch. Als Teenie, aber nur Lippenstifte im Drogeriemarkt. Das war aber mehr so ein Wettbewerb in der Clique.«

»Hab ich's doch gewusst«, murmelte Jan. »Hab ich's doch gewusst, dass du so was nicht zum ersten Mal machst.«

»Ist sehr lang her. Was machen wir eigentlich, wenn wir an die Tanke kommen. Haben die nicht alle Videoüberwachung heutzutage?«, fragte Sabrina.

»In Stuttgart bestimmt. Aber hier, auf dem Land? Kann ich mir nicht vorstellen«, erwiderte Jan.

»Brauchen wir nicht einen Plan?«, fragte ich vorsichtig.

»Der Plan sieht so aus, wir tanken und hauen dann ab, ohne zu bezahlen.«

»Das ist ein ganz toller Plan, Sabrina. Total originell. Und vorher rennst du noch in den Laden, schnappst dir den Verbandskasten, drei Latte to go, fragst nach der Wettervorhersage und rennst wieder raus in deiner unnachahmlichen Spontanklau-Technik, während der Tankwart applaudiert.« Jan schüttelte den Kopf.

Der Motor begann zu stottern. »Mist«, murmelte Sabrina. »Wo ist die verdammte Tanke?« Wir waren oben auf einem Berg.

»Da unten! Gang raus, Kiste rollen lassen!«, rief Jan.

Sabrina rührte wieder wie wild im Getriebe herum. Ohne Motorengeräusch rollten wir den Berg hinunter, immer schneller, dass es mir ganz blümerant dabei wurde. Endlich bremste Sabrina ab, bog mit dem letzten bisschen Schwung nach rechts in die Tankstelle und rollte an die Zapfsäule. Ohne Plan fühlte ich mich ein wenig verwundbar, aber ich wollte es nicht noch ein weiteres Mal erwähnen.

»Punktlandung«, grinste Sabrina. »Jan, du bleibst im Auto, damit man dein Bein nicht sieht. Ich tanke, und danach gucke ich mal, was der Shop so hergibt.«

»Klitzekleiner Einwand. Der Benzintank ist auf der anderen Seite.«

»Oh«, meinte Sabrina, sprang aus dem Wagen, nahm einen Schlauch aus der Zapfsäule und zog und zerrte, um damit hintenherum auf die Fahrerseite zu gelangen.

»Zu kurz«, stellte sie fest.

»Und außerdem der falsche Treibstoff. Das ist ein Diesel«, gab Jan durch das heruntergelassene Fenster zurück. »Wir müssen das Auto ein Stück nach vorn schieben.« In der Tür der Tankstelle tauchte jetzt der Tankwart auf, ein junger Kerl in einem Blaumann und einer Baseballmütze, falsch herum, so wie es die jungen Leute heute tragen. Er grüßte und rief, »Sie kommen klar?«

»Kein Problem!«, rief Sabrina übertrieben fröhlich. »Wir kommen total gut klar, danke!«

Jan stöhnte leise. »Dieses völlig natürliche Verhalten. Du bleibst im Wagen, Luise.«

»Aber dein Bein! Und du trägst keine Schuhe!«, protestierte ich, aber Jan war schon ausgestiegen. Er und Sabrina legten die Hände auf das Heck des Autos und schoben. Der Renault bewegte sich nicht von der Stelle. Der Tankwart auch nicht. Mit verschränkten Armen guckte er interessiert zu.

»Wissen Sie was«, sagte er schließlich. »Wenn Sie die Handbremse lösen, geht's leichter.«

»Na klar!«, rief Sabrina lässig, öffnete die Fahrertür und löste die Handbremse. Das Auto rollte nach vorn. Sabrina zog die Handbremse wieder an und den Schlüssel aus dem Schloss.

»Ich mach das schon«, erklärte Jan. Der Tankwart starrte jetzt unverhohlen auf Jans blutige Wade und die nackten Füße. Jan zog den Schlauch ums Auto herum und in den Tank; es begann zu rattern. Nach ein paar Minuten hängte er den Schlauch wieder ein. Ich reckte den Kopf. Vierundfünfzig Euro, achtundachtzig Cent. Genug Benzin für ein paar hundert Kilometer Fahrt. War das nicht der Moment, in dem wir ganz schnell flüchten wollten? Jan öffnete die Fahrertür.

»Wo ist Sabrina«, zischte er.

»Ich habe keine Ahnung«, gab ich zurück. »Sie war doch eben noch hier!« Sabrina war wie vom Erdboden verschluckt.

»Mach die Tür auf, ich gehe sie suchen. Du wartest am besten im Auto.« Jan öffnete die Schiebetür, ich kletterte heraus und sah mich suchend um. Der Tankwart stand noch immer wie angewurzelt am selben Fleck. Wie sollten wir an ihm vorbei einen Verbandskasten stehlen?

»Suchen Sie Ihre Kollegin? Die hat nach dem Kloschlüssel gefragt.«

»Äh – danke«, sagte ich und schlenderte scheinbar entspannt zurück zum Renault. Jan ließ das Seitenfenster herunter.

»Sabrina ist auf der Toilette«, murmelte ich.

»Na großartig«, zischte Jan. »Je länger wir hier rumhängen, desto schlechter kommen wir weg. Wie sollen wir abhauen, wenn der Typ die ganze Zeit in seiner Tür steht? Hat der nix zu tun?«

»Vielleicht kommt ein anderes Auto und lenkt ihn ab«, sagte ich hoffnungsvoll. Leider sah es im Moment überhaupt nicht danach aus.

»Wo bleibt Sabrina bloß?«

»Ich gehe nach ihr schauen«, sagte ich und marschierte zum Tankwart. »Sagen Sie, wo ist die Toilette?« Der Tankwart deutete nach rechts. »Ums Eck. Braucht ganz schön lang, Ihre Freundin. Sie könnten ja schon mal zahlen, dann kommen Sie schneller weg.«

»Unsere Freundin hat das Geld«, sagte ich und spürte, wie mir die Röte ins Gesicht stieg. Das war's dann wohl mit dem achten Gebot.

»Und ihr Kumpel da, der hatte wohl 'nen Unfall?«

»Ach, das ist nur ein Kratzer«, murmelte ich. »Sieht schlimmer aus, als es ist.« Das klang alles nicht besonders überzeugend. Ich bog links um die Ecke, fand eine Eisentür an der kurzen Seite des Gebäudes und klopfte an die Tür.

»Sabrina. Sabrina, bist du dadrin?«

Aus dem Klo drang ein Stöhnen.

»Sabrina, was ist los?«

»Die Äpfel«, kam es dumpf heraus. »Diese unreifen Äpfel! Ich hab übel Durchfall ... ich brauche noch einen Moment.«

»Sabrina. Du musst dich beeilen! Ich warte.«

Ein paar Minuten geschah gar nichts; mittlerweile musste uns der Tankwart für völlig verrückt halten. Endlich hörte ich die Klospülung, mehrfach, und kurz darauf schloss Sabrina die Tür auf. Sie war schon wieder bleich wie der Tod, und der Reißverschluß ihrer Hose stand offen.

»Hör zu«, flüsterte ich. »Der Tankwart traut uns nicht über den Weg, wir müssen so schnell wie möglich von hier verschwinden. Wir schließen die Klotür von außen wieder ab, du schleichst von hinten ums Gebäude herum und ich behaupte, du kommst nicht raus, weil die Tür klemmt. Während der Tankwart nachsieht, rennst du zum Auto und wir hauen ab.«

»Genialer Plan, bis auf den Teil, in dem ich rennen soll«, murmelte Sabrina, drückte mir den Schlüssel in die Hand und verschwand auf der Rückseite des Gebäudes. Ich schloss von außen wieder ab. Dann begann ich, an der Tür zu rütteln.

»Nein, es geht nicht, Sabrina!«, rief ich laut. »Die Tür klemmt!« Ich bollerte noch mal dagegen. Dann ging ich zum Tankwart. Er hatte sich nicht vom Fleck gerührt. Jan starrte mich aus dem Auto heraus stumm an.

»Hören Sie. Die Klotür klemmt, wir probieren es schon die ganze Zeit, Sabrina kommt nicht raus.«

»Versteh ich nicht. Die Tür ist frisch geölt«, sagte der junge Mann kopfschüttelnd, nahm mir den Kloschlüssel ab und marschierte Richtung Toilettentür. Ich lief hinter ihm her und ließ mich dann unauffällig zurückfallen; mein Herz klopfte. Der Tankwart bog um die Ecke und verschwand aus meinem Blickfeld. Ich drehte mich um und rannte, dabei wusste ich doch gar nicht mehr, wie das ging in meinem Alter, und der Rock war viel zu eng! Von der anderen Seite des Gebäudes kam Sabrina herbeigespurtet, fast zeitgleich sprangen wir ins Auto, ich hinten, Sabrina vorne. Sie knallte die Fahrertür zu. Ich packte den Griff der Schiebetür, aber sie klemmte schon wieder, mein Atem ging stoßweise von der ungewohnten Rennerei, meine Hände waren schweißnass vor lauter Panik. Plötzlich bog der Tankwart ums Eck, er fuchtelte mit dem Kloschlüssel herum.

»Mit dem Schlüssel in der Hand behaupten, die Tür klemmt!«, brüllte er. »Und ich Vollidiot fall auch noch drauf rein!« Er rannte auf unser Auto zu.

»Bitte leg den richtigen Gang ein, Sabrina!«, schrie Jan. »Und du, Luise, mach verdammt noch mal die Tür zu!«

Sabrina fuhr an, ich rüttelte noch immer an der Schiebetür. Mein ganzer Körper war jetzt nassgeschwitzt, was, wenn der Tankwart ins Auto sprang, nach hinten, zu mir? Würden wir uns dann prügeln? Mit aller Kraft zog ich an der Tür, und endlich löste sie sich und fiel ins Schloss.

»Den niet ich um!«, brüllte Sabrina. Sie beschleunigte und hielt genau auf den jungen Mann zu.

»O mein Gott, Sabrina, tu's nicht!«, kreischte ich panisch. »Du bringst ihn ja um!«

In allerletzter Sekunde riss Sabrina das Lenkrad herum. Sie verfehlte den Tankwart nur knapp. Der schien gänzlich unbeeindruckt, hielt mit triumphierendem Lächeln den Klo-schlüssel hoch und dann hörte man ein hässliches Schrab-beln, die ganze Längsseite des Autos entlang. Jan stöhnte.

»Das ist nur ein Kratzer!«, höhnte der Tankwart, und dann waren wir auf der Landstraße. Ich drehte mich um. Zum zweiten Mal innerhalb kurzer Zeit traf sich mein Blick mit einem Menschen, dem wir Unrecht getan hatten, und jetzt konnte ich es nicht einmal auf die anderen beiden schie-ben. Ich lauschte in mich hinein und wappnete mich für Selbstvorwürfe und schlechtes Gewissen. Doch in mir blieb es seltsam still.

Sabrina hatte ihren abrupten Fahrstil wieder aufgenom-men. Eine lange Weile sagte niemand etwas. Mein Atem hatte sich endlich normalisiert, aber der Schreck saß mir immer noch in den Gliedern.

»Tut mir leid«, bemerkte Sabrina schließlich. »Wegen des Kratzers, meine ich. Vielleicht haben wir ja Glück und der Typ erinnert sich nicht an uns.«

Jan räusperte sich. »Natürlich wird sich der Tankwart nicht an uns erinnern. Niemals. Wir kommen ohne Benzin und auf der falschen Seite der Zapfsäule in Zeitlupe an, mit einem Stuttgarter Kennzeichen, du hockst stundenlang auf dem Klo, ich habe keine Schuhe an den Füßen und dafür eine Fleischwunde am Bein, Luise erzählt ihm mit dem Kloschlüssel in der Hand eine Story vom Pferd, und dann machen wir die Sause, und du fährst ihn beinahe um. Nö, der wird sich garantiert nicht an uns erinnern. So 'ne dufte Show, das hat der jeden Tag, und in zwanzig Minuten prägt sich auch kein Schwein ein Nummernschild ein, da braucht man schon 'nen Stündchen länger.«

»Ach, selbst wenn«, meinte Sabrina achselzuckend. »Ohne Kamera keine Beweise. Ich hab genau geguckt, da war keine Kamera. Und niemand kann einen Zusammenhang herstellen zwischen den geklauten Klamotten und der Tankstelle. In Eisenach waren wir zu zweit und ohne Auto, und hier zu dritt. Und es wird doch wohl noch mehr Autos mit Stuttgarter Kennzeichen in Thüringen geben. Da machen wir uns jetzt echt keinen Kopp! Viel wichtiger ist doch, wie geht's jetzt weiter? Wir haben Benzin, und gegessen haben wir auch was, wenn auch nicht viel. Ist doch gar nicht mal so schlecht, unsere Bilanz. Bloß Verbandskasten haben wir noch keinen.«

»Und getrunken haben wir seit gestern auch nichts. Wir sind vermutlich komplett dehydriert«, sagte ich. »Was macht das Bein?«

Jan legte den Finger auf die Wunde. »Es ist heiß und pocht«, antwortete er.

»Tut es weh?«

»Natürlich tut es weh!«, gab er unwirsch zurück.

»Das ist kein gutes Zeichen«, meinte ich. »Wir brauchen jetzt wirklich dringend was zum Desinfizieren, und wenn es sich nicht beruhigt, einen Arzt.«

»Arzt wäre mir auch lieb«, murmelte Sabrina. »Ich brauch ein Rezept für mein Citalopram. Ich werd aggressiv, wenn ich's nicht regelmäßig nehme.«

»Wolltest du deshalb den Tankwart umbringen?«, fragte Jan.

»Ich wollte ihn nicht umbringen! Nur einen kleinen Schrecken einjagen. Einen Denkzettel verpassen, weil sein Klo so dreckig war.«

»Na, mit dir würde ich ja gern mal 'ne Weile zusammen-wohnen. Tust du deinem Oliver-Schnuckel Arsen in den Kaffee, wenn er ein paar stinkende Socken rumliegen lässt? Vielleicht hab ich's mit Christine doch nicht so schlecht ge-troffen.«

»Oliver lässt keine stinkenden Socken rumliegen. Der ist Jungfrau.«

»Kein Wunder, steigst du mit seinem besten Freund ins Bett.«

Sabrina stöhnte. »Sternzeichen Jungfrau! Die sind ordent-lich!«

»Das erklärt die Partnerwahl. So schlecht, wie du Auto fährst, hätte das mit dem Tankwart auch schiefgehen kön-nen.«

»Ich hab's nun mal gern sauber.«

»Hast du noch mehr Entzugserscheinungen?«

»Na ja, der Durchfall hängt damit zusammen, schätze ich. Sonst merke ich eigentlich nichts. Schwindelanfälle oder motorische Störungen hatte ich bisher keine.«

»Das ist ja ungemein beruhigend. Wobei dein Fahrstil eine einzige motorische Störung ist.«

»Sabrina! Jan! Nun hört doch auf zu streiten. Ihr seid ja schlimmer als meine Kinder früher! Lasst uns lieber über-legen, wo wir jetzt hinfahren.«

»Als Allererstes zum nächsten Klo. Ich muss schon wie-der.«

JAN

ETTENHAUSEN, THÜRINGER WALD

Sabrina wollte im nächsten Ort ein Klo suchen. Ettenhausen, fünf Kilometer. Ich konnte mir kaum vorstellen, dass man irgendwo in diesen gottverlassenen Dörfern aufs Klo gehen konnte, aber vermutlich würde Sabrina ohne die geringste Scheu an der nächsten Tür klingeln und fragen, ob sie mal eben aufs Klo durfte, und so freundlich, wie die Ossis hier überall waren, Hundehetzer und der Tankwart mal ausgenommen, würde man sie wahrscheinlich ganz selbstverständlich hereinbitten und ihr auch noch ein Glas Wasser hinstellen.

Ich hatte jetzt langsam die Schnauze voll. Sabrina war weitaus durchgeknallter, als ich bisher angenommen hatte. Ob sie immer so war oder ob es tatsächlich an den Entzugserscheinungen von ihren Psychopillen lag, keine Ahnung, aber die Sponti-Aktionen, mit denen sie uns regelmäßig überrumpelte, dazu mein gesperrtes Konto und die Geschichte mit dem Hundebiss – wenn ich ehrlich war, hatte ich die Kontrolle über das Geschehen komplett verloren. Spaß machte das wirklich nicht, und von Auszeit konnte schon lange nicht mehr die Rede sein. Ich würde mit dem vollen Tank und einem Schuh an dem gesunden Bein zurück nach Stuttgart fahren. Freitagabend waren alle Arztpraxen geschlossen, aber es gab ja die Notfallambulanz des Marienhospitals. Bestimmt würde ich den Fuß den Rest des Wochenendes hochlegen müssen, wenn ich am Montag wieder in beide schwarzen Schuhe passen wollte, denn wie würde ich sonst meinem Chef erklären, dass ich mir mit Sommergrippe im Bett liegend einen Hundebiss eingehandelt hatte? Christine würde das nicht gefallen, sie hatte immer eine Liste von Jobs, die ich am Wochenende erledigen sollte. Hoffentlich musste ich im Krankenhaus nicht allzu lange warten und kam früh genug nach Hause, um mich mit ihr auszusprechen. Nicht, dass ich auch nur die geringste Ahnung hatte, was ich ihr sagen würde.

»Christine, wir müssen reden!« Äh, ja. Und dann?

»Christine, ich will die Scheidung.«

»Christine, wir sollten eine Paartherapie machen.«

»Christine, ich ziehe probehalber aus.«

»Christine, ich ziehe ins Gästezimmer.«

»Christine, wir sollten einen romantischen Paarurlaub in Venedig machen, um unsere Beziehung neu zu beleben.«

Eins war klar, ich konnte nicht so einen dramatischen Abgang hinlegen, und dann lief alles weiter wie bisher! Es musste sich doch irgendwas ändern nach diesem Paukenschlag! Aber welche Variante? Wenn ich darüber nachdenken wollte, musste ich die beiden Frauen schleunigst loswerden, und mit Luise würde ich anfangen, weil das leichter war. Ich nahm mein Smartphone. Fünf Kilometer bis Ettenhausen, Zeit genug für eine Google-Recherche, und ausnahmsweise gab's ein stabiles Netz. Ich hatte Glück. Ettenhausen war zwar winzig, hatte aber genau das, wonach ich suchte.

Sabrina fuhr langsam in den Ort hinein. Wenigstens herrschte hier etwas mehr Betrieb als in dem Kaff mit der Bäckerei.

»Sieh nur, Sabrina, das grüne Schild!«, rief Luise. »Bürgerhaus Ettenhausen, Gaststätte und Biergarten.«

»Geht doch«, nickte Sabrina. Nach ein paar hundert Metern bog sie nach links ab und hielt auf einem großen Parkplatz. Es war gerade mal halb elf, trotzdem war der Biergarten rappelvoll mit Familien und spielenden Kindern, und ich konnte schon Pommes und Grillwürste riechen. Mein Magen knurrte. Das eine geklaute Brötchen hatte mich nicht lange satt gemacht.

»Kann 'ne Weile dauern«, warnte Sabrina. »Blöd, dass ihr kein Geld habt, um in den Biergarten zu gehen.«

»Mmm«, machte ich und dachte bei mir: hervorragend. Kaum war Sabrina in der Gaststätte verschwunden, kletterte ich vom Beifahrersitz hinüber ans Steuer und ließ den Wagen an.

»Wo willst du denn hin, Jan?«, fragte Luise erstaunt von hinten. »So lange wird Sabrina doch auch nicht brauchen!«

»Wir machen eine kleine Spritztour.« Das sagte ich nicht, ich dachte es nur. Je mehr ich sagte, desto komplizierter würde alles werden, und es war so schon kompliziert genug. Das Bein schmerzte beim Fahren. Das würde 'ne harte Nummer werden bis Stuttgart. Langsam tuckerte ich die Durchgangsstraße entlang, fand ein Hinweisschild, bog nach rechts ab und fuhr den Hügel hinauf.

»Bahnhof?«, echote Luise. Die Panik in ihrer Stimme war unüberhörbar. »Wieso fährst du zum Bahnhof, Jan?«

»Ich sag's dir gleich.« Wir waren oben auf dem Hügel; da war der Bahnhof und davor ein kleiner Park&Ride-Parkplatz. Kein Mensch zu sehen, nichts als ein paar blökende Schafe. Ich stieg aus und humpelte Richtung Gleise. Es gab eine unbequem aussehende Bank, ein heruntergekommenes Häuschen, ein verrostetes Schild und nur ein Gleis. Das Gleis sah nicht aus, als ob es irgendwohin führen würde. Wenn ich ehrlich war, dann war das der gottverlassenste Bahnhof, den ich je in meinem ganzen Leben gesehen hatte. Ettenhausen. Auf dem Entenhausener Bahnhof hätte es Luise lustiger gehabt. Das kannst du doch nicht machen, Jan, flüsterte eine Stimme in mir. Doch, kann ich, gab ich wütend zurück. Mein Auto, meine Auszeit, mein Leben. Meine Ehekrise! Ich humpelte zurück zum Renault. Mein Auto? Der Kratzer, den der Tankwart unserer Familienkutsche verpasst hatte, war riesengroß.

Christine würde stinkesauer sein. Ich öffnete die Schiebetür. Luises Augen waren weit aufgerissen.

»Du schickst mich weg, nicht wahr?«

»Es sieht zwar nicht so aus, aber die Zugverbindung von hier ist nicht schlecht. Du fährst nach Eisenach, steigst dort in den Zug nach Fulda und bist in knapp vier Stunden in Stuttgart. Der Zug müsste in fünfzehn Minuten kommen.«

»Du schickst mich weg? Ohne einen Cent?« Luise umklammerte ihre Handtasche. »Ohne ein Butterbrot?«

Ich griff nach der Tüte mit den geklauten Brötchen und hielt sie Luise hin. »Hier. Da ist noch eins drin.«

»Ein einziges Weckle? Von hier bis Stuttgart? Und keine Fahrkarte?«

»Dir wird schon was einfallen. Nicht mal die Bahn wird sich trauen, eine alte Dame aus dem Zug zu schmeißen. In ein paar Stunden bist du in Stuttgart. Zu Hause!« Ich versuchte, enthusiastisch zu klingen; vor allem aber versuchte ich, mich selber zu überzeugen.

»Aber … ich will im Moment gar nicht zurück nach Stuttgart! Da ist nichts, was auf mich wartet!« Luise klang verzweifelt. Ihr Ding. Es gab keinen Grund, mir ein schlechtes Gewissen machen zu lassen. Was hatte ich überhaupt mit dieser Frau zu tun? Sie konnte mir dankbar sein. Wenn ich sie nicht aufgabelt hätte, wäre sie wahrscheinlich noch an der Autobahn überfahren worden und läge jetzt schwer verletzt im Krankenhaus.

»Luise. Es ist doch nur zu deinem Besten! Diese ganze Geschichte wird bloß immer noch komplizierter. Zu Hause hast du es sicher und schön. Dein tolles *Haus am Killesberg!* Deine Haushälterin, die sich um dich kümmert! Dein bequemes Bett! Diese Aufregung in deinem Alter, das ist doch nichts für dich!«

Luise sah mich an wie ein Hund, den man aus dem Tierheim geholt hatte und jetzt zurückbrachte, weil er auf den neuen Teppich gepinkelt hatte.

»Guck nicht so«, knurrte ich. »Du weißt selber, dass es nicht geht.«

»Ist das allein deine Meinung«, fragte sie leise, »Oder auch die von Sabrina?«

Eine Sekunde lang war ich versucht, Luise anzulügen, um die Sache schneller über die Bühne zu bringen. Aber Sabrina anzuschwärzen, das ging wohl doch ein bisschen zu weit.

»Sabrina weiß nichts davon«, gab ich zu. »Aber es ist schließlich mein Auto.«

Luise lächelte traurig. »Immerhin«, flüsterte sie. Immerhin hast nur du mich verraten, du allein bist der miese Kerl und nicht Sabrina, ergänzte ich im Kopf, aber ich sagte nichts. Ich schwieg. Ich musste unbedingt hart bleiben, auch wenn es mir schwerfiel. Es war ja nicht so, dass ich Luise nicht mochte. Sie war bloß zu alt. Ich fühlte mich ja schon alt, und Luise war fünfundzwanzig Jahre älter als ich. Sechsundvierzig Jahre älter als Sabrina.

»Ich falle euch zur Last«, murmelte sie und starrte geradeaus durch die Windschutzscheibe. »Ist ja auch kein Wunder. Ich bin zu alt.«

»Aber nein, du bist nicht zu alt! Es ist nur … ohne Geld und so …«

»Ich verstehe. Nein, wirklich, ich verstehe sehr gut. Ihr habt euch ja auch sehr nett um mich gekümmert, obwohl ihr überhaupt keine Verpflichtung mir gegenüber habt. Aber Sabrina … so ganz ohne Verabschiedung … sei's drum.«

»Ich sag Sabrina einen Gruß von dir. Du stehst doch sicher im Telefonbuch. Sie kann dich anrufen. Ihr könnt euch wiedersehen. Einen Kaffee trinken. Du zeigst ihr dein Haus! Das wird sicher nett.« Ich war schließlich kein Unmensch! Luise drehte sich zu mir und sah mich voll an. In ihren Augenwinkeln schimmerten Tränen. Doch. Ich war ein Unmensch. Ich setzte Luise am gottverlassensten Bahnhof Thüringens aus, wie ein Haustier, das man nicht mit in den Urlaub nehmen wollte. Ich konnte ihren Blick nicht ertragen. Ich holte gerade Luft, um ihr zu sagen, dass ich sie nicht wegschicken würde, da schlug sie die Augen nieder. Sie reichte mir die Hand.

»Leb wohl, Jan«, flüsterte sie. »Danke für alles. Ich hoffe, du versöhnst dich mit Christine. Grüß Sabrina von mir.« Sie stieg aus. Ich sah ihr hinterher, wie sie zum Bahnsteig ging. Noch immer wirkte sie wie eine Dame in ihrem eleganten Kostüm, nur die roten Chucks an ihren Füßen sprachen eine andere Sprache und erinnerten an die seltsamen Erlebnisse der letzten 24 Stunden. Sie würde sich doch bestimmt noch einmal umdrehen? Umdrehen und winken. Dann war alles gut, und ich würde mich weniger mies fühlen. Aber den Gefallen tat mir Luise nicht. Sie setzte sich auf die unbequem aussehende Bank, sehr aufrecht, wie immer, und sehr würdevoll. Gleichzeitig wirkte sie klein und verletzlich. Scheiße.

Ich rollte aus der Parklücke, warf einen letzten Blick auf Luises kerzengeraden Rücken und fuhr den Hügel hinunter zurück zum Biergarten. Jetzt war es entschieden! Sabrina loszuwerden würde deutlich schwieriger werden. Sie lief auf dem Parkplatz nervös auf und ab, rannte dann auf das Auto zu und riss die Beifahrertür auf.

»Jan. Wo warst du? Und wo ist Luise?«, rief sie. Ihre Stimme klang scharf.

»Luise ist am Bahnhof«, antwortete ich. »Wahrscheinlich ist sie schon weg.«

»Bahnhof? Welcher Bahnhof? Und was heißt hier weg?«

»Das soll heißen, dass sie von Ettenhausen den Zug nach Eisenach nimmt, und von dort über Fulda nach Stuttgart fährt. Nach Hause.«

»Und von welchem Geld bezahlt sie die Fahrkarte?«

»Sie kann sich ausweisen. Die Bahn wird sie schon nicht rauswerfen.«

»Jan! Die Bahn hat schon mal eine sechzehnjährige Schülerin nachts aus dem Zug geschmissen! Woher weißt du, dass sie mit einer Rentnerin nicht dasselbe machen? Und wessen Idee war das überhaupt? Ihre?«

»Luise lässt dich grüßen. Du sollst sie anrufen, wenn du zurück in Stuttgart bist.«

»Das ist doch wohl … du hast Luise am Bahnhof ausgesetzt, ohne Geld? Ohne Fahrkarte? Ohne Reiseproviant?« Sabrina stand wie angewurzelt in der Tür des Wagens, vollkommen entsetzt. Vielleicht stimmte es, dass Männer immer bloß an Sex dachten. Frauen hingegen dachten immer bloß ans Essen. Und für wen hielt sich Sabrina eigentlich, dass sie mich so vorwurfsvoll anstarrte?

»Steig ein, der Zug fährt in drei Minuten«, murmelte ich kläglich. »Vielleicht erwischen wir sie noch.«

Ein paar Minuten später fuhren wir mit quietschenden Reifen am Bahnhof vor. Der Zug fuhr gerade ab.

»Verdammt, Jan, das werde ich dir nie verzeihen!«, rief Sabrina.

Vom Bahnsteig her näherte sich eine kleine, schmale Gestalt in einem schwarzen Kostüm mit knallroten Chucks. Sabrina sprang aus dem Auto, rannte auf sie zu und umarmte sie. Ich stieg umständlich aus. Ich konnte kaum mehr auftreten.

»Ich hab's nicht geschafft!«, schluchzte Luise. »Ich hab's nicht geschafft schwarzzufahren!«

»Ich bin ja so froh!«, flennte Sabrina. »Jan hat mir keinen

Ton gesagt! Ich dachte, ich seh dich nie mehr wieder! Und ich will doch noch so gern deine Geschichte hören!«

»Ich wusste es!«, heulte Luise. »Ich wusste, dass du mich nicht verraten hast!« Sie hielten einander fest umklammert und schluchzten; die Schmonzetten, die sich Christine sonntagabends im ZDF ansah, waren ein Dreck dagegen. Ich verdrehte die Augen zum Himmel. Au Mann. Ich hatte jetzt die Arschkarte und war weder Luise noch Sabrina losgeworden. Das konnte echt noch heiter werden.

LUISE

BAHNHOF ETTENHAUSEN, THÜRINGER WALD

»Und jetzt?«, fragte Sabrina. Wir saßen alle drei im Auto, genau wie vorher, Jan auf dem Fahrersitz, Sabrina neben ihm, ich hinten, und starrten auf den Bahnsteig, der wieder in seinen Dornröschenschlaf gefallen war. Eine Weile sagte niemand etwas. Ich war wie erlöst, weil die beiden zurückgekommen waren und ich mich nicht in drei verschiedenen Zügen auf der Toilette verstecken musste.

»Wieso wolltest du Luise loswerden?«, fragte Sabrina schließlich.

»Weil ich zurück nach Hause wollte.«

»Du wolltest Luise in einen Zug nach Stuttgart verfrachten und parallel mit dem Auto nach Stuttgart fahren?«

»Ich wollte nachdenken. Über meine Ehe. In Ruhe!«

»Dazu hättest du mich ja auch noch aus dem Weg räumen müssen. Wie hättest du das denn angestellt?«

»Ich war noch nicht so weit. Eins nach dem andern.«

»Da kann ich ja froh sein, dass du überhaupt zum Biergarten zurückgekommen bist.«

»Ich muss am Montag arbeiten. Ich habe keine Krankmeldung. Ich werde nicht meinen Job riskieren!«

»Wir besorgen dir deine Krankmeldung. Du bist schließlich verletzt. Oder hast du es eilig, zu Christine zurückzukommen?«

»Nein. Ich weiß sowieso nicht, was ich ihr sagen soll. Aber so können wir auch nicht weitermachen. Alles ist nur deshalb schiefgegangen, weil wir kein Bargeld haben: die Klamotten, der Bauer, die Bäckerei, der Tankstellenwart. Wir brauchen unbedingt Geld, sonst bleibt uns wirklich nur, nach Hause zu fahren«, sagte Jan und öffnete die Fahrertür. Ein kühles Lüftchen wehte ins heiße Innere des Wagens. Ich hatte Durst. Gestern auf dem Klo der Wartburg hatte ich zum letzten Mal Wasser getrunken. Gesund war das nicht.

»Wir fahren also nicht nach Hause?«

»Kommt drauf an. Deine impulsiven Chaosaktionen. Das muss aufhören.«

»Ich kann das nicht kontrollieren«, murmelte Sabrina. »Es passiert einfach. Es kommt so über mich.«

»So wie früher mit den Lippenstiften. Das hatte nichts mit der Clique zu tun, oder?«

»Nein.«

»Was noch?«

»Klamotten. Bei H&M auf der Königstraße.«

»Und?«

»Handtaschen und Uhren. Bei Kaufhof.«

»Hat man dich nie erwischt?«

»Doch.«

»Verdammt, Sabrina, ich dachte, du willst Lehrerin werden. Das kann dich deine Verbeamtung kosten!«

»Ich weiß.« Sabrina seufzte. »Da sind diese Stimmen in meinem Kopf, die übernehmen dann, und ich bin völlig machtlos. Das fing in der Pubertät an.«

»Kein Wunder, dass du 'ne Therapeutin brauchst. Und Medikamente. Du brauchst deine Pillen. Sonst wird das noch schlimmer.«

»Ich weiß.«

»Und jetzt?«

»Bei der Frage waren wir vorher schon mal.« Wieder trat Schweigen ein.

Ich sah von Jan zu Sabrina und von Sabrina zu Jan. Offensichtlich hatten sie mich auf dem Rücksitz völlig vergessen. Was aber, wenn ich ihnen wieder einfiel, und sie gemeinsam beschlossen, dass es doch besser war, mich loszuwerden? Noch standen wir am Bahnhof. Wenn ich nicht Gefahr laufen wollte, nach Stuttgart in meine Villa auf dem Killesberg abgeschoben zu werden, gab es nur eins: Ich musste mich unentbehrlich machen. Auch wenn das bedeutete, dass ich mir die Finger schmutzig machte. Schon viel zu lange war ich Beobachterin, als ginge mich das alles gar nichts an.

Ich räusperte mich.

»Hört mir mal zu.« Ich wartete, bis sich die beiden zu mir umdrehten; sie wirkten überrascht. »Jan hat recht. Du bist zu impulsiv, Sabrina. Damit bringst du uns in Schwierigkeiten, die sich vermeiden ließen. Du bist für ein paar Brötchen ein sehr hohes Risiko eingegangen. Das hätte nicht sein müssen.«

»Ich war am Verhungern. Wir alle waren am Verhungern. Natürlich mussten die Brötchen sein!«

»Und du, Jan, hättest den Hundebiss vielleicht auch vermeiden können, mit etwas mehr Diplomatie und Geschick.« Jan schnaubte.

»Der Schäferhund war für Diplomatie nicht besonders

empfänglich. Und wenn wir schon dabei sind, das mit dem Kloschlüssel war ein schwerwiegender Anfängerfehler.«

»Das stimmt. Trotzdem, euch fehlt die Erfahrung des Alters. Und die nötige Gelassenheit.«

»Was willst du damit sagen?«

»Ganz einfach. Ab sofort treffe ich die Entscheidungen. Ich bin der Chef. Ich plane.« Meine Güte. Hatte ich das wirklich laut ausgesprochen? Ich war ganz aufgeregt, ließ es mir aber nicht anmerken.

»Planen. Was genau willst du planen?«, fragte Sabrina.

»Wie wir an Geld kommen. An Lebensmittel. An eine Arztbehandlung und Krankmeldung für Jan. Und deine Tabletten.«

»Legal oder illegal?« Sabrina sah mich mit großen Augen an, als sähe sie mich zum ersten Mal.

»Illegal«, sagte ich. Ich war, wie sagten die jungen Leute so schön, cool. Luise Engel, Witwe des Bauunternehmers Günther Engel, war total cool. Zum ersten Mal in ihrem langen Leben. Zumindest tat sie so.

»Luise. Mach dich nicht lächerlich«, schnaubte Jan. »Bisher hattest du bei allem, was so gelaufen ist, die größten moralischen Skrupel von uns dreien. Du traust dich nicht mal, ohne Fahrkarte in einen Zug zu steigen, und willst ab sofort illegale Geld- und Materialbeschaffungsmaßnahmen planen?«

Ich nickte. Natürlich war es lächerlich. Vollkommen lächerlich. Aber wenn ich das zugab, saß ich im nächsten Zug nach Stuttgart. Um das zu verhindern, musste ich Opfer bringen: Ich musste meine Moral opfern.

»Woher kommt auf einmal dieser Sinneswandel? Und wie willst du das mit deiner christlichen Erziehung vereinbaren?« Jans Blick war voller Skepsis.

»Ihr macht zu viele Fehler. Wenn das in diesem Tempo

weitergeht, erwischt uns garantiert die Polizei, oder es passiert ein Unfall oder sonst etwas, das uns zwingt, die Reise abzubrechen. Ich habe aber im Moment nicht die geringste Lust, verhaftet zu werden, und ich will auch nicht nach Stuttgart zurück. Dort wartet nichts und niemand auf mich außer schmerzhafte Erinnerungen und ein leeres Haus. Soll ich als Nächstes eine Busreise zur Heideblüte in die Lüneburger Heide buchen, mit einer Seniorengruppe? Das ist nicht mein Stil. Also brauchen wir eine bessere Planung. Mehr Grips, mehr Vorbereitung, nicht diese kopflosen Aktionen.«

»Und dein Gewissen?«, fragte Jan.

»Das lass mal meine Sorge sein«, gab ich zurück, obwohl ich nicht die geringste Ahnung hatte, was ich mit meinen moralischen Bedenken anstellen sollte.

Wir schwiegen alle drei. Sabrina warf plötzlich den Kopf nach hinten an die Kopfstütze und lachte laut auf; Jan sah mich an, und in seinem Blick las ich eine neue Art von Respekt. Ich lächelte, ich konnte gar nicht anders.

»Und außerdem, und das ist vielleicht das Allerwichtigste, außerdem habe ich euch beide irgendwie ins Herz geschlossen.«

»Was meinst du?« Jan drehte sich wieder zu Sabrina, aber ich fühlte mich nicht mehr übergangen; etwas hatte sich verändert.

»Es stimmt schon, wir haben uns bisher nicht gerade mit Ruhm bekleckert. Und Luise ist es zu verdanken, dass wir halbwegs aus der Tankstellengeschichte rausgekommen sind, trotz des Schlüssels. Einen Versuch ist's in jedem Fall wert. Auch wenn sie ganz schön doof sein muss, wenn sie dich ins Herz schließt, wo du doch alles drangesetzt hast, sie loszuwerden.«

»Es tut ihm leid. Nicht wahr, Jan, es tut dir doch leid?«, fragte ich.

Jan seufzte und nickte. »Ja, ja. Es tut mir leid. Wie wäre es mit einer Art Probezeit?«, fragte er. »Die nächsten zwei, drei Tage bist du der Chef, Luise. Dann gucken wir mal, wie's gelaufen ist.«

Sabrina nickte. »Wir müssen ein bisschen zur Ruhe kommen. Wir sind so beschäftigt, uns über Wasser zu halten, dass ich noch keine Sekunde über mich und Oliver nachgedacht habe.«

»Eine Auszeit stelle ich mir ehrlich gesagt auch nicht so vor, dass wir unter Bäumen oder im Auto schlafen, uns der Magen knurrt und wir uns von ein paar geklauten Weckle ernähren«, erklärte ich.

»Sondern?«, fragte Jan.

»Eine Auszeit heißt, man lässt es sich gutgehen. Ab sofort reisen wir mit Stil.«

»Und wie soll das genau aussehen?«

»Überlasst das mir. Wie lange brauchen wir nach Düsseldorf? Ich kenne da ein nettes kleines Hotel.«

SABRINA

BAHNHOF ETTENHAUSEN, THÜRINGER WALD

Wir haben uns am Bahnhof in Ettenhausen zu dritt auf die einzige Bank gequetscht, das Metall drückt unangenehm in meinen Hintern. Vor gerade mal zwanzig Minuten saß Luise hier und wartete auf den Zug nach Eisenach, allein mit dem einzigen Gleis und der Böschung und dem Fahrradständer mit Wellblechdach und dem kleinen Wartehäuschen, das einen frischen Anstrich gebrauchen könnte. Ich kann's immer noch nicht fassen, dass Jan ihr das angetan hat. Aber die Stimmung hat sich verändert; wir sind jetzt ein Team. Luise sitzt in der Mitte, die Deutschlandkarte auf den Knien. »Bad Hersfeld, Wetzlar, Gießen, Siegen, Wuppertal, Düsseldorf«, murmelt Jan und fährt mit dem Zeigefinger über die Autobahnen. Mein Blick wandert ein bisschen weiter nach links und bleibt schließlich kleben; ich werd ganz aufgeregt.

»Was haltet ihr von einem kleinen Abstecher?«, frage ich. »Wenn wir von Wetzlar nach Limburg fahren und dann über die Dörfer, sind wir ruckizucki auf der Loreley.«

»Loreley? Kleiner Abstecher ist gut«, meint Jan. »Weißt du, was das für eine Mordsstrecke ist? Wir brauchen mindestens drei Stunden bis dahin, und dann noch mal zwei bis Düsseldorf. Langsam artet das aus in die Deutschland-sucht-den-größten-Umweg-Tour.«

»Was willst du auf der Loreley?«, will Luise wissen. Ich zucke mit den Schultern.

»Keine Ahnung. War da noch nie, wollte schon immer mal hin? Deutsches Kulturgut, Schulausflug planen?«

»Pilgern?«, fragt Jan. »Von St. Goarshausen den Berg rauf?«

»Nee. Interessiert mich halt. Kein besonderer Grund.« Jedenfalls keiner, den ich laut aussprechen würde.

»Wir haben kein Geld, keine Krankmeldung, wollen eigentlich nach Düsseldorf, und du willst plötzlich auf die Loreley?«

»Ich durfte mir Luther wünschen. Sabrina wünscht sich die Loreley. Auf dem Weg organisieren wir Bargeld und deine Krankmeldung. Das kriegen wir hin. Düsseldorf läuft uns nicht davon.« Luise, die neue Chefin.

»Aha. Und wie genau kriegen wir das hin?« Jan, der olle Skeptiker.

»Wir gehen in einen Supermarkt.«

»Und dann stopfen wir uns Brot, Butter und Bier in die Taschen unserer Zipphosen und machen einen eleganten Abgang, so wie an der Tankstelle? Na, ich danke.«

»Ich erklär's euch gleich. Als Erstes sollten wir uns überlegen, wer von uns was gut kann, und zwar so ehrlich wie möglich. Wir stammen aus drei verschiedenen Generationen, jeder von uns kann etwas, was die anderen nicht können, und dann wiederum gibt es Dinge, die die anderen besser können.«

»Wie meinst du das genau?« Luise scheint ihre Rolle als Chefin richtig ernst zu nehmen.

»Fangen wir mit mir an. Meine Stärke: Ich bin alt und sehe harmlos aus. Man traut mir nichts Böses zu. Außerdem bin ich gebildet und habe gute Umgangsformen. Das verschafft mir ein Überraschungsmoment und einen Zeitvorteil. Falls was schiefgeht, kann ich Erste Hilfe leisten. Meine Schwäche ist mein Körper. Ich habe nicht viel Kraft, bin nicht mehr besonders beweglich, und ich kann nicht schnell weglaufen. Außerdem habe ich große Skrupel und will nichts Unrechtes tun, was sich nicht vermeiden lassen wird. Mit moderner Technologie kenne ich mich überhaupt nicht aus, mit Smartphones beispielsweise.«

»Ich verstehe. Sabrina und ich können dagegen mit Smartphones umgehen. Und Sabrinas Stärke ist, dass sie toll aussieht«, meint Jan.

»Wie bitte? Das ist jetzt aber nicht dein Ernst«, sag ich und spüre, wie ich rot werde und vor lauter Verlegenheit geradeaus aufs Gleis starre. »Ich find mich selber gar nicht toll.«

»Sabrina. Du bist hübsch, du bist schlank, du hast tolles Haar und einen schönen Busen«, zählt Luise auf, und es klingt sehr sachlich.

»So hätt ich mich das jetzt nicht zu sagen getraut, aber

genau das meine ich«, murmelt Jan. Er ist auch rot geworden. Wie alt sind wir eigentlich, fünfzehn? Trotzdem bin ich gerührt.

»Ich find mich dick und hässlich«, sag ich und meine es so.

»Ja, ja«, kommentiert Jan ungeduldig. »Das kenne ich schon. Christine und meine Töchter finden sich auch fett. Sie stehen im Bikini vor dem Spiegel und kneifen sich erschüttert in nicht vorhandene Speckpölsterchen am Bauch oder Oberschenkel. Ich geh da schon gar nicht mehr drauf ein.«

»Wenn dem so wäre, was würde es uns bringen?«, frage ich. Ich freu mich total.

»Wir können dich als Lockvogel oder zur Ablenkung einsetzen, je nachdem. Außerdem bist du körperlich sehr fit und kannst wegrennen, wenn es sein muss«, antwortet Luise. »Und du bist schlagfertig und hast Erfahrung im Ladendiebstahl.«

Ich kann's immer noch nicht so richtig glauben, dass Protestanten-Luise soeben in aller Wissenschaftlichkeit meine kriminellen Potenziale analysiert.

»Und meine Schwäche?«, frag ich.

»Autofahren«, entfährt es Jan und Luise wie aus einem Mund.

»Zu impulsiv, nicht ausreichend teamorientiert«, ergänzt Luise. »Und du kannst kein Blut sehen.« Einen Moment herrscht Stille. Als ob wir uns instinktiv auf eine Menge Blut einstellen.

»Und was ist mit mir?«, fragt Jan. Weder Luise noch mir fällt gleich was ein. Besonders nett ist das nicht.

»Du bist stark und ein super Autofahrer«, sag ich endlich. »Bloß im Moment bist du leider etwas gehandicapt.«

»Du bist auch schlagfertig«, erklärt Luise. »Und clever.«

»Na toll«, meint Jan. »Was Besseres fällt euch nicht ein. Mir übrigens auch nicht. Dabei war ich echt mal 'n dufter

Typ, bevor ich so frustriert wurde. Es gibt aber was, davon wisst ihr nichts.«

»Und das wäre?«, frage ich.

»Ich kann schießen. Das glaubt ihr mir jetzt vielleicht nicht, aber ich war in meiner Aktivistenzeit mal in Nicaragua bei den Sandinisten. Die haben mir das beigebracht. Richtig geschossen hab ich allerdings nie.«

»Jan!« Luise klingt jetzt sehr, sehr streng. »Egal, was passiert: keine Gewalt. Haben wir uns verstanden?«

Jan nickt und grinst. »War nicht ganz ernst gemeint.«

Luise beugt sich jetzt vor und erklärt uns eifrig, wie sie im Supermarkt an Geld kommen will, weil Geld jetzt die allerhöchste Priorität hat, damit wir Wasser, Essen, Desinfektionsmittel und Verbandszeug besorgen können. Ein supi Supiplan. Mir entfährt ein Glucksen vor lauter Begeisterung. Jan ist eher skeptisch. Aber das ist er ja immer.

Ich habe wieder das Steuer übernommen. Auch wenn das heißt, dass wir nicht besonders schnell vorankommen, aber mit seinem kaputten Bein kann Jan echt nicht fahren. Er hat mich aus dem Thüringer Wald rausdirigiert. Vom Rücksitz aus, weil Luise sich ohne ein Wort auf den Beifahrersitz gesetzt hatte. Ihre neue Autorität ist beeindruckend, fast schon beängstigend. Wir sind jetzt auf der Autobahn kurz hinter Bad Hersfeld.

»Nimm die nächste Ausfahrt«, sagt Jan. »Friedrichshofen. Da gibt's bestimmt einen vernünftigen Supermarkt. Was machen wir eigentlich, wenn die einen Ladendetektiv haben?«

»Haben Supermärkte normal nicht«, erwidere ich. Ich spreche aus Erfahrung. Im Supi bin ich noch nie erwischt worden.

»Sprichst du aus Erfahrung?«, fragt Jan.

»Nein, natürlich nicht. Mir haben sie nur mal im Supermarkt an der Schwabstraße den Geldbeutel geklaut. Der Marktleiter meinte dann, das käme ständig vor, und sie sind praktisch machtlos, weil sie sich keinen Detektiv leisten können.« Das hatte der Marktleiter zu der Kundin gesagt, der ich den Geldbeutel geklaut hatte. Ich kriegte dann aber ein echt megaschlechtes Gewissen, weil die Frau so verzweifelt war, und warf den Geldbeutel in den nächsten Briefkasten. Ich guckte nicht mal, was drin war. Danach konzentrierte ich mich auf Kaufhäuser auf der Königstraße und ließ Supermärkte sein.

Ich bin jetzt von der Autobahn runtergefahren und nach etwa zwei Kilometern, kurz vorm Ortseingang Friedrichshofen, kommen wir an ein kleines Einkaufszentrum auf der grünen Wiese. Tankstelle, McDonald's, Starbucks, Subway und ein großer Supermarkt.

»Den nehmen wir«, sagt Luise. »Ihr wisst, was ihr zu tun habt?«

Freitagmittag, auf dem Parkplatz herrscht der ganz normale Wahnsinn. Überall wuseln und parken Leute, vollbepackte Einkaufswägen werden hin und her geschoben, Kofferräume aufgeklappt und brüllende Kinder herumgezerrt. Ich merke natürlich, dass Jan die Luft anhält, als ich einparke, weil er nicht weiß, dass Einparken das Einzige beim Autofahren ist, was ich richtig gut kann. Er zippt die unteren Hosenhälften wieder an und quetscht sich in Socken und die guten Schuhe. Er verzieht das Gesicht vor Schmerzen, aber barfuß würde er viel zu viel Aufsehen erregen. Es reicht ja schon, dass an seinem rechten Hosenbein große Löcher unter dem Knie klaffen, von dem Mistköter.

Der erste strategische Fehler macht sich bemerkbar, als wir uns einen Einkaufswagen holen wollen. Die Einkaufswagen stehen unter einem Plastikdach, aneinandergekettet wie Sträflinge. Wir haben keine Pfandmünze. Wir haben auch keinen Einkaufschip. Wir brauchen aber einen Einkaufswagen, sonst haut Luises Plan nicht hin. Unglaublich, wofür man so alles Geld braucht!

»Mist, was machen wir jetzt?«, frage ich.

»Knacken. Kann ja nicht so schwer sein. Stell dich mal so hin, dass man mich nicht sieht«, befiehlt Jan. Er zieht das Fach für die Pfandmünze am festgeketteten Einkaufswagen auf und macht sich mit dem Autoschlüssel daran zu schaffen. Ich würd gern zugucken, vielleicht kann ich das mal brauchen, aber ich bin brav und stelle mich schützend vor Jan. Eine junge Frau kommt mit ihrem Einkaufswagen direkt auf uns zu, im Kindersitz lässt ein kleiner Junge die Beine baumeln. Hinter mir knirscht und knackt und flucht es leise. »Mach schnell«, raune ich. Gleich ist die Frau da. Sie guckt mich auffordernd und ein bisschen verunsichert an, sie will den Wagen abstellen und ich bin ihr im Weg, lang kann ich nicht mehr stehen bleiben. Ich spüre Luises Nervosität. Plötzlich schießt sie neben mir los, und auf den Wagen zu.

»Ach, ist das ein Süßer!«, gurrt sie. Innerhalb von drei Sekunden hat sie eine lebhafte Unterhaltung mit der Frau begonnen und bewundert ausführlich das Gör, das ihrem mittlerweile erwachsenen Sohn Elias verblüffend ähnlich sieht, wie sie beteuert. Die Frau scheint das Gegurre völlig normal zu finden. Jan rüttelt an irgendwas rum, dann schiebt er seelenruhig den beknackten geknackten Einkaufswagen an mir vorbei.

»Wir haben deine handwerklichen Fähigkeiten vergessen«, murmele ich. Luise verabschiedet sich von Frau und Kind, als seien sie alte Freunde.

»Wir haben Luises kommunikative Fähigkeiten vergessen«, murmelt Jan.

Luise nimmt ihm wortlos den Wagen ab und verschwindet im Supermarkt. Jan und ich warten einen Moment, dann gehen wir langsam hinter ihr drein. Jan drückt mir den Autoschlüssel in die Hand und humpelt davon. Ich scanne blitzschnell den Eingangsbereich. Ein Bäcker mit Stehtischen, ein kleiner Stand mit Zeitungen und Zeitschriften, fünf Kassen, vier davon geöffnet, die Schlangen sind lang. Im Hintergrund singt Abba »Fernando«, dann preist eine euphorische Stimme günstigen Rotkäppchen-Sekt an. Ich gehe an Luise vorbei, ohne sie zu beachten. In ihrem Wagen liegen Bananen, ein Kopfsalat, Spaghetti und ein Unterhemd von Tchibo. Um nicht aufzufallen, nehme ich mal links, mal rechts was aus dem Regal und stapele es auf dem linken Arm. An einem Stehtisch in der Mitte des Gangs empfängt mich eine Frau in einer albernen Schürze und einem noch alberneren Häubchen, sie hat ein aufgeschnittenes Baguette und mehrere geöffnete Gläser vor sich stehen.

»Kennen Sie schon unsere neuen Brotaufstriche?«, fragt sie eifrig. Ich schüttele den Kopf. »Wollen Sie mal probieren?«

Ich nicke.

»Birne-Fenchel, Tomate-Basilikum oder Mango-Curry?«

Ich nicke wieder.

»Äh, welchen?«

»Birne-Fenchel, Tomate-Basilikum und Mango-Curry«, antworte ich und strahle das Häubchen an. Ich habe schon wieder Hunger, wir haben ja auch nicht viel gegessen. Außerdem bin ich völlig ausgetrocknet. Als ich beim dritten Brotaufstrich bin, hält Luise auf mich zu. Ich stopfe mir schnell das letzte Stück Brot in den Mund, eile zum Gang mit den Süßwaren und platziere mich in der Mitte. Kurz darauf biegt Luise um die Ecke. Ihre Wangen sind gerötet vor Aufregung, sie blickt mich nervös an. Hoffentlich behält sie die Nerven! In ihrem Wagen liegen Konserven, eine Gurke, Milch, Joghurt und eine elegante Handtasche. Vielverspre-

chende Wahl. Ich stehe schon vor dem Wagen, lasse meine
Sachen reinfallen und greife nach der Handtasche, da kommt
ein älterer Mann von der anderen Seite. Sehr ausführlich
studiert er die verschiedenen Schokoladensorten. Ich schwitze. Luise schwitzt auch, ich kann's genau sehen. Ich nehme
eine Packung Merci Finest Selection aus dem Regal, drehe
sie um, starre so intensiv auf die Rückseite, als stünden die
Geheimnisse der Welt darauf geschrieben, und lege sie wieder zurück; Luise schneuzt sich umständlich. Endlich verschwindet der Mann. Blitzschnell beuge ich mich über den
Wagen, öffne die Handtasche, schnappe mir das schwarze
Lederportemonnaie, stopfe es in meine Zipphose, mache die
Tasche zu und verschwinde aus der Regalreihe, ohne mich
noch mal nach Luise umzudrehen. In meiner langen Klau-
karriere habe ich gelernt, alles zu vermeiden, was unnötig
Zeit kostet. Kaum bin ich ums Eck gebogen, höre ich eine
Frau rufen, »Da ist er ja! Entschuldigen Sie, aber Sie haben
den Einkaufswagen verwechselt!«

»Nein, nein, nein, das ist mein Wagen!«, antwortet Luise,
sie klingt wie ein kleines Kind in der Trotzphase.

»Mutti. Mutti, wo bist du denn?« Jan läuft an mir vorbei,
ohne mich anzusehen. Er biegt nach rechts ab, zu den Süßwaren. »Mutti, was machst du denn schon wieder für Sachen!«

Ich gehe langsam zu Kasse drei, murmele eine Entschuldigung, drücke mich an den Leuten und ihren Einkaufswägen
vorbei und gehe raus. Die Kassiererin beachtet mich nicht.
Ich laufe in aller Ruhe zurück zum Auto, setze mich auf den
Fahrersitz, schaue mich um, ob mich jemand beobachtet,
und mache den Geldbeutel auf. Ich kann's kaum erwarten.
Zuerst die Scheine! Scheine? Von wegen. Da ist nur ein einziger, trauriger Zwanzigeuroschein. Die Münzen ergeben
3,20 Euro. 23,20 Euro, soll das vielleicht ein Witz sein? In

dem Portemonnaie ist außerdem ein Foto von einem lachenden Kind, ein Organspendeausweis, der Herz und Augen ausschließt, ein Bibliotheksausweis und eine EC-Karte. Stefanie Mitze, Volksbank Bad Hersfeld. Wieso hat Stefanie Mitze eine elegante Handtasche, einen schicken Geldbeutel und so wenig Bargeld bei sich? Blöde Kuh! Ich nehme Geld und EC-Karte und lege beides unter den Sitz. Dann steige ich aus, vergewisser mich noch mal, dass mich niemand beobachtet, und lasse den Geldbeutel im Vorbeigehen unauffällig in einen offenen Mülleimer fallen. Wenn Stefanie Mitze nicht völlig blind ist, findet sie ihn dort wieder.

Im Eingang des Supermarkts tauchen Luise und Jan auf. Jan schiebt Luise am Ellenbogen vor sich her, und sie lässt es mit sich geschehen, es ist eine Szene, die mir bekannt vorkommt. Großenmoor-Ost, die Raststätte, an der wir Luise an der Autobahn aufgesammelt haben! Bloß, dass Jan damals nicht laut mit Mutti geschimpft hat, weil sie schon wieder aus dem Altenheim abgehauen ist, und Luise hat nicht leise vor sich hin gemeckert und sich ein ganz kleines bisschen gewehrt. Zu dritt hasten wir zum Auto, Luise steigt vorne ein, Jan hinten, beide ducken sich unter den Sitz, bei Luise dauert das eine Weile, sie ächzt. Hoffentlich hat es niemand mitbekommen, aber die Leute sind alle komplett mit sich selber beschäftigt. Ich parke ohne jegliche Hast aus.

Die Schiebetür des Supermarktes öffnet sich und eine elegante Frau und ein Mann im Anzug treten heraus. Die Frau schimpft und gestikuliert, sie schaut sich nach allen Seiten um, der Mann macht beschwichtigende Bewegungen. Die Ausfahrt ist eigentlich woanders, trotzdem fahre ich langsam auf die beiden zu und lasse die Windschutzscheibe auf Luises Seite herunter. Ein bisschen Spiel mit dem Feuer gehört dazu. Im Schritttempo fahre ich vorbei. Wenn Stefanie Mitze ins Auto gucken würde, könnte sie Mutti und ihren

Sohn sehen, zusammengekauert im Fußraum, aber Stefanie Mitze ist viel zu beschäftigt damit, aufgelöst zu sein.

»Ich werde Anzeige erstatten. Eine alte Frau, das muss man sich mal vorstellen! Und wie die ausgesehen hat. Rote Turnschuhe an den Füßen, Feinstrumpfhosen voller Laufmaschen! Ihr Sohn hat gesagt, sie sei verwirrt und würde ständig aus dem Altenheim abhauen, um einzukaufen, dabei wird sie dort voll verpflegt!«

»Aber das ist doch durchaus möglich!«, gibt der Mann zurück. »Unser Laden ist eigentlich sehr sicher. Da wird fast nie geklaut! Kommen Sie, vielleicht hat sie den Geldbeutel weggeworfen, und wir finden ihn irgendwo zwischen den Tomaten und dem Rettich!«

»Aber es gibt kein Altenheim in Friedrichshofen. Das nächste Altenheim ist in Hersfeld, neun Kilometer entfernt! Wie kann eine alte Frau so weit laufen?«

LUISE

FRIEDRICHSHOFEN, PARKPLATZ SUPERMARKT IM INDUSTRIEGEBIET

Zusammengerollt wie ein Embryo lag ich vor dem Beifahrersitz und umklammerte mit beiden Händen meine Knie. Jeder blaue Fleck, den ich mir bei der wilden Holperfahrt am Morgen geholt hatte, schmerzte, und der enge Rock nahm mir jede Bewegungsfreiheit. Hoffentlich fuhr Sabrina möglichst rasch aus der Gefahrenzone, denn allzu lange würde ich es in dieser verkrampften Haltung nicht aushalten. Ich war einfach zu alt für so etwas! Dabei hatte ich selber den Plan geschmiedet. Plötzlich hörte ich ein leises Surren. Sabrina hatte die Windschutzscheibe auf meiner Seite heruntergelassen, wahrscheinlich, damit wir mehr Luft bekamen. Stimmen drangen ins Auto, die weibliche Stimme erkannte ich sofort. Direkt über mir beschwerte sich die Frau, deren Einkaufswagen ich gemopst hatte, bei einem Mann über die Alte mit den roten Chucks an den Füßen und den verschwundenen Geldbeutel! Mir blieb beinahe das Herz stehen, ich wagte es kaum, Luft zu holen, und rollte mich zu einem noch kleineren Päckchen zusammen, als könnte ich mich dadurch unsichtbar machen. Die beiden mussten mich doch eigentlich sehen! Gleich würden sie die Tür aufreißen, mich hinauszerren und die Polizei rufen. Nur langsam fuhr Sabrina weiter. Nach ein paar Minuten, die mir vorkamen wie eine Ewigkeit, rief sie endlich vergnügt: »Ihr könnt rauskommen!«

Nur mit größter Mühe gelang es mir, auf den Beifahrersitz zu klettern. Meine Beine fühlten sich taub an, von meinen Feinstrumpfhosen war nicht mehr viel übrig. Ich sah hinaus. Wir waren zurück auf der Straße Richtung Friedrichshofen. Auch Jan saß hinten wieder auf seinem Platz.

»Sag mal, was war das denn für eine Aktion?«, fragte er. Er klang genervt.

Sabrina kicherte. »Man muss doch wissen, was der Gegner über einen denkt. In der Höhle des Löwen findet man das am leichtesten heraus.«

»Das war ein völlig unnötiges Risiko«, sagte ich und versuchte, streng zu klingen, um meiner neuen Rolle als Chefin gerecht zu werden. »Sabrina, du musst dir wirklich diese Alleingänge abgewöhnen, mit denen du uns ständig unnötig in Gefahr bringst!«

»Frechheit siegt. Das ist meine Erfahrung. Die Leute sind

alle mit sich selber beschäftigt. Die meisten glotzen eh nur auf ihr Smartphone und kriegen nichts anderes mehr mit.«

»Der Marktleiter hat aber nicht auf sein Smartphone geguckt. Luises schöner Plan hätte echt schiefgehen können, Sabrina!«

»Das Einzige, was schiefgegangen ist, ist unsere Beute. Wir haben gerade mal 23,20 Euro eingenommen!«

»Von dem Geld können wir nur das Nötigste besorgen«, sagte ich. »Hoffentlich gibt es in Friedrichshofen eine Apotheke.« Sabrina war gerade am Ortsschild vorbeigefahren.

»Das Teamwork hat auf jeden Fall gut funktioniert«, befand sie. »Wie hast du dich gefühlt, Luise?«

Ich dachte zurück an den Augenblick, als Sabrina die Handtasche der fremden Frau geöffnet hatte, ich dachte daran, wie ich mit schweißnassen Händen den Griff des Einkaufswagens umklammert hielt, und an mein hämmerndes Herz. Du sollst nicht stehlen, du sollst nicht stehlen, hämmerte es, und eine Sekunde war ich versucht gewesen, Sabrina anzuflehen, die Aktion abzubrechen und den Geldbeutel wieder in die Handtasche zu legen, hatte ich denn völlig den Verstand verloren, aber dann war die Sekunde vorbei und Sabrina blitzartig verschwunden, und ich musste mich an meinen Plan halten, wenn ich sie nicht ans Messer liefern wollte.

Es war mir überhaupt nicht schwergefallen, die verwirrte alte Frau zu spielen, ich kannte so viele verwirrte Menschen von meinen Besuchen im *Haus am Killesberg*, und Jan verkörperte seine Rolle so perfekt, dass ich mich fühlte, als sei er tatsächlich mein besorgter, ärgerlicher Sohn, der seine ausgebüxte Mutter einsammelte. Ja, es war geradezu beängstigend, wie gut wir harmonierten, es war beschämend, dass ich bei völlig klarem Verstand vorgab, dement zu sein, und es war erschreckend, wie die Frau keine Sekunde daran zweifelte, dass ich den Einkaufswagen versehentlich mit ihrem vertauscht hatte. Bestimmt hatte sie erst an der Kasse gemerkt, dass ihr Geldbeutel fehlte, und dann war sie fürchterlich erschrocken, und das alles war meine Schuld. Jetzt bist du endgültig auf dem breiten Weg zur Hölle, hämmerte mein Herz, an der Tankstelle warst du noch Mitläufer, aber jetzt warst du selbst die treibende Kraft hinter dem Plan! – Und wenn schon, gab ich trotzig zurück, und wenn schon! Mein ganzes Leben war ich anständig, und was hat es mir gebracht? Günther hat mich betrogen, meine beste Freundin ebenso, meine Haushälterin, die ich für eine enge Vertraute hielt, hat mein Vertrauen missbraucht, und meine Kinder interessieren sich kein bisschen für mich.

»Es ist noch ein wenig gewöhnungsbedürftig«, murmelte ich endlich.

»Bereust du es?«, fragte Jan von hinten. »Wir müssen das nicht durchziehen, weißt du. Mir war auch ziemlich mulmig dabei. Für unsere Kleinkriminelle hier war's dagegen sicher reine Routine, oder, Sabrina?«

»War es nicht.« Sabrina klang bissig. »Da kann ja so einiges schiefgehen, wenn man nicht mit Profis zusammenarbeitet.«

»Nein. Nein, ich bereue es nicht, und wir machen weiter«, sagte ich laut und deutlich, und instinktiv wedelte ich mit der Hand, als könnte ich meine Skrupel und das schlechte Gewissen verscheuchen wie eine lästige Fliege.

Friedrichshofen lag verschlafen in der Mittagshitze. Sabrina rollte langsam durch das kleine Ortszentrum. Rathaus, Stadtbücherei, Metzger, Reinigung, Bäcker? Da, endlich, auch eine Apotheke! Hoffentlich war sie geöffnet. Sabrina fuhr im Schritttempo daran vorbei, hinter dem Tresen bediente eine Frau eine Kundin.

»Gib mir die zwanzig Euro, Sabrina. Kannst du vom restlichen Geld ein paar Flaschen Mineralwasser besorgen? Kauf große, billige Flaschen. Wenn wir nicht bald etwas trinken, kippen wir um, vor allem du, Jan. Du bleibst sowieso besser im Auto.«

»Ich sammele dich hier wieder ein, Luise. Beeil dich, es ist zehn vor eins. Die machen bestimmt gleich Mittagspause.« Sabrina langte unter den Fahrersitz und drückte mir den Zwanzigeuroschein in die Hand.

»Reicht das überhaupt?«, fragte sie.

»Es muss reichen.« Völlig steif kletterte ich aus dem Auto. Eine Sekunde lang drehte sich alles. Dehydrierung. Nicht gut für alte Leute.

»Luise, warte!«, rief mir Sabrina plötzlich mit Panik in der Stimme hinterdrein. Ich drehte mich um.

»Was ist?«

»Dein Rock. Die Naht ist hinten gerissen. Es sieht ein bisschen … gewagt aus.« Ich griff an mein Hinterteil und erwischte anstelle meines Rocks das darunter liegende Formhöschen.

»Ach du liebe Güte«, murmelte ich. »Ich brauche dringend was anderes zum Anziehen. Mir ist auch viel zu heiß in dem Rock und den Seidenstrümpfen, und meine Seidenbluse ist völlig durchgeschwitzt.«

»Von 23,20 Euro auch noch Klamotten organisieren? Das könnte schwierig werden.«

»Kann ich so herumlaufen?«

»Nein. Steig wieder ein.«

»Aber die Apotheke macht gleich zu!«, protestierte ich und kletterte wieder ins Auto.

»Jan, da hinten müssten irgendwo meine Fahrradklamotten liegen. Findest du meine kurze Hose?« Sabrina rollte ein paar Meter von der Apotheke weg und hielt wieder an.

»Sabrina. Ich bin sechsundsiebzig. Das sind vierzig Jahre zu viel für superkurze, knallgrüne Radlerhosen!«

»Luise. Stell dir einfach vor, du seiest Tina Turner und müsstest gleich auf die Bühne. Du bist die Einzige, die sich mit Wundbehandlung auskennt, gleich macht die Apotheke Mittagspause, und es ist nicht meine Schuld, dass Knallfarben Mode sind!«

Jan kramte hinten herum und reichte mir schließlich Sabrinas kurzes Höschen nach vorne.

»Beeil dich!«, drängte Sabrina.

»Aber nur, wenn ihr wegschaut!« Wenigstens einen letzten Rest Würde wollte ich mir bewahren, trotz aller Peinlichkeiten. Mit größter Mühe schlüpfte ich aus meinem Rock. Den konnte ich wegschmeißen. Die Naht war nicht nur aufgegangen, sondern der Stoff war auch eingerissen. Günther hatte mir das Kostüm zum Siebzigsten gekauft, bei Breuninger. Ich zog Sabrinas Radlerhose an. Obwohl Sabrina schlank war, war mir die Hose zu weit. Außerdem ging das Formhöschen bis zum Oberschenkel und guckte unten aus den Shorts heraus. Sabrina drehte den Kopf zu mir und brach in schallendes Gelächter aus.

»Du siehst aus wie fünfzehn, Luise. Zerrissene Feinstrumpfhose, Chucks und superkurze Shorts, wo drunter noch was rausguckt, genau das tragen die Mädels heute!«

Ich lächelte gequält, schlug das hautfarbene Höschen um und schob es unter die Shorts. Es guckte trotzdem noch heraus. Drei vor eins, mir blieb keine Zeit mehr für Äußerlichkeiten. Ich kletterte aus dem Auto, nahm den Rock und meine Handtasche und ging die paar Schritte zurück zur Apotheke. Den Rock warf ich ohne jedes Bedauern in einen Mülleimer. Das Höschen rutschte ein Stück nach unten, aber wenigstens verdeckte es dadurch den Formslip. Ich fühlte mich ordinär und so dreckig, als hätte ich mich seit Tagen

nicht gewaschen, dabei hatte ich noch am Morgen des Vor-
tags geduscht. War ich wirklich erst gestern früh in Stuttgart
aufgebrochen? Die Türglocke bimmelte; vor mir an der Theke wartete ein älterer Mann. Die Apothekerin holte gerade
eine Packung Tabletten aus einem Schieberegal. Sie schob
das Regal wieder zu und kam mit der Packung in der Hand
zurück an die Theke.

»Hier ist ihr Marcumar, Herr Mitrovic, 98 Stück.« Sie sah
mich an. »Guten Tag.« Sie sah mich an, und ich konnte deutlich sehen, wie sie mich von oben bis unten abscannte und
wie ihr Blick hüftabwärts hängenblieb, an dem lächerlichen
Höschen, den zerrissenen Seidenstrümpfen und den knallroten Chucks, und wie sie sich vergeblich mühte, sich nichts
anmerken zu lassen, wie sie schnupperte und missbilligend
das Gesicht verzog, weil ich nach der Nacht im Auto in der
durchgeschwitzten Seidenbluse nach Schweiß roch. Ich
schämte mich. Ich bin eine wohlhabende Witwe vom Killesberg, ich laufe normalerweise nicht so herum, da draußen
im Müll liegt mein Rock vom Breuninger, protestierte ich,
aber natürlich sagte ich es nicht laut. Unwillkürlich presste
ich meine Handtasche an mich, meine teure Chanel-Hand-
tasche, das musste die Frau doch sehen, und duckte mich
gleichzeitig, um mich noch kleiner zu machen, als ich sowieso schon war. Gott sei Dank sah mich meine Mutter in diesem Zustand nicht, oder Günther! Beide hatten so viel Wert
auf Form und Hygiene gelegt. Moment. Meine Mutter war
seit fast vierzig Jahren tot, und ich machte mir immer noch
Gedanken darüber, was sie von mir hielt? Oder Günther. Er
hatte Äußerlichem so viel Bedeutung beigemessen, mich
aber gleichzeitig der Lächerlichkeit preisgegeben, und seine
Meinung war mir immer noch wichtig? War es nicht langsam Zeit, meinen Ruf gründlich zu ruinieren und es zu genießen? Was hatte ich auf meine alten Tage denn noch zu

verlieren? Der alte Mann hatte seine Rezeptgebühr bezahlt, schlurfte an mir vorbei und warf mir einen schrägen Blick zu, dabei roch er auch nicht gerade nach Aftershave.

»Was kann ich für Sie tun?«, fragte die Apothekerin knapp.

»Wir haben eigentlich schon Mittagspause.« Unwillkürlich richtete ich mich auf.

»Ich brauche Ibuprofen, ein Desinfektionsspray, eine sterile Kompresse, eine Wundsalbe und eine Binde«, sagte ich, ohne zu lächeln.

»Es gibt sehr viele verschiedene Sprays mit unterschiedlichen Wirkstoffen. Was ist das für eine Wunde, wenn ich fragen darf?«

»Ein Hundebiss.«

»Oh. Damit sollte die … die betroffene Person eigentlich zum Arzt. Nicht, dass es noch eine Tetanus-Infektion gibt.« Der Blick der Apothekerin wurde noch herablassender.

»Das ist mir bekannt. Wir sind auf dem Weg zum Arzt, aber ich würde die Wunde gern provisorisch versorgen.«

»Natürlich. Ich stelle Ihnen gern ein Erste-Hilfe-Paket zusammen.«

»Noch etwas. Es sollte nicht mehr als zwanzig Euro kosten. Das Ibu kann ruhig ein Generikum sein.«

»Natürlich. Ich verstehe.«

Natürlich verstand die Apothekerin. Sie hatte eine durchgeknallte Alte vor sich, die sich anzog wie ein junges Mädchen und nur das Geld besaß, das sie sich in irgendeiner Fußgängerzone zusammengebettelt hatte, und der Pennerhund hatte ihren Saufkumpan unter der Brücke gebissen, aber ein Versicherungskärtchen besaß der gar nicht. Von Erster Hilfe hatte die Obdachlose bestimmt auch keine Ahnung, selbst wenn sie wusste, was ein Generikum war. Es gab ja genug Akademiker, die auf der Straße landeten. Plötzlich musste ich lachen. Als die Apothekerin mit den Sachen wiederkam und sie auf die Theke legte, lehnte ich mich darüber, zupfte an meiner Bluse herum, sodass die Frau in den vollen Genuss meines strengen Körpergeruchs kam, und meinte beiläufig: »Wirklich ein heißer Tag.« Die Apothekerin fuhr zurück, verzog angeekelt das Gesicht und schnappte nach Luft. Ohne ein Wort scannte sie die Sachen und stopfte sie hastig in eine kleine Tüte.

»Das macht dann 19,99 Euro«, murmelte sie. Ich schob ihr den Geldschein hin.

»Behalten Sie den Glückscent«, sagte ich. »Schönen Mittag!« Ich ging zur Tür. Die Frau folgte mit etwas Abstand und schloss dann in aller Eile hinter mir ab, um nur ja sicherzugehen, dass ich nicht zurückkam. Ich setzte mich auf den Bordstein, obwohl mir in dieser Haltung wieder alle Knochen weh taten. Wenn ich schon aussah wie fünfzehn, dann konnte ich mich auch aufführen wie fünfzehn.

Es war viel zu heiß in der Sonne. Ich stand wieder auf und stellte mich in den dürftigen Schatten einer kleinen Kastanie. Die Apothekerin kam aus ihrem Geschäft, schloss die Tür ab und hastete vorüber, ohne mich eines Blickes zu würdigen. Eine Frau, die ungefähr in meinem Alter sein musste, schlurfte mit einem Mops an der Leine an mir vorbei. Der Hund schnüffelte an meinem Fuß, dann hob er direkt neben mir sein Bein am Baum. Die Frau zog ihn nicht zurück und drehte den Kopf in die andere Richtung. Erst gestern Morgen hatte ich meine Villa verlassen, ordentlich gekleidet und mit einem großen Bargeldbetrag in der Tasche, und jetzt hielt man mich für eine Obdachlose. Erstaunlich, wie schnell das gegangen war.

Was machten Sabrina und Jan nur, so lange konnte es doch nicht dauern, einen kleinen Laden aufzutreiben und ein paar Flaschen Wasser zu besorgen? Ich hatte zwar keinen Durst, aber ich fühlte mich schwach, ich brauchte endlich etwas zu trinken. Hoffentlich hatte Sabrina nicht schon wieder …

Es hupte. Sabrina hielt am Straßenrand, und ich stieg hinten bei Jan ein.

»Kannst du da vorne auf den Parkplatz am Rathaus fahren? Ich will Jan gleich verarzten«, sagte ich. Jan streckte mir eine große Plastikflasche Wasser hin, die schon zur Hälfte leer war. Ich trank gierig und spürte, wie meine Lebensgeister langsam zurückkehrten.

»Ich habe sechs große Flaschen Wasser gekauft, die allerbilligsten«, verkündete Sabrina stolz. »Und eine Packung Kekse. Das Geld ist weg, bis auf zwei Cent.«

»Nüsse wären vernünftiger gewesen«, tadelte ich. »Jeder von euch sollte gleich eine ganze Flasche Wasser leer trinken.«

Wir parkten vor einem kleinen Brunnen an einem klobigen Rathaus, das nach den Siebzigern aussah. Die Straßen waren wie ausgestorben. Ich trank noch ein paar Schlucke Wasser, dann nahm ich das Badetuch, breitete es zwischen mir und Jan auf dem Rücksitz aus und befahl Jan, das verletzte Bein daraufzustellen. Vorsichtig zippte ich die Hose ab. Die geschwollene Wade bot keinen schönen Anblick. »Sabrina, schau nicht hin, sonst wird dir wieder schlecht!« Die Wunde war stark gerötet und pochte, als ich ganz sacht einen Finger darauflegte. Der Abdruck der Hundezähne war deutlich zu erkennen. Hoffentlich hatte der Hund keine Sehne erwischt! Man musste kein Experte sein, um zu sehen, dass hier ärztliche Hilfe gebraucht wurde, und zwar schnell.

»Du musst doch Schmerzen haben«, sagte ich.

Jan zuckte mit den Schultern.

»Ich versuche, nicht dran zu denken«, knurrte er. Ich öffnete die Tablettenpackung und drückte eine Ibuprofen aus der Folie.

»Nimm die mit etwas Wasser. Das sollte die Schmerzen lindern und die Schwellung zurückgehen lassen.« Ich beugte mich über die verschmutzte Wunde. Wie dumm von mir. Ich hatte nichts besorgt, um die Wunde zu reinigen! Ich würde mir mit einem Papiertaschentuch behelfen müssen. Ideal war das nicht, weil Fussel in der Wunde hängen bleiben konnten. Großzügig sprühte ich das antiseptische Spray auf die Wunde und tupfte mit einem Tempo vorsichtig den Dreck, das verkrustete Blut und kleine Hautfetzen ab. Jan zuckte bei jeder Berührung zusammen. Ich legte die sterile Kompresse auf und verband die Wade.

»Das ist alles, was ich tun kann. Später machen wir etwas Wundsalbe drauf.«

»Vielen Dank«, sagte Jan. »Mir kommt das sehr professionell vor.«

»Ich fürchte, das wird nicht reichen. Wir haben zu lange gewartet, die Wunde hat sich entzündet. Wir sollten möglichst schnell zum Arzt, wahrscheinlich brauchst du ein Antibiotikum. Und du solltest dringend Christine anrufen und in Erfahrung bringen, ob du gegen Tetanus geimpft bist.«

»Ich rufe verdammt noch mal gar niemanden an!«, zischte Jan und legte mir gleich darauf entschuldigend die Hand auf den Arm. »Tut mir leid, Luise. Du willst mir ja nur helfen.«

»Gut, wenn du nicht anrufen willst, dann sollten wir jetzt so schnell wie möglich ein Krankenhaus mit einer Notfallambulanz finden. Die können dir auch eine Spritze geben.«

»Und die Krankmeldung«, ergänzte Jan.

»Was machen wir mit deinem Klamottenproblem, Luise?«, fragte Sabrina.

»Das dringendste Problem lösen wir gleich.« Ich schlüpfte aus den Turnschuhen und dem Höschen und riss mir geradezu die Seidenstrümpfe von den Beinen. Von denen war sowieso nicht mehr viel übrig. Dass mir Jan und Sabrina –

peinlich berührt der eine, amüsiert die andere – dabei zusahen, wie mein hautfarbenes Formhöschen, meine spindeldürren Beine und meine blau schimmernden Venen unter der Feinstrumpfhose hervorkamen, war mir plötzlich egal. Ich hatte beschlossen, dass falscher Stolz auf dieser seltsamen Reise das Allerletzte war, was wir gebrauchen konnten. Endlich nicht mehr in den Strumpfhosen schwitzen zu müssen war eine grenzenlose Erleichterung. Ich schlüpfte wieder in die kurze Hose.

»So, Sabrina, jetzt kannst du dich rechtzeitig drauf einstellen, wie deine Beine mal im Alter aussehen«, erklärte ich. »Ich hatte früher auch so tolle Beine wie du, durchtrainiert vom Tennisspielen.«

Sabrina guckte ohne Scham auf meine Beine und grinste. »Tja, da ist Cellulitis ein Scheiß dagegen.«

»Ich kann nicht auf Dauer mit deinem Höschen rumlaufen. Erstens sieht es lächerlich aus, zweitens ist es mir zu weit. Auch wenn du sehr schlank bist, im Alter läuft man ein, und wir haben kaum was gegessen.«

»Man läuft ein? Wie ein Baumwollpulli? Wie viel bist du denn schon eingelaufen?«

»In den letzten fünf Jahren bestimmt zwei Zentimeter. Frauen laufen mehr ein als Männer.«

»Das ist ja beruhigend«, kommentierte Jan.

»Oder auch nicht. Kommt immer drauf an, wo«, meinte Sabrina. »Okay. Teambesprechung. Hat jemand eine Idee, wie wir möglichst schnell an kostenlose Klamotten für Luise kommen? Zur Not gibt's ja immer noch den Altkleidercontainer.«

»Das kannst du Luise nicht zumuten, die kommt aus guten Verhältnissen und braucht saubere Kleidung«, antwortete Jan und deutete auf die andere Straßenseite, wo neben dem Bäcker eine Reinigung lag.

Sabrina grinste. »Gereinigte Klamotten. Gute Idee. Ich gebe mich als Luises Tochter aus, und Luise hat ihren Abholzettel verlegt.«

»Nein.« Ich wollte nicht schon wieder in eine peinliche Situation wie im Fundbüro geraten, aber das sagte ich nicht. »Der Ort ist zu klein. Hier kennt jeder jeden. Wir brauchen eine größere Stadt.«

»Eine größere Stadt mit einem Krankenhaus und einer Reinigung«, nickte Jan. »Die nächste größere Stadt ist Gießen. Oder wir fahren zurück nach Bad Hersfeld?«

Ich schüttelte den Kopf. »Es gibt kein Zurück. Nur vorwärts.«

JAN

AUTOBAHN A5, REISKIRCHENER DREIECK

Ich durfte mir nicht anmerken lassen, wie beschissen es mir ging, weil Luise sonst darauf bestehen würde, dass ich Christine anrief. Außerdem waren wir jetzt hoffentlich gleich im Krankenhaus St. Elisabeth, das laut Google von Freitagnachmittag bis Samstagfrüh in Gießen für Notfälle zuständig war. Ich hatte mich hinten langgelegt und das Bein hochgelagert. Luise saß vorne neben Sabrina, drehte sich immer wieder nach mir um, musterte mich besorgt und erinnerte mich mit sanfter Stimme daran, dass ich Wasser trinken sollte. Wenn sie seit Jahren Ehrenamt fürs Rote Kreuz machte, wusste sie wahrscheinlich ziemlich genau, in welchem Zustand ich mich befand. Mir war schlecht. Ich konnte zwar die Wunde nicht mehr sehen, wegen des Verbands, aber wenn ich das Bein aufstellte, sah ich, dass hinten an der Wade ein roter Strich hochzog. Ich kannte mich mit medizinischem Kram nicht aus, und war mir nicht sicher, was das bedeutete, aber wohl kaum etwas Gutes. Luise sagte ich nichts davon, sie war schon beunruhigt genug.

Ich schloss die Augen. Alles andere war einfach zu anstrengend. Sabrinas Fahrstil hatte sich einen Hauch verbessert und war ein kleines bisschen flüssiger geworden. Dass jemand, der so beschissen fuhr, überhaupt jemals die Führerscheinprüfung bestanden hatte! Wahrscheinlich fehlte ihr einfach die Fahrpraxis. Wer in Stuttgart im Kessel wohnte, dem reichten in der Regel die Öffentlichen, das Fahrrad und Carsharing. Die Generationen nach mir waren gar nicht mehr so scharf auf Auto, denen waren das neueste Smartphone, das schicke Mountainbike, Ausgehen und Feiern wichtiger, und Daimler musste sich Sorgen machen. Generation nach mir? Es war ein seltsamer Gedanke, dass ich mit meinen fast fünfzig Jahren rein theoretisch Sabrinas Vater sein konnte. Theoretisch. Es gab genügend Frauen in Sabrinas Alter, die auf Männer meiner Generation abfuhren. Diese Frauen schrieben uns nur aufgrund unseres biologischen Alters mehr Lebenserfahrung und Weisheit zu als ihren Altersgenossen. Dabei war das völliger Quatsch. In meinem Bekanntenkreis waren die meisten Männer um die fünfzig weder weise noch erwachsen, sondern schlichtweg überfordert. Auf mich fuhr sowieso niemand ab. Zu wenig Haare, zu viel Bauch. Sabrina hatte mich wahrscheinlich noch kein einziges Mal unter dem Aspekt »Mann« betrachtet. Für sie war ich doch nichts als ein Fluchthelfer.

Es war ganz still im Auto. Was Christine wohl gerade machte? Nicht, dass es mich interessierte. Den Mädchen würde sowieso nicht auffallen, dass ich nicht da war. Sie klebten am Wochenende an ihren Smartphones und stellten Weltrekorde im Dauer-WhatsAppen auf. Wenn ich mal eine Radtour vorschlug, winkten sie nur gelangweilt ab und verschwanden auf ihren Zimmern. Was war nur los mit den Kids? Ich hing im gleichen Alter auf dem Bolzplatz rum, rauchte und machte meine ersten Knutsch- und Fummelerfahrungen, während meine Töchter ihre ersten Erfahrungen vermutlich auf Youporn sammelten.

Sobald wir diesen Hundebiss im Griff hatten, wollte ich wenigstens noch ein bisschen Spaß haben, ehe wir zurückfuhren! Der Spaßfaktor hatte sich bisher sehr in Grenzen gehalten. Überhaupt. Je älter ich wurde, desto weniger Spaß schien ich zu haben. Angeblich wurde das Leben doch mit zunehmendem Alter leichter? Ich konnte das wirklich nicht bestätigen. Die Leichtigkeit und Unbeschwertheit, die ich noch mit fünfundzwanzig besessen hatte, als ich Christine kennenlernte, war mir komplett abhandengekommen. In den ersten Jahren mit ihr war ich manchmal morgens aufgewacht, hatte staunend und ungläubig das entzückende Wesen betrachtet, das da schlafend neben mir lag, und mich gefragt, ob es überhaupt möglich war, noch glücklicher mit jemandem zu sein. Aber das war vor den Kindern. Und jetzt? Würde dieser Trip überhaupt etwas verändern zwischen uns? Oder würde alles so weiterlaufen wie bisher? Nein. Alles, nur das nicht. Es gibt kein Zurück, hatte Luise gesagt. Nur vorwärts.

»Reiskirchen, hier musst du jetzt abfahren«, hörte ich Luises Stimme, ich hatte die Augen noch immer geschlossen, und dann das Geräusch des Blinkers. Ein Navi wäre jetzt praktisch. Ich wollte aber nie eines, obwohl Christine immer wieder davon anfing. Ein Navi ist der Anfang vom Ende des Orientierungssinns, erklärte ich ihr dann, und der ist bei Frauen rein biologisch sowieso nicht so ausgeprägt, und wenn sie dann noch ein Navi oder eine Navi-App nutzen, verkümmert das letzte bisschen Orientierungssinn komplett. Regelmäßig Karten zu lesen, hielt ich für eine wichtige Übung für Frauen, das betonte ich auch den Mädels gegenüber immer wieder. Christine sagte verächtlich, ich sei ein Macho. Ich verstand überhaupt nicht, was sie damit meinte, ich war doch gar nicht so, ich war für Emanzipation und überhaupt, und plötzlich tat es einen Schlag auf der rechten Seite, und ich riss die Augen auf und sah nur Bäume und Leitplanke, und Sabrina schrie und Luise schrie und ein Mann schrie, das war wohl ich, es tat noch mal einen Schlag, und dann gab es einen fürchterlichen Ruck, und ich flog von der Rückbank auf den Boden, und der Schmerz im Bein war unerträglich, und ich bekam keine Luft, und dann stand das Auto seltsam still und seltsam schräg.

»Warnblinkanlage!«, brüllte Luise. »Wo macht man die an, verdammt!« Einen Moment lang wunderte ich mich darüber, dass ausgerechnet Luise so böse fluchte, hatte ich nichts Besseres zu tun, wir hatten doch gerade einen Unfall gehabt? Ich wartete noch einen weiteren Moment, bis der Schmerz im Bein langsam abebbte und ich wieder atmen konnte, dann kletterte ich mühsam zurück auf den Sitz, beugte mich vor und drückte neben dem Schalthebel auf den Knopf für die Warnblinkanlage. Es war keine Einbildung gewesen, dass das Auto in Schräglage war, Sabrina auf der Fahrerseite hing oben, Luise unten. Wir standen in der Kurve der Autobahnausfahrt, blöder ging's wirklich nicht, wir mussten so schnell wie möglich von hier weg, bevor jemand hinten auffuhr. Sabrina saß da wie versteinert und umklammerte das Lenkrad.

»Hat sich jemand was getan?«, fragte Luise und rüttelte an Sabrinas Arm, sie klang panisch. »Und wieso hängen wir so schief?«

»Weil Sabrina auf die Leitplanke draufgefahren ist. Mir ist nichts passiert. Sabrina, was ist mit dir?«

»Alles in Ordnung«, murmelte sie endlich.

»Und du, Luise?«

»Ich habe mir den Arm angeschlagen, ist aber nicht schlimm. Nur ein paar blaue Flecken.«

»Pass auf Sabrina auf. Ich glaube, sie steht unter Schock.«

Ich öffnete die Schiebetür, ignorierte die Schmerzen im Bein und kletterte hinaus. Statt auf Asphalt stand ich im Gras, dahinter begann der Wald. Ich ging ein Stück vom Auto weg, um mir ein genaueres Bild zu machen. Wir standen auf der anderen Seite der Leitplanke, die ungefähr zwei Meter vor dem Renault anfing. Sabrina musste in der Kurve die Kontrolle über den Wagen verloren haben, war erst gegen den Leitpfosten geprallt, dann auf die Leitplanke aufgefahren wie auf eine Schiene und hatte dann eine Vollbremsung hingelegt. Die beiden Räder auf der Fahrerseite hingen über der Leitplanke in der Luft, die Räder auf der rechten Seite standen auf der anderen Seite der Leitplanke im Gras. Wenn ich die riesige Delle betrachtete, die der Pfosten dem Renault auf der Beifahrertür zugefügt hatte, dann wusste ich: Das würde Ärger geben. Sehr viel Ärger. XXL-Christine-Ärger. Vor allem in Kombination mit dem fetten Kratzer, den der Tankwart mit seinem Kloschlüssel derselben Längsseite zugefügt hatte. Wie der Unterboden aussah, das wollte ich erst gar nicht wissen. Das Auto hatte schon ein paar Jährchen auf dem Buckel, wir hatten es demnächst verkaufen und ein neues anschaffen wollen. So wie es jetzt zugerichtet war, würden wir nicht mehr viel dafür kriegen, es sei denn, wir ließen es für viel Geld herrichten.

Luise kletterte aus der Beifahrertür. »Das sieht ja schlimm aus«, murmelte sie.

»Wir sind noch glimpflich davongekommen. Wenn Sabrina schneller gewesen wäre, hätten wir beim Auffahren auf die Leitplanke so viel Schwung gehabt, dass der Wagen auf die Seite gekippt wäre. Dann ginge es uns jetzt erheblich schlechter.«

Luise atmete hektisch ein und aus. »Was machen wir jetzt?«

»Kannst du Sabrina beruhigen und sie dazu bringen, sich auf die Beifahrerseite zu setzen? Dann dirigierst du mich zurück auf die Straße und passt gleichzeitig auf, dass niemand ins Heck rauscht.« Ein aufgemotzter BMW fuhr vorüber, jemand filmte die Szenerie aus dem Fenster heraus johlend mit einem Handy. Na, großartig. Luise öffnete die Beifahrertür und sprach mit Sabrina, während ich über die Leitplanke auf die Straße stieg. Sabrina rutschte im Auto auf den Beifahrersitz, Luise ging die Kurve entlang ein paar Meter zurück und wedelte wild mit den Armen, um den Verkehr zu warnen. Ich öffnete die Fahrertür und zog mich mühsam hinauf ins Auto.

»Es tut mir so leid«, flüsterte Sabrina auf dem Beifahrersitz. »Sieht das Auto schlimm aus?«

»Geht so«, knurrte ich. »Wir müssen jetzt vor allem sehen, dass wir schnell hier wegkommen.« Ich ließ den Motor an und fuhr in Zeitlupe rückwärts. Es knirschte am Unterboden. Luise drehte sich auf der Straße hin und her, um den von der Autobahn abfahrenden Verkehr zu warnen und mich gleichzeitig auf die Straße zu dirigieren. Für Mitte siebzig war sie noch ganz schön agil, das musste man ihr lassen.

Endlich waren alle vier Räder von der Leitplanke herunter und wieder auf dem Boden. Luise sprang hinten ins Auto, ich fuhr langsam an und schaltete die Warnblinkanlage aus. Das bandagierte Bein schmerzte fürchterlich beim Bremsen und Gasgeben, und Barfußfahren war sowieso riskant. Weit kam ich so nicht. Ich bog nach rechts ab auf die Bundesstraße Richtung Gießen, fuhr bei der ersten Möglichkeit wieder nach rechts, um ein paar Kurven, an einem Sportplatz vorbei und fand als Parkmöglichkeit den nahezu leeren Parkplatz einer Schule.

»Martin-Luther-Schule«, seufzte Luise. »Das passt ja mal wieder.« Sabrina stieg aus dem Auto, inspizierte die zerbeulte Seite, stieg wieder ein und seufzte ebenfalls leise.

»Alles okay?«, fragte ich. Sie nickte.

»Bist du nicht stinkesauer auf mich?« Ich brummte nur. Es ließ sich sowieso nicht mehr ändern.

»Was ist denn nun eigentlich genau passiert?«, fragte Luise.

»Mir wurde schwindelig. Dann fingen meine Arme völlig unkontrolliert an zu zucken, und dann habe ich die Kontrolle über den Wagen verloren. Das ist mir noch nie passiert. Ich schätze mal, es fällt in die Rubrik Entzugserscheinungen.«

»Sabrina.« Luise beugte sich von hinten vor. »Ich kenne dich kaum, und es geht mich nichts an. Aber wieso schluckst du dieses Teufelszeug überhaupt, wenn es mit so schrecklichen Entzugserscheinungen verbunden ist? Du bist tablettenabhängig, dabei bist du doch ganz normal!«

»Natürlich bin ich normal, Luise, ich bitte dich. Normal bekloppt. Aber wenn du in meinem Alter keine Therapeutin hast und kein Citalopram schluckst, dann bist du nicht normal! Neunzig Prozent der Leute, die ich kenne, rennen regelmäßig zum Therapeuten und lassen sich Antidepressiva verschreiben! Alle, die mit mir im Referendariat sind!«

»Aber ... weshalb denn?«

»Weil wir alle Panik schieben.«

»Wovor?«

»Die falschen Entscheidungen zu treffen. Keine Entscheidungen zu treffen. Den falschen Mann zu heiraten. Überhaupt zu heiraten. Den falschen Job zu machen. Die falsche Anzahl Kinder zu kriegen. Überhaupt Kinder zu kriegen.« Als ob sie nur auf ein Stichwort gewartet hätte, tauchte plötzlich eine Gruppe Kinder in Sportklamotten auf, rannte johlend über den Parkplatz und verschwand im Schulgebäude, gefolgt von einer jungen Frau im Trainingsanzug.

»Du bist doch noch so jung, Sabrina, und hast das Leben vor dir«, sagte Luise. Sie klang fast flehend. »Warum lässt du den Dingen nicht einfach ihren Lauf, ohne dir allzu sehr den Kopf zu zerbrechen?«

»Weil ich mich unter einem wahnsinnigen Druck fühle, bloß keine Fehler zu machen. Da muss man sich ja nur mal euch beide angucken, dann weiß man, was so alles schiefgehen kann.« Obwohl es mir wirklich nicht besonders gutging, musste ich grinsen.

»Luise und ich müssen als abschreckende Beispiele dafür herhalten, welche Fehler man im Leben vermeiden sollte? Was für Fehler meinst du denn da genau?«

»Na, zum Beispiel die Partnerwahl. Ihr beide seid nicht gerade Musterbeispiele für langanhaltende, erfolgreiche Beziehungen. Habt ihr euch nie überlegt, ob ihr die falsche Wahl getroffen habt? Vielleicht wärt ihr mit einem anderen Partner glücklicher geworden?«

»Aber ich war doch glücklich mit Günther!«, stieß Luise heftig aus. »Ich habe nichts vermisst!«

»Er aber schon«, antwortete Sabrina achselzuckend. »Sonst hätte er wohl kaum jahrelang deine beste Freundin gevögelt.«

Luise stieß einen Protestlaut aus.

»Sabrina. Bitte!«, sagte ich scharf.

»Wieso geht es hier plötzlich um mich?«, rief Luise und umklammerte die Kopfstütze von Sabrinas Sitz. »Du hast schließlich gerade einen Unfall gebaut, Sabrina! Du bist doch diejenige, die nicht in der Lage ist, ein Leben ohne Tabletten und eine normale Beziehung zu führen, und du läufst vor deinem Freund davon! Natürlich ist es bitter, jahrelang betrogen worden zu sein, und dann auch noch mit der besten Freundin. Aber ich mache mich doch nicht rückwirkend unglücklich, nur, weil es dir in den Kram passt! Ich werde mein Leben nicht neu bewerten. Ich hatte keine materiellen Sorgen, ich hatte drei wunderschöne Kinder, ich war im Tennisclub, ich war eine Dame der Stuttgarter Gesellschaft, die bei wichtigen Leuten ein und aus ging!« Luise war knallrot angelaufen.

»Und kaum hast du ihnen den Rücken gedreht, haben sie sich das Maul über dich zerrissen«, spottete Sabrina.

»Jetzt reicht's aber«, mischte ich mich ein, überrascht von Luises Wutausbruch und Sabrinas beißendem Hohn. »Schluss damit, alle beide! Das ist jetzt wirklich nicht der richtige Zeitpunkt, um Grundsatzdiskussionen über Glück und Unglück zu führen! Ich muss endlich ins Krankenhaus!«

»Tut mir leid«, murmelte Sabrina. »Entschuldige, Luise. Ich wollte dich nicht blöd anmachen. Es steht mir nicht zu, Urteile über dein Leben zu fällen. Ohne Tabletten bin ich einfach aggressiv. Lasst uns so schnell wie möglich ins Krankenhaus fahren. Ich bin fit, ich kann wieder ans Steuer.«

»Kannst du nicht«, sagte ich mit Nachdruck. »Du kannst jederzeit den nächsten Schwächeanfall kriegen. Vorhin haben wir Glück gehabt, aber wer weiß, ob du uns nicht gegen die nächste Mauer setzt, wenn du weiterfährst?«

»Willst du etwa deine Kiste stehen lassen und laufen?«

»Ich fahre«, erklärte Luise bestimmt. Ihr Gesicht hatte bereits wieder eine normale Farbe angenommen. Wie Frauen in Lichtgeschwindigkeit die unterschiedlichsten Emotionen durchliefen, war mir schon bei Christine immer ein Rätsel gewesen.

»Aber du kannst doch gar nicht Auto fahren!«, rief Sabrina. Ohne ein Wort griff Luise nach ihrer Handtasche, zog einen Lappen heraus, so grau wie Elefantenohren, und streckte ihn uns von hinten vor die Nase. Sabrina lachte. »So sahen also mal Führerscheine aus.«

»Wieso hast du diese kleine Tatsache nicht schon früher erwähnt, Luise?«, fragte ich irritiert.

»Weil mich keiner danach gefragt hat. Und weil ich vor fünfundzwanzig Jahren zum letzten Mal Auto gefahren bin. Das wollte ich uns nicht zumuten, aber jetzt haben wir keine Wahl.«

»Du bist seit fünfundzwanzig Jahren nicht mehr Auto gefahren und hast trotzdem deinen Führerschein dabei?«, fragte ich ungläubig.

»Ich bin eben ordentlich«, erklärte Luise achselzuckend.

»Schlimmer als Sabrinas Fahrstil kann deiner auch nicht sein. Du kannst ja zur Übung eine Runde auf dem Schulparkplatz drehen.«

Ich öffnete die Fahrertür und wollte aussteigen, aber als ich den angenagten Fuß belastete, wurde mir schwarz vor Augen, und ich fiel kraftlos zurück auf den Sitz.

»Alles okay, Jan?«, rief Sabrina alarmiert.

Ich nickte mit zusammengebissenen Zähnen. Luise sprang mir zur Seite.

»Wir dürfen jetzt wirklich keine Zeit mehr verlieren, du musst sofort ins Krankenhaus. Geht's einigermaßen?«

Ich nickte schwach. »Ich fühle mich, als hätte mir jemand mit einem Schlauch jegliche Energie abgezapft«, murmelte ich.

»Du solltest den Fuß nicht mehr belasten«, erklärte Luise und stützte mich auf dem kurzen Weg zur hinteren Tür. Ich rutschte kraftlos auf die Rückbank und wischte den Schweiß auf meiner Stirn mit dem Armrücken ab. Mir war wieder übel. Luise kletterte auf den Fahrersitz, stellte umständlich Sitz und Spiegel ein und ließ den Renault an. Langsam fuhr sie im ersten Gang über den Parkplatz. Die Sportlehrerin kam aus der Schule, blieb stehen und folgte uns misstrauisch mit den Augen.

»Lasst uns verschwinden«, meinte ich. »Schulen sind Privatgelände.«

Luise rollte unendlich langsam auf die Straße, wobei sie sich ans Lenkrad klammerte wie eine Ertrinkende. Immerhin fuhr sie nicht so ruckartig wie Sabrina.

»Du solltest jetzt mal langsam in den zweiten Gang schalten«, empfahl ich höflich. Christine regte sich auch immer auf, wenn ich Kommentare zu ihrem Fahrstil abgab, aber manchmal war's einfach notwendig. Luise schaltete hoch, fuhr aber immer noch Tempo zwanzig. Hinter uns tauchte ein Auto auf. Luise blinkte rechts, drosselte die Geschwindigkeit und das Auto fuhr an uns vorbei. Ein Kind auf der Rückbank winkte; Luise winkte engagiert zurück. Das Kind streckte uns die Zunge raus. Als Nächstes überholte uns ein Traktor mit Anhänger. Luise tuckerte geduldig hinter ihm her. Was immer der Traktor auf seinem Anhänger geladen hatte, es stank bestialisch.

»Luise«, sagte ich. »Ist ja schön, dass du so rücksichtsvoll bist. Aber in diesem Tempo kannst du auf Dauer nicht fahren. Vor allem nicht auf der Bundesstraße. Außerdem kommen wir so erst in drei Tagen im Krankenhaus an.« Luise rollte jetzt langsam an die Auffahrt zur Bundesstraße und blinkte. Dann passierte eine lange Weile nichts. Hinter uns bildete sich eine Schlange.

»Luise!«, rief ich. Der Schweiß tropfte von meiner Stirn. »Nun fahr endlich!«

»Aber da kommen ständig Autos von links«, protestierte Luise. »Das ist gefährlich. Vor fünfundzwanzig Jahren gab es nicht so viel Verkehr. Und da waren die Leute auch nicht so aggressiv.«

Hinter uns wurde gehupt. Ich stöhnte. Endlich gab Luise Gas. Reifen quietschten, und jemand haute uns die Lichthupe rein.

»Hab ich's nicht gesagt«, beschwerte sich Luise. »Viel zu viel Verkehr.« Sie fuhr jetzt fünfzig, im zweiten Gang.

Ich stöhnte wieder leise. Sabrina drehte sich um und sah mich voller Anteilnahme an, dabei stöhnte ich nicht wegen der Schmerzen, sondern weil ich mich fragte, wie ich es geschafft hatte, ausgerechnet an die zwei schlechtesten Autofahrerinnen Deutschlands zu geraten. Endlich waren wir in Gießen.

»Fahr erst mal den Schildern zur Uni nach, Luise«, sagte ich. »Das St. Elisabeth muss ganz in der Nähe der Justus-Liebig-Universität sein.«

»Ich fahre lieber langsam, damit wir das Schild nicht verpassen«, antwortete Luise eifrig und bremste wieder runter auf Tempo zwanzig. Nach einer gefühlten Ewigkeit, einer Menge Hupen und unzähligen roten Ampeln hatten wir endlich die Klinik erreicht. Eine weitere gefühlte Ewigkeit später hatte Sabrina einen Rollstuhl besorgt, Luise hatte sehr umständlich in eine riesige Parklücke eingeparkt, wir hatten den Papierkram erledigt und saßen endlich im Wartebereich. Ich kam mir mittlerweile vor wie bei »Gorillas im Nebel«. Alles war sehr weit weg, irgendwie verschwommen und total unwichtig. War das bei Extrembergsteigern nicht auch so? Kurz bevor sie erfroren, war ihnen alles gleichgültig. Sie wollten sich bloß noch in den Schnee legen und sterben. Ich dämmerte vor mich hin. Endlich tauchte eine Schwester mit Unterlagen in der Hand auf. »Jan Marquardt!«, rief sie.

»Hier!«, antwortete Sabrina so zackig, als sei sie bei der

Bundeswehr, sprang auf und packte die Griffe meines Rollstuhls.

»Tut mir leid, aber Sie können nicht mit«, wehrte die Schwester ab.

»Aber ... aber ich bin die Freundin!«, protestierte Sabrina. Die Krankenschwester blätterte stirnrunzelnd in ihren Unterlagen.

»Von Freundin ist hier nicht die Rede«, sagte sie streng. »Normalerweise wird das bei der Anmeldung abgefragt.«

»Es hat aber niemand gefragt«, gab Sabrina schnell zurück und legte mir die Hand auf den Arm. »Nicht wahr, Schatz, es ist dir doch lieber, wenn ich dabei bin?«

Ich konnte nicht mehr so richtig denken. Freundin. Sabrina als Freundin? Warum eigentlich nicht. »Sicher«, antwortete ich matt. Sabrina tätschelte meine Hand.

»Ich warte hier auf euch«, erklärte Luise. Sabrina schob den Rollstuhl hinter der Krankenschwester her.

»Hier hinein, bitte.« Die Schwester winkte uns in einen Raum, legte die Unterlagen auf einen Tisch und verschwand. Hinter dem Tisch saß ein junger Arzt mit einem Pferdeschwanz an einem Computer. Er begrüßte Sabrina mit einem Kopfnicken, warf einen Blick auf die Unterlagen, dann stand er auf und gab mir die Hand.

»Bitte nehmen Sie auf der Liege Platz und stellen Sie das Bein auf«, sagte er. »Brauchen Sie Hilfe?«

Ich schüttelte den Kopf, stützte mich am Rollstuhl ab und schaffte es gerade so, mich auf die Liege zu stemmen. Es kostete mich den letzten Rest an Kraft. Der Arzt machte sich mit einer Schere an meinem Hosenbein zu schaffen, dabei hätte ich die Hose einfach abzippen können. Ich war viel zu erschöpft, um zu protestieren.

»Was war das für ein Hund?«, fragte er.

»Ein Schäferhund.«

»Kannten Sie das Tier?«

Ich schüttelte den Kopf.

Der Arzt schnitt Luises Verband auf und begutachtete die Wunde.

»Sie sollten Anzeige gegen den Halter erstatten. Der Hund hat ihnen ja die halbe Wade weggerissen.« Er machte sich an der Wunde zu schaffen. Ich schloss die Augen und biss die Zähne zusammen. Es tat brutal weh. Ich bekam einen frischen Verband, dann maß der Arzt meine Körpertemperatur und meinen Blutdruck. Was für ein Aufstand! Völlig übertrieben! Nebenher stellte er mir weitere Fragen. Ich hatte kaum die Energie, um zu antworten.

»Sehen Sie den roten Strich am Bein? Sie haben eine Blutvergiftung«, sagte der Arzt schließlich. »Wenn Sie mit der Behandlung noch länger gewartet hätten, dann wäre das schiefgegangen, und zwar gründlich. Der Hund hat eine Sehne getroffen, da haben die Bakterien leichtes Spiel. Wie sieht es mit Tetanus aus?«

Ich zuckte mit den Schultern. »Ich habe ehrlich gesagt nicht die geringste Ahnung.«

»Wo ist ihr Impfausweis?«

»In Stuttgart.«

»Kann da jemand nachsehen?«

»Nein. Ich weiß auch gar nicht, wo das Ding ist.«

»Dann würde ich die Tetanusimpfung auffrischen, um kein Risiko einzugehen. Einverstanden?«

Ich nickte. Alles besser, als Christine anzurufen. Der Arzt verpasste mir eine Spritze in den Arm.

»Als Nächstes würde ich Ihnen ein hochdosiertes Breitbandantibiotikum spritzen, damit sollte es ihnen rasch bessergehen.« Ich nickte und bekam eine weitere Spritze in die Vene. Ich hatte doch sowieso keine Ahnung, und irgendwie war's mir auch egal.

»Sobald wir das Ergebnis vom Labor vorliegen haben, können wir den Erreger gezielt bekämpfen. Bis dahin nehmen Sie weiter ein Breitbandantibiotikum. Ich gebe Ihnen ein Rezept, dann kann Ihre Freundin in der Apotheke nebenan die Tabletten holen. Sie können von Glück sagen, dass nicht mehr passiert ist.«

»Geben Sie uns eine Nummer mit, unter der wir das Ergebnis telefonisch abfragen können?«, fragte ich.

Der Arzt guckte irritiert. »Was soll das heißen, telefonisch? Ich bespreche das Ergebnis höchstpersönlich mit ihnen. Morgen früh, auf Station.«

»Station? Aber … wir sind auf der Durchreise!«

»Ihre Durchreise können Sie vergessen. Eine Blutvergiftung ist lebensgefährlich. Sie haben Glück, dass ich Sie nicht auf die Intensivstation stecke! Eine Weiterfahrt kommt überhaupt nicht in Frage. Sie müssen mindestens zwei Tage zur Überwachung hierbleiben. Da kann es noch eine Menge Komplikationen geben!«

»Kann ich nicht nach Stuttgart fahren und dort ins Krankenhaus?« Der Arzt schüttelte den Kopf.

»Viel zu riskant. Sie sind alles andere als transportfähig!«

»Schatz, wenn der Arzt meint, es ist besser so, dann wollen wir doch lieber nichts riskieren«, säuselte Sabrina. »Hauptsache, es ist nichts Schlimmes passiert.«

Sabrina? Die hatte ich komplett vergessen. Der Arzt öffnete die Zimmertür und rief etwas hinaus. Die Krankenschwester, die uns abgeholt hatte, trat ein und half mir zurück in den Rollstuhl. »Ich bringe Sie jetzt auf Station«, erklärte sie.

»Wir sehen uns dann morgen früh«, sagte der Arzt. »Gute Besserung.« Er schüttelte mir die Hand. Ich wollte protestieren. Ich wollte nicht im Krankenhaus bleiben! Ich wollte mit Sabrina und Luise nach Düsseldorf! Ich brauchte eine

Krankmeldung! Aber die Schwester hatte mich schon hinausgeschoben, und die Tür fiel hinter mir ins Schloss. Wo war meine Freundin? Ich drehte den Kopf. Sabrina war bei dem Arzt im Zimmer geblieben.

SABRINA

ST. GOARSHAUSEN, AUSSICHTSPLATTFORM LORELEY

Luise und Jan brennen drauf, zu erfahren, was im Krankenhaus zwischen mir und dem Arzt passiert ist, ist ja logisch. Aber wie ich an das Rezept für das Citalopram gekommen bin, das mir ein Arzt eigentlich nicht so ohne weiteres verschreiben darf, wenn er mich nicht persönlich kennt, wird mein kleines Geheimnis bleiben. Als ich mit den zwei Rezepten in der Hand aus dem Arztzimmer kam, ganz erhitzt, sprang Luise ganz alarmiert auf. Sie sah mir natürlich an, dass etwas vorgefallen war, aber ich winkte nur ab.

»Wo ist Jan?«, fragte ich.

»Auf Station.« Sie hielt mir einen Zettel unter die Nase, auf dem die Schwester »4.OG, Station B02 Nord, Zi 312« notiert hatte. »Was machen wir jetzt? Ohne Jan können wir doch nicht weiterfahren!«

»Wir holen ihn raus, was denn sonst«, sagte ich achselzuckend, obwohl Luise eigentlich das Kommando hatte, aber so richtig strukturiert sind wir eben doch nicht. Wir folgten den Schildern über endlose Flure und um unzählige Ecken und fuhren schließlich mit dem Aufzug in den vierten Stock. Jan lag in einem albernen Flügelhemdchen in einem Drei-

Bett-Zimmer, die rechte Hand am Tropf. Es sah überhaupt nicht so aus, als sei er erst seit zehn Minuten hier. Die beiden Betten links und rechts waren belegt. Einer der Bettnachbarn trug einen Kopfverband, der andere hatte das ganze linke Bein in Gips. Beide betrachteten uns neugierig. Das heißt, vor allem guckten sie mich an.

»Gefällt's dir hier?«, fragte ich und setzte mich auf Jans Bettkante.

»Nicht besonders«, brummte Jan. »Ich soll meine Essenswünsche für die nächsten drei Tage angeben.« Er deutete auf einen Speiseplan auf seinem Beistelltisch.

»Um 17 Uhr gibt's Abendessen«, erklärte der mit dem Kopfverband eifrig. »Schnittchen.«

»Dann lass uns vor den Schnittchen von hier verschwinden, Jan«, sagte ich. »Wo sind deine Sachen?«

»Mittlerer Schrank.«

»Kannst du die Infusion wegmachen, Luise?«, fragte ich, während ich Jans Klamotten aus dem Schrank holte. »Ich schau lieber nicht hin.«

»Die Infusion ist bestimmt für den Kreislauf. Eigentlich solltest du hierbleiben«, sagte Luise. Sie zog ein Kleenex aus einer Box und machte sich an Jans Hand zu schaffen. Dann kletterte Jan aus dem Bett. Das Flügelhemdchen war am Rücken zusammengebunden und sein nackter Hintern guckte raus. Dafür, dass er insgesamt eher schwabbelig ist, hat er einen erstaunlich knackigen Hintern. Weil der Arzt seine Trekkinghose zersäbelt hatte, zippte ich die beiden unteren Teile ab. Jan konnte leider nur noch in Shorts gehen. Seine Zimmergenossen sahen stumm und staunend zu, wie er sich anzog, das Flügelhemdchen und die Zipphosenteile aufs Bett warf und schließlich seine Sachen einsammelte.

»Tschüs, Jungs. War kurz mit euch, aber nett.«

»Aber … aber was sollen wir denn der Schwester sagen?«, stammelte der zweite Bettnachbar, der mit dem Gips.

Jan zuckte mit den Schultern. »Dass es mir hier zu langweilig war und ich stattdessen einen Bankomaten knacke?«

Der Typ lachte.

»Du hast echt Humor, Mann!«, rief er uns hinterher, als wir aus dem Zimmer gingen, und der mit dem Kopfverband rief: »Darf ich deine Schnittchen haben, Jan?«

Wir nahmen Jan in die Mitte. Die Schwestern standen mit Kaffeebechern im Schwesternzimmer, erzählten und lachten und schenkten uns keine Beachtung. Endlich waren wir draußen aus dem blöden Gießener Krankenhaus, mit kleinem Umweg über die Apotheke nebenan, und was war? Natürlich kein Citalopram vorrätig. Immerhin kriegten wir Jans Antibiotikum. Jan hat dann die nächsten zwei Stunden bis zur Loreley im Auto geschlafen, obwohl Luise gefahren ist.

»Und?«, frage ich jetzt und seh mich ratlos um. Wir stehen unter einer Deutschlandflagge auf einer Aussichtsplattform. Das Einzige, was man sieht, sind Japaner.

»Und was?«, fragt Jan zurück.

»Wo ist sie jetzt?«

»Wo ist wer?«

»Na, die olle Loreley!«

»Du stehst auf ihr drauf.«

»Ich steh auf ihr drauf?« Ich bahne mir einen Weg durch die enthusiastisch fotografierenden Japaner und gucke über den Metallzaun. Tief unten fließt der Rhein. Weil der einen Knick macht, sieht man nur einen kleinen Ausschnitt, und nicht besonders viel Rhein vor lauter Fähren, Frachtschiffen und Motorbooten. Direkt unter uns liegt außerdem eine hässliche Bundesstraße mit dichtem Verkehr. Der Rhein und die bewaldeten, steil abfallenden Hänge sind im Abendlicht ganz hübsch, mehr nicht. Und für das Café ein paar Meter weiter haben wir natürlich mal wieder kein Geld. Ich drehe mich um. Die Japaner haben jetzt angefangen, mich enthusiastisch zu fotografieren. Ich öffne noch einen Blusenknopf meiner unglaublich erotischen karierten Wanderbluse, stütze die Hand in die Hüfte, mache einen Marilyn-Schmollmund und werfe mein blondes Haar. Frenetischer Japanerapplaus brandet auf, unzählige Handys, Kameras und iPads sind auf mich gerichtet. Spontan halte ich die Hand auf, und seltsamerweise habe ich nach kurzer Zeit 13,80 Euro eingenommen. Bevor ich noch mehr Geld machen kann, winkt eine Japanerin mit einem Schirm, und blitzschnell ist die ganze Gruppe verschwunden wie ein Spuk. Nur wir drei bleiben zurück. Ist ja auch schon spät.

»Das ist alles? Der Rhein macht die Biege, und das soll berühmt sein?«

»Die Loreley ist ein 132 Meter hoher Schieferfelsen und Unesco-Welterbe«, erklärt Luise und wirft sich so stolz in die Brust, als hätte sie selber mit Hand angelegt und den Felsen mit der Spitzhacke aus dem Schiefer gehauen. »Ich war oft mit Günther hier oben, wenn wir Gäste aus dem Ausland hatten. Sie waren immer sehr beeindruckt.«

»Ein blöder Felsen ist also Unesco-Welterbe. Am ganzen Rhein entlang stehen doch blöde Felsen rum! Und deshalb machen die Leute so ein Geschiss?«

Jan grinst spöttisch. »Das hätte ich dir vorher sagen können. Ich habe früher oft hier oben gezeltet und bin auf die Freilichtbühne, zu Rockkonzerten von Bob Dylan oder Eric Burdon. Nicht, dass die dir was sagen werden. Was hast du denn erwartet?«

»Keine Ahnung. Zumindest ein Denkmal, eine Nixe oder so.«

»Du meinst, so was wie die Kleine Meerjungfrau in Kopenhagen?«

»Genau.«

»Fehlanzeige. Jedenfalls hier oben.« Jan grinst immer noch, schon wieder ziemlich frech, und bläst den Rauch seiner letzten Gauloises aus. Ich werd ihm kein Geld für neue geben. Erstaunlich, wie schnell er sich erholt hat. Er humpelt noch, klar, und auf seinem Handrücken, da, wo Luise die Infusion rausgezogen hat, breitet sich ein Bluterguss aus, aber das Antibiotikum, das ihm der Arzt in die Vene gejagt hat, scheint super anzuschlagen. Zäher Kerl, das muss man ihm lassen. »Siehst du die langgezogene Hafenmole da unten?«, sagt er. »Am Ende der Mole ist ein Denkmal. Da müssten wir aber runter nach St. Goarshausen.«

»Wir müssen ja sowieso runter, um nach Düsseldorf weiterzufahren. Wir könnten hinauslaufen und uns das Denkmal anschauen«, wirft Luise in versöhnlichem Ton ein. »Ich kenne es. Eine nackte Nixe mit langem Haar.«

»Wir haben also nur wegen eines blöden Felsens mehr als hundert Kilometer Umweg gemacht?«, blaffe ich Jan an. An irgendjemandem muss ich ja meinen Frust auslassen.

»Nicht ganz. Wir haben nur wegen eines blöden Felsens, den *du* unbedingt sehen wolltest, weil *du* eine übertrieben romantische Vorstellung davon hattest, mehr als hundert Kilometer Umweg gemacht und kommen jetzt erst mitten in der Nacht in Düsseldorf an.«

»Ich sag's ja«, murmele ich. »Das mit der Auszeit ist gar nicht so einfach.« Ich erzähle den beiden natürlich nicht, dass ich den Umweg nur deshalb machen wollte, weil Oliver mir irgendwann mal, als ich nackt mein blondes Haar kämmte, ganz andächtig zusah und meinte, ich würde aussehen wie die Loreley. Oliver ist total verknallt. Ich hatte damals nicht die geringste Ahnung, wie die Loreley aussah und was die so gemacht hatte in ihrem Leben, aber so, wie Oliver das sagte, schmolz ich dahin. Das konnte ich Luise und Jan natürlich nicht auf die Nase binden, schließlich klang es total kitschig und sentimental, und eigentlich ist Kitsch gar nicht meins.

Es klang so, als ob ich nur zur Loreley fahren wollte, weil ich Oliver total vermisste und ihm auf eine komische Art nahe sein wollte. Leider stimmt das auch. Ich vermisse Oliver viel mehr, als ich erwartet hab, ich muss die ganze Zeit an ihn denken und fühl mich total mies, weil ich weiß, dass er meinetwegen leidet. Er leidet, weil ich ihn betrogen hab, und er leidet, weil ich mich nicht melde. Wir sind ja noch gar nicht so lang zusammen, und bisher hab ich nicht drüber nachgedacht, ob das vielleicht was Ernstes ist mit uns beiden, ich dachte, wir gucken einfach mal, ist ja keine Eile, aber jetzt steht's auf der Kippe, wegen mir, und ich merk, dass es mir total viel ausmacht, ich bin kein bisschen cool. Oliver hat immer noch nicht aufgehört, mich anzurufen oder mir Nachrichten zu schicken, auch wenn die Abstände größer geworden sind. Er schreibt, er macht sich schreckliche Sorgen und ich soll ihm wenigstens sagen, wo ich bin, und dass es mir gut geht. Bisher hab ich nicht zurückgeschrieben. Nur meiner Mutter hab ich eine WhatsApp geschickt, ich sei spontan mit ein paar anderen Referendarinnen zu einer Wochenendtour aufgebrochen, weil eine von uns ihren Junggesellinnenabschied feiern wollte. »Was soll der Mist, Sab«, hat meine Mutter zurückgeschrieben. »Du fährst nie mit anderen Referendarinnen weg, und außerdem hat Oliver angerufen. Er dachte, du wärst vielleicht bei uns. Er ist völlig aufgelöst, und wir sind auch sehr besorgt. Er liebt dich, und wir lieben dich auch, egal, was für einen Scheiß du machst, vergiss das nicht, Schätzchen. Aber komm gefälligst nach Hause und bring das in Ordnung!« Ich hätt mir denken können, dass mir meine Mutter das mit den Referendarinnen nicht abgenommen hat, sie weiß, dass ich keine Freundinnen hab. Ich soll nach Hause kommen? Ja. Bloß nicht sofort. Deshalb schreib ich auch Oliver keine SMS, weil dann schreibt er mir zurück, und ich halte das hier nicht durch. Ich will es aber durchhalten, wenigstens noch ein Weilchen. Dabei weiß ich nicht mal genau, warum eigentlich.

Bis heute weiß ich eigentlich nicht, wie ich an jemanden wie Oliver geraten bin. Ich hab schließlich nur deshalb auf Lehramt studiert, weil meine Mutter Lehrerin war und mir nichts Besseres eingefallen ist, und Pfarrer, so wie mein Vater, wollt ich bestimmt nicht werden. Das Studium an der PH in Ludwigsburg war eine Tortur. Ständig hab ich Seminararbeiten zu spät abgegeben, bin vor lauter Prüfungsangst nicht zu den Prüfungen, hab die Sprechstundentermine mit meinen Dozenten vergessen, kurz, einfach nix auf die Reihe gekriegt. Die meiste Zeit hab ich geschlafen. Damals fing meine Ärztin an, mir Citalopram zu verschreiben, weil sie meinte, ich würde an einer leichten Depression leiden. Und dann kamen die ersten Praktika in der Schule und die ersten Monate des Referendariats, und plötzlich war alles gut. Die Arbeit mit den Kids war so wunderbar konkret. Zum ersten Mal in meinem Leben war ich konzentriert und ganz bei der Sache. Die vielen Stimmen, die sonst in meinem Kopf unerträglich laut durcheinanderbrüllten, waren plötzlich verstummt und ersetzt durch die vielen echten Stimmen dieser Kinder, die mich alle irgendwie brauchten. Sie brauchten mich, weil ihre Eltern sie vernachlässigten oder weil ihre Eltern zu ehrgeizig waren oder weil sie nicht genug Deutsch konnten oder weil sie zu schüchtern waren oder zu wild. Plötzlich hatte mein Leben einen Sinn, mein Tag war strukturiert, und nur an den Wochenenden, nachdem ich meinen Unterricht vorbereitet hatte und im Fitnessstudio war, fiel ich in mein übliches Loch. Ich saß ziemlich viel allein auf dem Marienplatz auf den Stufen herum, zwischen all den Familien, die an der Eisdiele anstanden, den Hipstern, die im »Galao« saßen, und den Radfahrern, die zur Zacke wollten. Ich versuchte, das Citalopram abzusetzen, aber ohne ging es mir viel schlechter. Und dann lud mich ausgerechnet Oliver zum Essen ins »Madagascar« ein, Oliver, der nette, langweilige Konrektor meiner Grundschule, an den ich bis dahin keinen einzigen Blick verschwendet hatte. Und dann … ich muss aufhören, an Oliver zu denken. Aufhören, aufhören, aufhören! Sonst drehe ich noch komplett durch.

»Ich habe mir Luther gewünscht und du die Loreley«, meint Luise und reißt mich aus meinen Gedanken. »Jeder darf mal. Jetzt ist der liebe Jan dran.«

»Der liebe Jan ist nicht so albern wie die liebe Luise und die liebe Sabrina. Der liebe Jan wünscht sich gar nix«, erklärt Jan, und es klingt beleidigt.

»Na schön. Dann fahren wir jetzt erst einmal nach Düsseldorf«, beschließt Luise. »Dort lassen wir's uns gutgehen, du kannst dich ein wenig erholen, Jan, und dann sehen wir weiter.«

»Ich habe immer noch keine Krankmeldung!«, sagt Jan anklagend.

Luise nickt. »Ich weiß, ich habe es nicht vergessen. Lass uns morgen darüber nachdenken, wenn wir ausgeschlafen sind.«

Wir machen uns auf den Weg zurück zum Auto und laufen ein paar Treppenstufen hinunter zur nächsten Plattform. Hier steht ein Automat, auf dem steht: Loreley – Legende und Gedicht. Einen Euro kostet das. Ich werfe einen Trinkgeld-Euro ein, obwohl mich Protestanten-Luise mit dem Hinweis, wir bräuchten das Geld für Wichtigeres, davon abhalten will. Es ist schließlich mein Geld. »Die Entstehung der Loreley ist dem Teufel zu verdanken«, beginnt eine sonore Stimme und zitiert schließlich das Gedicht von Heinrich Heine, »Ich weiß nicht, was soll es bedeuten«. Das kenn ich als Lied des traurigen Seele-Fanten aus den Urmel-Episoden der »Augsburger Puppenkiste«, zumindest die erste Strophe. Ich lausche gebannt, als es heißt: »Die schönste Jungfrau sitzet / Dort oben wunderbar / Ihr goldnes Geschmeide blitzet / Sie kämmt ihr goldenes Haar.« Das ist es, darauf muss Oliver angespielt haben! Ich werde ganz aufgeregt und fange an zu strahlen. Die schönste Jungfrau, das bin ich! Na ja, wenn auch nur im übertragenen Sinne. Aber ich bin jetzt doch happy, dass wir hierhergefahren sind. Ich kann gar nicht aufhören, blöd zu grinsen. Luise und Jan schauen mich an, als sei ich nicht ganz gescheit. Bin ich ja auch nicht.

Wir gehen durch den Wald zurück, an der Freilichtbühne vorbei den Berg hinauf, und im Bistro kaufe ich Laugenbrezeln, gesalzene Erdnüsse und zwei Flaschen Wasser. Wir schlingen die Brezeln hinunter, unsere Auszeit ist nicht besonders kalorienreich bisher. Sogar Jan hat wieder Appetit. Ein paar Euro haben wir noch übrig, für Notfälle. Das Auto haben wir außerhalb des Parkplatzes am Straßenrand geparkt, weil der Parkplatz der Loreley zwei Euro kostet. Luise hat vorhin zehn Minuten gebraucht, um den Renault zwischen zwei Bäume zu quetschen. Jan hat nichts gesagt, aber er musste sich schwer zusammenreißen, das hat man gemerkt. Dabei ist das Auto sowieso schon verbeult.

»Kannst du das Steuer wieder übernehmen?«, bittet mich Luise jetzt. »Ich bin ziemlich müde. Ich bin das Autofahren einfach nicht mehr gewöhnt.«

»Klar«, sage ich lässig. Dass man mir überhaupt noch das Steuer anvertraut, ist erstaunlich; niemand erwähnt die kleine Episode mit der Leitplanke. Ich hoffe, dass Jan sich wieder nach hinten setzt, um seinen Fuß hochzulegen und zu schla-

fen, aber er bietet Luise an, sich hinten ein wenig auszuru-
hen, was diese dankbar annimmt.

»Könntest du mal versuchen, etwas weniger schuckelig zu
fahren?«, fragt mich Jan sehr höflich, als er sich neben mich
setzt. Ich würd ihm gern eine reinhauen, aber das geht natürlich nicht. Ich werde zunehmend aggressiv. Das liegt sicherlich am Entzug. Hoffentlich kriege ich das Citalopram
morgen früh in einer Düsseldorfer Apotheke, aber morgen
ist Samstag, und wenn die es erst bestellen müssen, hab ich
wieder ein Problem. Ich hab auch schon überlegt, ob ich
Oliver bitte, mir die Packung von zu Hause zu schicken, aber
das ist wie Jan und seine Tetanusimpfung, ich muss alleine
klarkommen, und wenn ich Oliver eine Adresse in Düsseldorf gebe, fährt er mir womöglich noch hinterher.

Die Straße von der Loreley runter nach St. Goarshausen
führt durch eine wildromantische Felsenlandschaft. Leider
ist sie auch extrem serpentinenreich, was für alle Beteiligten
und den Verkehr hinter uns extrem anstrengend ist. In
St. Goarshausen fahren wir noch ein Stück durch den Ort
und kommen dann auf die Schnellstraße, die ich von oben
gesehen habe.

»Rechts abbiegen«, sagt Jan. »Wir bleiben bis Koblenz am
Rhein und gehen dort auf die Autobahn. Vor zehn, halb elf
sind wir kaum in Düsseldorf.« Ich finde die Vorstellung,
dass ich noch mindestens zwei Stunden Auto fahren muss,
den größten Teil davon in der Dunkelheit, alles andere als
toll. Wenigstens führt die Straße entspannt am Rhein entlang. Nicht, dass ich was von der Aussicht hätte, ich muss
mich zu stark konzentrieren. Die Bundesstraße ist einspurig.
Weil ich so langsam fahre, bildet sich hinter uns eine lange
Schlange, und wir werden bei jeder Gelegenheit überholt.
Deswegen achte ich auch nicht besonders drauf, wer oder

was uns so überholt. Bis plötzlich direkt vor mir ein blauer
BMW mit gelben Streifen an der Seite auftaucht. Und nicht
nur das. Auf dem Dach blinkt eine Anzeige, auf der steht:
»STOPP Polizei«. Mir bricht der Schweiß aus. Wir haben's
dir doch gesagt, das geht nicht gut, das geht nicht gut …,
raunen die Stimmen in meinem Kopf.

»Scheiße«, fluche ich, ein bisschen lauter als nötig, damit
die Stimmen die Klappe halten. Luise bläst mir nervös ihren
Atem in den Nacken.

»Bleib ganz ruhig«, versucht Jan zu beschwichtigen. »Die
wissen nichts von den anderen Geschichten, und ein komischer Fahrstil allein ist kein Grund, dir was anzuhängen.«
Nein, der Fahrstil nicht. Die Polizei fährt noch ein, zwei
Kilometerchen vor uns her und biegt dann auf einen Parkplatz mit WC ab. Ich fahre brav hinterher und parke, mit so
viel Abstand wie möglich, ohne dass es Verdacht erregt.
Zwei Polizisten steigen aus. Der auf der Fahrerseite bleibt
neben dem Polizeiauto und zündet sich eine Zigarette an.
Der andere kommt langsam auf uns zu.

»Scheiße«, fluche ich noch mal. »Scheiße, scheiße, scheiße.«

Der Polizist steht jetzt neben dem Renault. Ich lasse die
Scheibe herunter. Er späht ins Auto und mustert erst mich,
dann Jan und Luise, ohne ein Wort zu sagen. Ich schwitze.
Ich fühle mich, als seien alle unsere Missetaten – die geklauten Klamotten, die Brötchen, das Benzin, das Portemonnaie –
auf meiner Stirn aufgelistet wie auf einem Einkaufszettel.
Geklaute Klamotten, 379,95 Euro. Nicht bezahltes Benzin,
54,88 Euro. Geklautes Portemonnaie, 23,20 Euro. Ich wun-
dere mich fast, als der Polizist in freundlichem Ton sagt:
»Wir machen eine allgemeine Verkehrskontrolle. Ihren Führerschein, bitte, und die Fahrzeugpapiere. Hätten Sie etwas
gegen eine Alkoholkontrolle einzuwenden?«

»Nein, natürlich nicht. Ich habe nichts getrunken«, antworte ich. Alkohol ist nicht das Problem.

»Ich bin der Halter des Autos.« Jan kramt im Handschuhfach, fischt den Fahrzeugschein heraus und streckt ihn dem Polizisten hin. Ich bin wie gelähmt. Was mache ich jetzt? Der Polizist guckt mich abwartend an. Luise stupst mich von hinten.

»Sabrina«, meint sie sanft. »Der Beamte möchte gerne deinen Führerschein sehen. Du hast ihn zu Hause vergessen, nicht wahr?« Ich nicke stumm.

»Das ist nicht so schlimm«, erklärt der Polizist. »Allerdings müssen Sie ein Bußgeld von zehn Euro entrichten.«

Schon wieder zehn Euro. Wir haben keine zehn Euro. Wir haben noch sechs, sieben Euro von den Japanern, das ist alles.

»Kann ich ersatzweise Ihren Personalausweis haben?«

»Den hab ich leider auch zu Hause.«

»Aha. Und zu Hause ist wo?«

Ich denke fieberhaft nach. Mein Blick schweift durchs Auto. In der Mittelkonsole liegt der zerfledderte Stadtplan von Eisenach.

»Eisenach.« Jan zuckt auf dem Beifahrersitz zusammen.

»Sie haben aber ein Stuttgarter Kennzeichen.«

»Ist ja auch nicht mein Auto.«

»Schön. Dann bräuchte ich Ihren vollständigen Namen und die Adresse.«

»Also … ich heiße … Katharina von Bora.« Jan zuckt erneut zusammen. Luise bläst mir wieder ihren Panikatem in den Nacken.

»Katharina von Bora?«

»Äh – ja, genau.« Jetzt hält Luise die Luft an.

»Katharina mit th? Bora, wie man's spricht?«

»Ja.«

»Wohnort?«

»Auf der Wartburg, Eisenach. Leider weiß ich die Postleitzahl nicht auswendig.«

Der Polizist nickt. »Warten Sie bitte, bis wir die Daten überprüft haben.« Er geht langsam weg. Ich fasse es nicht. Er hat mir das abgenommen. Er hat mir abgenommen, dass ich Luthers Frau bin und schnuckelig mit ihm auf der Wartburg hause.

»Sag mal, spinnst du, Sabrina?«, zischt Jan. »Was soll der verdammte Mist?«

»Hat doch super funktioniert. Der Typ hat nicht die geringste Ahnung, wer Katharina von Bora ist. Und die Wartburg kennt er auch nicht. Im Rheinland sind sie doch katholisch. Oder er ist Buddhist. Oder gar nix.«

»Aber er wird doch gleich merken, dass du ihn verarscht hast! Warum hast du ihm nicht deinen richtigen Namen gesagt?«

»Ganz einfach. Weil ich keinen Führerschein habe, und damit wäre unsere Reise hier ganz schnell zu Ende.«

Zu Ende. In ein paar Minuten hat der Polizist kapiert, dass da was nicht stimmt. In ein paar Minuten fliege ich auf. Ohne Führerschein lassen die mich nicht weiterfahren. Und die anderen Geschichten kommen sicher auch raus. Eigentlich egal.

Die Reise ist zu Ende.

Ist sie das?

Ich drehe den Schlüssel im Schloss und gebe Gas.

LUISE

B42 ZWISCHEN ST. GOARSHAUSEN UND FILSEN

»Bist du angeschnallt, Luise?«, rief Sabrina, und dann beschleunigte sie.

»Sabrina, bist du völlig wahnsinnig?«, schrie Jan und haute heftig mit der Faust aufs Armaturenbrett. »Bei deinem Fahrstil hat uns die Polizei ruck, zuck erwischt, oder wir landen im Rhein und ertrinken. Lass den Mist, hörst du, und halt gefälligst an!«

Aber Sabrina war schon losgerast, an dem Polizisten vorbei, der gerade in seinen Dienstwagen hatte einsteigen wollen. Sein fassungsloser Blick traf sich für eine Zehntelsekunde mit meinem, dann sprang er ins Auto. Mein Herz klopfte bang. Das wurde ja langsam schon zur Gewohnheit: Ich saß auf der Rückbank des Renaults, blickte in offene Münder und kassierte fassungslose Blicke. Bekümmerte Blicke, die mich zu fragen schienen, aber Luisle, Kind, was machst du denn da? Das ist aber gar nicht schön! Nur, dass wir es hier weder mit einer Bäckereifachverkäuferin in einem Dorf in Thüringen noch mit einem Tankwart zu tun hatten. Nun bewegten wir uns in einer neuen Dimension, denn das hier war die Polizei, und die hatte jetzt Jans Kennzeichen. Bisher waren wir unerkannt davongekommen, doch nun war Jan aktenkundig. Ausgerechnet Jan, der sich so viele Sorgen um seinen Job machte! Ich drehte mich um und sah aus dem Rückfenster. Wir hatten einen Vorsprung, wenn auch keinen besonders großen. Zwischen uns und dem Blaulicht lagen zwar nur ein paar hundert Meter, aber dazwischen rollten Fahrzeuge, Stoßstange an Stoßstange, und auch auf der anderen Straßenseite herrschte dichter Freitagabendverkehr, so dass das Polizeiauto nicht ohne weiteres überholen konnte, dazu war die Bundesstraße wegen der beengten Verhältnisse zu schmal – auf der einen Seite war der Fluss, auf der anderen verlief eine Bahnstrecke. Der Rhein lag in trügerischer Idylle im Abendlicht.

»Sabrina, wir hatten gesagt, keine Alleingänge mehr!«, schimpfte ich, weil mir nichts Besseres einfiel und weil ich so nervös war.

»Hätten wir erst eine Arbeitsgruppe zur Abstimmung einrichten sollen?«, gab Sabrina bissig zurück. »Ich dachte, ihr wollt nach Düsseldorf!« Sie fuhr schnell, wurde aber vom dichten Verkehr vor uns ausgebremst. Einige der Autos hinter uns reagierten auf das Blaulicht und fuhren jetzt extrem weit rechts. Das Polizeiauto fing an, die ersten Autos zu überholen.

»Sie kommen näher«, sagte ich und spürte, wie die Panik in mir hochstieg. »Und zwar ziemlich flott. Was hast du vor, Sabrina?«

»Tempo machen«, stieß sie hervor. Und tatsächlich fuhr sie auf einmal hoch konzentriert, flüssig und schnell, ganz so, als hätte sie nie etwas anderes getan. Sabrina war mir ein Rätsel! Wir fuhren um eine Kurve. Nach rechts ging es zum Bahnhof Kamp-Bornhofen, die Straße führte unter der Bahnlinie hindurch. Sabrina bremste so abrupt, dass das Fahrzeug hinter uns beinahe auf unsere Stoßstange krachte, und der Fahrer heftig hupend protestierte. Sie bog ab, raste in die Unterführung hinein, machte dort eine Vollbremsung, stellte den Motor ab und schaltete das Licht des Wagens aus. Ein paar Sekunden lang hielten wir alle die Luft an, als ob uns schon unser Atem an die Polizei verraten würde. Wir hörten die Sirene; das Auto fuhr vorbei.

»Sabrina«, sagte Jan schließlich, nachdem es ihm offensichtlich vorher die Sprache verschlagen hatte. »Du hast kein Licht an, man sieht uns nicht. Was ist, wenn –«

»Ein Auto!«, kreischte ich, aber es war schon zu spät. Es gab einen heftigen Aufprall von hinten, ich wurde kräftig durchgeschüttelt, Jan stöhnte laut. Sabrina startete den Renault wieder, gab Gas, fuhr ohne Licht aus der Unterführung heraus und in einen Kreisverkehr hinein, raste mit quietschenden Reifen einmal drum herum und hupend und jetzt mit Licht zurück in die Unterführung. Der Fahrer des lädierten Wagens stand vor seiner Stoßstange und begutachtete mit einer Taschenlampe den Schaden. Als ihm dämmerte, wer ihm da entgegenkam, stellte er sich breitbeinig auf die rechte Tunnelseite und ballte wütend die Faust.

»Sabrina!«, schrie ich gellend.

In dem engen Tunnel konnte doch weder Sabrina noch der Mann ausweichen!

»Halt an!«, brüllte Jan.

Aber Sabrina hupte nur wie eine Verrückte, ohne langsamer zu werden. Schon wieder sah ich ungläubiges Staunen im Blick eines Fremden. In allerletzter Sekunde rettete sich der Mann mit einem Hechtsprung und krachte auf seine Kühlerhaube. Ich zitterte am ganzen Leib. Hoffentlich hatte er sich nichts getan! Sabrina bog wieder nach rechts auf die Bundesstraße ab. Nach dreihundert Metern kam das Polizeiauto auf der Gegenspur auf uns zu.

Jan schlug verzweifelt die Hände vors Gesicht. »Sabrina! Du hast keinen Führerschein, flüchtest vor der Polizei, gefährdest den Verkehr, fährst mein Auto zu Schrott, begehst Fahrerflucht, nietest beinahe jemanden um, zum zweiten Mal an einem Tag, und die Polizei erwischt uns früher oder später doch!«, rief er. »Je länger du das durchziehst, desto schlimmer wird's!«

»Okay, Jan«, sagte Sabrina. Sie klang erstaunlich ruhig.

»Es ist deine Karre, du kannst entscheiden. Wenn du willst, dann halte ich an, und wir stellen uns. Dann ist unser kleiner Ausflug vorbei, und du bist noch heute zurück bei Frau und pubertierenden Töchtern. Ansonsten kann ich immer noch behaupten, das wäre alles gegen deinen Willen passiert. Also: Was soll ich machen?«

»So ein verdammter Mist!«, fluchte Jan und raufte sich auf dem Beifahrersitz die Haare. »Ich weiß es nicht! Du wolltest doch der Chef sein, Luise. Also dann entscheide du auch!«

Jan überließ mir die Entscheidung? Da gab es nichts zu überlegen! Sabrina sollte anhalten, und zwar sofort! Wir mussten uns stellen, bevor sie tatsächlich noch jemanden umfuhr! Und dann? Dann würde mich die Polizei noch heute Nacht nach Stuttgart zurückbringen, und die letzten beiden Tage würden nur noch Erinnerung sein; eine Erinnerung an das Herzklopfen, die Aufregung und den Nervenkitzel. Zurück in mein altes Leben, als sei nichts gewesen. Zurück in mein altes Leben? Halbhöhe, Pool, Golfspielen, Tennisclub, ich war doch zu beneiden! War ich das wirklich? Günthers Verrat, an den mich das Haus in jeder Sekunde erinnern würde, und kein Schwatz mit Heiderose ... Ich blickte angestrengt auf die Straßenschilder. »Boppard«, stand da. Und darüber: »Fähre, 1 km«. Nun war die Sirene der Polizei wieder zu hören.

»Die Rheinfähre nach Boppard. Fahr drauf, Sabrina! Vielleicht haben wir Glück, und die Streife kriegt es nicht mit!«

»Da müssten die aber reichlich blöd sein«, kommentierte Jan düster.

»Einen Versuch ist es wert«, rief Sabrina. »Einverstanden, Jan?«

Jan stöhnte. »Na schön. Aber was, wenn auf der anderen Seite die Polizei auf uns wartet?«

»Dann haben wir es wenigstens versucht«, sagte ich und

bemühte mich, Zuversicht auszustrahlen. Ich kannte mich selber nicht wieder.

»Da vorn ist der Anleger, direkt an der Bundesstraße!«, rief Jan. Die Fähre tutete mahnend. »Beeil dich, Sabrina, sie fährt gleich ab!« Sabrina raste zur Rampe, rumpelte mit vollkommen überhöhter Geschwindigkeit darüber, bremste scharf hinter einem Cabrio und schaltete sofort Motor und Licht aus. Es war jetzt kurz vor neun und beinahe dunkel. Und plötzlich war alles ganz anders. An der Reling standen Fahrradfahrer und Fußgänger und plauderten entspannt. Plötzlich fühlte es sich nach Feierabend und Sommer an. Ein paar Leute waren aus ihren Autos ausgestiegen und sogen die Abendluft ein. Auf der anderen Rheinseite sah man im letzten Licht der Abendsonne die beiden mächtigen Kirchtürme von Boppard. Hinter uns senkte sich die Schranke, und die Fähre setzte sich in Bewegung. Sekunden später hörten wir die Sirene des Polizeiautos. Wieder hielten wir die Luft an; Sabrina drehte sich zu mir um und klammerte sich an meine schweißnasse Hand. Gleich würde das Polizeiauto am Rheinufer halten, und eine Stimme aus einem Megafon würde den Fährkapitän auffordern, auf der Stelle umzukehren, und wir mussten wieder herunter von der Fähre und hatten nicht die geringste Chance zu entkommen ... Aber nichts dergleichen geschah. Langsam wurde das Tatütata wieder leiser. Wir stießen die Luft aus. Sabrina ließ meine Hand los und öffnete die Fahrertür. Ein laues Rheinlüftchen wehte herein. Jan stieg aus und humpelte um das Auto herum nach hinten. Nach ein paar Minuten kam er zurück, stieg wieder ein und seufzte schwer.

»Das«, sagte er düster, »war die lausigste Verfolgungsjagd aller Zeiten. Und das Auto verwandelt sich langsam, aber sicher in einen Blechhaufen. Der Kotflügel ist ziemlich eingedellt. Christine wird mich umbringen.«

»Ein Renault Kangoo ist auch ein lausiges Fluchtauto!«, verteidigte sich Sabrina.

»Sabrina. Wieso fährst du Auto, wenn du keinen Führerschein hast?« Jan sah Sabrina anklagend an.

»Ich hab immer in Städten gewohnt, in denen man kein Auto brauchte. Außerdem war mir der Führerschein zu teuer. Ich hab aber 'ne Freundin in Erkenbrechtsweiler auf der Schwäbischen Alb, da sind wir immer auf den Feldwegen rumgejuckelt.«

»Das erklärt einiges.«

»Wir hatten keine Wahl, vergessen? Wir saßen in der thüringischen Pampa, und dich hatte der Hund halb gefressen. Irgendjemand musste einspringen. Und dass Luise einen Führerschein hat, hat sie an dieser Stelle dezent verschwiegen.«

»Sabrina«, sagte ich eindringlich. »Du versprichst mir jetzt, dass du aufhörst, das Leben anderer Menschen zu gefährden. Das ist die wichtigste Regel, hörst du! Was auch immer passiert, wir setzen nicht Leib und Leben anderer Menschen aufs Spiel!«

»Ich hätte schon noch rechtzeitig gebremst«, erklärte Sabrina achselzuckend. »Die Situation war komplett unter Kontrolle. Sobald ich mein Citalopram wieder einnehme, bin ich auch weniger aggressiv, ihr werdet schon sehen.«

»Und bis dahin schlafen wir lieber mit offenen Augen, falls dir irgendwo ein Küchenmesser in die Hand fällt. Ich versteh das nicht«, meinte Jan. »Die ganze Zeit fährst du so lausig, wie man nur fahren kann. Und auf einmal gehst du ab wie der Weltmeister.«

Sabrina zuckte mit den Schultern. »Adrenalin, schätze ich. Das hält bloß nicht lang vor. Und jetzt hab ich schrecklichen Kohldampf von der Anstrengung.«

»Hast du nicht noch ein paar Euro von den Japanern?«,

fragte ich. In diesem Augenblick trat ein Mann mit einer umgehängten Ledertasche und einem Polohemd, auf dem »Fähre Boppard« stand, an die geöffnete Tür. Ach du liebe Güte. Wir hatten ganz vergessen, dass die Rheinfähre Geld kostete!

»Das nächste Mal fahren Sie bitte etwas langsamer auf unsere Fähre«, sagte er streng und streckte den Kopf ins Auto. Natürlich ging es ihm nur um die Zahl der Personen, aber automatisch machte ich mich klein.

»Ein Pkw, zwei Begleitpersonen. Das macht dann 6,90 Euro.« Sabrina öffnete den Reißverschluss der Tasche, die auf dem Oberschenkel ihrer Zipphose aufgenäht war, und kramte Münzen heraus. Sie drehte sich hilfesuchend nach mir um. Dann sagte sie zu dem Mann:

»Es tut mir leid. Wir haben … vergessen, Geld abzuheben. Wir haben leider nur noch 6,40 Euro.«

»Hören Sie mal«, antwortete der Mann kopfschüttelnd. »Auf der ›Stadt Boppard‹ geht so einiges, aber gefeilscht wird nicht. Der Fahrpreis beträgt 6,90 Euro, und damit Schluss.«

»Das ist keine Absicht, wirklich nicht. Wir dachten … also wir haben gedacht, es kostet weniger. Wissen Sie, wir kommen aus Stuttgart. Da gibt es keine Fähren.«

»Sie kommen aus Stuttgart, dort gibt's keinen Rhein und keine Fähren, und die Schwaben sind so arm, dass sie zu dritt keine 6,90 Euro zusammenkriegen, wenn sie im Rheinland unterwegs sind. Die Leute erzählen einem ja 'ne Menge auf so einer Fähre, aber so eine gute Story hab ich schon lang nicht mehr gehört.«

»Bitte. Wir haben wirklich nicht mehr Geld dabei. Und wir sind doch gleich da! Wenn Sie uns zurückschicken, kostet es Sie ja noch mehr!« Sabrina war ausgestiegen, lehnte sich mit dem Rücken gegen den Renault, schüttelte ihre langen blonden Haare, streckte Hüfte und Busen nach oben Richtung Kassierer und hielt ihm auf der Handfläche die Münzen hin. Wahrscheinlich klimperte sie dazu mit den Wimpern, aber das konnte ich leider nicht sehen.

»Filmreif«, murmelte Jan gereizt. Er klang beinahe eifersüchtig.

Der Kassierer seufzte. »Ich kann Sie gar nicht zurückschicken, das ist unsere letzte Fahrt für heute. Und ich hab keine Lust, mir den Feierabend zu versauen. Nun geben Sie schon her, was Sie haben.« Sabrina händigte ihm das gesammelte Kleingeld aus.

»Das ist echt supernett«, strahlte sie. »Tausend Dank!«

Jan schüttelte ungläubig den Kopf.

Nur wenige Minuten später legte die Fähre in Boppard an, und Sabrina fuhr herunter, wobei sie dem Kassierer noch einmal enthusiastisch zuwinkte. Wir waren mitten im Ort. Menschen spazierten am Rheinufer, saßen entspannt auf Caféterrassen und genossen den lauen Sommerabend. Ich war ein wenig neidisch. Außerdem hatte ich Hunger. Hunger und gleichzeitig Angst, von der Polizei in Empfang genommen zu werden.

»Was für ein Glück. Kein Polizeiauto weit und breit!«, sagte Sabrina.

»Die können aber jeden Moment vor unserer Nase auftauchen. Sieh doch nur, da vorn ist ein Hinweisschild für die örtliche Polizei!«, rief Jan. »Wenn die von der Streife informiert worden sind, brauchen sie nur gemütlich vor die Tür zu gehen, und schon haben sie uns!«

»Wir machen uns jetzt aber nicht verrückt. Lasst uns ein paar Schritte gehen und überlegen, wie's weitergeht. Ich such einen Parkplatz.« Langsam fuhr Sabrina am Ufer entlang bis zu einer Grünanlage. Auch hier flanierten Menschen. Sabrina parkte auf dem verwaisten Parkplatz eines Kindergartens auf der anderen Straßenseite. Wir stiegen aus und gingen Richtung Rheinufer, nachdem wir im schwachen Schein der Straßenlaterne versucht hatten, die Schäden am Kotflügel und an der Stoßstange des Renaults zu inspizieren. Jan hatte recht, das Auto sah nicht gut aus, und fiel mittlerweile schon allein wegen seiner vielen Dellen auf. Nicht nur das Auto hatte Dellen.

Mir tat alles weh; der Aufprall unter der Brücke hatte mir zusätzliche blaue Flecken an meinem sowieso geschundenen Körper beschert. »Sonntags Kurkonzert am Musikpavillon am Rhein«, stand auf einem Schild zu lesen. Kurkonzert und Flanieren auf der Rheinpromenade, das war es, was für mein Alter angemessen war, nicht irgendwelche wilden Verfolgungsjagden! Wir setzten uns auf eine Bank. Es war jetzt ganz dunkel und alle Spaziergänger waren verschwunden. Auf dem Rhein tuckerte ein mit Lampions erleuchtetes Motorboot vorbei, man hörte Gläser klirren und Menschen lachen. Eine Ente watschelte herbei, blieb vor unserer Bank stehen und blickte uns auffordernd an. Jan seufzte wieder schwer. Spontan legte ich ihm die Hand auf den Arm.

»Sobald wir zurück in Stuttgart sind, kümmere ich mich um die Autoreparatur und übernehme die Kosten. Mach dir keine Sorgen.«

»Ich mach mir aber Sorgen. Nicht nur wegen des Autos. Ich muss endlich mit Christine reden! Spätestens morgen rufe ich sie an. Ich weiß genau, dass sie sich einen Kopf macht, wo ich bin und was ich treibe, auch wenn sie es niemals zugeben würde.«

»Das ist sicher eine gute Idee«, antwortete ich.

»Und was machen wir jetzt?«, fragte Sabrina. »Wir können nicht einfach nach Düsseldorf weiterfahren, als ob nichts wäre.«

»Wir können aber auch nicht lange hier stehen bleiben.

Voll auf dem Präsentierteller und mit einer Polizeistation gleich um die Ecke. Die sind doch nicht völlig blöd, die werden auch in Boppard nach uns suchen! Deine Fahrerflucht macht alles noch komplizierter«, meinte Jan vorwurfsvoll.

»Wir brauchen ein anderes Kennzeichen. Oder ein anderes Auto.« Ich bemühte mich, sachlich zu klingen. Schon wieder war wegen Sabrina eine Aktion komplett aus dem Ruder gelaufen, aber es half jetzt auch nichts, ihr deswegen Vorwürfe zu machen. Höchste Zeit, dass ich das Kommando wieder übernahm.

»Du willst ein Auto klauen, Luise?«, fragte Sabrina. Sie klang entzückt.

»Habt ihr sie noch alle, ich lass doch nicht einfach meinen Renault hier in Boppard stehen und überlasse ihn seinem Schicksal!«, warf Jan hitzig ein. »Auch wenn er verbeult ist!«

»Vielleicht fangen wir erst mal mit dem Kennzeichen an.«

»Und wo willst du ein Kennzeichen hernehmen, Luise?«

»Hast du einen Schraubenzieher im Auto, Jan?«

»Ich hab doch mein Schweizer Messer, da ist ein kleiner Schraubenzieher dran.«

»Schön. Wir warten noch ein Weilchen ab, bis niemand mehr auf der Straße ist, dann ziehen wir zu Fuß los und suchen uns in einem Wohngebiet ein Haus mit einer Familienkutsche davor. Die bewegen ihr Auto heute Abend nicht mehr und werden den Diebstahl des Kennzeichens erst morgen früh melden. Dann fahren wir nach Düsseldorf und stellen das Auto in einem Parkhaus ab. Niemand wird dort nach einem gestohlenen Kennzeichen suchen.«

»Luise, Luise. Wieso hast ausgerechnet du immer so fabelhafte kriminelle Ideen?«, fragte Sabrina.

»Ich weiß es nicht«, murmelte ich. »Langsam werde ich mir selber unheimlich.«

»Hat dein nettes kleines Hotel in Düsseldorf eigentlich

einen Nachtportier?«, fragte Jan. »Wir werden erst mitten in der Nacht ankommen.«

»Keine Sorge. Die Rezeption ist rund um die Uhr besetzt.«

»Und was, wenn die Polizei den vor ihrer Nase geparkten Renault findet, während wir Kennzeichen klauen, und hier auf uns wartet?«

»Das müssen wir eben riskieren. Bisher hatten wir Glück. Wir können nur hoffen, dass es so bleibt«, sagte ich. »Mein Instinkt sagt mir, dass die Polizei nicht auf die Idee kommen wird, dass wir direkt um die Ecke des Polizeireviers Boppard am Rheinufer sitzen.«

Mein Instinkt. Seit wann hatte ich einen Instinkt dafür, wie die Polizei tickte?

»Wir haben auch schon wieder kein Geld. Und Japaner hängen hier leider keine rum, sonst könnt ich noch mal ein bisschen Trinkgeld schnorren.«

»Wie du den Typ auf der Fähre eingewickelt hast …«, sagte Jan. Es klang verärgert.

»Ich dachte, ich sollte meine weiblichen Reize für unser Unternehmen einsetzen?«, gab Sabrina achselzuckend zurück. »Hat doch prima funktioniert!«

»Also mir war's peinlich«, meinte Jan. »Was war das für ein komisches Geräusch?«

»Mein Magen«, erklärte Sabrina. »Er knurrt.«

»Meiner auch«, sagte Jan.

»Das Geld- und Essensproblem kommt später. Erst brauchen wir ein anderes Kennzeichen«, ordnete ich an.

»Wir könnten beide Probleme gleichzeitig angehen. Vielleicht hat Stefanie Mitze ihr Konto noch nicht gesperrt.«

»Wer, bitte, ist Stefanie Mitze?«, fragte Jan.

»Stefanie Mitze ist die Frau, deren Geldbeutel wir heute Mittag im Supermarkt gemopst haben. Die Ereignisse haben sich dermaßen überschlagen, dass ich die Karte komplett vergessen habe.« Sabrina klaubte eine EC-Karte aus ihrer Hosentasche.

»Du hast die EC-Karte aus dem geklauten Geldbeutel behalten? Nur Bargeld, hatten wir vereinbart!«, sagte Jan scharf. »Ehrlich, Sabrina, wann kapierst du endlich, dass wir Abmachungen haben. Abmachungen, an die auch du dich zu halten hast?«

»Ist ja gut. Wir könnten trotzdem versuchen, die Karte zu knacken und uns ein bisschen Bargeld zu organisieren. Schlimmstenfalls wird das Ding eben eingezogen.«

»Weißt du denn, wie man eine Karte knackt?«

»Nö.«

»Wenn ich Stefanie Mitze wäre, hätte ich die Karte sofort sperren lassen.«

»Du bist aber nicht Stefanie Mitze, Jan. Wir schlagen einfach zwei Fliegen mit einer Klappe. Wir warten jetzt noch ein bisschen ab, hoffen, dass die Polizei von Boppard nicht über uns stolpert, dann klauen wir das Kennzeichen an einer Familienkutsche, und wenn wir unterwegs über einen Geldautomaten stolpern, versuchen wir, Stefanie Mitzes Karte zu knacken. Nach drei Versuchen ist das Ding eh weg.«

»Das«, murmelte Jan, »Klingt nach einem wirklich lustigen Abend.«

KOMMISSAR SCHWABBACHER

STUTTGART, POLIZEIPRÄSIDIUM AM PRAGSATTEL

»Wir haben da eine seltsame Geschichte, Herr Schwabbacher.«

»Heißt?« Schwabbacher hörte nur mit einem Ohr zu. Er spielte gerade *Angry Birds* auf dem Handy und fühlte sich von der Stimme am Dienstapparat extrem gestört. Wochenendbereitschaft hieß noch lange nicht, dass man arbeitete.

»Die Kollegen aus dem Rheinland haben uns in aller Herrgottsfrühe kontaktiert. Eine sechsundsiebzigjährige Witwe vom Killesberg hat in der Nacht einen Geldautomaten geknackt, in Boppard am Rhein.«

So weit war es also schon. So tief war er gesunken, dass er, anstatt RAF-Terroristen zu jagen, am frühen Samstagmorgen auf senile Killesberg-Witwen angesetzt wurde, die in ihrer Freizeit nichts Besseres zu tun hatten, als im Rheinland Geldautomaten zu knacken. Bestimmt hatte sie das in einem Kurs der VHS Stuttgart gelernt.

»Na und? Bagatelldelikt. Sind die fröhlichen Rheinländer zu beschäftigt, um sich selber drum zu kümmern?«

»Nicht ganz. Die Geschichte ist wohl ein bisschen seltsam. Die Frau ist vor ein paar Tagen von ihrer Tochter und ihrer Haushälterin auf dem Polizeirevier in Feuerbach als vermisst gemeldet worden. Eines dieser Schnellbus-Unternehmen hat die Haushälterin angerufen. Demnach ist Luise Engel in Zuffenhausen in den Bus nach Hamburg gestiegen und irgendwo unterwegs abhandengekommen.«

Luise Engel. Hatte er richtig gehört? Mit einem Schlag war Schwabbacher hellwach.

»Zwei jungen Leuten, die mit ihr den Platz getauscht haben, ist wohl irgendwann aufgefallen, dass sie verschwunden war, und sie haben den Fahrer informiert. Sie hat auch ihren Koffer in Hamburg nicht abgeholt, da hatte sie ein ordentliches Schildchen dran, mit Adresse und Telefonnummer. Das Busunternehmen hat den Koffer mit achthundert Euro in der Seifenschale sichergestellt.«

»Hat die Haushälterin versucht, sie auf dem Handy zu erreichen?«

»Luise Engel hat keins. Sie ist wohl ziemlich altmodisch. Da sie mal eben achthundert Euro im Koffer transportiert und außerdem Frau des kürzlich verstorbenen Stuttgarter Bauunternehmers Günther Engel ist, sollte sie eigentlich genug Geld in der Portokasse haben. Jetzt hat sie noch ein bisschen mehr, der Geldautomat war frisch aufgefüllt, da waren einunddreißigtausend Euro drin, nicht gerade ein Pappenstiel. Wieso knackt eine reiche Witwe einen Geldautomaten? Wobei knacken untertrieben ist. Sie hat den Bankomat mit Gas in die Luft gejagt, zusammen mit zwei Komplizen, und ist mit der Geldkassette entkommen.«

In die Luft gejagt? Vielleicht doch kein VHS-Kurs.

»Warum hat eine reiche Frau so was nötig? Woher kann die das überhaupt, Herr Schwabbacher?«

»Rominger. Bisher hieß es immer, die Bankomaten-Bomber seien eine organisierte Bande, vermutlich aus den Niederlanden. Die haben doch auch schon in Botnang und Hohenheim zugeschlagen. ›Witwe vom Killesberg‹ klingt in diesem Zusammenhang etwas unglaubwürdig.« Schwabbacher gab sich cool. Rominger durfte auf keinen Fall merken, wie sehr ihn der Name Luise Engel aufwühlte.

»Luise Engel ist aber auf dem Überwachungsvideo eindeutig identifiziert worden. Außerdem geht die Geschichte noch weiter. Ein paar Stunden vorher hat die Polizei in

Rheinland-Pfalz bei einer Verkehrskontrolle eine junge Frau ohne Papiere aufgegriffen, ein paar Kilometer südlich von Boppard irgendwo am Rhein, und sich mit ihr eine spektakuläre Verfolgungsjagd geliefert. Dabei hat die Frau einen Unfall verursacht, allerdings ohne Personenschaden, und Fahrerflucht begangen. Den Fahrer des beschädigten Pkw hätte sie beinahe umgenietet. Die Frau konnte offensichtlich nicht besonders gut Auto fahren, war in einem saumäßig lahmen Renault Kangoo unterwegs und ist trotzdem entkommen. Ziemlich peinlich für die Kollegen. Die haben wohl nicht gerafft, dass die drei in dem Renault, die natürlich identisch sind mit den drei Bankomaten-Knackern, einfach mit der Fähre auf die andere Rheinseite nach Boppard übergesetzt sind. Am frühen Morgen hat dann ein Mann aus Boppard gemeldet, dass man ihm in der Nacht die Kennzeichen von seinem VW Passat abgeschraubt hat. Von dem Renault mit dem geklauten Kennzeichen, dem Trio und dem Geld fehlt jede Spur.«

»Und weiter?« Schwabbacher kannte die Antwort schon. Er spürte, wie sich ganz tief in ihm drin etwas regte. Früher hatte es ihn tagtäglich angetrieben.

»Die Personenbeschreibung des Polizisten, der die Fahrzeugkontrolle in dem Kangoo durchgeführt hat, und das Stuttgarter Kennzeichen des Renaults passen noch auf ein paar andere Vorfälle.«

»Raus damit«, knurrte Schwabbacher. Der Jagdinstinkt, der ihm früher den Spitznamen »Der Jagdhund« eingetragen hatte, erwachte wie aus einem tiefen Schlummer.

»Als die Kollegen in Rheinland-Pfalz das Stuttgarter Kennzeichen zur Fahndung ausgeschrieben haben, sind sie auf eine Meldung aus Thüringen gestoßen. Ein Tankwart hat einen Benzindiebstahl gemeldet und das Überwachungsvideo mitgeliefert. Dasselbe Stuttgarter Kennzeichen.«

»Dasselbe Trio«, ergänzte Schwabbacher. Der Jagdhund in ihm gähnte, streckte sich, hob den Kopf und kam langsam auf die Füße.

»Genau. Angefangen haben die drei in einem Sportgeschäft in Eisenach, wo sie Kleidung im Wert von mehreren hundert Euro nicht bezahlt haben. Blöd war nur, dass sie ihren Parkschein per SMS bezahlt und dem Verkäufer erzählt hatten, dass sie aus Stuttgart kommen. Autos mit Stuttgarter Kennzeichen sind wohl nicht so häufig in Eisenach. Mit einem Brötchendiebstahl in einer Bäckerei in Förtha, ein paar Kilometer weg von Eisenach, ging es weiter. Und eine Kundin hat Anzeige erstattet, weil man ihr in einem Supermarkt in der Nähe von Bad Hersfeld ein Portemonnaie geklaut hat, und anscheinend war eine alte Frau darin verwickelt, die sich als dement ausgegeben hat. Ihre Beschreibung passt auf Luise Engel. Die EC-Karte der bestohlenen Frau lag in Boppard in den Trümmern des gesprengten Geldautomaten. Die Kollegen im Rheinland haben sich jetzt irgendwie in den Kopf gesetzt, dass die drei so eine Art Bande sind und man ihnen schleunigst das Handwerk legen sollte, bevor sie wirklich etwas anstellen, weil die Schwere der Delikte allmählich zunimmt.«

»Bande? Machen Sie mal halblang, Rominger. Klamotten und Brötchen klauen, an der Tankstelle abhauen, ohne Führerschein Auto fahren und einen Geldautomaten in die Luft sprengen? Bonnie und Clyde haben es wilder getrieben.« Schwabbacher sonnte sich in dem Gefühl, dass Rominger bestimmt nicht die geringste Ahnung hatte, wer Bonnie und Clyde waren.

»Bonnie und Clyde haben auch ganz harmlos mit Tankstellen angefangen, und am Ende hatten sie vierzehn Morde verübt, die meisten davon an Polizisten«, antwortete Rominger.

»Ist es das, wovor sich die Kollegen im Rheinland fürchten? Die sollen sich auf ihren Karneval konzentrieren.«

»Sie haben jedenfalls beschlossen, erst einmal eine falsche Pressemeldung rauszugeben, in der sie die reisenden Bankomaten-Bomber für die Tat verantwortlich machen, um Zeit zu gewinnen. Sie haben darum gebeten, dass wir im Umfeld der drei Verdächtigen recherchieren. Vor allem bei dieser Witwe, die die Drahtzieherin zu sein scheint: Luise Engel vom Stuttgarter Killesberg.«

Das Umfeld kannte er, danke. Auch ohne zu recherchieren. »Und die Namen der anderen beiden?«

»Die Frau hat sich bei der Führerscheinkontrolle als Katharina von Bora, wohnhaft auf der Wartburg, ausgegeben und damit einen gewissen Sinn für Humor bewiesen.«

»Ich hab schon witzigere Namen gehört.«

»Die drei waren ja vorher in Eisenach. Katharina von Bora war die Frau von Martin Luther.«

»Ich bin nicht blöd, Rominger, ich war auch mal im katholischen Religionsunterricht.«

»Der Fahrzeughalter und Dritte im Bunde heißt Jan Marquardt. Er hat sich übrigens unterwegs in einem Krankenhaus in Gießen wegen eines Hundebisses behandeln lassen. Der Arzt wollte ihn stationär behalten, weil er eine Blutvergiftung hatte, aber er ist einfach abgehauen. Zu seinen Zimmergenossen hat er noch gesagt, ihm sei langweilig und er würde jetzt einen Geldautomaten knacken. Ist das jetzt Frechheit oder Naivität, seine Tat vorher anzukündigen? Der richtige Name der Fahrerin lautet Sabrina Schwendemann. Sie ist seit ein paar Monaten Referendarin an der Charlotte-Reihlen-Schule im Stuttgarter Süden und wohnt in einem stinknormalen Mietshaus am Marienplatz, nicht weit von der Schule. Marquardt hat ein Einfamilienhaus in Vaihingen, arbeitet bei einem Automobilzulieferer in Sindelfingen, ist verheiratet und hat zwei Töchter. Normaler geht's nicht. Ach ja, die Referendarin ist mit dem stellvertretenden Schulleiter ihrer Grundschule liiert. Schwendemann und Marquardt sind bisher nie polizeilich aufgefallen. Das einzig Bemerkenswerte an der jungen Frau ist, dass sie wohl regelmäßig ein Antidepressivum nimmt. Weil sie es nicht bei sich hatte, hat es ihr der Krankenhausarzt in Gießen verschrieben, obwohl das streng genommen nur geht, wenn der Patient mit Angstsymptomen oder Suizidgefahr eingeliefert wird. Sie klagte wohl über starke Entzugserscheinungen.«

Kriminalhauptkommissar Schwabbacher ließ den Hörer sinken. Das Luther-Imitat und der Typ mit dem Hundebiss sagten ihm gar nichts. Aber Luise Engel! Wie sollte er sich nicht an das Begräbnis des Stuttgarter Bauunternehmers Günther Engel vor ein paar Wochen erinnern. Man hatte ihn mit einem Riesenbrimborium auf dem Pragfriedhof begraben, und ihm war die ganze unsägliche Geschichte von damals wieder hochgekommen wie bittere Galle. Er gab »Luise Engel« bei Google ein. Der erste Treffer war ein Zeitungsartikel, »Luise Engel übernimmt Tunnelpatenschaft«. Das Zeitungsfoto zeigte eine kleine, sehr aufrechte ältere Dame im Kostüm, die mit einem Blumenstrauß in der Hand lächelnd im Eingang eines Tunnelabschnitts der Bahnneubaustrecke Stuttgart–Ulm stand. Zum ersten Mal seit langem hatte Schwabbacher keine Lust mehr, grüne Schweine mit dem Katapult abzuschießen. Die Zeiten, als er als gnadenloser Jäger der RAF-Terroristen bundesweite Schlagzeilen gemacht hatte, die Zeiten, als er den Oberbürgermeister mit »Manfred« ansprach, mochten lange her sein. Dass er am raschen Verblassen seines Sterns eine Mitschuld trug, leugnete er ebenso wenig wie die Tatsache, dass er innerlich längst gekündigt hatte. Seit einigen Jahren saß er im Polizeipräsidium herum, zählte die Tage bis zur Rente und beschäftigte sich mit Bagatelldelikten. So wie die Sache mit diesem Stuttgarter Trio, die man als »Organisierte Kriminalität« einstufte, damit sie überhaupt in die Zuständigkeit des LKA fiel. Man hatte sie ihm gegeben, sein *Stellvertreter* hatte sie ihm gegeben, weil alle Kollegen mit wichtigeren Dingen beschäftigt waren. Aber sein Jagdinstinkt hatte ihn noch nie getrogen. Aus dieser Geschichte würde noch etwas werden. Eine reiche Witwe vom Killesberg, die plötzlich kriminell wurde? Diese Geschichte hatte Potenzial, und sie würde ihn zurück in die Schlagzeilen bringen. Nur, dass er diesmal nicht das wehrlose Opfer sein würde, das jeden Morgen zitternd die einschlägigen Gazetten aufschlug, die ihn verhöhnten und verleumdeten. Nein. Diesmal würde er bestimmen, wie der Hase lief. Endlich konnte er sich rächen, und das wehrlose Opfer hieß Luise Engel. Das Telefon klingelte schon wieder.

»Das Video aus der Überwachungskamera der Bopparder Bank ist da«, sagte Rominger. »Ich hab's Ihnen gerade gemailt. Allerdings haben die Täter die Kamera für ein paar Minuten lahmgelegt. Es geht erst nach der Explosion los.«

Wirklich eifrig, die Kollegen aus dem Rheinland. Offensichtlich setzten sie alles daran, die Scharte wieder auszuwetzen. Schwabbacher ging an seinen Computer, öffnete die Mail und klickte auf das angehängte Video. Auf dem Bildschirm erschien der völlig verwüstete Vorraum einer Bank. Der Fußboden war mit Trümmern, Glasscherben und Papier übersät. Nun kam eine alte Frau ins Bild. Rasch öffnete Schwabbacher noch einmal den Artikel über die Tunnelpatenschaft. Kein Zweifel, die Dame auf dem Foto in der Zeitung und die Frau auf dem Video, das war ein und dieselbe Person.

Mit der eleganten Dame im Kostüm hatte die Frau auf dem Video allerdings wenig zu tun; sie sah beinahe aus wie eine Pennerin. Die Bluse war noch halbwegs ordentlich, aber dazu trug sie ein sehr kurzes Höschen, aus dem eine fleischfarbene Unterhose und ihre dünnen Beine hervorguckten, keine Strümpfe und diese modischen Turnschuhe, die die Kids heute alle anhatten. Die Frau stand direkt unter der Überwachungskamera, als hätte sie nicht die geringste Ahnung, dass sie gefilmt wurde. Wie konnte das sein, wenn die drei doch angeblich die Kamera außer Gefecht gesetzt hatten? Luise Engel hielt eine verschlossene Geldkassette in beiden Händen. Sie starrte geradezu ungläubig darauf, als könne sie nicht fassen, dass sie tatsächlich den Automaten geknackt hatte. Dann hörte man eine weibliche Stimme, jung und sehr aufgeregt.

»Luise, wach auf, beweg dich! Gib mir die Kassette! Und dann hauen wir ab, und zwar schnell!« Dann stolperte Luise Engel aus dem Blickfeld, und der Vorraum der Bank blieb verwaist zurück. Im Hintergrund hörte man jetzt aufgeregtes Rufen und eine Sirene. Wenig später betrat ein Mann im Jogginganzug den Raum. Er stieg vorsichtig über die Scherben, schüttelte den Kopf, dann griff er zu seinem Handy. Sicher ein Anwohner, den die Explosion aus dem Schlaf gerissen hatte. Schwabbacher klickte zurück auf den Anfang des Videos. Alles an dieser Geschichte stank zum Himmel. Er blickte noch einmal in Luise Engels Gesicht. Darauf las man nur eines: völlige Verwirrung.

Schwabbacher dachte einen Moment nach. Dann hob er den Kopf, schloss die Augen, spitzte die Lippen und stieß ein markerschütterndes Heulen aus, wie ein Jagdhund, der den Beginn der Jagd kaum erwarten kann. Sekunden später stürzte die Verwaltungskraft aus dem Nachbarzimmer herein, die Augen vor Schreck geweitet. Kein Wunder. Sie war neu. Erst vor fünf Jahren hatte sie ihre Stelle angetreten und kannte das Heulen und Schwabbachers Spitznamen genauso wenig, wie Schwabbacher ihren Namen kannte. Ungeduldig wedelte er sie mit der Hand rückwärts zur Tür hinaus, als sei sie eine lästige Fliege.

Der Jagdhund nahm die Fährte auf.

SABRINA

DÜSSELDORF, HOTEL BREIDENBACHER HOF, BRASSERIE »1806«

Ich schwör's. In meinem ganzen Leben hab ich noch nie so ein Frühstücksbüffet gesehen. Es gibt unzählige Brot- und Brötchensorten, kleine Kuchen, süße Stückle, fluffige Croissants. Einen ganzen Tisch voll mit Birchermüsli, Cornflakes, Porridge, Joghurt, Quark, Obstsalaten und frischem Obst. Außerdem gibt es kleine Gläschen mit Salaten und Aufstrichen, Borschtsch für die Russen und Nudelkram für die Asiaten, frischen und geräucherten Fisch. Natürlich auch ganz viel Schinken und Wurst. Mich interessiert das Fleischzeugs nicht, aber Jan freut sich drüber. Eine echte Honigwabe gibt's auch, aus der tropft schwer der Honig. Eine riesige Käseplatte. Einen gewaltigen Parmesan, von dem man sich den Käse frisch herunterschaben kann. Dazu Austern, und natürlich Champagner.

Im Vergleich zum Tag zuvor ist unser Lebensstandard gewaltig in die Höhe geschnellt. Nettes kleines Hotel, hatte Luise gesagt. Das nette kleine Hotel hat fünf Sterne und liegt mitten in Düsseldorf direkt auf der Kö. Als wir spät in der Nacht hier ankamen, fix und fertig nach der ganzen Aufregung mit dem Geldautomaten, war die Rezeption in der riesigen Lobby mit einem Typen im Anzug mit roter Kra-

watte besetzt, der Luise mit Namen ansprach, ohne auch nur
eine Sekunde zu zögern. Das muss man sich mal vorstellen!
Er ließ sich auch kein bisschen anmerken, dass wir für ein
Luxushotel reichlich unpassend angezogen waren – Luise
und ihr kurzes Höschen mit den Chucks! – und zwei Uhr
morgens vielleicht eine etwas seltsame Zeit war, um ohne
Reservierung und ohne Gepäck in einem Hotel einzuche-
cken. Er fragte auch nicht nach Günther. Luise erklärte mir
später, das sei eine Frage der Diskretion. Es hätte ja sein können, dass wir heimlich, hinter Günthers Rücken, hier sind.
Luise und ihre beiden Liebhaber, die von ihr ausgehalten
werden, das ist doch mal eine lustige Vorstellung! Eine Drei-
ecksgeschichte! Es gab nur einen Moment, wo es an der
Rezeption ein bisschen haarig wurde. Wir bekamen zwei
Zimmer nebeneinander, mit einer Durchgangstür, das eine
für Luise und mich, das andere für Jan, das war nicht das
Problem. Aber dann fragte der Typ, sehr höflich: »Hätten Sie
vielleicht eine Karte für mich, Frau Engel? Eine Kreditkarte?«

»Ich habe keine Karte«, antwortete Luise und blieb sehr
cool, wie ich fand. »Mein Mann ist kürzlich verstorben.«

»Frau Engel, was für eine traurige Nachricht, auch für unser Haus. Das tut mir aufrichtig leid. Wir haben ihren Mann
immer sehr gerne bei uns gehabt.«

»Er kam auch immer sehr gerne hierher. Seit über dreißig
Jahren …« Luise machte eine bedeutsame Pause. »Er hat unsere Geldgeschäfte geführt. Ich warte noch auf die EC-Karte
von der Bank. Ich bezahle bar, wenn wir abreisen. Für uns
drei.«

Der Mann an der Rezeption zögerte eine winzige Sekunde, das war nicht zu übersehen.

»Natürlich«, sagte er schließlich. »Wir machen eine Ausnahme, da Sie Stammgast im Breidenbacher sind, Frau
Engel.«

»Danke«, meinte Luise und lächelte liebenswürdig. »Sie können sich drauf verlassen, dass wir nicht weglaufen, ohne die Rechnung zu bezahlen.«

Der Mann an der Rezeption lächelte zurück.

Wir müssen auch nicht weglaufen. Wir müssen nur irgendwie die Geldkassette knacken, dann sollten wir genug Geld haben. Wie viel Geld, das haben wir vorhin erst gegoogelt. Als wir die Meldung fanden, sind wir alle drei beinahe vom Bett gefallen. Ich musste ein bisschen quieken und kreischen, bis Jan meinte, ich sei zu laut. Luise hat gar nichts mehr gesagt. Hinter dem Raub in Boppard vermutet man die Bankomaten-Bomber, eine reisende Bande. Die Täter haben einunddreißigtausend Euro erbeutet. Einunddreißigtausend Euro, die im Augenblick ein paar hundert Meter von hier entfernt in der Düsseldorfer Altstadt in einer Parkgarage liegen, die zu einem Kaufhaus namens Carsch-Haus gehört. Die Geldkassette liegt auf der Rückbank eines Renault Kangoo mit dem Kennzeichen SIM für Simmern, nie gehört und keine Ahnung, wo das ist, den Rest hab ich vergessen. Wir haben Jans Anzugsjacke über die Geldkassette gebreitet und die Bikini-Teile von Christine und den Töchtern lässig drübergeworfen, dazu die zusammengeknüllten Tüten von den Laugenbrezeln von der Loreley. Wir hätten auch die Fleecedecken nehmen können, aber wir dachten, so fällt es weniger auf. Niemand wird einunddreißigtausend Euro unter dem unordentlichen Krams vermuten. Überhaupt, wer guckt schon, was Leute in einer Tiefgarage im Auto lassen.

Ich winke dem Kellner und bestelle den dritten Milchkaffee. Jan nimmt sein Handy und sagt, er geht kurz raus, er muss jetzt endlich Christine anrufen. Luise schaut ihm hinterher, wie er hinaushumpelt; sie wirkt besorgt. Jan trägt wieder seine Anzughose und ist damit der Einzige von uns dreien, der halbwegs passend angezogen ist für diesen Schuppen, trotz der Fahrradschmiere, mit der er sich die Hose ruiniert hat, als er mein Rad am Bärensee ins Auto gepackt hat, was Jahrhunderte her zu sein scheint. Ich darf mir bloß nicht überlegen, dass er, seit wir losgefahren sind, die Unterwäsche nicht gewechselt hat. Luise, die Ärmste, läuft immer noch in den gleichen schrecklichen Klamotten rum, wir müssen dringend was unternehmen. Wobei Luise erstaunlich wenig auffällt, weil es um uns rum neben sehr vielen eleganten Gästen viele Russen in schlabberigen Jeans und Araber in Jogginghosen gibt. Irgendwie hatte ich mir ein Luxushotel anders vorgestellt.

»Wieso seid ihr früher so oft hier gewesen?«, frage ich. »Zu schwäbischem Understatement passt das nicht gerade.«

Luise zuckt mit den Schultern. »Günther war ja kein Schwabe, er kam aus Neuss, das ist gleich auf der anderen Rheinseite. Mit Understatement hatte er es nicht so. Er hat hier immer so ein wenig – wie soll ich sagen, Hof gehalten. Familie und Freunde getroffen. Außerdem ist das ein alteingesessenes Hotel.«

»Hättest du Günther jetzt gerne bei dir?«, frag ich.

»Auf keinen Fall«, antwortet Luise mit Nachdruck. »Da müsste ich mich ja gut benehmen. Außerdem genieße ich deine Gesellschaft. Und du, hättest du Oliver jetzt gern bei dir?«

Ich muss einen Augenblick nachdenken. »Ehrlich gesagt, ja. Aber nur, wenn die Umstände anders wären.« Die Umstände, das ist das, was letzte Nacht passiert ist. Ich nippe ein bisschen am Champagner und überlege, ob ich als Nächstes lieber amerikanische Pfannkuchen oder belgische Waffeln bestellen soll. Oder soll ich mich stattdessen an die süßen Stückle halten? Ich habe schon pochierte Landeier mit frischen Kräutern auf gebräuntem Toast verdrückt. Jan hat Eier

»Benedict« gegessen. Ich wusste nicht mal, was das ist. Das Frühstückspersonal huscht diskret durch den Raum, der wie ein elegantes französisches Bistro eingerichtet ist, schenkt ohne Aufforderung Champagner nach, bringt frischen Kaffee und frisch gepressten Orangensaft und fragt in regelmäßigen Abständen liebenswürdig, »Kann ich sonst noch etwas für Sie tun?« Ja, das können Sie. Ich habe mir vorgenommen zu essen, bis ich platze, und nicht so schnell von meinem Polsterstuhl aufzustehen. Schließlich haben wir einiges nachzuholen.

Als wir hier ankamen, war ich übermüdet, hungrig und total verschwitzt. Ich hasse es, dreckig zu sein. Jetzt fühl ich mich wie neugeboren. Ich hab zwar immer noch die gleiche beige Zipphose an, aber die Wäsche und die karierte Bluse sind sauber. Außerdem bin ich frisch geduscht, meine Haare sind gewaschen und geföhnt, und ich habe in einem göttlichen Bett geschlafen. Es ist so riesig, dass Luise, Jan und ich quer drin liegen könnten, ohne aneinanderzustoßen. Aus der Dusche wollte ich gar nicht mehr raus. Ich probierte alle Düsen aus, von oben und von der Seite. Das Bad besteht aus mehreren Räumen, die in schwarz-weißem Marmor gehalten sind. Es gibt Dusche und Badewanne, außerdem ein abgetrenntes Klo mit Bidet, überall Spiegel, unzählige Seifen, Duschbäder und Hautlotionen, Wattestäbchen, Abschminkpads, eine Duschhaube, ein Schuhschwämmchen, Nähzeug, eine Nagelfeile, einen Schuhlöffel, Bügeleisen und Bügelbrett, Schläppchen und kuschelige Bademäntel. Die Zimmerbar besteht aus einer Kaffeemaschine mit Kaffeekapseln, verschiedenen Teesorten und einem Kühlschrank voller Getränke, die nichts extra kosten. Leider nur antialkoholisch. Ich werde alles mitnehmen, was nicht niet- und nagelfest ist. Na ja, bis auf das Bügeleisen und das Bügelbrett. Wer weiß, wo es uns als Nächstes hinverschlägt!

Gleich nach dem Duschen hab ich meine verschwitzten Sachen mit Seife gewaschen und zum Trocknen aufgehängt. Luise hat gesagt, das kann der Room-Service erledigen, wir haben doch jetzt genug Geld, aber selbst wenn wir über Nacht reich geworden sind, ich hab das lieber schnell selbst gemacht. In ganz seltenen Fällen schlägt selbst bei mir die Schwäbin durch. Was soll man einen Haufen Geld für so ein bisschen Handwäsche ausgeben!

Beim Room-Service letzte Nacht hatte ich weniger Skrupel. Wir ließen uns superteure Sandwiches und total leckeren Rotwein bringen. Alles ging auf Luises Rechnung. Es fühlte sich so ein bisschen an wie früher bei der Mitternachtsparty im Schullandheim. Wir haben ziemlich albern rumgegackert, sogar Jan hatte gute Laune. Ich hab's dann mit allerletzter Kraft ins Bett geschafft, und am Touch Panel die Lichter gelöscht. Mit dem steuert man nämlich das komplette Zimmer, sogar die Vorhänge macht man damit auf und zu.

Jan läuft mit großen Schritten auf unseren Tisch zu. Er ist knallrot im Gesicht und hyperventiliert. »Meiner Frau war nicht bewusst, dass ich mit zwei Frauen unterwegs bin. Jetzt verdächtigt sie mich, eine Affäre mit dir zu haben. Kannst du ihr das bitte ausreden?« Er streckt mir das Handy hin. Ich wische mir den Milchschaum vom Mund.

»Hallöchen«, sage ich. »Christine, nicht wahr? Sabrina hier. Hören Sie, ich steh nicht so auf ältere Typen, und Jan könnte mein Vater sein. Außerdem hat er schon einen Bierbauch, und ich persönlich hab's gern flach. Wir streiten uns den ganzen Tag. Überhaupt kein Grund zur Sorge, wirklich. Jedenfalls nicht von dieser Seite.«

»Was soll das heißen, nicht von dieser Seite? Von welcher Seite dann? Von seiner?« Christines Stimme klingt hysterisch.

»Na ja, so rein theoretisch ist es ja nicht ungewöhnlich, dass Männer in der Midlife-Crisis nach was Jüngerem Ausschau halten –«

»Ich wusste es! Ich wusste, dass er deshalb abgehauen ist!«

»Sabrina, was erzählst du da für einen Schwachsinn! Ich such keine Jüngere!«, schreit Jan so nah an meinem Ohr, dass mir beinahe das Trommelfell platzt. Ich schubse ihn weg. Die ersten Gäste drehen sich nach uns um. Die Kellner tun so, als ob sie nichts merken.

»… nun lasst mich doch mal ausreden! Also, Jan ist jetzt auch nicht unbedingt so attraktiv, dass jüngere Frauen auf ihn fliegen. Aber darum geht's ja gar nicht. Sie sollten sich irgendwie wieder zusammenraufen, denke ich. Jan redet zwar meistens schlecht von Ihnen, aber ich schätze mal, er liebt Sie trotzdem immer noch.«

»Misch dich nicht ein!«, brüllt Jan. »Ich misch mich auch nicht in deine Scheiß-Beziehung zu Oliver ein!«

»Okay, okay«, sage ich. »Tschüs dann, Christine.«

»Warten Sie!«, kreischt Christine. »Sagen Sie mir wenigstens …« Das sind ihre letzten Worte. Zumindest die, die ich verstehe, bevor mir Jan das Handy aus der Hand reißt.

»Glaubst du mir jetzt?«, bellt er ins Telefon. »Glaubst du mir jetzt, Christine, dass ich nicht deshalb abgehauen bin?« Er drückt das Gespräch weg und keucht. Am Nebentisch sitzt ein Paar und starrt uns an.

»Jan, nee, also wirklich«, sag ich. »So wird das nie was. Eigentlich tut mir deine Frau leid.«

»Kümmer dich um deinen eigenen Kram!«, stößt Jan hervor und lässt sich wieder auf seinen Stuhl fallen.

»Ich soll mich um meinen eigenen Kram kümmern, aber gleichzeitig soll ich deiner Frau schwören, dass da nichts läuft zwischen uns? Du weißt auch nicht, was du willst.«

»Du solltest Christine noch einmal anrufen«, meint Luise in besänftigendem Ton. »Ein Telefonat im Streit zu beenden, das ist nicht gut.«

»Und dich stört also mein Bauch?«, knurrt Jan.

»Nein, Jan, dein Bauch stört mich nicht, weil ich nichts von dir will, aber wenn ich was von dir wollte, dann würde er mich stören, ja!«

»Christine hat sich nie an meinem Bauch gestört!«

»Deshalb ist ja auch sie mit dir verheiratet, und nicht ich!«, stöhne ich. »Und ich nehme mal an, der Bauch war nicht von Anfang an da.«

»Und du glaubst, ich bin nicht attraktiv genug, dass sich jüngere Frauen für mich interessieren?«

»Das weiß ich doch nicht! Das habe ich doch nur so gesagt, damit Christine sich abregt! Ich will jedenfalls nichts von dir!«

»Woll'n wir wetten?«

»Wetten, um was?«

»Dass es jüngere Frauen gibt, die mich toll finden.«

Ich verdrehe die Augen. »Du hast sie echt nicht mehr alle!«

»Ihr beiden«, fragt Luise und sie klingt besorgt, »mögt ihr euch eigentlich nicht? Irgendwie seid ihr ständig nur am Streiten.«

»Doch, doch, wir mögen uns«, versichere ich. »Auf unsere ganz eigene, seltsame Art und Weise mögen wir uns. Man merkt es nur nicht so richtig. Aber eigentlich finde ich Jan total lieb.« Ich beuge mich über den Tisch, streichle ihm über die Wange und grinse fies. »Du findest mich doch auch lieb, gell, Jan?« Jan sieht aber irgendwie aus, als ob er das überhaupt nicht komisch findet.

»Lieb. Total lieb, natürlich.« Er klingt gereizt und wendet sich ab. Als ob das meine Schuld wäre, dass er sich mit Christine zofft. Das Telefonat scheint es eher noch schlimmer gemacht zu haben. Am besten lassen wir Jan in Ruhe und konzentrieren uns wieder aufs Frühstück, bis er sich einkriegt.

»Wenn Oliver mich jetzt sehen könnte!«, sag ich zu Luise, plustere mich ein bisschen auf und winke dem Kellner fröhlich zu. Der Kellner kommt sofort an den Tisch.

»Darf ich Ihnen noch einen Kaffee bringen?«, fragt er.

»Äh – nein. Ich wollte ihnen nur zuwinken.« Der Kellner lacht, räumt ein bisschen dreckiges Geschirr ab und verschwindet.

»Luise«, flüstere ich. »Luise, kennst du den Typen am Nebentisch, der dich die ganze Zeit anglotzt?«

Vorher hat uns das Paar nebendran angestarrt, weil wir laut geworden sind, aber wieso guckt der Mann immer noch? Wir benehmen uns doch jetzt ganz anständig. Er ist so um die sechzig und sitzt mit einer Zeitung in der Hand vor einer Tasse Kaffee. Ich bilde mir das nicht ein, er starrt Luise über den Rand seiner Zeitung ziemlich unverhohlen an. Luise nimmt die Frühstückskarte, lugt über den oberen Rand und mustert ihrerseits den Mann diskret. Vielleicht ist das einer von Günthers früheren Geschäftskollegen, und jetzt ist er sich nicht sicher, ob er Luise kennt, weil Günther nicht dabei ist? Er trägt einen konservativen Anzug, sein Gesicht ist aufgedunsen und rötlich. Die Frau neben ihm ist jünger, schicker und greller. Vorher hat sie uns auch angeglotzt, jetzt blättert sie in einer Zeitschrift und würdigt weder den Mann eines Blickes noch uns.

»Nie gesehn«, entscheidet Luise. Der Mann beugt sich zu der Frau, murmelt etwas und tippt auf die Zeitung. Jetzt starren beide zu uns herüber. Plötzlich steht der Mann auf, rollt die Zeitung zusammen und kommt auf uns zu.

»Luise Engel?«, fragt er.

»Ja«, antwortet Luise, ganz automatisch.

»Nein!«, protestieren Jan und ich wie aus einem Mund.
Wir haben doch ausgemacht, dass niemand hier im Hotel
unsere richtigen Namen erfahren soll, zumindest da nicht,
wo es sich vermeiden lässt! Wir haben uns wieder an Luther
gehalten; ich habe als Katharina von Bora eingecheckt, und
Jan als Jörg Junker.

»Nein?«, sagt der Mann und scheint ehrlich verwirrt.
»Aber Sie haben doch gerade ja gesagt. Was denn nun?«

»Nein«, erklärt Jan bestimmt.

Der Mann schlägt mit der Rückseite seiner flachen Hand
gegen die Zeitung. »Das ist sie doch!«, ruft er ungeduldig.
»Luise Engel aus Stuttgart. Sie werden gesucht. Sie sind als
vermisst gemeldet!« Er rollt die Zeitung auseinander und
streckt sie uns über den Tisch hin. Es ist irgendein Sensati-
onsblatt mit viel roter Farbe. Und tatsächlich: In der rechten
Spalte ist ein Foto von Luise. Es ist ein Porträt. Ein ziemlich
gutes Bild; die Ähnlichkeit ist unverkennbar. »Luise Engel,
wohlhabende Witwe aus Stuttgart, von ihrer Haushälterin
als vermisst gemeldet. Verbrechen?«, steht darüber. Ach du
liebe Zeit. Die Haushälterin hat Luise als vermisst gemeldet? Wieso das denn? Ich würd gern lesen, was unter dem
Foto steht, aber der Mann zieht die Zeitung blitzartig weg.

»Verblüffende Ähnlichkeit, nicht wahr, Mutti?«, sagt Jan
an Luise gewandt, und zwar deutlich langsamer und lauter
als nötig, als sei sie nicht ganz gescheit. In seinen Augen
liegt eine deutliche Warnung.

»Ja«, antwortet Luise, und dann hält sie brav den Mund.

»Meine Mutter heißt nicht Luise Engel«, erklärt Jan, sehr
bestimmt. »Die Frau auf dem Foto sieht ihr verblüffend ähnlich, aber das ist nicht meine Mutter.«

»Aber sie hat doch ja gesagt!«, ruft der Mann total empört. »Sie hat ja gesagt, als ich sie mit Luise Engel angesprochen habe! Luise Engel, Witwe eines reichen Bauunterneh-

mers aus Stuttgart, hat auf dem Weg nach Hamburg an einer Raststätte ihren Schnellbus verpasst, wegen ihres Koffers noch mit dem Busunternehmen telefoniert, und seitdem ist sie verschollen. Ihre Haushälterin und ihre Tochter befürchten, dass ihr etwas zugestoßen ist. Und sie hat ja gesagt!«

»Meine Mutter ist … verwirrt. Sie können sie fragen, was Sie wollen, sie antwortet immer mit ja. Ja, ja, immer nur ja, etwas anderes kann sie gar nicht sagen. Nicht wahr, Mutti?«

»Ja«, antwortet Luise und starrt geradeaus. Ihr Tonfall klingt jetzt so steril wie der Sprachcomputer einer Telefonhotline. So ganz überzeugend kommt Jan nicht rüber, nachdem sich Luise bis gerade eben völlig normal und durchaus mehrsilbig mit uns unterhalten hat.

»Außerdem kommen wir nicht aus Stuttgart!«, ruft Jan. »Wir sind aus Bielefeld!«

Jetzt springt auch die Frau vom Nachbartisch auf, spurtet zu userm Tisch, stellt sich neben den Mann und deutet auf Jan.

»Aber Sie reden doch gar nicht wie jemand aus Bielefeld. Sie haben nämlich diesen niedlichen schwäbischen Akzent!«, ruft sie und kichert. »Da amüsiert sich ja die ganze Republik drüber. Häus-le, Hotel-le …«

»Es heißt nicht Hotel-le!«, entfährt es mir, weil ich jetzt echt sauer auf die beiden bin, und ernte dafür einen bösen Blick von Jan und einen triumphierenden von dem fremden Mann. Ein Kellner marschiert vorüber.

»Alles in Ordnung bei Ihnen?«, fragt er höflich.

»Natürlich, vielen Dank«, sagt Jan hastig. »Es … es könnte nicht besser sein.«

»Auch die Frau, um die es hier geht, soll verwirrt sein«, erklärt der Mann. »Genau wie Ihre Mutter. Das meint jedenfalls ihre Haushälterin. Und ihre Tochter. Weil ihr Mann gerade gestorben ist.«

Die zwei haben Luise als verwirrt bezeichnet? Wie kommen sie denn auf so eine Schnapsidee?

Der Mann sieht Luise jetzt durchdringend an. »Sind Sie ganz sicher, dass Sie nicht Luise Engel sind?«, fragt er.

»Ja«, sagt sie und bemüht sich sichtlich, möglichst dümmlich zu gucken.

»Hören Sie, ich glaube, Sie sollten uns jetzt in Ruhe lassen, vor allem meine Mutter«, wirft Jan ärgerlich ein. »Sie ist sehr labil.«

»Und Sie sind wirklich nicht Luise Engel?«, bohrt der penetrante Kerl erneut nach.

»Nein«, rutscht es aus Luise heraus, und ich trete sie unter dem Tisch gegen das Schienbein, aber nur ganz leicht.

»Da haben wir's!«, ruft der Mann triumphierend. Jan stöhnt leise.

Die Frau stützt sich mit einer Hand am Rande unseres Tisches ab, lehnt sich in Richtung Luise darüber, wackelt mit dem erhobenen Zeigefinger der anderen Hand, als ob sie uns schelten wolle, und sagt weinerlich: »Also, ich weiß nicht, was Sie damit bezwecken. Ihre arme Familie im Unklaren zu lassen über Ihren Aufenthaltsort, das ist doch grausam! Grausam und lieblos und gemein!«

»Ja«, sagt Luise monoton und guckt starr geradeaus.

»Ich glaube, Sie gehen jetzt besser«, meint Jan. »Sie bringen meine arme Mutter sonst noch ganz durcheinander.« Seine Stimme klingt drohend. Der Mann hebt beschwichtigend die Hände.

»Wir wollten doch nur helfen. Das hat man jetzt davon.« Die beiden rauschen mit ihren Zeitschriften und Zeitungen unter dem Arm beleidigt ab.

»Das«, stellt Jan fest, »War mal wieder ein Beispiel für unsere ausgeprägte Professionalität.«

JAN

DÜSSELDORF, HOTEL BREIDENBACHER HOF,
ZIMMER 307

»Wie kriegen wir das Ding auf?« Sabrina nahm die Geldkassette in beide Hände und drehte sie in alle Richtungen. »Sieht ziemlich massiv aus. Stahl, schätze ich. Was ist mit deinem Schweizer Taschenmesser, Jan?«

Ich schüttelte den Kopf. »Selbst ein Schweizer Messer kommt irgendwann an seine Grenzen. Wir brauchen ein Brecheisen oder einen Meißel.«

Luise und Sabrina saßen auf ihrem riesigen Bett, die Geldkassette zwischen sich. Ich stand am Fenster, als ob's mich nichts anginge, und starrte hinunter auf die Straße. Die Sonne schien, Passanten mit Einkaufstüten hasteten vorüber. Ich hatte nach dem Frühstück die Geldkassette aus dem Auto geholt, eingewickelt in eine Plastiktüte des Hotels, die laut Luise eigentlich dafür gedacht war, sie mit dreckiger Wäsche zu füllen und dem Zimmerservice zu überlassen. Es hätte seltsam ausgesehen, mit einer Art stählerner Schublade, auf der außen ein Eurozeichen und die Zahl 100 abgebildet war, durch die Hotellobby zu latschen. Nicht, dass ich so nicht komisch aussah, mit dem Dreckwäschebeutel unter einem Arm und Christines Bikini in der anderen Hand. Sabrina wollte gern im Hotelpool schwimmen, und vielleicht noch eine Runde in die Sauna. Au Mann, wie man in unserer Situation an Wellness denken konnte, war mir ein echtes Rätsel. Mein Kopf platzte beinahe, nachdem das Telefonat mit Christine dermaßen in die Hose gegangen war. Sie neigte schon manchmal zu Hysterie, keine Frage, aber so aufgelöst hatte ich sie noch nie erlebt, und auch noch nie so eifersüchtig. Irgendwie konnte ich sie sogar verstehen, sie war eben total verunsichert, nachdem ich einfach so abgehauen war und sie nicht mal wusste, mit wem. Mein persönliches Drama war aber nur ein Teil des gesamten Dramas. Der andere Teil, das waren die einunddreißigtausend Euro, die vor uns auf dem Bett lagen. Oder besser gesagt, die möglicherweise einunddreißigtausend Euro in möglicherweise Hunderteuroscheinen in der Geldkassette, weil bisher kamen wir nicht an das Geld ran.

»Es gibt doch den Persönlichen Assistenten. Dieser Typ, der unten in der privaten Lobby für die Hotelgäste sitzt und nur dazu da ist, einem jeden Wunsch von den Augen abzulesen«, überlegte Sabrina laut.

»Wie wär's, du gehst runter, baust dich vor ihm auf, klimperst ein bisschen mit den Wimpern und wartest drauf, dass er dir von deinen hübschen blauen Augen abliest, dass du gern ein Brecheisen hättest, um eine geklaute Geldkassette aufbrechen zu können, die zufällig auf deinem Bett liegt und in der wir einunddreißigtausend Euro vermuten? Oder du fragst nach Hammer und Meißel, um das Zimmer etwas persönlicher zu gestalten.« Ich konnte es echt nicht fassen, dass Sabrina nicht im mindesten besorgt war. Sie führte sich auf, als sei das alles ein Spiel, nichts weiter. Luises Stirn umwölkte sich, sie guckte sehr bekümmert, sagte aber nichts. Sabrina stand auf und ließ sich an der Theke einen Espresso aus der Maschine.

»Wollt ihr auch einen?« Luise und ich schüttelten den Kopf.

»Habt ihr euch eigentlich schon mal Gedanken darüber gemacht, wer den Geldautomaten gesprengt hat?«, fragte ich.

»Na, die Bankomaten-Bomber«, antwortete Sabrina achselzuckend. »Glaubt jedenfalls die Polizei, und wir sind aus dem Schneider.«

Ich verdrehte die Augen. »Nehmen wir mal an, es waren die Bankomaten-Bomber. Dann sind das Verbrecher. Echte, nicht so Witzfiguren wie wir. Meint ihr wirklich, die sind glücklich drüber, dass sie die Arbeit gemacht haben und deswegen von der Polizei gesucht werden, und jemand anders ist mit ihrer Beute abgehauen?«

»Nö. Aber wenn die eine Ahnung hätten, wer wir sind und wo wir sind, wären sie uns doch hinterhergefahren und hätten uns die Kassette noch in der Nacht in der Tiefgarage abgeknöpft. Oder sie hätten später das Auto geknackt, und die Kassette wär heut Morgen weg gewesen. Der Renault stand doch die ganze Nacht unbewacht dort rum. Woher sollen die wissen, dass wir in Düsseldorf sind? Und noch dazu in einem Luxushotel abgestiegen?«

»Weil da Profis am Werk waren, Sabrina?« Ich versuchte immer noch zu verdauen, was letzte Nacht passiert war. Versuchte zu kapieren, dass wir jetzt echt kriminell waren. Das hier waren keine Brötchen mehr oder Klamotten oder Fahrerflucht nach Blechschaden, das hier war handfester Raub. War das den anderen beiden eigentlich klar? Und war ihnen klar, dass, wer auch immer diesen Bankomaten gesprengt hatte, irgendwo auf der Lauer gelegen und uns beobachtet haben musste? Auf der Fahrt nach Düsseldorf hatten wir nicht mehr viel geredet. Wir waren zu erschöpft. Und irgendwie standen wir unter Schock, alle drei. Aber langsam war's doch an der Zeit, aus der Schockstarre zu erwachen! Außerdem war ich wütend. Das mit der Geldkassette war allein Sabrinas und Luises Ding gewesen. Pech gehabt, Jan, mitgehangen, mitgefangen.

Gefühlt waren wir stundenlang durch Boppard gelaufen, bis wir endlich ein Haus fanden, das Luises Vorstellungen entsprach. Das Haus lag im Dunkeln, in der Einfahrt war ein VW Passat geparkt, im Garten standen eine Schaukel und ein Trampolin. Ich kniete mich hin, um im Schein der Straßenlaterne die Nummernschilder abzuschrauben, erst hinten, dann vorne neben dem Hauseingang. Plötzlich schlug Sabrina Alarm. »Mann mit Hund!«, zischte sie. Ich packte Luise am Arm und zog sie neben mich in eine kauernde Stellung hinter das Auto, Sabrina drückte sich hinter einen Busch. Plötzlich ging die Außenbeleuchtung am Haus an und tauchte uns in helles Licht. Ich hörte das Knurren des Hundes, viel zu laut, viel zu nah, und hielt die Luft an. Gleich würde die Haustür aufgehen oder der Hundebesitzer würde nachsehen, was da los war.

»Nun sei schon still, das ist doch nur eine Katze, die lässt du schön in Ruhe!«, tadelte der Mann seinen Hund und ging endlich weiter. Nichts regte sich; wir hatten nur den Bewegungsmelder ausgelöst. Ich kam kaum zurück auf die Beine. Sabrina half Luise auf, auch sie tat sich sichtlich schwer. Die Beleuchtung ging wieder an und wir verdrückten uns schnell, ich mit den Nummernschildern unterm Arm, die Schmerzen in meinem Fuß waren wieder aufgeflammt und beinahe unerträglich. Ich wollte mich nur noch auf die Rückbank des Renaults legen und schlafen, schlafen, schlafen, aber Sabrina bestand darauf, auf dem Weg zum Auto an einer Bankfiliale haltzumachen. Ich fand die Idee völlig bescheuert, wer ließ sich schon seine EC-Karte klauen und sperrte sie dann nicht? Aber Sabrina hatte sich in den Kopf gesetzt, dass Stefanie Mitze die Karte nicht gesperrt hatte, und bestimmt war ihre Geheimzahl total leicht zu knacken, eins, zwei, drei, vier oder so, und es war doch zumindest einen Versuch wert, oder? Ich war zu müde, um zu streiten. Die Bank lag in der Nähe des Marktplatzes, nur wenige hundert Meter vom Auto entfernt. Eine Bankfiliale mit einem SB-Bereich.

Ich stand draußen Schmiere, während Sabrina und Luise drinnen am Geldautomaten mit der Karte herumexperimentierten. Mittlerweile war es fast Mitternacht, Boppard schien in tiefem Schlummer zu liegen, und mir fielen beinahe die Augen zu. Nur mein schmerzendes Bein hinderte mich daran, im Stehen einzuschlafen.

»Lauf!«, schrie Sabrina plötzlich gellend. Ich fuhr herum, Sabrina war aus der Bank gerannt, sie zerrte Luise hinter sich her und an mir vorbei, und ich humpelte hinter ihr drein, ohne zu wissen, warum, und dann gab es einen ohrenbetäubenden Knall und eine Druckwelle, die aus Richtung der Bank kam, den Boden erzittern ließ und mich beinahe umwarf, die Schmerzen in den Ohren waren brutal, und dann war es vorbei, und wie durch ein Wunder waren wir alle drei noch auf den Füßen und unverletzt.

Wir fuhren herum, keuchend. Über der Bankfiliale lag eine Rauchwolke, Fenster und Türen waren herausgebrochen, überall lagen Glasscherben. Es war total surreal, so als säße ich daheim in Stuttgart-Vaihingen mit Christine vor dem Fernseher, und ein magischer Sog hätte mich in einen James-Bond-Film hineingesogen. Ich stand da wie gelähmt, aber Sabrina erwachte sofort wieder zum Leben, sie machte auf dem Absatz kehrt und rannte zurück Richtung Bank, obwohl ich laut »Bleib hier!« hinter ihr her brüllte, sie hielt Luise noch immer an der Hand und zerrte sie einfach mit sich, so wie sie sie vorher aus der Bank rausgezerrt hatte, und beide stolperten durch die sich langsam verziehende Rauchwolke zurück in die Bank, die statt einer Tür nur noch ein gähnendes Loch aufwies.

Lichter gingen an und Stimmen wurden laut. Ich war noch immer wie erstarrt und dachte nur, Shit, Sabrina, du rennst Hals über Kopf in die nächste Katastrophe. Eine Ewigkeit schien zu vergehen, bis Sabrina wieder aus der Bank rauskam, immer noch mit Luise an der Hand. In der anderen hielt sie einen viereckigen Kasten, sie schwenkte ihn mit einem breiten Grinsen an einem Plastikgriff und drückte ihn mir dann in die Hand, aber als sie mein schmerzverzerrtes Gesicht sah, wegen des Beins, nahm sie das Ding wieder an sich. Mehr Lichter waren angegangen und Sabrina rief wieder »Lauf!«, und wir liefen Richtung Rhein, ich biss die Zähne zusammen, ich konnte eigentlich nicht rennen, aber ich hatte ja keine Wahl. Eine Polizeisirene ertönte. Wir drückten uns in einen Hauseingang, das Polizeiauto raste an uns vorbei Richtung Bank. Wir rannten weiter zum Auto. Es war eine ungeheure Erleichterung, dass keine Polizei auf uns wartete, der Renault stand in völliger Normalität auf dem Parkplatz des Kindergartens am Rhein, so als gäbe es keine explodierten Bankfilialen und geklaute Geldkassetten. Luise stützte sich mit der Hand am Auto ab, bis sie wieder Luft bekam, kein Wunder, in ihrem Alter. Sabrina setzte sich ans Steuer, und ich dachte nur, wir haben immer noch das falsche Nummernschild, aber wie durch ein Wunder schafften wir es unbehelligt aus Boppard heraus. An einem Parkplatz hielten wir an, und ich wechselte die Nummernschilder, die Stuttgarter Schilder warf ich in den Rhein. Wenn ich jetzt daran zurückdachte, kam mir alles komplett unwirklich vor, so als hätte mir jemand diese Geschichte erzählt, und ich wäre nicht selber dabei gewesen und würde jetzt staunend mit dem Kopf schütteln.

»Woher wusstest du eigentlich, dass der Geldautomat kurz davor war zu explodieren?«, fragte ich Sabrina. »Und dass nach der Explosion eine herausgesprengte Geldkassette in der Bankfiliale auf dich warten würde?«

Sie zuckte mit den Schultern. »Es gibt ja genügend Filme, in denen so was vorkommt.« Ich hatte noch nie einen Film gesehen, in dem so was vorkam. »Da war eine Art Lunte, die glimmte.«

»Ihr könntet beide tot sein«, sagte ich düster.

»Sind wir aber nicht, ätsch!«, rief Sabrina vergnügt. Ich stand immer noch am Fenster des Hotelzimmers, unten auf der Straße liefen jetzt schon deutlich mehr Einkäufer herum als noch vorher. Was die Leute bloß am Shoppen so toll fanden! Luise sagte immer noch nichts. Angeblich hatte sie doch die Führung unseres Unternehmens übernommen? Sie nahm die Geldkassette in beide Hände, drehte sie hin und her und schien angestrengt nachzudenken. Sabrina und ich blickten sie abwartend an, ich vom Fenster aus, Sabrina neben ihr auf dem Bett. Ich war mir ziemlich sicher, dass Luise bisher nur deshalb geschwiegen hatte, weil sie kalte Füße bekommen hatte und nicht wusste, wie sie Sabrina beibringen sollte, dass es allerhöchste Zeit war auszusteigen. Sabrina hatte ihr letzte Nacht keine Wahl gelassen und sie einfach mitgezerrt, aber jetzt würde sie sicher gleich dafür plädieren, das Geld zurückzugeben, es vielleicht anonym bei einer Düsseldorfer Polizeistation zu deponieren. Sie würde außerdem an die Rezeption gehen und ehrlich zugeben, dass sie kein Bargeld bei sich hatte und die Hotelrechnung per Überweisung bezahlen würde. Es würde ihr unangenehm sein, das schon, aber Luise war weder blöd noch kriminell veranlagt. Mir sollte es recht sein. Das war unsere letzte Chance, halbwegs aus der Sache herauszukommen. Das Auto war noch ein Thema, und Sabrinas Fahrerflucht, aber irgendwie würde sich das regeln lassen. Ich hätte ja auch selber die Initiative ergreifen können, aber dazu fehlte mir die Energie, ich war immer noch erschöpft von der Geschichte mit dem Bein. Luise hatte bestimmt keine große Lust, sich mit Sabrina anzulegen, aber wenn ich sie unterstützte, kam Sabrina allein auch nicht …

»Meinst du wirklich, dass du das Schloss nicht knacken kannst, Jan?«, fragte Luise unvermittelt.

»Schloss, welches Schloss?«, gab ich verwirrt zurück.

»Na, das Schloss an der Geldkassette«, erklärte Luise sachlich.

»Da ist ein Schloss dran? Mir ist kein Schloss aufgefallen.« Ich ging zum Bett. An der Geldkassette war ein kleines, unscheinbares Schloss an der Seite angebracht. Wie konnte man so viel Geld mit so einem lächerlichen Schloss schützen? Ohne groß nachzudenken, zog ich mein Schweizer Taschenmesser aus der Hosentasche, klappte den Flaschenöffner heraus, steckte ihn in das Schloss, drückte ihn nach oben und drehte ihn nach rechts. Es gab ein lautes Knacken.

»Du hast es geknackt!«, rief Sabrina aufgeregt. »Ich fass es nicht, wir sitzen hier belämmert vor einer Stahlkassette, wissen nicht, wo ein Brecheisen hernehmen, und du knackst mit einem Handgriff das Schloss!«

Ich zuckte gleichmütig mit den Schultern. »Jeder Depp kann das.« Innerlich war ich nicht so ruhig. Luise dachte über einen Ausstieg nach, von wegen! Die Entscheidung war gefallen, und ich Vollidiot hatte sie getroffen. Nur, weil ich vor Sabrina angeben wollte!

»Hoffentlich ist da überhaupt was drin!« Sabrina legte mir nervös die Hand auf den Arm. Wie hypnotisiert starrten wir auf die rechteckige Kassette. Sie war so konstruiert, dass der Deckel nach oben aufklappte, damit man sie befüllen konnte.

»Nun mach schon«, drängte Sabrina. Vorsichtig hob ich den Deckel an. Nein, die Kassette war nicht leer, sie war bis an den Rand voll mit Scheinen, dicht an dicht nebeneinandergeschichtet.

»Seit wann sind Hunderteuroscheine rot?«, protestierte Sabrina. Ich zog einen Schein heraus. Das war ein Hunderteuroschein. Gewesen. Jetzt war er blutrot eingefärbt, fast bis zur Unkenntlichkeit. Wenn man den Schein gegen das Licht hielt, konnte man mit Mühe die Zahl Hundert ausmachen. Niemand würde so einen Schein akzeptieren. Wütend hob ich die Kassette hoch, drehte sie um und kippte sie aufs Bett. Rot, rot, rot, wohin man sah. Die Scheine waren versaut. Allesamt. Mit roter, bereits eingetrockneter Farbe.

»Das darf doch wohl nicht wahr sein!«, rief Sabrina fassungslos. »So eine Scheiße! Das ganze Geld, einfach futsch!«

»Das gewaltsame Lösen aus der Tresorwand muss die Farbpatrone ausgelöst haben«, murmelte ich. »Sicherheitsmechanismus. Viele Banken machen das. Ich hätte es mir eigentlich denken können.«

»Das kann nicht sein, das kann einfach nicht sein!«, rief Sabrina. »Jetzt stehen wir wieder ohne Geld da!« Sie fuhr mit den Händen verzweifelt durch die Geldscheine, einige fielen auf den Boden.

»Sabrina, verlier jetzt nicht die Nerven und schrei nicht so«, befahl Luise. »Wir nehmen jeden einzelnen Schein in die Hand und überprüfen ihn. Vielleicht bleiben doch noch ein paar brauchbare übrig. Und dabei zählen wir.« Wir sammelten die Geldscheine auf.

»Wie viele?«, fragte Luise schließlich. »Ich habe hundertzwölf.«

»Fünfundneunzig«, gab ich an.

»Hundertdrei«, sagte Sabrina. »Es stimmt also mit den einunddreißigtausend Euro.«

»Einunddreißigtausend Euro, die man komplett wegschmeißen kann«, murmelte ich.

»Nicht ganz. Was haltet ihr von dem hier?« Sabrina hielt einen Schein hoch, der nur einen kleinen, nahezu vernachlässigbaren Fleck abbekommen hatte. Hundert Euro von einunddreißigtausend, das war eine echte Lachnummer.

Luise nickte. »Der müsste gehen.«

»Wenn wir's positiv sehen, so reich waren wir schon lang nicht mehr. Lasst uns in einem Straßencafé auf der Kö einen Kaffee trinken«, sagte Sabrina. »Dort wundert sich keiner, wenn man mit einem großen Schein bezahlt.«

»Diese Angebermeile? Da kriegen mich keine zehn Pferde hin. Mir reicht der Schuppen hier«, knurrte ich.

»Nun komm schon, Jan. Was willst du denn sonst machen, allein hier rumhängen? Außerdem brauchen wir deine Hilfe, um nach dem Kaffee in einer der Edelboutiquen Klamotten zu klauen. Luise muss endlich aus dem Höschen und den Chucks raus, und ich brauche auch was, sonst kann ich heute Abend nicht in die Hotelbar gehen.«

»Erst Kaffee auf der Kö, dann Klamotten klauen? Du weißt wirklich, wie man sich amüsiert, Sabrina.«

Wir brauchten fast zwanzig Minuten, um einen Tisch in einem Straßencafé zu erobern. Meine Geduld war längst erschöpft, als Sabrina endlich im Wettrennen um zwei freie Plätze schneller war als ein Pärchen, das sich von der anderen Seite anpirschte. Sabrina warf sich auf einen der freien Stühle und strahlte das Pärchen entwaffnend an. Der Erfolg war mäßig. Dann wandte sie sich an den Mann am Nachbartisch.

»Ist der Stuhl frei?«, fragte sie. Der Mann trug eine verspiegelte Sonnenbrille und war allein; auf dem Stuhl neben ihm lag eine ärmellose Daunenweste, so ein Teil, wie es Angeber über Jeansjacken trugen.

Der Mann schüttelte den Kopf. »Nein, der ist nicht frei. Da liegt ja meine Weste drauf, wo soll ich die denn sonst hinlegen?«

Sabrina starrte ihn ungläubig an. Dann brach sie in schallendes Gelächter aus. »Der Witz ist gut«, rief sie vergnügt, nahm die Weste vom Stuhl, legte sie dem ziemlich verdattert dreinschauenden Typen auf den Schoß und zog den Stuhl an unseren Tisch.

»Diese Stadt ist so klischeehaft, dass es weh tut«, kommentierte ich. »Außerdem stinkt sie.«

»Nach Geld?«

»Das auch. Aber vor allem nach Parfüm.«

Es stimmte. Eine Wolke von Parfüm und penetrantem Aftershave schien über der Kö zu liegen.

»Ach, komm schon, Jan«, meinte Sabrina. »Kö statt Königstraße, ist doch mal was anderes, und hier gibt's viel mehr zu gucken!« Damit hatte sie allerdings recht. Tische und Stühle waren am Straßenrand positioniert und zeigten Richtung Gehweg, so dass man ungehindert auf die Luxusboutiquen und die vorüberziehenden Menschenmassen glotzen konnte. Die meisten Passanten waren mit Einkaufstüten beladen, auf denen »Chanel«, »Louis Vuitton« oder »Prada« stand. Für die Männer schien ein Einheitslook aus blaugestreiften Hemden mit Einstecktuch, Bermudas aus Leinen und Lederslipper zu gelten, während die Frauen Kostüme, superkurze Röcke und weit ausgeschnittene Kleider trugen und neben eleganten Handtaschen oft kleine, alberne Hündchen im Arm hielten. Dunkle Sonnenbrillen waren offensichtlich Pflicht. Niemand trug hier das, was ich für normale Klamotten hielt, nämlich Jeans und T-Shirt, und niemand schien das geringste Problem damit zu haben, sein Geld nicht nur zur Schau zu stellen, sondern auch damit um sich zu werfen. Obwohl es gerade mal ein Uhr war, standen auf vielen Tischen der Cafés Sektkühler. Hinter uns dröhnten plötzlich Motoren, und alle Gäste im Café fuhren wie auf Kommando herum oder sprangen auf. Ein paar offene Lamborghinis in verschiedenen Pastellfarben brausten die Kö hinunter, am Steuer saßen identisch aussehende Kerls mit Goldkettchen und langen, lockigen Haaren. Eine Traube junger Männer jagte den getunten Autos hinterher und schoss Fotos mit ihren Handys.

»Mir ist Stuttgart lieber«, sagte ich. »Da parken die Leute den Porsche hinterm Haus und sind nicht so megapeinlich.«

Luise lachte. »Das stimmt. Ich kann mich sogar dran erinnern, dass man früher in Stuttgart die Pelzmäntel mit dem Pelz nach innen getragen hat, weil man nicht damit angeben wollte. In Düsseldorf würde das nie passieren.« In ihrer seltsamen Aufmachung mit dem kurzen Höschen und den Chucks fiel Luise nicht einmal auf. Sie und Sabrina wirkten völlig entspannt. Sie nippten an ihrem Kaffee und beobachteten amüsiert, was da alles so vorbeiflanierte. Dass im Schrank ihres Hotelzimmers neben dem Bügelbrett dreißigtausendneunhundert rot eingefärbte Euro lagen, die wir geklaut hatten, schienen sie komplett vergessen zu haben.

Ich dachte an Christine. Christine würde das, was auf der Kö abging, genauso bescheuert finden wie ich. Sie machte sich schon ab und zu gern schick, und sie legte Wert drauf, dass ich meine ordentlichen Bermudas trug, wenn wir zu den Nachbarn gingen, aber sie war eben Schwäbin, so, wie ich Schwabe war, und hasste es, wenn Leute ihren Reichtum zur Schau stellten. Ja, wenn Christine hier neben mir sitzen würde, würden wir gemeinsam lästern und über das Theater lachen, das die Leute hier veranstalteten.

Wenn sie nur neben mir sitzen würde.

SABRINA

DÜSSELDORF, HOTEL BREIDENBACHER HOF,
CAPELLA-BAR

»Ich gehe jetzt ins Bett.«

»Jan, du alter Spielverderber!« Aber Jan ist schon aufgestanden, hat die Zugangskarte für sein Zimmer vom Tisch genommen und ist verschwunden.

Wir sitzen in der Hotelbar des Breidenbacher. Der Andrang ist groß, schließlich ist Samstagabend, und man hat uns gesagt, die Bar ist auch bei Düsseldorfern beliebt, wegen der Cocktails. Natürlich kann man nicht einfach so reinlatschen und sich irgendwo hinlümmeln. Eine junge Frau im schwarzen Kostüm steht am Eingang hinter einem Stehpult und verteilt die Gäste. Weil man nicht zu Fremden dazu gesetzt wird, muss man sich gedulden, bis ein ganzer Tisch frei wird. Dass man sich nicht zu Fremden setzt, sind wir aus Stuttgart gewohnt, und es ist gut so, schließlich haben wir Dinge zu besprechen, die niemand hören soll. Ausnahmsweise sind wir passend angezogen. Jedenfalls beinahe: Wir tragen keine Schuhe. Schuhe klauen ist nämlich echt schwierig. Weil meine Turnschuhe und Luises Chucks nun wirklich nicht zu unserem Outfit gepasst hätten, haben wir der Frau hinter dem Stehpult erklärt, wir wären stundenlang auf der Kö bei Chanel, Prada und Gucci shoppen gewesen und hätten uns dabei so tierische Blasen gelaufen, dass unsere engen Pumps die reine Hölle sind. Sie hat gelacht und gesagt, ohne Schuhe, das sei jetzt wirklich noch nie vorgekommen, und nach kurzem Überlegen hat sie gemeint, nun ja, weil Sie Stammgast sind, Frau Engel. Nicht, dass wir

wirklich in einer Edelboutique gewesen wären, die hatten
alle Türsteher, das war zu riskant. Die fehlenden Schuhe sind
das einzige Manko an unserem Outfit. Man sieht die Löcher
gar nicht mehr, die ich in der Umkleidekabine mit der kleinen Schere an Jans Schweizer Messer in die Klamotten geschnitten habe, schließlich mussten die Sicherheitsetiketten
irgendwie weg. Die weite karierte Wanderbluse hat sich als
sehr praktisch erwiesen. Ich wickelte die Kleider zu festen
Rollen zusammen und stopfte sie mir dann unter die Bluse.
Ich hatte ein paar Körbchengrößen mehr, als ich aus der Umkleidekabine kam, aber weil ich das nicht zum ersten Mal
gemacht hab, war ich relativ cool und hab mir nichts anmerken lassen. Luise hat die Löcher in den Kleidern mit dem
kleinen Nähzeug aus dem Zimmer so perfekt zugenäht, dass
sie praktisch unsichtbar sind. Die schwarzen Seidenstrümpfe haben wir uns dazugekauft, ganz legal bei Kaufhof, darauf
hat Luise bestanden. Ich hätte sie lieber geklaut, weil jetzt
weitere 9,90 Euro von unserem Budget weg sind. Zum
Glück gab es zwischen all den Edelboutiquen auf der Kö
auch noch einen stinknormalen Laden von Zara, da erstan-
den wir für 42,95 eine superbillige Jeans und zwei T-Shirts
für Luise, damit sie endlich aus meinem kurzen Höschen
rauskam, und Unterwäsche und Socken für uns beide. Luise
sagt, das ist die erste Jeans in ihrem Leben. Ich versuche wei-
terhin, nicht darüber nachzudenken, dass Jan, seit wir unterwegs sind, die gleiche Unterwäsche trägt. Offensichtlich
macht es ihm nichts aus.

In dem geklauten Etuikleid sieht Luise richtig jung und
hübsch aus, kein Wunder bei ihrer Figur, und als ich vorher
in den Spiegeln in unserem Bad mein Aussehen überprüft
hab, fand ich mich auch ganz passabel. Oliver würde das
figurbetonte schlichte schwarze Kleid sicher auch gefallen.
Oliver. Er hat jetzt endgültig aufgehört, mich anzurufen

oder mir Nachrichten zu schicken. Einerseits bin ich erleichtert, andererseits frag ich mich in regelmäßigen Abständen, wann ich ihn wiedersehen werde, und dann steigt totale Panik in mir hoch, weil ich nicht weiß, wie dieses Wiedersehen ausfallen wird; je länger wir weg sind, desto höher werden die Hürden zwischen uns. Ihn anzurufen trau ich mich nicht, Jan hat mir ja vorgeführt, wie schnell das schiefgehen kann. Gelinde gesagt, hat unsere Auszeit eine gewisse Eigendynamik angenommen. Niemand hat heute erwähnt, dass wir uns allmählich auf die Heimfahrt machen sollten, nicht einmal Jan, obwohl er am Montag eigentlich wieder arbeiten müsste und vom Arzt keine Krankmeldung bekommen hat. Es wird ja auch immer schwieriger, vor allem nach der Geschichte mit der geklauten Geldkassette. Bisher waren das alles nur Kavaliersdelikte. Aber bei einunddreißigtausend Euro fällt es selbst mir schwer, von Kavaliersdelikt zu sprechen. Auch wenn es sich um einunddreißigtausend kaputte Euro handelt oder, besser gesagt, dreißigtausendneunhundert Euro. Verschafft uns die Tatsache, dass der Löwenanteil der Geldscheine futsch ist und wir nur hundert Euro ausgeben konnten, mildernde Umstände? Und gibt es eine Versicherung für Geld? Gesetzt den Fall, wir geben der Bank die eingesauten Scheine zurück, kann sie sie dann bei der Bundesbank in saubere eintauschen? Und macht es einen Unterschied, dass wir die Geldkassette zwar an uns genommen, aber den Automaten nicht selber gesprengt haben?

An einem Flügel in der Bar spielt ein Pianist »Every breath you take« von Police. »Every breath you take, I'll be watching you …«, singt er. Manchmal habe ich auch schon fast das Gefühl, jemand beobachtet uns. Schaut uns zu, wie wir langsam, aber sicher immer tiefer reinrutschen. Reinrutschen, in was eigentlich? Ich kann es wenigstens auf meine Entzugserscheinungen schieben, dass ich allmählich durchknalle. Natürlich hatte die Apotheke das Citalopram nicht vorrätig, und weil Samstag ist, musste ich das Rezept dalassen und kann die Tabletten erst am Montag abholen. Hoffentlich sind wir dann noch in Düsseldorf, aber Luise meinte, wir dürfen jetzt sowieso nichts überstürzen. Die Entzugserscheinungen sind echt nervig, schon den ganzen Tag durchzucken mich immer wieder Stromschläge in den Armen und Beinen, als würde ich an einen Elektrozaun langen. Um mich abzulenken, futter ich ein paar von den sauscharfen Wasabi-Nüssen und nehme einen Schluck von meinem Cocktail, der »Bitter Sweet Symphony« heißt. Auch das passt irgendwie zu uns. Auf dem Cocktailglas zeichnet sich ein rosa Lippenstift-Rand ab. Rosa ist eigentlich gar nicht meins, aber wir tragen den gleichen Lippenstift, Luise und ich, sie hat noch einen in ihrer Handtasche gefunden. Das Licht in der Bar ist schummrig, am Tisch neben uns sitzen drei junge Frauen mit sehr kurzen Röcken und tiefen Ausschnitten, die Englisch reden. Jan hat sie die ganze Zeit angestarrt, ohne es zu merken. Sie haben es zum Glück auch nicht bemerkt, sie waren mit Rumgackern und Selfiemachen beschäftigt.

»Viel geredet hat Jan nicht«, sage ich mit gedämpfter Stimme. Zum wiederholten Male fällt mir auf, wie perfekt Luise in diese Bar passt; sie verschmilzt damit, als wäre sie ein Teil der Inneneinrichtung. »Ich glaub, er wär lieber auf einem Campingplatz am Rheinufer als im Luxushotel. Und wie er die Mädels nebendran fixiert hat!«

»Er steckt in einer tiefen Krise. Ich habe den Eindruck, er weiß einfach nicht, wohin seine persönliche Reise gehen soll. Das missglückte Telefonat mit Christine … vielleicht will er austesten, ob sich junge Frauen für ihn interessieren? Wobei ihm das alles wahrscheinlich gar nicht bewusst ist. Genauso wenig wie die Tatsache, dass er sich ein bisschen in dich verliebt hat.« Luises Ton ist sehr sachlich, sie klingt bei-

nahe wie eine Psychologin. Ich lasse beinahe das Cocktailglas fallen vor Schreck.

»Jan? In mich verknallt? Wie kommst du denn darauf?«

»Ist dir nicht aufgefallen, wie er dich manchmal ansieht?
Wie eifersüchtig er reagiert hat, als du auf der Fähre mit dem
Kassierer geflirtet hast?«

»Aber das war doch nur Teil unserer Taktik! Ihr habt doch
gesagt, ich soll meine weiblichen Reize einsetzen. Ich will
nichts von Jan, und ich will nicht, dass er sich in mich verknallt!« Ich bin echt geschockt. Jan ist ein Freund geworden,
und das soll er bleiben. Noch mehr Komplikationen kann ich
echt nicht brauchen. »Und was mach ich jetzt?«

»Wenn du klug bist, überhaupt nichts. Am besten tust du
so, als ob du es nicht bemerkst.«

Ich habe es bisher auch nicht bemerkt. Warum hat Luise
nicht einfach die Klappe gehalten?

»Ich glaube nicht, dass es wirklich um dich geht. Ich schätze, es ist mehr so eine Art … abstrakte Schwärmerei. Er
überlegt sich, wie es wäre, mit einer jüngeren Partnerin neu
anzufangen. Deshalb hat er auch die Frauen neben uns so
angestarrt. Sag lieber nichts. Du würdest nur seinen Stolz
verletzen, und davon hat er im Moment sowieso nicht allzu
viel, schätze ich. Abgesehen davon ist das hier einfach nicht
seine Welt.«

»Während du dich bewegst wie ein Fisch im Wasser.«

Luise lächelt wehmütig.

»Weißt du, wir waren so oft hier. Einerseits ist mir alles
sehr vertraut, andererseits ist es ganz anders, ohne Günther.
Wenn wir unterwegs waren, war ich völlig auf ihn fixiert.
Wir hatten eine unausgesprochene Arbeitsteilung, zu Hause
kümmerte ich mich um alles, auf Reisen übernahm er das
Regiment. Das war sehr angenehm. Jetzt, wo ich mit euch
beiden unterwegs bin, merke ich aber, wie sehr es mich

gleichzeitig entmündigt hat. Günther hat zum Beispiel immer Essen für uns beide bestellt. Er hätte wahrscheinlich auch den Cocktail für mich ausgesucht.« Luise nimmt ihr Glas und bewegt mit dem Halm gedankenverloren die Eiswürfel hin und her.

»Ohne dich zu fragen?«

Luise nickt.

»Das ist ja unglaublich!«

Einen Augenblick schweigen wir. Was soll man dazu auch sagen? Außerdem muss ich das mit Jan verdauen. Erst nach einer Weile mach ich den Mund wieder auf. »Ich nehm noch so einen Cocktail. Was ist mit dir?« Luise schüttelt den Kopf.

»Ich bin müde. Die ganze Aufregung … sei mir nicht böse, ich werde bald zu Bett gehen.«

Es ist kurz vor halb zwölf. Ich bin nicht müde. Ich trage ein schickes Kleid, ich fühl mich sexy und aufgekratzt und hab überhaupt keinen Bock, schon ins Bett zu gehen. Wenn ich ins Bett gehe, werde ich sowieso nicht schlafen können, weil mich ständig Stromschläge durchzucken, und dann werde ich anfangen, Panik zu schieben, wie es mit uns dreien weitergeht und wie es mit Oliver und mir weitergeht, und erst recht nicht schlafen können. Ich sehe mich ein bisschen um. Die Atmosphäre hat sich verändert. Die drei Mädels sind weg, außer uns sind nur Paare übrig geblieben. Egal, wohin ich schaue, es wird geknutscht, Hände wandern langsam Oberschenkel hinauf, Sex liegt in der Luft. Nur nicht an der Bar. Da sitzen ein paar Männer, allein. Ich hab plötzlich eine Idee.

»Macht's dir was aus, wenn ich noch ein bisschen hierbleibe?«

Luise schüttelt den Kopf. »Solange du auf dich aufpasst«, murmelt sie. Ich bestell mir noch eine von diesen bittersüßen Symphonien, Luise fragt nach der Rechnung, sie kommt in einem Lederetui, Luise schreibt unsere Zimmernummer drauf und unterschreibt. In Zeitlupe nimmt sie einen Fünfeuroschein aus ihrer Handtasche und legt ihn in das Lederetui, als ob es ihr schwerfällt, sich davon zu trennen. Wir sehen uns an und denken beide dasselbe: Das Geld aus der Kassette ist futsch. Wie kommen wir aus dem Hotel raus? Ich schätze mal, wir haben jetzt noch 25 Euro. Ich küsse Luise auf die Wange und sage lauter als nötig, »Gute Nacht, Tantchen.« Luise sieht mich warnend an, dann steht sie auf, nimmt ihre Handtasche, nickt dem Kellner zu, der hinter der Bar hervorstürzt, sich bedankt und Frau Engel eine gute Nacht wünscht, und geht. Ich stehe auch auf, nehme mein Glas und gehe langsam an die Bar. Zwei einsame Männer sitzen rechts, einer links. Ich stelle mein Glas auf die Theke und kletter auf den Barhocker in der Mitte, um die volle Auswahl zu haben. Ich hab in meinem ganzen Leben noch nie versucht, einen fremden Mann in einer Bar anzubaggern, weil die Männer immer mich angebaggert haben, aber so schwer kann das ja wohl nicht sein. Ich will Luise und Jan beweisen, dass ich nicht immer diejenige bin, die's versemmelt. Nein, diesmal krieg ich's auf die Reihe, und ich schone dabei sogar Jans Gefühle, weil er es gar nicht mitkriegt.

Ich lege den Kopf schief und lächele testend nach rechts. Da sitzt einer in grauer Anzughose und weißem Hemd mit einem Whisky vor sich, er schaut mich an und lächelt zurück. Das lässt sich doch gar nicht schlecht an, denke ich, doch in dieser Sekunde kommt was dazwischen. Das Dazwischen trägt hochhackige Schuhe und ein enganliegendes Oberteil, aus dem die Brüste hervorquellen, wirft mir einen arroganten Blick zu und setzt sich so auf den Barhocker, dass der Blickkontakt zwischen mir und dem weißen Hemd unterbrochen ist. Doch nicht einsam. Ich muss jetzt erst mal Luft holen und einen Schluck von meinem Cocktail nehmen.

»Darf ich Ihnen noch so einen Drink anbieten?« Mein Kopf schießt nach links. Dort sitzt noch ein weißes Hemd, diesmal kombiniert mit einer schicken Jeans, dazu groß und blond. Dreitagebart. Naturbursche. Auch nicht schlecht.

»Ich bin noch versorgt, danke«, sage ich. Es soll ja schließlich nicht so aussehen, als ob ich total bedürftig wäre.

Der Typ rutscht langsam von seinem Barhocker und schlendert heran. »Darf ich mich su Ihnen setzen?«

Ich tu so, als ob ich nachdenke. Ich denke auch nach. Hat der Typ Geld? Vor allem hat er einen lustigen Akzent, der mir total bekannt vorkommt. Er singt, wenn er redet, und vernuschelt alles.

»Warum nicht. Meine Tante ist soeben zu Bett gegangen.«

Er nickt, lächelt, klettert auf den Hocker neben mir und winkt dem Barkeeper.

»Ich hätte auch gern so ein Cocktail, wie ihn die Dame hat.« Jetzt fällt's mir ein, er klingt wie die Stimme aus der IKEA-Radiowerbung. Bestimmt ist er Schwede! Schwede auf Geschäftsreise. Die Frage ist, wie viel Geld hat ein Schwede auf Geschäftsreise? Er streckt mir die Hand hin.

»Hej. Ich bin Rasmus. Rasmus aus Stockholm. In Sweden siezen wir uns nicht, falls es Ihnen nichts ausmacht.«

»Sa – äh … Katharina. Duzen ist völlig okay.« Rasmus, wie süß, das klingt nach Astrid Lindgren. Ich schlage in die Hand ein. »Du kannst aber gut Deutsch!«, lobe ich. »Man hört fast keinen Akzent!«

Er lächelt bescheiden. »Danke. In Sweden kommen immer alle Filme im Original. Ich hab Deutsch beim Derrick-Gucken gelernt.«

»Super«, sage ich und versuche mich dran zu erinnern, wie ich Oliver anlächle, bevor wir Sex haben, und dann ziehe ich die Mundwinkel noch ein bisschen breiter und werfe meine blonden Haare mit Schwung über die Schulter.

»Ich arbeite für die Bank of Tokyo in Stockholm«, erklärt er. »Wir haben ein europäisches Treffen hier in Düsseldorf.«

»Toll«, antworte ich und denke, Bank klingt gut. »Ich bin mit meiner Tante hier. Sie hat mich übers Wochenende eingeladen. Sie ist Stammgast. Manchmal braucht sie Gesellschaft, und sie wird ein bisschen was von ihrem vielen Geld los.« Ich lache. Rasmus lacht auch. Der Barkeeper stellt den Cocktail vor ihm ab. Wir stoßen an, und ich trinke mein Glas, das noch etwa zur Hälfte gefüllt ist, in einem Zug leer. Ich muss mir Mut antrinken, ohne gleichzeitig die Kontrolle zu verlieren.

»Noch so ein?«, fragt Rasmus.

»Gerne«, sage ich. Ich muss mich jetzt gar nicht mehr anstrengen, ihn anzulächeln. Er sieht ziemlich gut aus; wie ein großgewachsener schwedischer Wikinger mit blonden, leicht verwuschelten Haaren eben aussieht. Ich versuche, das Gespräch zu steuern und Rasmus möglichst viele Fragen zu stellen, damit ich umgekehrt keine Fragen beantworten muss. Rasmus erzählt mir bereitwillig von seinem Bankerjob, von Stockholm, von den hellen schwedischen Nächten und seinem Sommerhaus in den Schären, und ich mach einen auf Bewunderung und versuch, nicht besonders clever zu erscheinen, ich lache und kichere und werf mein Haar, und irgendwann rückt Rasmus mit seinem Barhocker ein wenig näher, so nah, dass ich sehen kann, was sich unter seiner engen Jeans abzeichnet, so nah, dass seine Hand plötzlich auf meinem Oberschenkel liegt. Sein Atem geht ein klein wenig schneller, und er raunt, »Ich finde, wir haben jetzt genug über mich geredet. Wir haben überhaupt genug geredet. Dein Tande kann noch ein bischen auf dich warten, oder?« Ich nicke und lache und denke bang, verdammt, Sabrina, jetzt wird's ernst. Rasmus fragt nach der Rechnung, dann zieht er mich vom Barhocker, und meine Füße geben

nach, und ich lache, ich hab drei hochdosierte Cocktails in-
tus, das ist eigentlich zu viel für das, was ich vorhabe, und
Rasmus lacht auch, weil ich keine Schuhe anhab. Ich stolpere
hinter ihm her, wir gehen aus der Bar und in den Aufzug,
Rasmus drückt auf den Knopf für den zweiten Stock und hält
seine Karte daran, man kann nur da hinfahren, wo man sein
Zimmer hat, unseres ist im dritten Stock, Gott sei Dank.

Rasmus dreht sich zu mir um, und dann packt er mich an
den Schultern und küsst mich hart, seine Zunge drängt sich
fordernd in meinen Mund, und ich küsse zurück. Aus seiner
Sicht ist das ein klarer Deal, hier geht es nur um eine schnelle Nummer im Zimmer und dann zurück zu Tantchen. Ich
hab Angst, aber das ist alles für die gute Sache, das ist für Jan
und Luise und hat nichts mit dir zu tun, Oliver, wir brauchen einfach Geld, und dann presst Rasmus seine Hand auf
meinen rechten Busen, und es fühlt sich widerlich an, es tut
sogar richtig weh, ich schubse die Hand weg und sag streng:
»Langsam, langsam, nicht so schnell!« Und Rasmus lacht,
als kenne er diese Spielchen, dieses Kokettieren, aber er lässt
meine Brust los, immerhin.

Wir sind jetzt im zweiten Stock, und er zieht mich hinter
sich her, ungeduldig, und ich denke nur, verdammt, verdammt, der Typ hat echt Kraft, ich spiele mit dem Feuer,
hoffentlich komme ich da rechtzeitig wieder raus. Rasmus
öffnet mit der Karte seine Zimmertür, zieht mich am Bad
vorbei hinter sich her, bleibt vor dem Bett stehen, das genauso groß ist wie unseres, und ich sag ganz schnell: »Ich möchte erst was trinken.«

Rasmus dreht sich zu mir um, sichtlich irritiert.

»Champagner«, ergänze ich.

»Es gibt nur Softdrinks und Wasser im Kühlschrank.«

»Ich weiß. Es gibt einen Zimmerservice«, beharre ich, und
dann lache ich wieder, so dämlich, dass ich mir selber pein-

lich bin. »Du weißt doch, Frauen müssen sich immer erst ein bisschen aufwärmen.« Ich gehe am Bett vorbei und setze mich aufs Sofa, so gerade, wie Luise immer sitzt, und tu so, als sei die Situation totale Routine für mich, eine Frau, die sich regelmäßig aus Hotelbars abschleppen lässt und auf Champagner besteht.

Rasmus scheint genervt, aber er nimmt den Hörer und bestellt eine Flasche Champagner, und dann schiebt er die Schublade am Bett auf und dimmt an der Konsole alle Lampen im Zimmer. Er kommt langsam näher und setzt sich neben mich, sein Arm gleitet um meine Schulter, und er fängt wieder an, mit mir zu knutschen, mit viel zu viel Spucke, aber da muss ich jetzt durch. Mich durchfährt ein Stromschlag. Rasmus hält inne und lacht und murmelt: »Du bist ja schon ganz elektrisiert von mir.« Und ich denke nur, du arroganter Arsch, wenn du wüsstest, dass das eine Entzugserscheinung ist, und wieso kennst du so ein kompliziertes deutsches Wort wie elektrisiert? Er will weitermachen, aber ich stemme meine Hand gegen seine Brust und halte ihn so auf Abstand.

»Mir wär's recht, wenn du dich erst kurz wäschst. Ich kenne dich ja kaum.«

»Es gibt Kondome!«, ruft Rasmus und wirft entnervt die Arme zum Himmel.

»Trotzdem. Ich hab's gern sauber. Während du im Bad bist, ziehe ich mich schon mal aus. Wir trinken den Champagner im Bett. Und bring die Kondome mit.« Ich werf einen Blick auf seine Hose; der Satz hat den gewünschten Effekt.

»Na schön«, knurrt er, steht auf, zieht Schuhe und Strümpfe aus und zieht langsam den Reißverschluss seiner Jeans auf. Ich spüre, wie die Panik in mir hochsteigt, aber er zieht nur die Hose aus und wirft sie über den Sessel, in der Gesäßtasche steckt seine Brieftasche. In Boxershorts verschwindet er Richtung Bad, seine Beine sind muskulös, sicher geht er regelmäßig ins Fitness. Wie lang wird er brauchen, um seinen erigierten schwedischen Schniedel zu waschen? Bestimmt nicht allzu lang. Wenn ich mit ihm im Bett lande, dann ist es zu spät, dann wird er mich nicht mehr gehen lassen, und deshalb muss ich jetzt was unternehmen, und zwar schnell, vielleicht hab ich nur ein paar Sekunden Zeit. Im Bad wird eine Tür zugeschoben, das wird die Klotür sein, er wird das Bidet benutzen, wie gut, dass die Zimmer baugleich sind.

Ich springe vom Sofa auf, meine Hände zittern, ich greife nach der Jeans und ziehe das Portemonnaie aus der Gesäßtasche, wenn er Schwede ist, muss er Geld getauscht haben, ich klappe das Fach mit den Scheinen auf, das müssen fast vierhundert Euro in bar sein, ich fummle ein paar Scheine raus, ohne sie zu zählen, schnell, schnell, und dann abhauen, wenn der Zimmerservice kommt, ich stopfe die Geldbörse zurück in die Jeans, leg sie wieder über den Sessel, ziehe das Kleid hoch und stopfe die Scheine mit der freien Hand in meinen Schlüpfer, jetzt kann ich definitiv keinen Sex mehr haben. Ich streiche die Scheine glatt, damit man sie von außen nicht sieht unter dem enganliegenden Kleid, und in dem Moment packt eine Hand von hinten meine Hand im Slip und umklammert sie wie einen Schraubstock und presst sie gegen meinen Unterleib, und die andere Hand umklammert meine Schulter, und mein Herz bleibt stehen, und ich will schreien, aber es kommt kein Ton raus, ich schnappe nur nach Luft.

»Schade«, murmelt Rasmus in mein Ohr. »Ich hatte so gehofft, du würdest erst nach dem Sex versuchen, mich zu beklauen.« Sein niedlicher schwedischer Akzent ist verschwunden. Er ist überhaupt nicht mehr niedlich, nur bedrohlich.

»Lass mich los«, zische ich. »Sonst schreie ich.«

»Mit meinem Geld in deinem Slip?«, antwortet Rasmus, der in Wirklichkeit wahrscheinlich Matthias, Michael oder Markus heißt. »Schlechte Karten.« Und doch lässt er mich abrupt los. Ich ziehe die schweißnasse Hand aus dem Slip, das Kleid fällt nach unten. Ich weiß nur eins, ich werde mir nicht anmerken lassen, wie sehr er mich in Panik versetzt hat.

»Schwede«, sag ich verächtlich und schaffe es mit Müh und Not, dass meine Stimme nicht zittert. »Derrick. Bank of Tokyo.«

Er zuckt mit den Schultern. »Ich komme aus Wolfenbüttel. Ich war mal als Erasmus-Student in Malmö. Reiche Tante? Du hast gelogen, ich hab gelogen.« Er nimmt die Brieftasche und schaut hinein.

»Und jetzt hätte ich gern mein Geld wieder. Genau zweihundertfünfundfünfzig Euro.«

Ich drehe mich um, ziehe mit meinen schweißnassen, zitternden Fingern die Scheine aus dem Slip und werfe sie auf den Tisch. Er schnappt sie und zählt nach.

»Ich gehe dann wohl besser«, sag ich.

Der Mann, der nicht Rasmus heißt, lächelt herablassend. »Weißt du, du bist wirklich süß«, erklärt er. »Aber für die Nummer mit dem verführerischen Vamp bist du total ungeeignet. Nur ein Vollidiot fällt da drauf rein.« In mir kocht eine dermaßene Wut hoch, dass ich versucht bin, den massiven Briefbeschwerer auf dem Schreibtisch zu nehmen und ihm damit eins über den Schädel zu geben. Aber wahrscheinlich wäre er dann tot. Es klingelt. Ich dreh mich um und stolpere kommentarlos aus dem Zimmer, an einem Mann mit Sektkühler vorbei, der mich beunruhigt ansieht, ich fliehe den Gang hinunter und warte zitternd auf den Lift, hoffentlich kommt mir Rasmus nicht hinterher, aber nichts regt sich, und er muss sich ja um den Zimmerservice kümmern, hoffentlich wird's richtig teuer.

Es ist totenstill im zweiten Stock. Der Aufzug kommt, ich springe hinein, drücke den Knopf, halte die Karte an den dritten Stock, und endlich fährt das Ding los, jetzt kann mir nichts mehr passieren, jetzt kann er mich nicht mehr verfolgen. Als ich im dritten Stock aussteige, atme ich erst mal tief durch. Die Wut ist weg, die Panik ebbt langsam ab, ich schäme mich entsetzlich. Ehrlich, wie blöd kann man sich eigentlich anstellen? Dabei kam ich mir so cool vor. Ich laufe den Flur ein paarmal auf und ab, um mich zu beruhigen. Wahrscheinlich hätte er mir nichts angetan, der angebliche Schwede, wahrscheinlich wollte er nur einvernehmlichen Sex, alles ist gut, nichts ist passiert, beruhig dich, Sabrina, aber in meinem ganzen Leben hab ich mich noch nie so bedroht gefühlt. Mit Oliver Sex zu haben ist vielleicht nicht der leidenschaftlichste Knaller, aber immer so lustig und zärtlich, und mir schießen die Tränen in die Augen, als ich daran denke und an das, was hätte passieren können. Was bin ich froh, dass Luise seit Stunden schläft und ich keine Erklärungen abgeben muss, aufgelöst, wie ich bin. Hoffentlich kann ich unter die Decke des riesigen Bettes kriechen, ohne sie zu wecken. Es ist kurz nach zwei, bestimmt liegt sie im Tiefschlaf.

Mit meiner Karte öffne ich die Tür. Im Zimmer ist es totenstill. Ich schleiche ins Bad und mache nur ein kleines Licht an, um ein Glas Wasser zu trinken, aufs Klo zu gehn und meine Zähne zu putzen. Die Hände wasche ich mir mit ganz viel Seife, ich fühle mich beschmutzt, von den Geldscheinen und dem falschen Schweden. Dann ziehe ich das Kleid über den Kopf, lege es sorgfältig auf den Rand der Badewanne, mache das Licht wieder aus, schleiche mich ins Zimmer und klettere auf meiner Seite vorsichtig ins Bett. Ich lausche. Hat Luise das Atmen eingestellt? Ganz vorsichtig fasse ich auf die andere Seite des Bettes und ertaste ein Stück Papier, sonst nichts. Da liegt niemand. Ich ziehe die Bedienungskonsole aus meinem Nachttisch heraus, um meine Nachttischlampe anzumachen, erwische das falsche Feld, und das ganze Zimmer ist in helles Licht getaucht. Auf der Bettdecke liegen die Wettervorhersage vom nächsten Tag und zwei Tütchen mit Pralinen. Das Bett neben mir ist unberührt. Wo ist Luise?

LUISE

DÜSSELDORF, HOTEL BREIDENBACHER HOF, ZIMMER 307

»Nein, ich werde es dir nicht sagen.« Sabrina sah mich aus verschlafenen Augen verwundert an. »Genauso wenig, wie ich dich fragen werde, was du gemacht hast, nachdem ich dich in der Bar allein gelassen habe.« Meine Stimme klang strenger als beabsichtigt.

»Aber Luise …«, protestierte Sabrina, der Rest des Satzes blieb in der Luft hängen. Sie setzte sich langsam im Bett auf. Es schien sie nicht zu stören, dass die Decke von ihren nackten Schultern bis unter ihre runden, festen Brüste rutschte. Ich ging zur Kaffeetheke, ließ zwei Tassen Espresso aus der Maschine, obwohl ich diese modernen Kaffeekapseln, die so viel Müll produzierten, entsetzlich fand, und stellte Sabrina eines der Tässchen ans Bett. Auf ihrer rechten Brust war ein unübersehbarer blauer Fleck. Ich sah rasch weg.

»Hier. Du siehst auch nicht aus, als ob du besonders früh

ins Bett gekommen wärst. Ich werde rasch duschen und dann gehen wir zum Frühstück. Ist Jan schon auf?« Ich trank meinen Espresso in einem einzigen, schnellen Schluck aus. Er schmeckte bitter, aber wenigstens fühlte ich mich jetzt ein wenig wacher. Ich hatte Kopfschmerzen. Zu viel Champagner.

»Jan hat vorhin an die Zwischentür geklopft. Ich hab gesagt, ich bin noch nicht angezogen.«

»Er muss nicht unbedingt erfahren, dass ich letzte Nacht nicht hier war.«

Sabrina nickte und kippte den Espresso in einem Zug hinunter. »Wie du willst. Er muss auch nicht unbedingt erfahren, dass ich letzte Nacht allein in der Hotelbar geblieben bin.« Ich wartete auf ihr übliches breites Grinsen, aber es kam nicht; sie schien ein wenig bedrückt. Hoffentlich hatte sie sich letzte Nacht zu nichts hinreißen lassen, was sie nun bereute. Ich lächelte ihr versöhnlich zu. Dann ging ich ins Bad, schlüpfte aus dem Kleid und den Seidenstrümpfen und öffnete die Tür zur Duschkabine.

Ich machte das Wasser ganz heiß und öffnete die Düsen ringsum, so dass es von allen Seiten auf meinen Körper prasselte, ich reckte die Arme nach oben, schloss die Augen und genoss das Gefühl des über mein Gesicht rinnenden Wassers. Dann öffnete ich die Augen wieder und schaute zu, wie das Wasser in Strömen über meine mageren, schlaff herunterhängenden Brüste und weiter über meinen faltigen Bauch lief, und dann sah ich hinunter auf meine Beine voller Besenreißer und Cellulitis, und schließlich blickte ich auf meine Scham, legte eine Hand darauf und dachte daran, dass das Alter letzte Nacht nicht die geringste Rolle gespielt hatte, und ich spürte, wie sich auf meinem Gesicht ein Lächeln ausbreitete, ein Lächeln, das aus meinem tiefsten Herzen kam und meinen ganzen, alten, schlaffen Körper ausfüllte.

Erst lächelte ich nur, dann fing ich an zu glucksen. Luise Engel, sechsundsiebzig Jahre alt, frisch verwitwet und vom Prinzip her äußerst brav, Luise Engel, die noch vor knapp zwei Tagen in Eisenach der unerschütterlichen Meinung gewesen war, der nächste und letzte Mann, der sie nackt sehen würde, würde der Leichenbestatter sein, diese Luise Engel hatte vor wenigen Stunden den besten Sex ihres Lebens gehabt. Noch dazu mit einem wildfremden Mann.

Ich hatte Sabrina allein in der Hotelbar zurückgelassen, nicht ohne Sorge, stand am Aufzug und drückte auf den Knopf. Die Aufzugstür öffnete sich, aber ich blieb einfach stehen, ohne mich zu rühren. Meine Müdigkeit war wie weggeblasen. Ein einsames Hotelzimmer mit einem riesigen, leeren Bett wartete auf mich. Ich war es nicht gewohnt, mich alleine in Hotelzimmern aufzuhalten. Plötzlich wünschte ich mir nichts sehnlicher, als dass Günther oben im Zimmer auf mich wartete. Er hatte mich betrogen, natürlich, er hatte mich ein Jahrzehnt lang betrogen, aber er war trotzdem bei mir geblieben, und ich vermisste ihn entsetzlich. All die gemeinsamen Jahre ließen sich doch nicht einfach auslöschen! Ich verstand mich selber nicht. Wieso hatte ich überhaupt hierhergewollt, in ein Hotel, das mich nur schmerzhaft an Günther erinnern würde? Sabrina und Jan mochten in Beziehungskrisen stecken, aber sie hatten wenigstens Partner, mit denen sie sich wieder versöhnen würden, hoffentlich. Ich dagegen würde alleine bleiben. Niemand würde das Vakuum ausfüllen, das Günther hinterlassen hatte, und durch Heideroses Verrat war eine weitere schmerzliche Lücke entstanden. Plötzlich schossen mir die Tränen in die Augen. Die Aufzugtür schloss sich wieder. Ich hatte mich nicht vom Fleck gerührt.

»Guten Abend.« Ich schrak zusammen.

»Verzeihung. Habe ich Sie erschreckt?«

»Nein. Ich meine, ja. Ich muss wohl mit offenen Augen geträumt haben.« Der Mann, der plötzlich neben mir aufgetaucht war, war groß und schlank, fast schlaksig. Ich musterte ihn verstohlen. Wie alt mochte er sein, Mitte, Ende sechzig? Er erinnerte mich an einen Schauspieler, natürlich fiel mir der Name nicht ein.

»Dann wird es wohl Zeit für einen erholsamen Schlummer.« Seine Stimme war tief und warm. Sein Lächeln war umwerfend, seine Zähne makellos.

»Ja. Ich meine, nein. Ich bin überhaupt nicht müde, eigentlich. Aber bitte, ich steh Ihnen im Weg, Sie wollen ja sicher den Aufzug benutzen.« Ich trat einen Schritt zur Seite und wischte mir rasch die Tränen aus den Augenwinkeln. Der Mann drückte auf den Knopf, um den Aufzug zu rufen. Die Aufzugtür öffnete sich. Dann schloss sie sich wieder. Wir standen beide da, ohne uns anzusehen. Ein paar Sekunden lang passierte gar nichts. Nichts außer dem Gefühl, jemand habe zwischen dem Fremden und mir eine Hochspannungsleitung verlegt. Dann räusperte sich der Mann. Ich blickte ihn an und merkte, dass er aufgeregt war. Ich war auch aufgeregt.

»Ich möchte nicht aufdringlich sein. Aber mir geht es ähnlich, ich bin eigentlich überhaupt nicht müde. Da oben wartet nur ein leeres Zimmer auf mich. Darf ich Sie … vielleicht noch zu einem Drink einladen, in die Bar?«

»Das geht auf keinen Fall«, sagte ich hastig, und auf seinem Gesicht machte sich Enttäuschung breit. »Ich meine, nicht in der Bar.«

»Das heißt, Sie würden noch etwas mit mir trinken?« Der Unbekannte schien sich tatsächlich zu freuen. Ich freute mich auch. Flirtete ich etwa? Zum ersten Mal seit etwa fünfundvierzig Jahren?

»Ja. Gerne. Nur nicht in der Bar.«

»Wir könnten uns einfach in die Lounge setzen, wäre Ihnen das recht?«

»Die Lounge? Warum nicht.« Direkt vor der Bar gab es verschiedene Sitzecken, die großzügig über den Raum verteilt waren, tagsüber wurden dort kleinere Gerichte und Getränke angeboten, und manche Geschäftsleute hielten dort informelle Meetings ab. Wenn wir uns weit genug vom Eingang der Bar weg setzten, würde Sabrina uns nicht sehen können. Sie durfte auf keinen Fall auf die Idee kommen, dass ich ihr hinterherspionierte.

Der Mann hielt mir die Tür zur Lounge auf und fragte: »Wo möchten Sie gerne sitzen?«

»Da hinten. In der Ecke.« Die Sessel waren tief genug, dass man darin versinken konnte und nicht gesehen wurde. Der Fremde nickte, ging mir voraus, rückte mir den Sessel zurecht und nahm auf der anderen Seite des niedrigen Tisches Platz. Ein Kellner tauchte auf. »Darf ich Ihnen die Getränkekarte bringen?«

Der Unbekannte sah mich fragend an.

»Nicht nötig«, sagte ich. Ich würde eine Apfelschorle nehmen. Ich hatte schon den Cocktail getrunken, und ich schlief so schlecht nach Alkohol. Außerdem musste ich die Kontrolle behalten. Ich öffnete den Mund, um »Apfelschorle« zu sagen. »Ich hätte gern ein Glas Sekt«, platzte es aus mir heraus.

Der Mann lächelte. »Das ist eine hervorragende Idee«, meinte er. »Das nehme ich auch.« Er wandte sich an den Kellner. »Wissen Sie was, bringen Sie uns doch am besten gleich eine Flasche Champagner.« Er bemerkte meinen leicht schockierten Blick und winkte mit der Hand ab.

»Keine Sorge. Wir müssen sie nicht austrinken. Aber mit einem Gläschen kommt man ja nicht weit.« Der Kellner verschwand. Der Unbekannte wandte sich ganz mir zu und lächelte entwaffnend.

»Ich habe mich noch gar nicht vorgestellt«, begann er.

»Ich auch nicht«, fiel ich ihm hastig ins Wort. »Ich heiße Luise.«

»Luise. Was für ein schöner Name.« Er sah mich abwartend an.

»Luise«, wiederholte ich. »Einfach nur Luise.«

Er nickte. »Gern. Ich bin Kristian. Einfach nur Kristian, mit K.«

Er sah gut aus. Silbergraues, dichtes Haar, Lachfältchen, sehr sportlich, kein Gramm Fett. Grauer, sehr eleganter Anzug, das weiße Hemd von Seidensticker saß perfekt. Mir fiel jetzt auch ein, an wen er mich erinnerte. Gregory Peck. Der war lange Zeit mein Lieblingsschauspieler gewesen. Und die Stimme? Sie ähnelte der Synchronstimme von Robert de Niro. Schwer zu sagen, woher er kam, auf keinen Fall aus Süddeutschland, sein Hochdeutsch war lupenrein. Ich dachte an die Männer in Günthers Umfeld, seine Geschäftspartner, die früher bei uns aus und ein gegangen waren. In der Regel sprachen sie breitestes Schwäbisch, waren freundlich und leutselig, bieder und beleibt. Das hier war definitiv eine andere Kategorie. Wieso wollte ein Mann, der so aussah und eine solche Stimme hatte, mit einer alten grauen Maus wie mir etwas trinken? Er mochte nur wenige Jahre jünger sein als ich, aber er war der Typ, auf den Fünfzigjährige flogen. Frauen wie Christine, oder noch jünger. Es war einfach ungerecht, dass jüngere Frauen ältere Männer attraktiv fanden, während Frauen im Alter für Männer unsichtbar wurden.

Der Kellner stellte den Sektkübel und zwei Gläser auf dem Tischchen ab. Innerhalb von Sekunden hatte er die Flasche mit einem leisen Zischen geöffnet und uns eingeschenkt. Kristian hob sein Glas.

»Zum Wohl. Danke, dass Sie mir die Einsamkeit ein wenig leichter machen.«

Ich sah ihn fragend an.

»Meine Frau ist vor einem Jahr an Krebs gestorben. Wir waren früher oft gemeinsam hier im Breidenbacher. Ich habe mich immer noch nicht ans Alleinsein gewöhnt.«

»Mir geht's genauso«, rief ich impulsiv. »Mein Mann ist erst vor ein paar Wochen gestorben.« Ich nahm einen Schluck Champagner und genoss das Prickeln in der Kehle. Champagner war lange her.

»Das tut mir wirklich leid. Die Umstellung ist sehr schwer, nicht wahr? Vor allem am Anfang. Nach der Beerdigung, wenn die Leute langsam anfangen, einen zu vergessen, und der Meinung sind, allmählich habe man doch genug getrauert.« In seinen Augen lag tiefes Mitgefühl.

Ich nickte. Plötzlich schossen mir wieder die Tränen in die Augen. »Entschuldigen Sie«, murmelte ich.

Kristian legte mir die Hand auf den nackten Arm. »Ich bitte Sie. Sie brauchen sich doch nicht zu entschuldigen. Ich weiß doch genau, wie sich das anfühlt.« Er ließ seine Hand einen Moment liegen, einen winzigen Tick zu lange, und es kam mir vor, als sei das Prickeln des Champagners vom Glas auf seine Handfläche übergegangen. Dann zog er sie weg. Mein Herz klopfte. Ich holte tief Luft, dann nahm ich einen kräftigen Schluck Champagner. Er schmeckte köstlich. Ich nahm gleich noch einen Schluck. Das Glas war schon fast leer und Kristian schenkte mir nach. Erst wollte ich abwehren, ließ es dann aber bleiben. Mein ganzes Leben lang war ich vernünftig gewesen. Jetzt hatte ich keine Lust mehr dazu.

»Sind Sie alleine hier?«, fragte Kristian.

Ich schüttelte den Kopf. »Nein, mit Freunden.« Ich seufzte. »Wobei ich nicht weiß, ob es das Wort ›Freunde‹ trifft. Wir kennen uns erst seit ein paar Tagen.«

»Wie interessant!«, rief Kristian. Eine Pause stellte sich ein.

»Möchten Sie mir vielleicht … davon erzählen?«, fragte er schließlich.

Ich schwieg.

»Es muss ja nicht sein. Ich möchte Sie nicht drängen. Reden wir von etwas anderem. Was haben Sie heute unternommen?«

»Wir haben eine geklaute Geldkassette aufgebrochen«, flüsterte ich. Dann bekam ich einen hysterischen Kicheranfall und stürzte den Champagner in einem Zug hinunter. Ich musste völlig verrückt sein. Ich saß hier mit einem wildfremden Mann und plauderte unsere tiefsten Geheimnisse aus!

»Vergessen Sie's«, stotterte ich. »Das sollte ein Witz sein. Wir waren bummeln auf der Kö. Und dann Kaffee trinken am Rhein. Und eine Runde durch die Altstadt. Was man eben so macht, in Düsseldorf.«

Kristian schwieg und blickte mich nachdenklich an. »Sie können es mir erzählen oder auch nicht«, sagte er schließlich ruhig. »Egal, wie Sie sich entscheiden: Es wird unter uns bleiben. Das verspreche ich.« Er lehnte sich entspannt zurück, nahm einen Schluck aus seinem Glas, und dann lächelte er mich wieder mit seinem umwerfenden Lächeln an, und da brach es aus mir heraus, es sprudelte heraus wie ein Wasserfall, und ich konnte gar nicht mehr aufhören zu reden. Ich redete und redete und redete, und zwischendurch kippte ich den Champagner hinunter wie eine Verdurstende. Ich erzählte Kristian alles. Ich begann bei Günthers Tod und machte weiter mit seinem und Heideroses Verrat, und dann erzählte ich, wie ich aus Stuttgart weggelaufen war. Ich erzählte ihm, wie mich Jan und Sabrina aufgegabelt hatten, ich erzählte ihm von der gestohlenen Kleidung in Eisenach und dem Hundebiss und dem geklauten Portemonnaie und dem Autounfall und Sabrinas Fahrerflucht und der Explosion in der Bankfiliale und dem Geldraub und den vielen Scheinen, die nun unbrauchbar waren, und er sah mich nur an, ohne zu lächeln, interessiert und ernsthaft und gleichzeitig mit unendlich viel Anteilnahme im Blick, und es war eine Wohltat, sich alles von der Seele zu reden.

Dann war meine Geschichte zu Ende, und das war auch gut so, denn jetzt konnte ich nicht mehr klar denken, und die Lounge war leicht verschwommen. Das Einzige, was mir jetzt noch einfiel, war, Luise, bist du noch recht gescheit, du hast einem Unbekannten deine ganze Geschichte erzählt, du hast dich komplett ausgeliefert, was ist, wenn er zur Polizei geht? Und plötzlich war mir auch das egal, plötzlich verspürte ich nur noch den unheimlichen Drang, Kristian zu küssen, war ich jetzt etwa völlig verrückt geworden?

Ich beugte mich vor und verlor mich in Kristians Augen, und auch Kristian beugte sich vor, die Spannung war kaum mehr zu ertragen, gleich würden sich unsere Lippen treffen, und in diesem Moment hörte ich in meinem Rücken ein vertrautes Lachen, und dann eine Männerstimme, die nicht mehr ganz nüchtern klang, und ich fuhr im Sessel zurück und knallte mit dem Kopf gegen die Sessellehne. Mein erster Impuls war, aufzuspringen, Sabrina hinterherzulaufen und sie zu beschwören, nicht noch einmal den gleichen Fehler zu machen und erneut ihre Beziehung zu Oliver zu riskieren. Aber ich widerstand dem Impuls. Mach dich nicht lächerlich, Luise, schalt ich mich. Sabrina ist erwachsen, sie muss selber wissen, was sie tut, sie braucht kein Kindermädchen. Mein zweiter Impuls war: Gott sei Dank, genau im richtigen Moment, was war bloß mit mir los? War ich wirklich kurz davor gewesen, einen Mann zu küssen, den ich erst seit einer knappen Stunde kannte?

»Alles in Ordnung?«, fragte Kristian.

Ich nickte. Eine Pause trat ein.

»Machen Sie sich keine Sorgen, Luise.« Kristian sah mich wieder an, und da war fast etwas wie Zärtlichkeit, oder bildete ich es mir ein; es machte mich verlegen. »Was Sie mir erzählt haben, wird unter uns bleiben. Und ich weiß Ihr Vertrauen sehr zu schätzen. Ja, ich fühle mich geehrt.« Er verteilte den Rest des Champagners auf unsere beiden Gläser.

»Luise …«, begann Kristian, dann brach er ab. Seine Stimme klang plötzlich anders. Brüchig, und nicht mehr so selbstsicher.

»Ja?«

»Sie waren so ehrlich zu mir. Ich werde Ihnen im Gegenzug meine Geschichte erzählen. Aber ich muss Sie warnen. Es ist vielleicht nicht die Geschichte, die Sie hören wollen, und sie entspricht vielleicht nicht dem Bild, das Sie sich von mir gemacht haben. Wir können jetzt beide ins Bett gehen, oder ich erzähle Ihnen meine Geschichte. Vielleicht jagen Sie mich danach zum Teufel.« Er sah mich abwartend an. Unruhig.

Ich nickte. Mir war ein wenig bang.

»Ich war Anlageberater bei einer großen Bank in Hamburg. Dann kam die GFC.«

»Die was?«

»Global Financial Crisis, die große Finanzkrise 2008. Wir, also die Bank, wurden danach von einer Klagewelle überrollt. Mein Chef lieferte mich ans Messer, und ich verlor meinen Job.«

»Wieso?« Ich wusste, dass Günther – wir – damals Geld verloren hatten. Die Details und die Höhe der Beträge kannte ich nicht. Günther war in der Zeit schweigsam gewesen. Jedes Mal, wenn ich nachfragte, wich er mir aus.

Kristian sah mich ernsthaft an. »Sie wissen doch sicher, wie das lief, damals.«

Ich schüttelte den Kopf. »Nicht wirklich. Ich weiß nur,

dass in Amerika viele Banken bankrottgegangen sind. Ich habe mich nie um Finanzen gekümmert. Das hat Günther immer gemacht ...«

Ohne es zu wissen, hatte Kristian an ein heikles Thema gerührt. Unser Wohlstand basierte auf meinem Vermögen oder, besser gesagt, auf dem Vermögen meiner Eltern, die in ihrer Schuhfabrik im Stuttgarter Osten hart dafür gearbeitet hatten, alle beide. Günther hatte ja nicht viel gehabt, als wir uns kennenlernten. Mir fiel ein, wie meine Mutter früher, als ich klein war, oft gleichzeitig kochte, unsere Hausaufgaben überwachte und am Küchentisch die Buchhaltung meines Vaters erledigte. Sie hatte ein Händchen für Zahlen.

Aber dann wurden meine Eltern älter und kränkelten und wollten den Betrieb an meinen jüngeren Bruder übergeben. Sein plötzlicher Tod machte alle Pläne zunichte. Meine Eltern verkauften die Firma und zahlten mir den größten Teil meines Erbes aus, als ich Günther heiratete. Dass ich Günther die Geldgeschäfte überließ, gefiel ihnen nicht, und als sie gestorben waren, hatte ich deswegen immer ein schlechtes Gewissen. Ich spürte die Verantwortung, mit dem, was meine Eltern so hart erarbeitet hatten, klug umzugehen. Aber Günther ließ sich immer weniger von mir in die Karten schauen. Ich wollte nicht mit ihm streiten. Es war ja auch viel bequemer so, und es schien uns nie an Geld zu mangeln.

Kristian holte mich aus meinen Gedanken zurück, als er fortfuhr: »Dass Frauen Ihrer Generation ihren Männern die Finanzen überließen, ist schon beinahe die Norm«, sagte er. »Witwen wie Sie waren meine Spezialität. Sie kamen kurz nach dem Tod ihres Mannes in die Bank, um sich beraten zu lassen, und waren mit Geldgeschäften total überfordert, weil der Ehemann immer alles geregelt hatte. Ich ließ sie erst einmal eine halbe Stunde reden. Oft weinten sie. Ich war dermaßen routiniert, dass ich an etwas völlig anderes denken konnte, an Fußball oder den letzten ›Tatort‹, und ab und zu sagte ich ganz automatisch ›Was haben Sie bloß durchgemacht‹ oder ›Ich kann Sie ja so gut verstehen.‹ Dann legte ich meine Hand auf ihre Hand und tätschelte sie und sagte: ›Ich kümmere mich ab jetzt um alles. Machen Sie sich keine Sorgen.‹ Hinter der Glastür meines Büros stand ein Mitarbeiter und wartete. Sobald ich ihm zunickte, brachte er ein Tablett mit zwei Gläsern und einem Piccolo. ›Für den Kreislauf‹, erklärte ich dann. ›Trinken Sie ein Schlückchen, das wird Ihnen guttun.‹ Ich trank natürlich nichts, während die Frauen den Sekt meist wegkippten wie Wasser. Dann quatschte ich sie zu. Ich hielt ihnen irgendwelche Broschüren und Papiere unter die Nase, die so kleingedruckt waren, dass sie nichts lesen konnten, schließlich waren sie alt. Ich gebrauchte möglichst viele Fremdwörter, um ihnen ein Gefühl von Kompetenz zu vermitteln. Der Trick dabei war, am Ende des Vortrags ganz einfache Worte zu wählen. Ich sagte dann zum Beispiel, ›Seit dem Tod Ihres Mannes sind ein paar neue Produkte auf den Markt gekommen, die ich Ihnen wärmstens ans Herz legen kann. Ihrem Mann hätte ich das auch empfohlen.‹ Ich sagte ihnen natürlich nicht, dass es Hochrisikopapiere waren, Zertifikate der Lehmann Bank oder von J. P. Morgan. Den Crash habe ich ja auch nicht vorausgesehen. Aber ich hatte durchaus eine Ahnung, dass das Geld nicht sicher war. Und ich kassierte saftige Provisionen. Als der Crash kam, verloren viele der Witwen, die ich beraten hatte, Tausende von Euro.«

Während Kristians Erzählung war ich immer fassungsloser und zorniger geworden. »Wegen Ihnen leben manche dieser Frauen jetzt womöglich in Armut!«

Kristian seufzte schwer. »Ich habe Sie gewarnt. Ich habe Ihnen gesagt, dass es keine schöne Geschichte ist, die ich Ihnen erzähle.«

»Schämen Sie sich etwa nicht?« Das war ein anderer Mann. Ein Monster. Jemand, der alles verriet, was mir heilig war. Es konnte nicht der Mann sein, den ich gerade eben noch hatte küssen wollen!

»Ich bin nicht stolz drauf. Aber sind Sie sich denn so sicher, dass Ihr Mann sein Geld immer auf ganz legale Weise verdient hat?«

Ich gab darauf keine Antwort. Darum ging es im Moment doch überhaupt nicht. Es ging darum, dass ich maßlos enttäuscht war. »Ich hätte eine dieser Witwen sein können«, rief ich stattdessen wütend. »Mich haben Sie auch mit Champagner abgefüllt!«

Kristian schüttelte den Kopf. »Das glaube ich nicht. Sie sind viel zu vorsichtig. Ich hätte Sie nicht so einfach drangekriegt. Und Champagner zu trinken war Ihr Vorschlag, nicht meiner.«

»Sie haben mich aber drangekriegt. Und jetzt möchte ich die ganze Wahrheit wissen. Wieso geben Sie sich mit mir ab? Und womit verdienen Sie heute Ihr Geld?«

Kristian seufzte wieder und sah mich nicht an. »Das wird Ihnen auch nicht gefallen.«

»Ich will es aber wissen«, beharrte ich.

»Versprechen Sie mir, dass Sie nicht aufspringen und davonlaufen?«

Ich schüttelte den Kopf. »Das verspreche ich ganz bestimmt nicht.«

»Seit ich nicht mehr bei der Bank bin, bin ich Heiratsschwindler.«

»Und nur deshalb haben Sie mich am Aufzug angesprochen«, sagte ich leise. Plötzlich hatte ich einen bitteren Geschmack im Mund. Nur mit Mühe widerstand ich dem Impuls, das Champagnerglas zu nehmen und auf den Boden zu schmettern.

»Ursprünglich, ja.«

»Sie haben mich bewusst ausgewählt, nicht wahr? Das war eine Masche. Und Sie sind auch kein Witwer. Von wegen ›Ich kann Sie ja so gut verstehen‹, das war eine Lüge, Sie sind nichts als ein Betrüger. Ein Betrüger, der sich als Gentleman ausgibt, mit vollendeten Manieren und perfekten Zähnen.«

»Luise«, sagte Kristian leise. »Luise Engel. Ja, ich habe Sie mir bewusst ausgesucht. Und nein, ich bin kein Witwer, ich war nie verheiratet, und ich war nie zuvor in diesem Hotel. Und ich heiße auch nicht Kristian, sondern Carl. Carl mit C. Das, was ich in der Bank gelernt habe, all die Tricks mit den frisch Verwitweten, all das habe ich sozusagen mitgenommen in eine Art, wie soll ich es nennen, in eine Art Selbständigkeit. Ich weiß, dass das nicht besonders überzeugend klingt. Aber seit wir hier sitzen und miteinander reden, seit Sie mir Ihre Geschichte erzählt haben, seither schäme ich mich. Seither wünsche ich mir nichts sehnlicher, als dass Sie mich nicht ausschließlich für einen Schurken oder Betrüger halten, der nur auf ihr Vermögen aus ist.«

»Da hätten Sie im Moment auch ganz schlechte Karten«, rief ich wütend. »Ich komme ja selber nicht ran. Bei mir gibt's nichts zu holen. Sie können also aufhören, Theater zu spielen!«

»Ich spiele kein Theater mehr. Es ist mir bitterer Ernst. Wieso hätte ich Ihnen sonst die Wahrheit gesagt? Sie könnten an die Rezeption gehen und mich verpfeifen; Sie könnten die Polizei benachrichtigen.«

»Das könnten Sie genauso!«

»Das werde ich aber nicht tun. Luise! Luise. Wo wir beide herkommen, was wir getan und erlebt haben, das spielt doch keine Rolle! Ich verurteile Sie doch auch nicht für das, was Sie getan haben. Wir sind zwei erwachsene Menschen. Nicht nur das, wir sind zwei alte Menschen! Wir haben beide nichts mehr zu verlieren. Wir werden uns wahrscheinlich nie wiedersehen, nach dieser Nacht.«

»Wahrscheinlich nicht, und das ist wohl auch besser so!« Ich war so unendlich enttäuscht. Enttäuscht und traurig. Kristian, der eigentlich Carl hieß, falls das keine neue Lüge war, nahm meine Hand und hielt sie ganz fest. Ich wollte sie wegziehen; dann ließ ich es bleiben.

»Luise. Wenn wir mehr Zeit hätten, wäre ich vielleicht etwas weniger direkt. Aber ich kann im Moment eigentlich nur noch an eines denken.«

»Und das wäre?«

»Versprechen Sie mir, dass Sie nicht aufspringen und davonlaufen?«, fragte Kristian, der möglicherweise Carl hieß, zum zweiten Mal.

Ich schüttelte wieder mit dem Kopf. »Das verspreche ich bestimmt nicht.«

»Luise. Dass ich mich zu dir hingezogen fühle, das war nicht gespielt. Ich überlege mir schon die ganze Zeit, wie es wohl wäre, wenn ich dir beweisen dürfte, dass es nicht dein Geld ist, für das ich mich interessiere. Wenn du mir glauben würdest, dass ich dich für eine entzückende, mutige und aufregende Frau halte. Wie es wohl wäre, wenn ich dich jetzt mit auf mein Zimmer nehmen dürfte, um dir den Reißverschluss dieses erotischen Kleides aufzuziehen und mit dir zu schlafen.«

JAN

DÜSSELDORF, HOTEL BREIDENBACHER HOF,
BRASSERIE »1806«

»Ich muss euch was sagen.«

Seit mindestens zehn Minuten saßen wir schweigend am Frühstückstisch. Theoretisch hatten wir eine erholsame Nacht im Luxushotel hinter uns, keine Nacht im Auto oder auf der Wiese. Trotzdem wirkten wir alle drei übernächtigt und zerstreut. Luise hatte sich einen extrastarken schwarzen Kaffee bestellt, obwohl sie doch in den letzten Tagen festgestellt hatte, dass sie Kaffee mit Milch viel lieber mochte. Sabrina trank schon den dritten Milchkaffee, zerbröselte einen Croissant auf ihrem Teller und war in Gedanken völlig woanders; ihre Stirn war gerunzelt. Luise war ebenfalls komplett abwesend, aber sie lächelte zart, als hinge sie einer besonders schönen Erinnerung nach. Jetzt sahen mich beide aufmerksam an.

»Als ich letzte Nacht auf mein Zimmer gegangen bin, habe ich Christine noch einmal angerufen. Es hat mir keine Ruhe gelassen.«

»Und?« Luise blickte mich voller Hoffnung an.

»Sie will, dass ich nach Hause komme und wir uns aussprechen. Nach dem Frühstück fahre ich mit dem Auto zurück nach Stuttgart, und ich überlasse es euch, ob ihr mitfahren wollt oder nicht. Ich muss morgen wieder arbeiten, sonst riskiere ich meinen Job, ohne Krankmeldung. Außerdem ist mir klargeworden, dass ich meine Beziehung zu Christine nicht ernsthaft aufs Spiel setzen möchte.«

»Das freut mich«, sagte Luise, legte ihre Hand auf meinen

Arm und lächelte warm. »Das freut mich wirklich sehr für dich.«

»Woher dieser plötzliche Sinneswandel?«, fragte Sabrina in ihrem üblichen frechen Ton. Es nervte mich. Sollte sie doch erst mal ihre eigene Beziehung auf die Reihe kriegen! Ich würde mich nicht provozieren lassen.

»Was heißt hier Sinneswandel? Ich war mir schon die ganze Zeit nicht sicher, wie es weitergehen soll. Und gestern Abend in der Bar, als ich diese jungen Mädels am Nebentisch beobachtet habe, da dachte ich, es ist so billig. Es ist so billig, sich eine jüngere Frau zu suchen. Ich meine, man wird doch dadurch nicht automatisch ein glücklicherer Mensch, oder? Vielleicht hält es ein paar Jahre. Aber irgendwann holen einen die Probleme wieder ein. Und das Alter.« Das Alter. Ob ich es Ihnen sagen sollte?

»Mann, Mann«, murmelte Sabrina, plötzlich gar nicht mehr frech. »Ich bin beeindruckt, Jan, ehrlich. Das klingt nach Mega-Selbsterkenntnis.«

Ich räusperte mich. »Hängt vielleicht auch mit dem heutigen Tag zusammen. Heut ist mein fünfzigster Geburtstag. Da macht man sich so seine Gedanken.«

»O my God!«, kreischte Sabrina, und dann warf sie sich quer über den Tisch und küsste mich, und ich musste mich schwer zusammenreißen, dass ich sie nicht zurückküsste, aber richtig, und stattdessen sofort wieder losließ, und Luise sprang ebenfalls auf und umarmte mich herzlich, und dann hob sie an, »Viel Glück und viel Segen« zu singen, und Sabrina stimmte mit ein, und alle Frühstücksgäste drehten die Köpfe und klatschten. Kurz darauf standen die Frau vom Frühstücksservice und ihr Kollege an unserem Tisch und überreichten mir einen kleinen Obstkuchen mit einer Kerze drauf. Beide schüttelten mir feierlich die Hände.

»Was für ein Theater«, sagte ich, aber ich war gerührt.

»Du hattest hoffentlich kein Fest für heute geplant!«, rief Sabrina.

»Nein. Die Feier ist nächsten Samstag im Waldheim Heslach in Stuttgart. In großem Stil, mit Familie und Freunden. Ich hatte keine Lust, aber Christine hat drauf bestanden und die Organisation übernommen.«

Christine. Es gab da noch etwas, das würde ich aber für mich behalten. In der Nacht, im Hotelzimmer, waren mir all die Freundinnen von Christine eingefallen, die in den letzten Jahren bei uns im Garten (Sommer) oder in der Küche (Winter) gesessen und geheult hatten. Sie heulten sich bei Christine aus, weil die so gut zuhören konnte und solidarisch war und mich mit der Hand wegwedelte, wenn ich nach Hause kam und störte. Wenn wir beide mit dem Paar befreundet gewesen waren, musste ich ebenfalls Solidarität beweisen und durfte mich mit den Männern nicht mehr allein in der Kneipe treffen. Es war immer dasselbe: Die Kerle hatten sich eine jüngere Frau gesucht, und die Frauen hatten das angeknackste Selbstbewusstsein, die Kinder und den Job an der Backe. Sie blieben meist solo, sie waren viel zu erschöpft, um sich jemand Neues zu suchen, und es ging ihnen beschissen. Die Kinder verbrachten das Wochenende beim Vater und bei der neuen Frau und erzählten begeistert, wie süß das neue Baby, wie toll die neue Wohnung und wie schön es in der Wilhelma gewesen war. Noch schlimmer war es, wenn die Männer versuchten, die Frauen samt Kindern aus dem gemeinsamen Haus rauszukicken, weil sie das Geld für die neue Familie brauchten und verkaufen wollten. Das alles war mir eingefallen, letzte Nacht, als ich verloren in meinem viel zu großen und viel zu eleganten Hotelzimmer saß, kein Bier im Kühlschrank fand, der Wecker schließlich Mitternacht anzeigte und erste Glückwünsche auf dem Handy eintrudelten, und plötzlich dachte ich: Nein. Das tue ich Christine nicht an. Ich laufe nicht mit einer jüngeren Frau davon, und ich lasse sie nicht mit unseren pubertierenden Monstern allein. Und mir tue ich das auch nicht an. Dann wählte ich unsere Festnetznummer; Christine konnte nicht geschlafen haben, sie ging sofort ans Telefon. Ich fragte sie ohne Umschweife und voller Unruhe, ob sie sich von mir trennen wollte. Unter Tränen antwortete sie: »Komm nach Hause. Bitte komm nach Hause, Jan, heute noch. Lass uns heute noch auf deinen Geburtstag anstoßen.«

Ich hatte es ihr versprochen, und mir war ein Stein vom Herzen gefallen.

»Wie fühlt sich das an, fünfzig zu werden?«, fragte Sabrina.

»Keine Ahnung. Hättest du mich mit zwanzig gefragt, hätte ich gedacht, mit fünfzig bist du unterm Strich glücklicher. Angeblich wird man ab da gelassener und zufriedener. Ich merke nicht so viel davon.«

»So geht's mir doch jetzt schon«, meinte Sabrina düster. »Mit zwanzig dachte ich noch, es kann gar nicht anders sein, natürlich werd ich mal glücklich, das ist sozusagen vorprogrammiert. Jetzt, mit dreißig, fühlt es sich gar nicht mehr so an.«

»Vielleicht bist du zu versessen darauf, glücklich werden zu müssen?«, antwortete Luise. »Wenn man ein bisschen Unglück mit einkalkuliert, wird es leichter, glaube ich.«

»Aber jeder will doch glücklich werden!«, protestierte Sabrina. »Und jeder sucht doch die Traumfrau oder den Traummann! Deshalb hat man ja so viel Schiss, den Falschen zu erwischen!«

»Als ob Glück nur vom Partner abhinge! Ehrlich, Sabrina, deine Generation, die dreht sich bloß um sich selber, um ihr privates, kleines Glück. Das ist dermaßen fünfziger Jahre! Ihr hockt in Stuttgart am Marienplatz rum und trinkt Milchkaffee mit Herzchen drauf, als gäbe es keine Welt da draußen. Klimawandel, Flüchtlinge, sich engagieren, Demos gegen Stuttgart 21, das ist euch doch scheiß-e-gal!«

Luise und Sabrina musterten mich erstaunt. Ich verstand ja selber nicht, warum ich plötzlich so heftig reagierte.

»Ist das vielleicht ein Wunder?«, gab Sabrina empört zurück. »Es hat doch alles sowieso keinen Zweck. Die da oben machen, was sie wollen. Stuttgart 21 wird trotz aller Demos gebaut. Meine Generation hat weder Kriege angezettelt noch Waffen geliefert und auch nicht das Klima kaputt gemacht! Seit ich denken kann, redet man vom Klimawandel. Ja, man redet drüber, und passiert ist so gut wie nichts! Im Sommer vierzig Grad in Stuttgart? Mach uns nicht dafür verantwortlich!«

»Doch. Ich mache euch dafür verantwortlich, dass ihr euch nicht für eure Ziele engagiert!«

»Ich habe keine Ziele. Jedenfalls keine gesamtgesellschaftlichen, nein. Wenn du das blöd findest, dein Problem.«

»Letztlich wollen wir doch alle nur lieben. Und zurückgeliebt werden«, erklärte Luise leise. »Aber auch wenn das nicht funktioniert, kann man ein erfülltes Leben haben.«

»Und ob ihr es glaubt oder nicht, ich liebe meine Kinder in der Schule. Ich liebe sie, und ich setze alles daran, glückliche, stabile, fröhliche Menschen aus ihnen zu machen.«

»Das ist sehr viel«, sagte Luise und lächelte versöhnlich. »Findest du nicht, dass das sehr viel ist, Jan?«

»Es ist mehr, als sich bei einem beschissenen Automobilzulieferer den Hintern plattzuhocken«, murmelte ich. »Tut mir leid, Sabrina. Was hab ich denn schon gesamtgesellschaftlich vorzuweisen? Überhaupt nichts. Die Zeiten, in denen ich mich politisch engagiert habe, sind längst vorbei. Heute dreht sich bei mir auch alles nur noch ums Private. Die Mädels, das Haus, der nächste Urlaub. Deswegen bin ich ja auch so frustriert. Ich meine, das kann doch nicht alles gewesen sein? Meine ganzen Ideale, alles, was ich bewegen wollte, nichts davon ist übrig. Meine persönliche Bilanz an meinem Fünfzigsten fällt verheerend aus.«

»Immerhin kannst du Bilanz ziehen. Manche Leute sind in deinem Alter schon tot«, sagte Sabrina achselzuckend. »Andererseits bist du noch nicht alt und kannst das Ruder noch herumreißen. Du kannst zu den Grünen gehen oder im Flüchtlingsheim Ehrenamt machen.«

»Ich wüsste gar nicht, wo ich die Zeit dafür hernehmen sollte«, antwortete ich und fühlte mich niedergeschlagen. »Aber vielleicht hast du recht. Seit Jahren kreise ich nur um Job und Familie. Vielleicht wäre ich weniger frustriert, wenn ich mich wieder mehr engagieren würde.«

»Wird die Sache mit dem Glück nicht völlig überbewertet?«, warf Luise ein. »Ich glaube nicht, dass ich früher ständig darüber nachgedacht habe, dass ich glücklich werden will. Einen Ehemann finden wollte ich, das ja, und Kinder haben. Traummann? Das Wort kannten wir gar nicht. Aber wir hatten auch viel weniger Spielräume als ihr jungen Frauen heute und haben uns mit vielem einfach abgefunden.«

»Christine war meine Traumfrau.« Ich seufzte. »Am Anfang.«

»Davon ist aber nicht viel übrig«, stellte Sabrina fest. »Sonst wärst du wohl kaum abgehauen.«

Ich schüttelte den Kopf. »Ich bin seit fast fünfundzwanzig Jahren mit Christine zusammen. Stück für Stück verabschiedest du dich von den großen Gefühlen. Und wenn Kinder kommen, dann bist du nur noch eine gut funktionierende Organisationsmaschine. Das überleg dir mal lieber gut, Sabrina.«

»Kinder sind etwas Schönes und bereichern das Leben!«, behauptete Luise mit Inbrunst. Es klang ein wenig aufgesetzt. Bisher hatte sie nicht den Eindruck vermittelt, ein besonders enges Verhältnis zu ihren Kindern zu haben.

»Ich hab daheim ein Post-it am Regal, da steht ›Eizellen einfrieren‹ drauf«, erklärte Sabrina.

»Was steht da drauf? Eizellen einfrieren? So wie ›Altglas wegbringen‹?«

»Mach dich nicht lustig, Doofkopp. Das ist doch heutzutage kein großes Ding mehr. Ich war vor kurzem bei einer ›Social-Freezing‹-Party.«

»Was um Himmels willen ist das?«, fragte Luise, leicht panisch. »Ich kann doch kein Englisch.«

»Das heißt ›Eizellen einfrieren‹.«

»Ihr habt zusammen Party gemacht und dabei gemeinsam eure Eizellen eingefroren? Wo? Im Kühlschrank der Gastgeberin?« Die Zeiten hatten sich echt geändert.

»Nein, Jan, natürlich nicht! Das war so 'ne Art Tupperparty. Die wurde von einer Kinderwunschklinik veranstaltet, bei einer Freundin von mir.«

»Eine Tupperparty für Eizellen. Cool. Und wie lief die ab?«

»Na ja, erst gab's Sekt und Häppchen, so wie sonst auch bei 'ner Tupperparty, und dann die Infos. Wie das funktioniert mit der Behandlung und all das. Und was es kostet. Schweineteuer, ich sag's dir! Man muss in der Regel mehrmals hin, damit zehn bis zwanzig vernünftige Eizellen dabei rausspringen, und jede Behandlung kostet zweitausendfünfhundert Euro.«

»Schon mal an Sex gedacht?«, fragte ich. »Kommt billiger, definitiv. Macht wahrscheinlich auch mehr Spaß.« Nicht, dass ich mich erinnern konnte, wann ich das letzte Mal Sex mit Christine gehabt hatte.

»Nach dem Infoteil gab's ein Abschlussgespräch, und fast alle haben gesagt, sie überlegen es sich. Die meisten meiner Freundinnen sind Single und kinderlos. Ich hab's jedenfalls fest vor, sobald ich richtig verdiene. Bei dem Thema muss man doch auf Nummer sicher gehen! Ruck, zuck ist man über vierzig, und die biologische Uhr ist abgelaufen. Und wenn ich dann doch kein Kind will, hab ich halt Geld kaputt gemacht, aber sonst nichts. Ich will nicht eines Tages dastehen, und dann ist es zu spät.«

»Bist du dir denn sicher, dass du Kinder willst?«

»Nö. Manchmal denk ich, mir reichen die Kids in der Schule. Die werden ja auch immer komplizierter und kosten 'nen Haufen Energie.«

»Was ist mit Oliver?«

»Wir sind zwar erst ein paar Monate zusammen, aber Oliver hält mich für seine Traumfrau. Na ja, bis vor ein paar Tagen jedenfalls. Er hat schon entschieden, dass er Kinder mit mir will. Am liebsten fünf Stück. Und noch ein adoptiertes aus einem indischen Waisenhaus.«

»Warum kriegst du dann nicht einfach Kinder mit Oliver, anstatt deine Eizellen einzufrieren?«

»Weil ich nicht weiß, ob der olle Olli der Richtige für mich ist!«

»Also noch mal von vorne. Du weißt nicht, ob Olli der Richtige ist, du weißt nicht, ob du Kinder kriegen willst, aber für alle Fälle steckst du einen Haufen Geld in deine ollen Eizellen?«

»Genau. Damit bin ich abgesichert und kann mir alle Türchen offenhalten.«

Luise schüttelte den Kopf. Sie schien komplett überfordert. »Weißt du, wir haben damals nicht so viel überlegt. Wir haben halt der Natur ihren Lauf gelassen.«

»Und nachdem du drei Kinder hattest? Was hast du dann gemacht?«

»Ich hätte wahrscheinlich auch noch ein viertes Kind bekommen, aber Günther fand, drei ist schon teuer genug. Ich hab dann die Pille genommen«, murmelte Luise. Ihr Gesicht überzog sich mit einer leichten Röte. »Entschuldigt, aber ich bin es nicht so gewohnt, über diese Themen zu reden.«

»Und du?«, fragte mich Sabrina.

»Christine hätte es gern noch mal probiert, sie wollte noch einen Jungen. Ich hatte die Schnauze voll.«

»Nicht gerade kompromissbereit«, meinte Sabrina missbilligend.

»Was heißt hier Kompromiss? Auf ein halbes Kind kann man sich nicht einigen. Und wenn es wieder ein Mädchen geworden wäre, hätte ich jetzt drei pubertierende Gören am Hals! Und was das kostet, wenn die alle auf die Uni wollen!«

»Ihr könntet noch ein Nachzüglerkind kriegen«, schlug Sabrina vor. »Ein Versöhnungskind. Ab nach Hause und in die Kiste!«

»Ich bin aber noch nicht zu Hause, und wir haben uns noch gar nicht versöhnt. Und ich glaub nicht, dass ein Kind Ehekrisen löst.«

»Du setzt dich also in deinen schnuckeligen Renault und lässt uns hier sitzen, mit einem Haufen Probleme am Hals?«

»Das habe ich nie gesagt!«, gab ich ärgerlich zurück. »Natürlich überlegen wir gemeinsam, wie wir aus dem Schlamassel rauskommen! Du hast doch von den Eiern angefangen! Außerdem setze ich mich in meinen total *verbeulten* Renault, woran du nicht ganz unschuldig bist!«

»Nun fangt nicht schon wieder an zu streiten«, erklärte Luise streng. »Du bist nicht der Einzige, der sich Gedanken gemacht hat, Jan. Nachher gehe ich an die Rezeption und sage ehrlich, dass wir kein Geld haben und ich die Hotelrechnung von Stuttgart aus überweisen werde. Dann fahre ich mit dir zurück nach Stuttgart, Jan. Ich kann das nicht länger verantworten, dass meine Tochter und meine Haushälterin sich solche Sorgen um mich machen und denken, mir sei etwas zugestoßen. Ich habe ein schrecklich schlechtes Gewissen.«

»Super. Damit sind die Entscheidungen wohl gefallen, und mir bleibt nichts anderes übrig, als mit euch heimzufahren«, meinte Sabrina. Sie klang enttäuscht. »Leider hab ich null Plan, wie es mit Oliver und mir weitergeht.«

»Was machen wir mit Ihrwisstschonwas?«, raunte Luise.

»Es gibt eine Polizeistation in der Altstadt, in der Heinrich-Heine-Allee. Sozusagen ums Eck«, sagte ich leise. »Ihr zwei steht Schmiere, ich lege die Geldkassette hin. Am besten jetzt gleich, nach dem Frühstück. Keiner von uns ist polizeilich erfasst. Die werden uns nicht identifizieren, trotz der Fingerabdrücke. Und auf der Fahrt zurück überlegen wir gemeinsam, wie wir das mit der Fahrerflucht und dem gestohlenen Kennzeichen machen. Wahrscheinlich bezahlen wir ein Bußgeld, aber ich kann mir nicht vorstellen, dass wir deshalb gleich ins Gefängnis kommen.«

»Ich übernehme alle Kosten«, sagte Luise schnell.

Sabrina seufzte. »Das war's dann wohl mit der Auszeit. Schade eigentlich.«

Luise legte eine knochige Hand auf meine Hand, die zweite auf Sabrinas.

»Wir bleiben in Kontakt«, bat sie. »Versprecht mir das.« Sabrina legte ihre zweite Hand auf Luises und meine und lächelte wehmütig.

»Versprochen«, sagte ich. »Ich lade euch zu meinem Geburtstag ein, am Samstag. Wir dürfen nur nicht über unsere gemeinsamen Erlebnisse reden.«

Wir lachten alle drei ein wenig verlegen.

»Es war schön mit euch«, meinte Luise schließlich leise. »Trotz allem.«

»Das war es. Danke für die Einladung ins Hotel«, murmelte Sabrina.

»Ich gehe gleich an die Rezeption für das große Geständnis. Unterstützt ihr mich?« Sabrina und ich nickten. Luise ließ einen Fünfeuroschein auf dem Frühstückstisch liegen. Sabrina sah dem Schein wehmütig hinterher.

»Wie viel Geld haben wir noch?«, fragte sie.

Luise kramte in ihrem Geldbeutel. »Ungefähr zwanzig Euro. Genug, um uns auf der Fahrt nach Stuttgart ein paar belegte Brötchen zu leisten.«

Ich schüttelte den Kopf. »Nix belegte Brötchen. Ich schätze mal, das Geld wird komplett für die Tiefgarage draufgehen.«

Luise und Sabrina seufzten. Wir nahmen den Aufzug hinunter ins Erdgeschoss. Man gelangte automatisch in eine Lounge mit vielen Sitzecken, die nur für Gäste zugänglich war. Von dort führte eine Tür direkt in die Lobby und an die Rezeption. Luise holte tief Luft, öffnete die Tür – und knallte sie sofort wieder zu.

»Ist alles in Ordnung bei Ihnen?«, fragte der Personal Assistant, dessen Schreibtisch direkt neben der Tür stand.

»Ja, natürlich«, erklärte Luise hastig. »Ich habe etwas im Zimmer vergessen. Kommt ihr mit? Ich … ich brauche eure Hilfe.« Ohne eine Antwort abzuwarten, lief sie durch die Gästelounge zurück zum Aufzug; wir stolperten hinterher. Luise sah sich panisch nach uns um.

»An der Rezeption stehen zwei Polizisten«, zischte sie. »Was ist, wenn sie mich suchen?«

»Aber Luise, wenn dich das schreckliche Paar von gestern verpfiffen hat, wegen der Vermisstenmeldung, dann ist das doch nicht schlimm! Wir fahren doch sowieso zurück nach Stuttgart! Mit der Geheimniskrämerei ist jetzt ohnehin Schluss!«, rief Sabrina.

Luise sah plötzlich sehr unglücklich aus. Sie blickte zu Boden. »Es kann aber auch … anders gelaufen sein. Ich glaube es zwar nicht, aber … aber gestern Nacht habe ich jemandem unsere Geschichte erzählt. Die ganze Geschichte, einschließlich Geldkassette. Einem Hotelgast.«

»Du hast *was?*«, stöhnte Sabrina. »Luise, nee, also echt! Und dabei ermahnst du mich die ganze Zeit, kein' Scheiß zu machen!«

»Los, zurück aufs Zimmer«, drängte ich. »Wir können es jetzt nicht mehr ändern. Vielleicht ist die Polizei auch aus einem ganz anderen Grund hier. Wenn das Telefon klingelt, wissen wir, dass sie dich suchen, Luise, warum auch immer.«

Wir fuhren in den dritten Stock und stürzten ins Zimmer. Das Telefon klingelte.

»Es ist alles meine Schuld!«, jammerte Luise.

»Nun reg dich doch nicht gleich auf. Es könnte was ganz Harmloses sein«, meinte Sabrina.

»Nicht abnehmen!«, brüllte ich, aber Sabrina war bereits am Telefon.

»Ja, bitte?«, fragte sie. Sie klang völlig normal. »Die Polizei möchte Frau Engel sprechen? Kein Problem. Wir waren sowieso gerade auf dem Weg nach unten. Wir sind gleich da. Nein, sagen Sie den Herren bitte, sie müssen sich nicht extra heraufbemühen.« Sie legte auf.

»Mann, Sabrina!«, rief ich. »Wir hätten irgendwo im Hotel untertauchen können!«

»Und wo? In der Sauna? Mit unserer Karte kommen wir nur in bestimmte Bereiche, da hätten sie doch als Allererstes nach Luise gesucht. Wir müssen abhauen, sonst erwischen sie uns mit dem Geld! Wir haben vielleicht zehn Minuten, bis sie merken, dass wir nicht auftauchen. Hast du eine Idee, wie wir hier rauskommen, Luise, ohne durch die Rezeption zu müssen?«

»Nein«, flüsterte Luise unglücklich.

»Aber es muss doch ein Treppenhaus geben!«, rief Sabrina.

»Klar gibt es ein Treppenhaus, aber nur für den Notfall,

ich hab das gestern Abend gecheckt. Die Türen gehen nur auf, wenn sie als Fluchtweg benötigt werden. Packt eure wichtigsten Sachen ein«, befahl ich. »Schnell!«

»Aber wir haben keine Tasche!«, protestierte Sabrina.

»Dann lass dir was einfallen, verdammt!«

Sabrina rannte ins Bad, kam mit einem großen Handtuch zurück und begann wie wild, Klamotten daraufzuwerfen. Luise holte sich ebenfalls ein Handtuch, lief durchs Zimmer und sammelte herumliegende Sachen ein. Ich hatte den Abend gestern gut genutzt, ich wusste genau, wo ich hinmusste. Ich lief auf den Flur, ein paar Schritte den Gang hinunter, zog mein Schweizer Taschenmesser aus der Hosentasche, schlug mit der Rückseite die Scheibe des Feuermelders ein und drückte auf den Knopf. Sekunden später heulte eine Sirene auf. Ich rannte zurück ins Zimmer.

»O mein Gott!«, schrie Sabrina. »Du hast einen Feueralarm ausgelöst!«

Die Sirene brach ab, es knisterte laut. »Achtung, Achtung. Es folgt eine wichtige Durchsage. Bitte räumen Sie sofort das Gebäude. Folgen Sie den gekennzeichneten Fluchtwegen. Benutzen Sie keine Aufzüge. Beachten Sie die Anweisungen des Sicherheitspersonals. Begeben Sie sich zügig ins Freie.« Wieder die Sirene, ohrenbetäubend, dann wurde die Durchsage auf Englisch wiederholt. Ich riss die Schranktür auf und griff nach der Tüte für die Dreckwäsche. Sie war prall gefüllt. Wir hatten die Geldscheine hineingestopft, weil sie so zerknittert waren, dass sie nicht mehr in die Kassette passten. Durch das dünne Plastik schimmerte es rot, aber wer würde schon verfärbte Geldscheine in einem Dreckwäschebeutel vermuten? Nicht nur die Geldscheine waren rot, auch mein Finger. Ich hatte mich an den Scherben des Feuermelders geschnitten. Ich rannte ins Bad, zerrte ein Kleenex aus einer Box, wickelte es mir um den Finger, riss noch ein Handtuch vom Halter und wickelte die Geldkassette hinein. Sabrina und Luise knoteten gerade ihre Handtücher zusammen.

»Raus hier!«, brüllte ich. »Verhaltet euch möglichst unauffällig!« Hinter uns fiel die Zimmertür ins Schloss. »Los, beeilt euch, das Treppenhaus ist um die Ecke, es müsste jetzt offen sein!«

Ich ließ Sabrina und Luise vorgehen, damit wir uns nicht verloren. Beide trugen ein weißes Bündel in der Hand, Sabrina hatte zusätzlich einen Hotelbademantel über ihren Arm gebreitet. Mann, sie war echt kleptomanisch veranlagt. Wie konnte sie in diesem Durcheinander bloß daran denken, einen Bademantel zu klauen? Überall tauchten jetzt aufgeregt durcheinanderredende Hotelgäste in den Zimmertüren auf, manche trugen Koffer, aus denen hastig hineingestopfte Kleidung ragte, eine Frau hatte sich ein Handtuch um den Kopf gewickelt, eine andere umklammerte mehrere Perlenketten. Sirene und Lautsprecherdurchsage wechselten sich noch immer ab. Vor uns trat ein junges Paar aus seiner Zimmertür, das lange blonde Haar der Frau war wirr, das Hemd des Mannes stand offen.

»Sieh doch nur, Hase, der Feueralarm war direkt hier, vor unserem Zimmer!«, rief die Frau und deutete auf den Feuermelder, den ich eingeschlagen hatte. »Aber da ist doch gar nichts. Lass uns zurück ins Bett gehen!«

»Wir können doch den Alarm nicht ignorieren, Schatz!«, antwortete der Mann und drehte sich kopfschüttelnd zu mir um. »Frauen. Wollen die einfachsten Dinge nicht wahrhaben!«

Ich nickte eifrig. Die Tür zum Treppenhaus stand offen; von oben kam ein Strom von Menschen, einige in Bademänteln. Es war kurz nach zehn Uhr am Sonntagmorgen, vielleicht hatten manche Hotelgäste sogar noch geschlafen? Ich trug unter dem einen Arm den Dreckwäschebeutel mit dem

Scheinen, unter dem anderen die in das Handtuch eingewickelte Geldkassette. Wir liefen durch ein schmuckloses
Treppenhaus mit nackten Betonwänden, auf dem Treppen-
absatz im zweiten Stock stand ein Mann in blauer Schutzweste.

»Es besteht kein Anlass zur Panik!«, rief er. »Bitte gehen
Sie um das Gebäude herum und versammeln Sie sich vor
dem Hoteleingang!« Er hob den Arm und bremste mich aus
wie ein Verkehrspolizist, damit sich die Leute aus dem zweiten Stock ins Treppenhaus einfädeln konnten. Mist, jetzt war
ich von Sabrina und Luise getrennt, das konnte ich nicht riskieren.

»He!«

Ich rempelte rücksichtslos an dem Mann in der Schutzweste vorbei, so dass zwischen Sabrina und mir nur ein Hotelgast war, ein großgewachsener Mann. Von unten her stockte
es plötzlich. Alle Leute im Treppenhaus waren gezwungen,
stehen zu bleiben. Sabrina drehte sich um, hoffentlich merkte sie gleich, dass nicht ich hinter ihr war, und machte keine
falsche Bemerkung! Sie öffnete den Mund, aber dann er-
starrte sie, ihre Augen öffneten sich weit vor Schreck, als sie
den großen blonden Mann sah, der hinter ihr auf der Treppe
stand. Er sagte etwas zu ihr, aber die Sirene hatte erneut eingesetzt, und ich konnte nichts verstehen.

»Weitergehen, bitte gehen Sie doch zügig weiter!«, befahl
der Mann mit der Schutzweste von oben. Der Menschenstrom setzte sich wieder in Bewegung, aber Sabrina presste
sich auf ihrer Treppenstufe mit dem Rücken an die nackte
Betonwand, in ihren Augen stand Panik; der Mann drehte
sich zu ihr und ging frontal an ihr vorbei, viel näher als
unbedingt notwendig, und dabei streifte er ihre Brust, ganz
offensichtlich in voller Absicht. Shit, was war das denn? Ich
war plötzlich total aggressiv und hatte das spontane Bedürf-

nis, dem Typen eine reinzuhauen, aber natürlich durften wir keine Aufmerksamkeit erregen.

»Ist alles in Ordnung?«, raunte ich Sabrina ins Ohr, am liebsten hätte ich ihr die Hand beruhigend auf die Schulter gelegt, noch lieber hätte ich sie in den Arm genommen, aber ich hatte ja beide Hände voll. Sabrina nickte, kreidebleich, drehte sich abrupt um und setzte den Weg nach unten fort, und jetzt standen wir draußen auf dem Gehweg, auf der Rückseite des Hotels. Überall war Sicherheitspersonal, das die Gäste nach rechts um das Gebäude herum zum Haupteingang dirigierte, aber zum Carsch-Haus und zu unserem Auto ging es geradeaus über die Straße. Passanten standen in kleinen Grüppchen beisammen und starrten uns an, wie wir da aus dem Hotel strömten, man hörte das Tatütata einer Feuerwehr, es kam näher, dann rasten zwei Feuerwehrautos über die Kreuzung. Und das ist alles unsere Schuld, schoss es mir durch den Kopf, meine Schuld!

Luise drehte sich suchend nach uns um, nun waren wir wieder vereint. Sabrinas Gesichtsfarbe hatte sich normalisiert, der widerliche Typ war mit den anderen Hotelgästen weitergegangen und um die Ecke verschwunden. Ein Polizeiauto brauste mit Blaulicht heran und hielt direkt neben uns. Ich schwitzte noch etwas mehr als bisher, mit meinem Dreckwäschebeutel, durch dessen dünnes Plastik sich dreißigtausendneunhundert Euro abzeichneten, rot eingefärbt, geklaut, und mit der Geldkassette in dem nicht mehr weißen Handtuch.

»Weitergehen, bitte gehen Sie weiter!«, rief einer der Männer mit Schutzweste.

»Zum Parkhaus«, murmelte ich. »Nicht rennen. Keine Aufmerksamkeit erregen.« Wir scherten aus dem Strom der Hotelgäste aus, so ein Mist, jetzt mussten wir direkt am Polizeiauto vorbei, auch das noch.

»Hier entlang, bitte!«, brüllte uns jemand hinterher.

»Nicht umdrehen!«, zischte ich. Mit den Handtuchbündeln unterm und dem Bademantel überm Arm sahen wir wahrscheinlich aus, als hätten wir das halbe Hotelinventar geklaut, und dann auch noch Polizei! Ein Polizist stieg aus dem Auto und musterte uns, mir lief der Schweiß über den Rücken, lässig baumelte ich mit der Tüte, aber der Beamte sagte nichts und ging an uns vorbei Richtung Sicherheitspersonal.

»Bitte kommen Sie zurück! Wir müssen feststellen, ob alle Hotelgäste in Sicherheit sind!«, brüllte der Mann in der Schutzweste hinter uns her, gleich würde er uns den Polizisten auf den Hals schicken.

»Luise!«, rief plötzlich eine andere männliche Stimme. Wir fuhren alle drei herum. Aus dem Notausgang des Hotels trat ein älterer Mann mit schlohweißem Haar. Er streckte den Arm nach oben, in der Hand einen Zettel, mit dem er in Luises Richtung wedelte, und nun war es Luise, die bleich wurde. Was war denn bloß letzte Nacht bei den beiden Frauen vorgefallen? Der Mann vom Sicherheitsdienst bedeutete uns ebenfalls zurückzukommen, während er gleichzeitig versuchte, den Mann mit dem weißen Haar zum Weitergehen zu bewegen.

»Luise! Luise, bitte!«, schrie der hochgewachsene Mann mit dem weißen Haar erneut, er streckte den Zettel hoch, es klang flehend. Aber Luise drehte sich wieder um, ohne zu reagieren, umklammerte ihr Handtuchbündel fester und ging einfach weiter.

»War er das?«, zischte Sabrina. »Der Hotelgast, dem du unsere Geschichte erzählt hast, war er das?«

Aber Luise schüttelte nur abweisend den Kopf. Wir hasteten über die Straßenbahngleise, und jetzt drehte sich keiner von uns mehr um. Es waren gerade mal hundertfünfzig Meter bis zum Carsch-Haus und unserer Tiefgarage. Automatisch schwangen die Türen auf, und wir liefen ins Treppenhaus. Es war eine Erleichterung, das Hotel, das Chaos, die Polizei und diese seltsamen Männer, die seltsame Beziehungen zu Sabrina und Luise unterhielten, draußen zu lassen, und ich war plötzlich optimistisch, dass wir irgendwie hier rauskamen, aus der Tiefgarage und aus Düsseldorf und auf die Autobahn und zurück nach Stuttgart, vorausgesetzt, wir machten keinen blöden Fehler. Heute war immerhin mein fünfzigster Geburtstag. Ich hatte ein Anrecht drauf, dass alles gut ausging, irgendwie.

»Schnell jetzt«, befahl ich. Wir liefen direkt auf einen roten Automaten zu. Mein Bein schmerzte wieder. Die zweite Hälfte der Antibiotikum-Tabletten lag in meinem Hotelzimmer. Ich würde noch mal zum Arzt müssen. Morgen, in Stuttgart.

»Ich hab vergessen, wo das blöde Auto steht!«, rief Sabrina.

»Ebene P1. Das Geld, Luise, schnell, wir müssen erst den Parkschein bezahlen, und dann nix wie raus hier.« Luise stellte ihr Bündel ab und kramte in ihrer Handtasche. Ich legte den Dreckwäschebeutel auf den Boden, behielt die Geldkassette unter dem anderen Arm und fuhr mit der freien Hand in meine Gesäßtasche. Bloß, dass ich keine Gesäßtasche hatte, weil ich die blöde Anzughose trug; die Zipphose hatte der Arzt im Krankenhaus auf eine Shorts reduziert.

»Shit!«, fluchte ich. »Shit, der Parkschein steckt in den Shorts, und die liegen im Hotelzimmer.« Zusammen mit allen meinen weiteren Klamotten, die wir in Eisenach geklaut hatten.

»Hätte sowieso nichts genutzt«, stellte Sabrina fest und deutete auf die Gebührenordnung. »Wir hätten gar nicht genug Geld gehabt.«

»Was machen wir jetzt?«, jammerte Luise.

»Erst mal zum Auto, damit wir aus der Schusslinie sind und das geklaute Geld nicht mehr so offensichtlich mit uns herumtragen«, erklärte ich. »Dann überlegen wir, wie wir hier rauskommen, ohne Parkschein und mit zu wenig Geld.« Wir rannten die Treppe hinunter zur Ebene P1, ich winkte den anderen, mir zu folgen, da war das Auto, schnell die Heckklappe öffnen und alles, was verdächtig aussah, darin verschwinden lassen …

»Nicht so schnell.«

Zwei Gestalten lösten sich aus dem Schatten des Autos, Polizei, das war bestimmt die Polizei, jetzt hatten sie uns also, sie hatten das gefälschte Kennzeichen entdeckt.

Sabrina schrie laut auf, Luise ließ ihr Wäschebündel fallen und klammerte sich an meinen Arm. Die beiden Männer trugen dunkle Jeans und schwarze Kapuzenjacken und Baseballkappen unter den übergestülpten Kapuzen, die so tief in die Stirn gezogen waren, dass ihre Gesichter nicht zu erkennen waren. Nicht zu übersehen war der Lauf einer Pistole, der auf uns gerichtet war. Das war nicht die Polizei. Verdammt.

KOMMISSAR SCHWABBACHER

STUTTGART, FEUERBACHER HEIDE

Kommissar Schwabbacher hatte schon damit gerechnet, dass es schwer werden würde, einen Parkplatz zu finden. Im Gegensatz zu den anderen Stadtteilen stellten die Leute hier oben am Killesberg zwar in der Regel ihre fahrbaren Untersätze auf dem eigenen Grundstück ab, verfügten aber nicht nur über einen Zweit-, sondern oft sogar über einen Drittwagen. Die restlichen Autos, die Schwabbacher den Parkplatz wegnahmen, gehörten bestimmt den Au-pair-Mädchen, Haushaltshilfen, Gärtnern, Friseuren und Fußpflegern, die hier oben ihre Dienstleistungen anboten, selbst am Sonntag. Noch immer entsprach das Feindbild Killesberg, das man im Rest der Stadt pflegte, voll und ganz der Realität. Schwabbacher musste also fast vierhundert Meter zu Fuß gehen und hatte extrem schlechte Laune, als er am Eisentor der Engel-Villa klingelte.

»Ist da der Herr von der Polizei?«, fragte eine weibliche Stimme.

»Schwabbacher hier, Erster Kriminalhauptkommissar«, gab er genervt zurück. Es summte, er drückte das schwere Tor auf und fand sich auf einem gepflasterten Weg wieder, der von Blumenrabatten gesäumt war. Jemand musste den Garten liebevoll wie einen alten schwäbischen Bauerngarten konzipiert haben, mit üppig blühenden Stauden in Blau- und Rosétönen und geschmackvollen Dekoelementen, aber das fiel Schwabbacher nicht auf, weil er von Gärten keinen blassen Schimmer hatte. Er konnte nicht einmal eine Nelke, die auf den Friedhof gehörte, von einer Rose unterscheiden, wie seine Frau jedes Jahr aufs Neue am Morgen nach ihrem Hochzeitstag beklagte. Dabei konnte sie doch eigentlich froh sein, dass Schwabbacher den Blumenstrauß für den Hochzeitstag pünktlich ohne Murren nachreichte, sobald sie ihn daran erinnerte (warum gab sie ihm nicht einfach vor dem Hochzeitstag Bescheid?). Er warf einen Blick in den Teich, der die Blumenrabatten unterbrach. Goldfische. Damit hatte er gerechnet. Goldfische, so retro wie der ganze Killesberg. So retro wie die Kiesauffahrt, die zur Doppelgarage und zum kleinen, rosenumrankten Pavillon führte; so retro wie er selbst.

In der Eingangstür stand eine Frau um die sechzig. Sie war eine dieser Personen, für die man niemals eine korrekte Zeugenbeschreibung bekommen würde, weil alles an ihr – das Haar, die Kleidung, das Auftreten – derart unscheinbar war, dass man es sofort wieder vergaß. Das Einzige, was einem möglicherweise im Gedächtnis haften blieb, war ihr etwas dunklerer Teint. Sie gaben sich die Hand. Schwabbacher drückte kräftig und spürte statt eines Gegendrucks Schweiß. Die Frau war sichtlich nervös. Hervorragend.

»Guten Tag, Frau …«

»Amila«, unterbrach ihn die Haushälterin. »Einfach nur Amila. Kommen Sie doch bitte herein, Herr Erster Kriminalhauptkommissar.« Sie führte ihn durch ein geräumiges und gediegen möbliertes Wohnzimmer hinaus auf die Terrasse. Drinnen lag nichts herum, nicht einmal eine Zeitschrift. »Ich dachte, wir könnten uns bei dem schönen Wetter draußen unterhalten. Wenn Ihnen das recht ist. Ich habe Kaffee von zu Hause mitgebracht, weil ich die Küche im Moment nicht benutze. Ich hoffe, Sie trinken Kaffee.«

Die Terrasse war riesig und von Pflanzkübeln gesäumt, die ein mediterranes Ambiente verbreiteten. Eine Natursteintreppe führte hinunter zu einem Pool, der mit einer Plane abgedeckt war. Schwabbacher drehte sich um und betrachtete die Gründerzeitvilla mit der Sandsteinfassade und dem kleinen Türmchen. Dann trat er nach vorne an den Rand der Terrasse; er ließ sich Zeit.

Terrasse, Pool und Garten waren perfekt vor den neugierigen Blicken der Nachbarn geschützt, die Aussicht auf den Stuttgarter Kessel bis weit hinaus in die Löwensteiner Berge war atemberaubend. Das hier war die legendäre Stuttgarter Halbhöhe, wie es klischeehafter nicht ging. Der Killesberg, für den die Bewohner der tiefer gelegenen Stadtteile nur Häme übrighatten, dabei überspielten sie damit nur ihren Neid. Geschlossene Kreise, zu denen die wenigsten Leute Zugang hatten, Kreise, in denen sich Schwabbacher in den siebziger Jahren völlig selbstverständlich bewegt hatte. Man hatte ihn sogar aufgefordert, Mitglied im Tennisclub Weissenhof zu werden, dem Dreh- und Angelpunkt des Killesbergs, damals wie heute. Dort hatte er seinerzeit Günther Engel kennengelernt; Engel und seine einflussreichen Freunde. Sie hatten diesen Einfluss gründlich genutzt.

Seither konnte sich Schwabbacher am Killesberg nicht mehr blicken lassen. Seither bewegte er sich tags im Polizeipräsidium am Pragsattel und nach Feierabend in Stuttgart-Gaisburg, wo die kleinen Leute und die Ausländer wohnten. Schwabbacher drückte die aufflammende Wut weg. Das war jetzt nicht der Moment.

Der Kommissar setzte sich an den Terrassentisch, der in angenehmer Kühle im Schatten einer Markise platziert war. Es gab nur zwei Stühle. Die anderen Stühle waren ohne Sitzkissen aufeinandergestapelt. Amila verscheuchte die Wespen, die sich in die Milch stürzen wollten.

»So ein schlimmes Wespenjahr hatten wir schon lange nicht mehr«, murmelte sie. »Darf ich Ihnen eine Tasse Kaffee einschenken?«

Schwabbacher nickte. »Wohnen Sie im Haus?«, fragte er.

Amila schüttelte den Kopf und schenkte ihm aus einer silbernen Thermoskanne Kaffee ein. »Ich wohne in Zuffenhausen. Frau Engel hat mir freigegeben, aber ich komme trotzdem jeden Morgen und jeden Abend, um nach dem Rechten zu sehen«, sagte sie. »Und damit das Haus bewohnt wirkt. Ihnen als Polizist brauche ich ja nicht zu sagen, wie das mit den Einbrüchen in Stuttgart ist, vor allem in der Ferienzeit. Ich mache die Rollläden auf und zu. Außerdem gieße ich den Garten, jetzt, wo es so trocken ist. Sonst ist ja alles hinüber, wenn Frau Engel wiederkommt.« Sie starrte ins Nichts und sah aus, als kämpfe sie mit den Tränen.

»Das klingt fast so, als ob Sie daran Zweifel hätten.«

»Nun, es war alles so seltsam. Sie ist ja nie ohne ihren Mann verreist, sie war allein eigentlich ziemlich hilflos, und plötzlich packt sie von einem Tag auf den anderen ihre Koffer. Sie hat mir nicht einmal gesagt, wohin sie fährt oder wie lange sie fortbleibt. Und dann ruft das Busunternehmen an, dass sie den Koffer von Frau Engel gefunden haben, und Frau Engel selber ist verschwunden. Ich bin zu Tode erschrocken! Ich meine, da malt man sich doch wer weiß was aus! Ich habe sofort ihre Tochter angerufen, und wir sind zur Polizei, um sie als vermisst zu melden. Seither mache ich mir die schlimmsten Sorgen, und jetzt kommen Sie und wollen mit mir reden. Ein Polizeihauptkommissar! Bitte sagen Sie mir, dass Frau Engel nichts zugestoßen ist!« Die Haushälterin wirkte ehrlich verzweifelt.

»Wie lange sind Sie schon bei Frau Engel?« Zappeln lassen war eine von Schwabbachers bevorzugten Strategien.

»Seit 1973«, flüsterte Amila.

»Und weiter?«

»Ich war damals blutjung, ich kam aus Ankara nach Deutschland, meine türkische Familie wollte mich hier verheiraten, aber das … das hat sich anders entwickelt als geplant. Ich war schwanger und völlig mittellos, zurück zu meiner Familie konnte ich nicht. Ich putzte im Gemeindehaus der Brenzkirche, und dort lernte ich Frau Engel kennen. Sie suchte eine Hilfe, ihr erstes Kind war gerade geboren. Sie sah meine Not und nahm mich auf, mit meinem Kind, zunächst für ein paar Monate. Ich war ihr so unendlich dankbar. Daraus sind mehr als vierzig Jahre geworden. Elias, Daniel und Lea, Frau Engels Kinder, sie sind zusammen mit meiner Tochter aufgewachsen und wie meine eigenen Kinder.« Die Tränen kullerten jetzt über beide Wangen.

»Ist das vielleicht ein Grund zum Heulen?«, fragte Schwabbacher unwirsch.

Amila schüttelte heftig mit dem Kopf.

»Also dann. Was ist zwischen Ihnen und Frau Engel vorgefallen? Und wieso duzen Sie sich eigentlich nicht, nach vierzig Jahren? Das ist doch lächerlich.«

»Duzen?«, flüsterte Amila. »Ich bitte Sie. Das wäre uns beiden nie eingefallen. In diesen Kreisen duzt man sich nicht.«

In diesen Kreisen. Als ob Schwabbacher diese Kreise nicht in- und auswendig kannte. Als ob er nicht genau wusste, dass Amila ihre Chefin nie, nie, nie duzen würde.

»Also. Was ist passiert?«

»Passiert? Nichts.«

»Sie lügen. Wenn nichts zwischen ihnen vorgefallen wäre, würden Sie auch nicht heulen.«

Amila weinte jetzt richtig. Sie zog ein Papiertaschentuch aus der Tasche ihres Rocks und putzte sich die Nase, ohne dabei auch nur das leiseste Geräusch zu machen. »Frau Engel. Sie war – sie war wütend auf mich.«

»Das soll vorkommen, zwischen Chef und Angestellten.«

Amila schüttelte heftig mit dem Kopf. »Sie verstehen

nicht. In vier Jahrzehnten war Frau Engel niemals mit mir böse. Wir waren immer ein Herz und eine Seele.«

Schwabbacher schnaubte durch die Nase. »Das kann doch nicht Ihr Ernst sein.«

»Es war aber so.«

»Na schön. Und was ist dann passiert?«

Amila schwieg und zerknüllte das Taschentuch in ihrem Schoß.

»Hören Sie, Frau Amila. Ich bin die Polizei. Da gibt es nichts zu verheimlichen. Nun reden Sie schon!«

»Frau Engel … hat etwas herausgefunden.«

»Ihr Mann hatte eine Affäre?«

»Woher wissen Sie das?«

»Weil es ebenso banal wie naheliegend ist. Weiter.«

»Herr Engel hat seine Frau viele Jahre lang mit ihrer besten Freundin Heiderose betrogen. Es war offensichtlich. Die Kinder wussten es auch. Nur Frau Engel hat nichts geahnt.«

»Und auch Sie wussten Bescheid.«

»Ja. Auch ich. Es war entsetzlich für mich, aber er war doch genauso mein Chef wie sie. Ich wusste einfach nicht, zu wem ich halten sollte, und vor Herrn Engel … hatte ich mehr Respekt. Vielleicht sogar ein bisschen Angst.« Amila schlug die Hände vors Gesicht und weinte.

Schwabbacher trank in aller Ruhe seinen Kaffee. Wenn Frauen heulten, wartete man am besten ab.

»Kurz vor ihrer Abreise muss sie das mit der Affäre herausgefunden haben, sie hat aber keinen Ton zu mir gesagt. Lea rief mich an, ihre Tochter, und gab mir Bescheid. Ich habe mich schrecklich elend gefühlt.«

»War Günther Engel mit seiner Baufirma in illegale Geschäfte verwickelt?«

Amila zuckte zusammen. »Davon weiß ich nichts.« Sie klang entrüstet.

»Halten Sie es für möglich?«

Amila schüttelte den Kopf. »Nein. Herr Engel hatte einflussreiche Freunde. Es gab regelmäßig Einladungen. Da kamen wichtige Leute aus Stuttgart, Leute, die etwas zu sagen und zu entscheiden haben, die Engels haben sich ja nur in den besten Kreisen bewegt.«

»Wollen Sie damit etwa andeuten, dass es in den besten Kreisen keine schmutzigen Geschäfte gibt?«

»Natürlich nicht. Aber ich habe schließlich Getränke gereicht und am Tisch bedient und gehört, worüber gesprochen wurde. Mir ist nie irgendetwas aufgefallen. Das waren alles rechtschaffene Leute.«

Schwabbacher konnte sich gerade noch ein genervtes Stöhnen verkneifen. Rechtschaffene Leute, das traf es. Rechtschaffene Leute, die andere vernichteten.

»Waren die Engels schon reich, als Sie in die Familie kamen?«

»Für meine Begriffe waren sie natürlich sehr vermögend. Für Stuttgarter Verhältnisse, nun, sie waren wohlhabend, schätze ich. Ursprünglich stammte das Vermögen von Frau Engels Seite. Ihre Eltern hatten eine Schuhfabrik im Stuttgarter Osten, die Frau Engels Bruder übernehmen sollte. Aber er … er starb. Damit war Frau Engel die alleinige Erbin. Als sie heiratete, zahlten ihr die Eltern einen beträchtlichen Teil des Vermögens aus. Mit diesem Kapital baute Herr Engel sein Unternehmen auf, und sie kauften dieses Haus, nicht weit weg vom Haus der Eltern.«

»Und der Bruder?«

»Er verstarb plötzlich, das sagte ich doch gerade.«

»Amila. Hören Sie auf, um den heißen Brei herumzureden. Was ist mit dem Bruder passiert?«

»Frau Engels Bruder …« Amilas Stimme war nur ein Flüstern. »Er hat sich das Leben genommen.«

»Und weshalb?«

»So genau weiß ich das auch nicht, das war schließlich im Jahr 1972, ich kam erst 1973 ins Haus.«

»Amila!«

»Jemand aus dem Bekanntenkreis muss Fritz wohl mit einem Mann gesehen und es den Eltern zugetragen haben.«

»Er war schwul.« Schwabbacher trommelte ungeduldig mit zwei Fingern auf dem Terrassentisch herum. Konnte die Frau die Dinge nicht einfach beim Namen nennen, er hatte nicht den ganzen Tag Zeit.

»Die Eltern ahnten nichts, und sie waren sehr pietistisch, für sie war das eine Sünde und ein Skandal. Man kann wohl sagen, sie verstießen ihren Sohn und verkauften die Schuhfabrik an einen italienischen Hersteller. Das muss man schon verstehen, die Wagners waren keinen Unmenschen, es waren eben andere Zeiten damals. Für Fritz Wagner muss es eine Katastrophe gewesen sein, er hatte sein ganzes Leben im elterlichen Betrieb gearbeitet, er brannte dafür, und er hing sehr an seinen Eltern. Auf einen Schlag hatte er alles verloren. Er hat das nicht ausgehalten und sich in der Firma aufgehängt. Aber was hat das mit Frau Engels Verschwinden zu tun?«

Da war sie, die Leiche im Keller. Es gab sie einfach überall. Man musste nur ein bisschen nachbohren.

»Und Frau Engel war eine reiche Frau. Warum haben die Eltern nicht ihr die Nachfolge in der Schuhfabrik übergeben?«

»Darüber kann ich nur spekulieren. Ich möchte nichts Falsches sagen.«

»Amila. Bitte. Sie sind seit über vierzig Jahren bei Frau Engel. Sie haben sich nie gestritten, und sie haben sich viel miteinander unterhalten.«

»Sie hätte gar nicht die Ausbildung gehabt. Sie war nur

auf einer Hauswirtschaftsschule gewesen. Und selbst wenn sie es gewollt hätte, was ich nicht glaube, der Vater hätte ihr das gar nicht zugetraut. Heute gehen die jungen Frauen ganz selbstverständlich in solche Positionen. Aber damals ... da waren die Männer Patriarchen.«

»Machten sich Luises Eltern Sorgen, dass Herr Engel ein Erbschleicher war?«

Amila schluckte. »Ich weiß es nicht. Warum fragen Sie mich das alles. Sagen Sie mir doch endlich, was mit Frau Engel ist!«

»Natürlich wissen Sie das. Schließlich kamen die Wagners ab und an zu Besuch. Auch wenn Herr Engel nicht da war. Frau Engel hat sich mit ihren Eltern unterhalten, und Sie haben bei Tisch bedient und doch auch gehört, was gesprochen wurde.«

»Frau Engels Eltern mochten ihren Schwiegersohn nicht besonders. Er war kein Schwabe, das war schon mal das eine, er kam aus dem Rheinland, aus der Nähe von Düsseldorf. Er lernte nie Schwäbisch, das war natürlich auch ein deutlicher Minuspunkt, und er feierte gern. Vor allem aber sorgten sich die Eltern, weil Frau Engel ihrem Mann die Geldgeschäfte komplett überließ. Ja, sie sorgten sich, Herr Engel würde das stattliche Vermögen, das sie mit viel schwäbischem Fleiß und Sparsamkeit erarbeitet hatten, verprassen, und Frau Engel würde eines Tages mittellos dastehen.«

»Das ist nicht passiert.«

»Nein, im Gegenteil. Herr Engel war ein guter Geschäftsmann, soweit ich das beurteilen kann. Die Familie lebte nicht in Saus und Braus, das würde zu einer alteingesessenen schwäbischen Familie auch gar nicht passen, aber im offensichtlichen Wohlstand. Geld war nie ein Thema. Als Rheinländer war Herr Engel allerdings lange nicht so sparsam wie seine Frau.«

»Wer kümmert sich jetzt um die Firma? Herr Engel ist doch recht überraschend verstorben.«

»Ein Geschäftsführer. Frau Engel hat mit den laufenden Geschäften nichts zu tun.«

»Ich bräuchte noch die Telefonnummer von Frau Engels Tochter.« Schwabbacher schob seinen Stuhl zurück und stand auf. »Danke für den Kaffee.«

»Aber was ist denn nun mit Frau Engel passiert? Wo ist sie?«

»Dazu darf ich Ihnen zum jetzigen Zeitpunkt leider nichts sagen. Es könnte die polizeilichen Ermittlungen behindern.« Schwabbacher ignorierte die Verzweiflung in Amilas Blick. Er hatte bekommen, was er wollte. Als er aus der Haustür trat, klingelte bei Engels das Telefon. Das war bestimmt die Tochter, die gerade im Radio die Neuigkeiten über ihre Mutter gehört hatte. Auf dem Weg zum Auto rief er die Kollegen von der Wirtschaftskriminalität an.

»Günther Engel. Der Baulöwe, gerade verstorben. Ich will, dass ihr seinen Laden überprüft. Er hat noch diverse Bauvorhaben laufen, auch auf dem Stuttgart-21-Gelände.«

»Wir haben ihn immer wieder im Visier gehabt, aber wir haben nie was gefunden.«

»Dann müsst ihr eben noch mal genauer hinschauen«, blaffte Schwabbacher. Der Instinkt des Jagdhunds hatte ihn noch nie getrogen. Nach all den Jahren servierte man ihm Luise Engel auf dem Präsentierteller. Das perfekte Opfer für die perfekte Rache.

SABRINA

CARSCH-HAUS, PARKDECK PI, DÜSSELDORF

Luise klammert sich an Jans Arm, den mit dem Wäschebeutel. Jan steht da, so steif wie ein Zinnsoldat, die eingewickelte Geldkassette unter der Achsel des anderen Arms festgeklemmt. Er scheint das Atmen eingestellt zu haben. Ich steh neben Jan und halte das Handtuchbündel vor mich. Lächerlich. Als ob es irgendeinen Schutz bieten würde. Ich hab Angst.

»Guten Tag«, sagt der Typ mit der Pistole. Es ist seltsam, eine Stimme zu hören, ohne ein Gesicht dazu zu sehen. Das Gesicht ist unter einer Baseballkappe mit einer darübergestülpten Kapuze verborgen. Der Mann hat einen unüberhörbaren Akzent, den ich allerdings nicht einordnen kann. Einige meiner Kids in der Schule haben einen Akzent; russisch, kroatisch, arabisch. Der Mann klingt wie keines von ihnen.

»Schön, dass Sie vorbeischauen. Wir warten hier schon ziemlich lange.« Er macht eine Pause. Der zweite, sehr dünne Mann sagt gar nichts, er steht nur da, mit hochgezogenen Schultern, die Hände in den Taschen seiner schwarzen Jeans, das Gesicht im Verborgenen. Warum kommt denn keiner? Es muss doch noch andere Leute geben, die einen Parkplatz suchen oder zu ihrem Auto gehen. Es ist Sonntagvormittag, und wir werden in einer öffentlichen Garage von ein paar kriminellen Idioten mit einer Waffe bedroht, ohne dass es jemand mitkriegt? Wir stehen dicht beieinander, wie drei zitternde Schafe, die sich im Regen aneinanderdrängen.

»Wissen Sie ... wenn man die Arbeit macht ... dann hat man es nicht so gern, wenn andere den Lohn dafür kassieren«, sagt die Stimme sanft und trotz des Akzents in makellosem Deutsch.

»Aber … es ist futsch!«, platzt es aus mir raus. »Das Geld ist futsch! Es ist rot. Kaputt! Verstehen Sie! Wir können doch nichts dafür. Es ist rot, alles rot, da war eine Farbpatrone drin!«

»Ich bin nicht blöd«, zischt der Typ. »Und auch kein Anfänger, so wie Sie. Das mit der Farbpatrone lässt sich verhindern. Wenn man Profi ist, so wie wir. Geben Sie die Geldkassette her!« Er fuchtelt mit der Pistole herum. Jan wickelt die Kassette aus dem Handtuch und legt sie auf den Boden.

»Das Geld ist aber hier drin!« Jan deponiert die Dreckwäschetüte mit dem Geld neben der Kassette.

»Geht ein paar Schritte zurück«, murmelt der Typ. Wir weichen zurück wie ein Mann, Schulter an Schulter. Er kommt auf uns zu, das glänzende Metall und die offene Mündung der Waffe sind selbst im Licht des Parkhauses perfekt auszumachen und jagen mir aus der Nähe einen Schauer über den Rücken. Seine Hände stecken in schwarzen Handschuhen. Noch immer sind die Augen des Mannes unter der Kappe nicht zu erkennen, aber zumindest sein Kinn, seine ungesunde Gesichtsfarbe und der Ausläufer einer kaum verheilten Narbe. Er nimmt die Geldkassette, dreht sie um, schüttelt sie, flucht in einer fremden Sprache und donnert sie gegen Jans Auto, wo sie eine tiefe Delle hinterlässt und dann auf dem Boden der Tiefgarage liegen bleibt. Jan schnappt neben mir hörbar nach Luft. Wenigstens bin ich an dieser Delle nicht schuld. Dann nimmt der Mann die Dreckwäschetüte, zieht das Gummi auseinander, nimmt ein paar Scheine raus, verharrt einen Moment unbeweglich, zerknüllt sie dann in seiner Faust und flucht wieder. Er lässt Scheine und Beutel achtlos auf den Garagenboden fallen, dreht sich zu seinem stummen Begleiter um und stößt zwei sehr kurze, sehr schnelle Sätze hervor. Blitzschnell zieht der die Hände aus den Taschen, springt wie eine Katze aus der Deckung und ist plötzlich in unserer Mitte, seine von einer Tätowierung überzogene Faust schnellt nach vorn und im selben Augenblick schreit Jan auf und geht zu Boden. Luise und mir entfährt zeitgleich ein panischer Schrei. Auf Luises neuem T-Shirt ist Blut, Blut, das aus Jans Nase gespritzt ist und jetzt weiter aus seiner Nase schießt.

»Verdammt! Du hast ihm das Nasenbein gebrochen, du Arsch!« Zum zweiten, nein zum dritten Mal innerhalb weniger Stunden, wenn man den Vorfall im Treppenhaus mitrechnet, bin ich mit männlicher Gewalt konfrontiert, und wieder will ich am liebsten zurückschlagen, ich balle die Fäuste, blind vor Wut, und will meinerseits auf den Bankomaten-Bomber losgehen, aber Luise packt mich mit beiden Händen an den Schultern und reißt mich zurück, sie hat eine erstaunliche Kraft, und sie schreit mich an: »Nicht, Sabrina!«, und ich seh die Angst in ihren Augen.

Ich knie mich stattdessen neben Jan, der völlig benommen auf dem dreckigen Boden sitzt und gar nichts mehr sagt, und biege ihm den Kopf nach vorne, damit das Nasenbluten aufhört, damit kenn ich mich aus, in der Schule passiert das oft. Ich würde ihm gern noch zusätzlich die Nasenflügel zusammendrücken, aber ich trau mich nicht, falls die Nase wirklich gebrochen ist.

Luise kramt in ihrer Handtasche, ich seh ihr an, sie ist schrecklich aufgeregt, und es dauert eine Ewigkeit, bis sie mir ein Taschentuch hinstreckt, ich halte es unter Jans Nasenlöcher, langsam kommt weniger Blut. Der dünne Mann steht wieder auf seinem alten Platz, die Hände in den Taschen vergraben, als hätte er sich überhaupt nicht vom Fleck bewegt. Jan ist noch immer wie weggetreten.

»Das war nur ein Vorgeschmack«, zischt der Mann mit

der Waffe. »Wenn wir unser Geld nicht zurückbekommen, brechen wir euch alle Knochen. Keine Kohle, weil sich ein paar Vollidioten in die Arbeit von Profis einmischen? Vergesst es. Vierundzwanzig Stunden. Wir geben euch exakt vierundzwanzig Stunden, um fünfunddreißigtausend Euro aufzutreiben.«

»Aber es waren doch nur einunddreißigtausend Euro in der Kassette!«, protestiere ich und denke gleichzeitig, mach dich nicht lächerlich, Sabrina, willst du etwa noch feilschen mit diesen Typen?

»Wir haben euretwegen einen Haufen Ärger am Hals. Das sind die Zinsen für die ganzen Komplikationen und das zusätzliche Risiko. Viertausend Euro Zinsen für zwei Tage Zeitverlust, vierundzwanzig Stunden für fünfunddreißigtausend Euro. Das ist ziemlich großzügig.«

»Aber … wo sollen wir denn das Geld so schnell hernehmen?«, fragt Luise, sie klingt kläglich.

»Du hast doch am meisten auf dem Konto, und demnächst beißt du sowieso ins Gras«, sagt der Mann verächtlich. »Das nimmst du doch aus der Portokasse. Eigentlich sollten wir viel mehr verlangen.«

»So einfach geht das aber nicht! Ich muss erst einmal an mein Geld herankommen. Das läuft alles auf meinen verstorbenen Mann. Sie bekommen Ihr Geld. Aber bitte geben Sie uns mehr Zeit!«

»Wir haben aber keine Zeit. Vierundzwanzig Stunden, nicht mehr.«

»Und wenn wir das nicht schaffen. Was dann?«, frage ich. Ich knie noch immer neben Jan. Er stöhnt leise. Wenigstens hat seine Nase aufgehört zu bluten.

»Christine in Stuttgart-Vaihingen. Oliver wohnt im Lerchenrain, nicht wahr? Und der kleine Sohn von Lea ist ja soo niedlich und geht in eine Kita in München-Haidhausen.«

Als ich Olivers Namen höre, fühle ich mich, als würde der Mann seine Hände in den schwarzen Handschuhen um meine Kehle legen und langsam zudrücken. Oliver. Er kann doch nichts dafür, der ganze Schlamassel ist allein unsere Schuld!

»Die Leute sollten mit ihren Daten auf Facebook ein bisschen vorsichtiger sein! Und damit das klar ist: keine Polizei. Es sieht vielleicht so aus, aber wir sind nicht nur zu zweit. Wir haben eine Menge Freunde. Zufällig leben ein paar von ihnen in Stuttgart. Einer wohnt am Marienplatz, einer in Vaihingen und einer am Killesberg. Wenn ihr auch nur den geringsten Scheiß macht, werdet ihr dafür bezahlen.«

In mir steigt schon wieder eine furchtbare Wut auf. »Lassen Sie unsere Familien in Ruhe! Die haben nichts damit zu tun!«

»Vierundzwanzig Stunden. Morgen früh, 10.43 Uhr. Keine Minute mehr.«

»Aber … selbst wenn es uns gelingen sollte, das Geld rechtzeitig aufzutreiben … wie finden wir Sie denn?«, fragt Jan, der offensichtlich langsam wieder zu sich kommt und die richtigen praktischen Fragen stellt.

»Da machen Sie sich mal keine Sorgen. Wir finden Sie. Bloß immer schön die Handys anlassen.«

Und dann sind sie plötzlich weg. Wie vom Erdboden verschluckt.

Luise scheint weiche Knie zu haben, sie wankt zum Renault und lehnt sich an, sie ist kreidebleich. Angst und Verzweiflung sind ihr ins Gesicht geschrieben.

»Wenn Lea oder Felix etwas zustößt … das verzeihe ich mir nie. Wie konnte es bloß so weit kommen?«

Ich stehe auf, Jan braucht mich jetzt nicht mehr. Ich gehe auf Luise zu und ziehe sie in meine Arme. Sie zittert. Wir klammern uns aneinander wie zwei Ertrinkende.

»Gute Frage«, murmele ich. »Auf jeden Fall haben wir jetzt endgültig die Kontrolle verloren. Komplett.«

»Hört mal, ich hab gerade ordentlich eine in die Fresse bekommen, und das an meinem fünfzigsten Geburtstag. Meint ihr nicht, ich verdiene auch ein bisschen Trost?«, stöhnt Jan und rappelt sich langsam auf die Füße. »Oder ist das ein Privileg für euch Mädels?«

»Nö«, sage ich. »Dass du uns bloß nicht die Klamotten versaust mit deiner blutenden Nase. Wir haben keine allzu üppige Auswahl.« Luise und ich öffnen unsere Arme, und Jan tritt in unseren Kreis. Seine Nase sieht schlimm aus, rot und schon geschwollen, Lippen und Kinn sind blutverkrustet. Eine ganze Weile stehn wir nur so da, die Arme umeinandergelegt, die Köpfe in die Mitte des Kreises gestreckt, und lauschen unserem Atem. Ich fühl mich total k. o., als hätte ich eine fette Mountainbike-Tour hinter mir. Die Nähe der beiden anderen tut gut.

»Hauptsache, wir halten zusammen«, sag ich leise. »Dann kriegen wir das hin, irgendwie.« Im Hintergrund gehen Leute vorüber, Kinder kichern, wie sie uns da so stehen sehen. Auf dem Boden liegt das eingefärbte Geld, schießt es mir durch den Kopf, aber jetzt ist es eh zu spät. Langsam lösen wir uns voneinander.

»Lasst uns so schnell wie möglich zur Polizei gehen«, flüstert Luise. »Wir sind mit der Geschichte doch komplett überfordert. Wir brauchen professionelle Hilfe, wenn wir unsere Familien nicht gefährden wollen.«

Ich schüttele energisch den Kopf. »Damit gefährden wir sie doch erst recht. Die Typen haben klipp und klar gesagt, keine Polizei.«

»Vor allem keine Kurzschlussreaktionen«, erklärt Jan sehr bestimmt. »Wir setzen uns ins Auto und überlegen in aller Ruhe. Da kann uns auch keiner belauschen.«

»Erst mal ist deine Nase dran«, meint Luise. »Haben wir noch Wasser im Auto? Dann könntest du ein wenig kühlen.«

»Tut es sehr weh?«, frage ich. Jan tut mir echt leid. Erst der Hundebiss, und dann kriegt er noch dermaßen einen auf die Fresse.

Jan zuckt mit den Schultern und seufzt. »Der Schock, aus heiterem Himmel von so einem Verbrechertypen angegriffen zu werden, war, glaub ich, schlimmer als der Schmerz. Langsam habe ich mich dran gewöhnt, dass das hier kein Vergnügungsausflug ist. Wieso ist dir eigentlich von dem ganzen Blut nicht schlecht geworden?«

»Ich hatte keine Zeit, drüber nachzudenken.« Ich strecke die Hand aus. »Ich schau mal, ob ich eine Wasserflasche finde. Gibst du mir den Autoschlüssel?«

Jan zieht den Autoschlüssel aus seiner Hosentasche und drückt drauf, um das Schloss elektronisch zu entsichern. Das übliche Klicken bleibt aus. Jan drückt noch mal drauf. Nichts passiert. Jan flucht. Ich ziehe am Türgriff der Seitentür. Die Tür geht auf.

»Na prima«, knurrt Jan. »Die haben nicht nur das Auto noch mehr verbeult, sie haben auch das Schloss kaputtgemacht. Bestimmt kann man nicht mehr abschließen.«

Ich gucke ins Auto. Die Gauner haben alles von den Sitzen auf den Boden gefegt, auch eine halb volle Wasserflasche. Moment. Nicht alles. Da liegt was auf dem Fahrersitz, in einer durchsichtigen Plastiktüte. Ich starre drauf, weil ich es nicht fassen kann. Dann nehme ich die Wasserflasche, klettre wieder aus dem Auto und gebe sie Luise. Meine Hand zittert.

»Was ist denn nun schon wieder«, fragt Jan. »Du siehst aus, als wäre dir der Tod höchstpersönlich im Auto begegnet.«

»So ähnlich«, flüstere ich. »Die haben das Auto durchwühlt und uns auf dem Fahrersitz ein Geschenk hinterlassen. Da liegt eine Waffe. In einem Plastikbeutel.«

»Shit! Shit!« flucht Jan. »Was soll das. Die erpressen uns und hinterlassen uns eine Waffe, mit der wir sie bedrohen könnten?«

»Die sind doch nicht blöd. Die wissen ganz genau, dass wir überhaupt nicht mit Waffen umgehen können. Die würden sich schlapplachen, wenn wir auf sie zielen würden. Wahrscheinlich würden wir uns in die Hosen machen vor Angst, und uns aus Versehen den Zeh zerschießen«, antworte ich düster.

»Warum dann also?«, fragt Jan.

»Eins nach dem anderen. Jetzt ist deine Nase dran. Dann setzen wir uns ins Auto und beratschlagen«, befiehlt Luise. Sie kramt noch ein Tempo aus ihrer Handtasche, macht es nass und wischt das bereits angetrocknete Blut von Jans Oberlippe und Mund. Dann befühlt sie vorsichtig seinen Nasenknochen.

»Du hast Glück gehabt, ich glaube nicht, dass die Nase gebrochen ist. Aber du solltest Eis darauflegen, damit sie nicht noch weiter anschwillt. Das Wasser in der Flasche ist viel zu warm, das bringt nichts. Vielleicht können wir an einer Tankstelle Eis organisieren.«

»Erstmal müssen wir hier rauskommen«, werfe ich ein. Jan geht auf die Fahrerseite und klettert auf den Sitz. Luise lässt ein bisschen Wasser über meine Hände laufen, damit ich Jans Blut abwaschen kann, dann sammeln wir die Sachen ein, die noch auf dem Boden der Tiefgarage rumliegen – die Wäschebündel, das Handtuch, die leere Geldkassette, die herumfliegenden Scheine und den Dreckwäschebeutel – und packen alles ins Auto.

»Setz du dich neben Jan«, schlage ich vor. »Falls er noch mal medizinische Hilfe braucht.«

Wir steigen ein. Jan hat den Beutel mit der Waffe in der Hand und starrt ihn nachdenklich an.

»Weißt du, was für eine Art von Waffe das ist?«, frage ich.

»Du hast doch gesagt, du kennst dich mit Waffen aus.«

»Irgendeine Pistole. In Nicaragua hatten wir Gewehre.« Jan legt den Beutel vorsichtig auf den Boden auf der Beifahrerseite. Luise zieht die Beine an, als handele es sich bei der Pistole um eine Giftspinne.

»Meinst du, die ist geladen?«, fragt sie. Jan seufzt und antwortet nicht. Ein paar Minuten herrscht Stille. Man kann es beinahe knistern hören, so geschockt sind wir von der Waffe, und so konzentriert denken wir alle darüber nach, wie wir aus dem Schlamassel wieder rauskommen.

Ich kann nicht richtig denken, die Stimmen in meinem Kopf sind ohrenbetäubend: Wenn Oliver was passiert, ist das allein deine Schuld, du musst dich von ihm trennen, um seinetwillen, reicht es nicht, dass du Spott und Hohn über ihm ausgekippt hast, musst du ihn jetzt auch noch in die Geschichte mit hineinziehen! Ich schließe die Augen und presse mir die Hände auf die Ohren, als könne ich dadurch die Stimmen zum Schweigen bringen. Dann hole ich tief Luft.

»Was jetzt. Polizei oder keine Polizei?«

»Ich habe meine Meinung geändert. Keine Polizei«, erklärt Luise ungewöhnlich autoritär. Haben wir sie nicht vor ein paar Tagen zu unserer Anführerin bestimmt? Bisher ist sie nicht gerade durch ihren expliziten Führungsstil aufgefallen. »Es ist viel zu gefährlich für unsere Angehörigen.«

»Was schlägst du also vor?«, frage ich.

»Vielleicht könnten wir auf legalem Wege genug Geld zusammenbekommen? Wenn wir nach Stuttgart fahren und ich morgen ganz früh auf Günthers Bank gehe …«

»Weißt du denn, wie er sein Geld angelegt hat? Und ob du es so schnell flüssigmachen kannst?« Jan hat den Autoschlüssel ins Zündschloss gesteckt und dreht am Radio rum, während er spricht; Luise schüttelt den Kopf.

»Ich hab ungefähr tausendfünfhundert Euro auf meinem Girokonto«, sage ich düster. »Die steuer ich gern bei, bloß kommen wir damit nicht weit.«

Jan dreht das Radio lauter, es nervt mich total, Elf-Uhr-Nachrichten. »Was soll das. Haben wir nichts Dringenderes zu tun, als die Wettervorhersage zu hören?«

Jan schüttelt den Kopf und macht »Pscht.« Und dann kommt es, nach Syrien und Präsidentschaftswahlkampf und Erdrutsch in wo-auch-immer.

»Die Polizei fahndet nach der sechsundsiebzigjährigen Luise Engel aus Stuttgart. Die vor einigen Tagen von ihrer Tochter als vermisst gemeldete Rentnerin wird mittlerweile verdächtigt, den Überfall auf eine Bankfiliale in Boppard am Rhein Freitagnacht verübt zu haben, der ursprünglich einer Bande aus den Niederlanden zugeschrieben worden war. Engel, Witwe des kürzlich verstorbenen Bauunternehmers Günther Engel, soll in Begleitung von zwei Komplizen sein und bei dem Überfall einunddreißigtausend Euro erbeutet haben. Das Trio wurde zuletzt in einem Luxushotel in Düsseldorf gesehen. Soeben meldet die Düsseldorfer Polizei, dass die drei einen falschen Feueralarm ausgelöst haben und bei der Evakuierung des Hotels entkommen sind. Sie sollen in einem blauen Renault Kangoo mit Simmerner Kennzeichen unterwegs sein, der an verschiedenen Stellen auffällig beschädigt ist. Das Motiv der wohlhabenden Rentnerin ist unbekannt. Und nun die Wettervorhersage …«

Jan dreht blitzschnell das Radio ab, als könne er damit das, was wir gerade gehört haben, löschen. Luise klammert sich am Armaturenbrett fest.

»Ich fasse es nicht«, murmele ich resigniert. »Sie haben uns.«

»Sie haben mich, meinst du wohl«, krächzt Luise mit heiserer Stimme. »Eure Namen sind nicht genannt worden.«

»Umso besser«, sagt Jan. »Das erhöht unsere Chancen, die Sache irgendwie über die Bühne zu bringen.«

»Ich bin jetzt berühmt«, krächzt Luise. »Als Kriminelle.«

Ich beuge mich zu ihr vor und nehme ihre Hand; sie ist eiskalt. »Luise, was auch immer passiert, wir ziehen das gemeinsam durch. Die haben vielleicht unsere Namen nicht erwähnt, aber die wissen doch auf jeden Fall Jans Namen, von der Fahrzeugkontrolle. Und meinen wissen sie bestimmt auch.«

»Was bedeutet, dass wir wieder mal ein anderes Kennzeichen brauchen, bevor wir hier abhauen«, ergänzt Jan. Er wirkt seltsam gelassen, während Luise noch immer aussieht, als hätte sie der Blitz getroffen. Kein Wunder. Vor ein paar Tagen war sie noch eine unbescholtene Witwe, die in ihrer Villa auf dem Killesberg saß, eine Dame der Stuttgarter Gesellschaft, wie sie uns erklärt hat, und jetzt hört sie ihren Namen im Radio, weil sie einunddreißigtausend Euro geklaut haben soll. Ein paar Minuten sitzen wir wieder stumm zusammen und versuchen, die neue Situation zu verdauen. Sicher ist jetzt auf jeden Fall, dass wir auf legalem Wege nicht mehr an Geld kommen, weil wir polizeibekannt sind.

»Sagt euch die Opa-Bande was?«, fragt Luise plötzlich. Jan und ich schütteln den Kopf.

»Das war eine Bande recht betagter Herren, die durch eine Serie von Banküberfällen berühmt wurde.«

»Hat man sie geschnappt?«, frage ich.

»Ja. Aber sie haben lange durchgehalten. Vor ungefähr zehn Jahren wurden sie zu Haftstrafen verurteilt.«

Jetzt muss ich lachen, zum ersten Mal seit einer gefühlten Ewigkeit. »Woher weißt du denn so was?«

Luise zuckt mit den Schultern. »Nun ja, in Pensionärskreisen interessiert es einen eben, was andere Pensionäre so treiben. Im *Haus am Killesberg*, wo ich ehrenamtlich tätig bin, haben wir Witze darüber gemacht, dass das doch mal eine originelle Methode ist, seine Rente aufzubessern.«

»Luise. Du willst uns doch nicht im Ernst vorschlagen, dass wir eine Bank überfallen? Du willst zur Oma-Bankräuberin werden?« Jan schüttelt ungläubig den Kopf.

»Ich kann mich erinnern, dass einer der drei betagten Herren bei seiner Vernehmung sagte, es sei so erstaunlich einfach, eine Bank zu überfallen. Es ist auf jeden Fall die schnellste Methode, um an Geld zu kommen. Wir können keine Polizei einschalten, wir kommen nicht an unser eigenes Geld heran, und wir müssen unsere Familien schützen. Wenn wir einen Juwelier ausrauben, müssen wir die Beute erst zu Geld machen, und eine Tankstelle oder ein Laden hat bestimmt nicht so viel Bargeld vorrätig. Uns bleibt gar keine andere Wahl.«

Ob Luise sich selber zuhört? Luise Engel, die brave Protestantin, die auf die Wartburg gepilgert ist, hat uns soeben ernsthaft vorgeschlagen, einen Bankraub zu begehen!

»Luise. Wir sind bisher nicht gerade durch Professionalität in kriminellen Dingen aufgefallen. Eher durch einen ausgeprägten Dilettantismus. Wie willst du das denn hinkriegen mit dem Bankraub?«, fragt Jan.

»Der perfekte Bankraub wird das sicherlich nicht, so wenig Zeit, wie wir zur Vorbereitung haben. Es geht einfach darum, dass wir das Geld organisieren, an die Gauner übergeben, uns damit freikaufen und dann zur Polizei gehen.« Luise macht eine Pause. »Deshalb haben uns die Gangster auch eine Waffe hinterlassen. Sie wissen genau, dass wir eine brauchen. Die Opa-Bande meinte damals, ohne Waffe geht es nicht. Man muss Angst und Schrecken verbreiten, sonst wird man nicht ernst genommen. Allerdings fällt die

Strafe dann auch höher aus. Aber vielleicht bekommen wir ja mildernde Umstände, vor allem wenn wir das gestohlene Geld zurückzahlen.«

Ihre Stimme klingt seltsam, irgendwas zwischen Lachen und Weinen, als ob sie selber nicht so richtig glauben will, was sie da sagt.

Jan lacht auch, und es klingt böse. »Klar, die Polizei wird sicher Verständnis für uns haben, aber total. Sie Ärmsten, was haben Sie bloß durchgemacht! Das Geld aus der gesprengten Bank fiel Ihnen ja praktisch vor die Füße, Sie haben es nur aufgehoben, damit es nicht in die falschen Hände gerät. Und dann wollen die bösen, bösen Buben es auch noch zurück! Natürlich blieb Ihnen keine andere Wahl, als einen bewaffneten Banküberfall zu begehen. Das verstehen wir echt, das war praktisch Notwehr. Und deshalb lassen wir Sie jetzt nach Hause gehen, und zwar ohne jegliche Strafverfolgung.«

»Wir benutzen die Waffe ja nicht. Wir nehmen sie nur zur Einschüchterung. Niemand darf zu Schaden kommen, das ist doch wohl klar! Ich weiß einfach nicht, was wir sonst tun könnten«, meint Luise. »Hast du einen besseren Vorschlag? Du willst doch auch nicht, dass Christine etwas zustößt!«

»Ich befürchte einfach, dass wir drei Amateure noch in der Bank verhaftet werden«, entgegnet Jan.

»Wir könnten uns auch extra so doof anstellen, dass wir sofort verhaftet werden. Dann kriegen das die Gangster mit und lassen uns in Frieden«, werfe ich ein. »Höhere Gewalt, sozusagen.«

»Das mit dem doof anstellen ist sicherlich das kleinste Problem«, sagt Jan. »Aber ich glaube nicht, dass uns die Typen unsere Schulden erlassen, wenn wir verhaftet werden. Dieser Überfall, der könnte ja nur morgen früh stattfinden. Wann machen Banken in der Regel auf, um 8.30 Uhr? Das heißt, wir müssten sofort zuschlagen. Montagmorgen, da ist bei einer Bank doch die Hölle los! Wie kommen wir aus der Bank raus? Und dann müssen wir das Geld auch noch übergeben! Wir haben doch nur Zeit bis 10.43 Uhr!«

»Darüber müssen wir uns bestimmt keine Sorgen machen. Die Typen werden uns schon rechtzeitig finden. Deshalb sollen wir die Handys anlassen, damit sie uns nicht nur anrufen, sondern auch jederzeit orten können. Und wenn uns die Polizei nach dem Überfall schnappt, erzählen wir eben alles.« Ich zucke lässig mit den Achseln, aber innerlich bin ich keineswegs so cool. Ein Banküberfall. Kann ich danach überhaupt noch verbeamtet werden? Was, wenn ich nicht einmal mehr Lehrerin werden kann? Die Helikoptereltern von heute wollen doch garantiert niemanden mit Vorstrafe. Aber es hat keinen Zweck, sich darüber jetzt den Kopf zu zerbrechen.

»Jan.« Luise klingt nun sehr eindringlich. »Natürlich wird uns die Polizei nicht einfach zurück nach Hause gehen lassen, als wäre nichts gewesen. Aber das Wichtigste ist doch, dass unseren Angehörigen nichts passiert. Und danach müssen wir eben für die Konsequenzen unseres Handelns geradestehen, wie auch immer sie aussehen!«

»Die Konsequenzen unseres Handelns. Glaubst du etwa, Christine hat Verständnis dafür, wenn ich morgen einen Bankraub begehe, anstatt heute noch nach Hause zu fahren, so wie ich es ihr versprochen habe? Dann ist meine Ehe endgültig futsch. Meinst du, mein Chef hat Verständnis dafür, wenn ich morgen nicht aufkreuze und stattdessen eine Bank ausraube? Damit ist auch mein Job futsch!«

Ich lehne mich vom Rücksitz vor und lege Jan die Hand auf die Schulter. »Jan. Luise hat recht. Wir haben keine Wahl! Was ist, wenn die Kerle unseren Familien wirklich etwas antun! Die sind doch alles andere als zimperlich!«

Jan lässt den Kopf schwer aufs Lenkrad sinken. »Na schön«, murmelt er. »Planen wir also mal eben einen Bankraub für morgen früh, 8.30 Uhr. Habt ihr euch schon 'ne hübsche Bank ausgesucht?«

»Vielleicht irgendwo auf dem Land? Da rechnen die Bankangestellten bestimmt nicht damit«, überlege ich.

»Da kannst du aber auch schlecht abhauen. Wir müssen ja zumindest die Geldübergabe hinkriegen, bevor wir uns stellen. Zuallererst müssen wir aus Düsseldorf 'raus, am besten auch aus Nordrhein-Westfalen. Das waren lokale Nachrichten, vielleicht ist es anderswo nicht gemeldet worden«, meint Jan.

»In Stuttgart bestimmt«, wirft Luise ein, und es klingt jämmerlich.

»Das heißt, wir müssen Richtung Norden. Wir könnten Luises Koffer hinterherfahren. Symbolisch, natürlich. Wie wär's mit Hamburg? In einer Großstadt kann man vielleicht am besten untertauchen.« Ich bin ziemlich begeistert von meinem Vorschlag.

»Hamburg ist keine schlechte Idee«, murmelt Jan. »Wir brauchen einen belebten Ort für den Überfall. Und einen ruhigen Ort zum Untertauchen bis morgen früh. Einen Ort, an dem wir planen können.«

»Dazu fällt mir was ein! In den Pfingstferien waren wir mit der vierten Klasse auf Klassenfahrt in der Lüneburger Heide, in der Jugendherberge in Bispingen. Das heißt, die Kids und eine Lehrerin waren in der Jugendherberge, aber es war so voll, dass die Betreuerzimmer alle belegt waren und ich in eine Pension in der Nähe ausweichen musste. Also diese Pension, ich hätte nicht gedacht, dass es so was noch gibt. Die Einrichtung war total altmodisch, und die Vermieterin war uralt und komplett kurzsichtig. Selbst wenn die das im Radio hört oder Fotos von uns im Fernsehen sieht, sie würde uns nicht erkennen. Außerdem ist Bispingen insgesamt ziemlich verpennt.«

Jan zieht die Landkarte aus dem Handschuhfach.

»Bispingen ist gut, es liegt praktisch direkt an der Autobahn nach Hamburg. Da brauchen wir morgen früh vielleicht noch eine Stunde. Bis zu unserem Banküberfall …« Er blickt von der Karte auf, und unsere Blicke treffen sich.

»Das ist doch Wahnsinn«, flüstert er. »Wir sitzen hier und planen einen Banküberfall, als wär's ein Schulausflug mit deinen Viertklässlern. Dabei sollte das eine Auszeit sein …«

Luise legt ihre Hand auf Jans Hand, die auf der Landkarte liegt, und ich strecke mich ein bisschen vom Rücksitz und lege meine Hand auf Luises. Luise hat Tränen in den Augen.

»Dann tausche ich wohl am besten mal wieder das Nummernschild«, sagt Jan und seufzt.

»Tausch erst mal dein Hemd«, schlag ich vor. Jans blaues Hemd ist voller Blut, er zieht es aus, und ich werfe es in den Mülleimer. Weil alle seine neuen geklauten Sachen im Hotelzimmer zurückgeblieben sind, muss er jetzt eine karierte Wanderbluse von mir anziehen. Sie spannt über seinem Ranzen und passt kein bisschen zu seiner Anzughose. In Kombination mit seiner rotgeprügelten Nase kann er sich jetzt nicht mehr in der Öffentlichkeit blicken lassen, ohne Aufsehen zu erregen.

Luise muss auch das T-Shirt wechseln, aber da ist nicht so viel Blut, das kann man auswaschen. Ich finde die Pension in Bispingen über Google auf meinem Smartphone, und die Vermieterin geht nach dem zwanzigsten Klingeln endlich ans Telefon. Das Einzelzimmer ist belegt, aber sie wird ihren Schwiegersohn bitten, ein Zusatzbett in das Doppelzimmer zu stellen. Wir atmen auf. Dann besorgen wir uns ein Berliner Nummernschild.

»Bereit?«, fragt Jan.

»Bereit«, sage ich.

»Bereit«, sagt auch Luise.

Jan startet den Renault und fährt zur Ausfahrt. Dort parkt er rückwärts auf dem Parkplatz ein, der der Schranke am nächsten ist, und löscht das Licht. Nach ein paar Minuten kommt ein BMW mit Frankfurter Kennzeichen. Jan rollt langsam aus dem Parkplatz und positioniert sich hinter dem Auto. Die rote Parkschranke klappt nach oben, der BMW fährt durch, und Jan hängt sich einfach hintendran. Nichts passiert. Weder kracht die Schranke hinten auf den Renault, noch zeigt der Fahrer vor uns die leiseste Reaktion. Das werde ich mir merken. Wir fahren nach rechts um die Kurve und nach oben und sind jetzt draußen, mitten in Düsseldorf, im gleißenden Sonnenschein. Die Ausfahrt der Parkgarage ist nicht da, wo die Einfahrt ist, das Hotel ist von hier aus nicht zu sehen. Sonntagmittag, kaum jemand ist auf der Straße, alles ist friedlich und entspannt.

»So einfach ist das also«, stellt Jan fest.

»So einfach«, sage ich. »So einfach, wie eine Bank zu überfallen.«

LUISE

BISPINGEN, HAUS HEIDEGLÜCK

»Ich mache mich ein wenig frisch.«

Sabrina und Jan nickten abwesend und schoben weiter die mit Notizen vollgekritzelten kleinen Zettel, auf denen oben »Gemeinde Bispingen« aufgedruckt war, auf einem hässlichen achteckigen Couchtisch hin und her. Die Notizen, die wir in die Kategorien »Vorbereitung«, »Durchführung«, »Flucht« und »Risiken« unterteilt hatten, lagen neben ihren Handys, der Deutschlandkarte und einer halb leeren Tüte mit Chips. Der Gangster wegen waren beide Telefone eingeschaltet. Jan hatte mir erklärt, wie das mit der Handyortung funktionierte. Ich konnte es nicht fassen, dass heutzutage der Besitz eines Handys genügte, und jeder konnte herausfinden, wo man sich gerade aufhielt! Die eingeschalteten Telefone machten Jan und Sabrina nervös. Jan hatte Christine eine SMS geschickt, dass ihm leider etwas dazwischengekommen sei und er doch erst später nach Stuttgart zurückfahren konnte, und befürchtete nun einen wütenden Anruf. Sabrina wiederum hatte Angst, Oliver könnte sich melden; er hatte wieder angefangen, ihr Nachrichten zu schicken, genauso wie ihre Mutter.

Wir waren am späten Nachmittag angekommen. Die Pension lag etwas außerhalb, nur ein paar Schritte entfernt von der Jugendherberge, auf deren Gelände Kinder tobten und in Grüppchen zusammensaßen. Unser Ziel, ein gewöhnliches Einfamilienhaus, dem man von außen nicht ansah, dass hier Zimmer vermietet wurden, lag dagegen totenstill da. Wie

Sabrina vorausgesagt hatte, war die Vermieterin sehr alt und sehr kurzsichtig. Als Sabrina sie bei der Begrüßung daran erinnerte, dass sie vor wenigen Wochen ein paar Nächte bei ihr verbracht hatte, nickte sie freundlich, doch es war ganz offensichtlich, dass sie Sabrina nicht wiedererkannte. Sie guckte praktisch durch uns hindurch und schien auch nicht zu bemerken, dass Jan eine rote, geschwollene Nase hatte.

»Es ist ihnen doch recht, wenn wir morgen früh bei der Abreise bezahlen? Frühstück um acht Uhr, bitte, dreimal Kaffee, danke«, sagte Sabrina, ohne mit der Wimper zu zucken. »Und vielleicht könnten wir das Auto in Ihre Garage stellen? Es ist ganz neu, wissen Sie.« Es faszinierte und erschreckte mich, mit welcher Leichtigkeit Sabrina log, wo es mir selbst doch so schwerfiel. Ich hatte schon jetzt ein entsetzlich schlechtes Gewissen, dass wir uns in aller Herrgottsfrühe davonmachen würden, ohne den Kaffee, vor allem aber, ohne die alte Dame zu bezahlen. Vielleicht machten die Entzugserscheinungen ihres Antidepressivums Sabrina so unerschrocken. Nun würde sie ihr Medikament wieder nicht bekommen. Der Abholzettel lag in einer Apotheke in Düsseldorf. Hoffentlich verlor sie während des Banküberfalls nicht die Nerven, so wie es in der Parkgarage beinahe passiert wäre.

»Luise und ich nehmen das Doppelbett. Bewährtes Team«, erklärte Sabrina, als die Vermieterin davongeschlurft war. Jan nickte, seine Miene war ausdruckslos. Ich war mir nicht sicher, ob er wieder Schmerzen im Bein hatte; das restliche Antibiotikum war schließlich mit all seinen Sachen im Hotel zurückgeblieben. Hoffentlich gab es keine Komplikationen, weil er es nicht bis zu Ende nahm. Immerhin gab es im Zimmer einen alten, laut brummenden Kühlschrank mit Gefrierfach und Eiswürfelbehälter für Jans Nase. Ansonsten war das Zimmer groß, billig und unglaublich scheußlich.

Neben einem Doppelbett mit Besucherritze stand ein Einzelbett, es war kurz und wackelig, der Gang zwischen beiden Betten war schmal. Der Rest des Zimmers bestand aus einer braun-beigen Polstergarnitur und einer verschnörkelten Schrankwand, in den Regalen reihte sich Heimatroman an Heimatroman. Über der Couch hing eine Heideszene mit einer schönen Schäferin, die Heidschnucken hütete. Die Zinnvase mit den Trockenblumen hatten wir in eine Ecke des Zimmers verbannt.

»Fehlt nur noch das Hirschgeweih«, murmelte Sabrina. »Das Zimmer ist echt noch viel schlimmer als das Einzelzimmer, das ich an Pfingsten hatte. Wenigstens ist es sauber.«

Mir fiel das elegante Golfhotel am Bodensee ein, in dem wir wenige Monate vor Günthers Tod auf Einladung eines Geschäftspartners ein Wochenende verbracht hatten. Während die Herren Wichtiges besprachen, spielten die Damen Golf mit Blick auf den Säntis. Es fühlte sich an, als sei das eine andere Luise in einem anderen Leben gewesen. Ich ging ins Bad. Im Auto hatte eine schreckliche Hitze geherrscht, eine Dusche würde mir jetzt guttun.

Plötzlich übermannte mich die Erschöpfung, und ich ließ mich auf den Rand der hell- und dunkelrosa gestreiften Badewanne sinken. Nahezu ohne Vorwarnung breitete sich eine dumpfe Schwere in mir aus, wie Gliederschmerzen bei einer heftigen Grippe, als hätten meine Zweifel und mein schlechtes Gewissen nur auf eine Gelegenheit gelauert, mich alleine zu erwischen. In den letzten Tagen hatte ich meine Gefühle eisern unter Kontrolle gehalten; es war aber auch zu schnell zu viel passiert, als dass ich zum Nachdenken gekommen wäre. Was aber war eigentlich mit mir passiert? Es war immer so einfach gewesen, gut und böse voneinander zu trennen. Mein ganzes Leben lang war ich auf der Seite der

Guten gewesen, auf dem schmalen Pfad, der steinig und steil ins Himmelreich führte. Nie hatte ich andere bestohlen, betrogen oder belogen. Ich hatte Günther den Rücken gestärkt und ihm zuliebe und der Kinder wegen zurückgesteckt. Es war kein Opfer gewesen. Da war auch kein unterdrückter Frust, der sich plötzlich Bahn brach.

Mit Freude hatte ich zugesehen, wie Günthers Baufirma mit meinem Startkapital wuchs und gedieh und wie auch die Kinder wuchsen und gediehen und durch Sorgfalt in der Erziehung zu anständigen Menschen wurden, so wie ich einer war. Als die Kinder aus dem Haus waren, verlagerte ich meine Aktivitäten ins Ehrenamt, ich bot im *Haus am Killesberg* in der Cafeteria ein Gedächtnistraining an, das von den alten Menschen dankbar angenommen wurde, ich leitete dort einmal die Woche eine Bridge-Gruppe, ich hatte einen Dauerauftrag für »Brot für die Welt« und ging sonntags zum Gottesdienst.

Und nun? Ohne auch nur mit der Wimper zu zucken, hatte ich mit Sabrina eine Geldkassette aus einer Bank gestohlen, und das hatte eine fatale Kettenreaktion ausgelöst. Nach allem, was vorgefallen war, konnte ich mich nie mehr im Seniorenheim oder in der Kirche blicken lassen, nicht einmal beim Blutspenden für das Deutsche Rote Kreuz. Jeder in meiner Familie, jeder in Stuttgart wusste, was ich getan hatte, weil man aus irgendeinem Grund mich und nicht Sabrina oder Jan so prominent in den Nachrichten hervorgehoben hatte. Ich hatte die Seiten gewechselt, und das schlechte Gewissen hüllte mich ein wie eine undurchdringliche, tiefschwarze Wolke.

Ich hatte Angst davor, wie mein Leben aussehen würde, wenn ich zurück in Stuttgart war. Hatte es diese dunkle Seite in mir schon immer gegeben? Oder war das eine Reaktion auf Günthers Tod und Ehebruch? Wieso tat ich als alte Frau plötzlich Dinge, die ich noch vor wenigen Tagen aus tiefstem Herzen moralisch verurteilt hätte? Und was mich noch viel mehr beunruhigte, wie weit war ich bereit zu gehen und welche Brücken würde ich noch hinter mir abbrechen? Wir planten einen Banküberfall! Ja, wir planten einen Banküberfall, weil unsere Familien bedroht waren. Ich würde jetzt nicht klein beigeben. Nein. Luise Engel, sechsundsiebzig Jahre alt, würde die Suppe auslöffeln, die sie sich selber eingebrockt hatte, und sich von ein paar Kriminellen nicht einschüchtern lassen. Und wenigstens war ich nicht allein.

Ich hatte zu wenig Energie, um zu duschen. Ich schälte eine der kleinen Gästeseifen aus der Verpackung, wusch mir gründlich die Hände und das Gesicht, trocknete mich mit einem rauhen Handtuch ab und dachte bedauernd an die flauschigen Badetücher im Hotel Breidenbacher. Dann zupfte ich meine kurzen grauen Haare in Form und sah in den Spiegel, prüfend und ein bisschen ängstlich. Meine Gesichtsfarbe wirkte in dem schlechten Licht etwas fahl. Doch wenn ich befürchtet hatte, angestrengt auszusehen, mit tiefen Ringen unter den Augen, dann täuschte ich mich. Im Gegenteil, ich wirkte frisch und erholt. Nach allem, was passiert war? Das muss der Sex sein, Luise, der wirkt wie ein Jungbrunnen, raunte eine Stimme in meinem Kopf. Der Sex mit einem Unbekannten. Den Sex bereute ich nicht. Wieso sollte ich auch? Mit sechsundsiebzig Jahren hatte ich die leidenschaftlichste Nacht meines Lebens verbracht. Gegen Carl war Günther ein Waisenknabe im Bett gewesen, und nicht nur das. Als mir einfiel, was ich selbst alles getan hatte, stieg mir die Schamesröte ins Gesicht. Aber warum nur hatte ich Carl all unsere Geheimnisse erzählt? Es war Nacht, Luise, antwortete die Stimme. In der Nacht erzählt man leichtfertig Geschichten, die man tagsüber für sich behält. Sei nicht so streng mit dir. Trotzdem quälte mich die Frage, ob Carl uns verraten hatte. Es war schließlich nicht nur der Sex allein gewesen, der mich zu ihm hingezogen hatte. Ich war nicht enttäuscht worden. Die Stunden, die wir gemeinsam in seinem Hotelzimmer verbracht hatten, waren so leicht, so fröhlich, so unkompliziert gewesen, trotz der seltsamen Umstände. Luise, du hast dich doch nicht etwa verliebt, schalt ich mich. Vergiss nicht, für ihn war das Routine, während du seit über vierzig Jahren keinen anderen Mann angesehen hast als Günther. Doch wenn es wirklich reine Routine gewesen war, dann war er ein fantastischer Schauspieler. Umso schlimmer war die Vorstellung, er könne mich bei der Polizei denunziert haben. Aber er war schließlich Heiratsschwindler! Eine zutiefst unmoralische Person. Du wirst es nie erfahren, sagte die Stimme. Was hatte auf dem Zettel gestanden, mit dem Carl gewunken hatte? Seine Telefonnummer? Eine Entschuldigung? Auch das würde ich nie erfahren. Schlag ihn dir aus dem Kopf, Luise, befahl die Stimme, du wirst ihn nie wiedersehen, und das ist auch besser so, er ist ein Betrüger.

Bei dem Gedanken wurde mein Herz schwer.

»Luise!« Sabrinas gedämpfte Stimme drang durch die Badtür. »Luise, komm schnell, ich glaube, das solltest du dir ansehen!«

Jan und Sabrina lümmelten in ungewohnter Harmonie nebeneinander auf der braun-beigen Couchgarnitur, ihre Schultern berührten sich. Jan presste einen durchsichtigen Plastikbeutel mit Eiswürfeln auf seine Nase. Sabrina hatte den Beutel der Vermieterin abgeschwatzt, zusammen mit einem Notizblock, Kulis, Tesafilm und einigen Blättern Papier. Sabrinas Hand steckte in der Chipstüte, während sie und Jan beide auf einen Fernseher starrten, der auf der gegenüberliegenden Seite an der Wand hing. Der Flachbildschirm war der einzige moderne Gegenstand im Zimmer.

»Mach ma' Platz, Dicker.« Sabrina knuffte Jan in die Seite, und beide rutschten etwas mehr nach rechts. Ich setzte mich aufrecht auf das Sofa. Die Stimme, die aus dem Fernseher drang, kam mir seltsam bekannt vor.

Auf einem knallroten, plüschigen Sofa thronte Heiderose, sie trug ein bedrucktes, zeltartiges Kleid mit riesigen Blumen in Lila und Rosa. Die Farben auf dem Kleid bissen sich mit der Sofafarbe. Heiderose sah aus wie das Gewächshaus der Wilhelma zur Zeit der Azaleenblüte. Unter dem Bildschirm lief ein Textband. »Im Gespräch: Heiderose K., beste Freundin von Halbhöhen-Luise.«

Sabrina zeigte auf das Textband. »Halbhöhen-Luise! Das ist dein neuer Spitzname!«

»Spitzname?«, rief ich entgeistert. »Und wie hat Heiderose es so schnell in eine Talkshow geschafft? Es kam doch erst heute Morgen im Radio!«

»Sommerloch«, meinte Jan. »Und vor allem hast *du* es ins Fernsehen geschafft, Luise. Eine wohlhabende Witwe aus der Stuttgarter Halbhöhen-Lage, die aus heiterem Himmel kriminell wird? Gefundenes Fressen für die Medien. Da will jeder der Erste sein, um aus der Story Kapital zu schlagen.«

»Beste Freundin, das ist doch echt frech!«, rief Sabrina empört und schob sich eine Handvoll Chips in den Mund.

»Macht doch mal lauter«, bat ich. Mein Herz pochte. Es war seltsam, Heiderose in einer Talkshow im Fernsehen wiederzubegegnen. Sie drehte den Kopf und blickte direkt in die Kamera. Ich fuhr zurück, als könnte sie mich sehen.

»Erzählen Sie einfach, wie sich das für Sie anfühlt«, sagte der Moderator, ein junger Kerl in anthrazitfarbenem Hemd und farblich passendem Sakko. Er saß Heiderose gegenüber auf einem Sessel, wedelte mit einer Karteikarte und sah extrem betroffen aus. »Wie ist das, wenn die beste Freundin plötzlich kriminell wird?«

»Es ist einfach schrecklich«, flüsterte Heiderose und knetete nervös ihre Hände. »Ich möchte ihr so gern zurufen: Luise, komm nach Hause! Ich werde alles tun, um dir aus dieser Krise herauszuhelfen!«

»Sie waren immer sehr eng befreundet, nicht wahr?«

Heiderose nickte. Auf dem Bildschirm erschien ein schwarz-weißes Foto von zwei kleinen Mädchen in Wintermänteln, Wollmützen und weißen Strumpfhosen, die sich an den Händen hielten.

»Wir waren immer beste Freundinnen, unser ganzes Leben lang. Seit 1948. Das muss man sich mal vorstellen! Und nie auch nur der klitzekleinste Streit, in all den Jahren. Wir waren immer so …« Sie hob die Hände und presste beide Zeigefinger zusammen. Dann riss sie ihre Augen weit auf, schlug sich mit einer Hand gegen den Mund und schluchzte.

Der Moderator guckte noch betroffener, beugte sich vor und tätschelte ihre Hand. »Sie sind ja so tapfer«, sagte er. »Nicht wahr, sie ist unglaublich tapfer? Das ist doch mal einen Applaus wert!« Das Publikum klatschte wie wild.

»Wie kann man nur so lügen?«, rief Jan aufgebracht. »Das ist doch ekelhaft.«

Sabrina nahm meine Hand und drückte sie teilnahmsvoll. Ich starrte auf den Bildschirm. Das Textband lautete jetzt, »Heiderose K. würde alles tun, um der kriminellen Halbhöhen-Luise zu helfen.«

»Luise hat vor kurzem erst ihren Mann …«, der Moderator guckte auf seine Karte, »… Günther verloren. Meinen Sie, das hat ihr kriminelles Verhalten ausgelöst? Wie gut kannten Sie Günther?«

»Günther war wie ein Bruder für mich. Wir mochten uns immer sehr.«

»So kann man es auch nennen, du Schlange!«, zischte Sabrina, streckte Heiderose die Zunge raus und mir die

Chipstüte hin. Sabrina hatte sie an einer Tankstelle, an der wir unsere letzten Euro in Sandwiches umgesetzt hatten, geklaut. Sie hatte sie in aller Seelenruhe aus dem Regal genommen, aufgerissen und war dann Chips essend damit hinausspaziert.

»Günthers Tod war ein schlimmer Schock für Luise«, fuhr Heiderose fort. »Er war ihr Ein und Alles. Als er starb, da hatte sie plötzlich nur noch mich. Und falls sie irgendwo in Deutschland ist und diese Sendung sieht, dann möchte ich ihr zurufen: Melde dich, Luise! Melde dich, und ich stehe dir bei, so wie ich dir immer beigestanden habe!« Heiderose schlug jetzt beide Hände vors Gesicht und schluchzte.

Der Moderator tätschelte ihr das dicke Knie und sagte: »Freunde wie Sie sind heutzutage selten geworden, Heiderose!« Das Publikum tobte. Das Textband hatte sich noch einmal verändert. »LUISE, BITTE MELDE DICH! Beste Freundin richtet verzweifelten Appell an Halbhöhen-Luise.«

Heiderose wurde aus- und ein Mann in einem weißen Kittel eingeblendet. »Der plötzliche Tod eines geliebten Menschen kann Kurzschluss-Reaktionen auslösen«, hörte man den Moderator aus dem Off. »Ich unterhalte mich gleich weiter mit Heiderose, sie wird von ihrer glücklichen gemeinsamen Kindheit mit Luise in den entbehrungsreichen Stuttgarter Nachkriegsjahren berichten, aber zunächst hören wir die Einschätzung unseres Experten, des Psychologen …«

»Schalt das aus, Jan«, murmelte Sabrina. »Das ist ja nicht auszuhalten.« Jan gehorchte sofort und griff nach der Fernbedienung. Der Psychologe verschwand. Wir starrten auf den schwarzen Bildschirm.

»Widerlich«, stellte Sabrina fest. »Einfach nur wi-der-lich. Bestimmt kriegt sie einen Haufen Kohle dafür, dass sie lauter Lügengeschichten erzählt.«

»Wer singt denn da?«, fragte ich irritiert.

»Bob Dylan«, antwortete Jan. »›Knockin' on heaven's door‹. Der Klingelton auf meinem Handy.« Er klang sehr verwundert, als höre er das Geräusch zum ersten Mal, und starrte wie hypnotisiert auf das Gerät auf dem Couchtisch.

»Dein Handy!«, kreischte Sabrina. »O mein Gott, die Typen rufen an!«

»Oder Christine«, sagte ich. »Ich hoffe, es ist Christine.«

»Nun geh schon ran!« Sabrina klang hysterisch.

Jan griff nach dem Handy. »Das ist eine Stuttgarter Vorwahl … Hallo? Frau Engel? Sie wollen Frau Engel sprechen? Wer ist denn da, bitte? Das wollen Sie ihr selber sagen. Aha. Einen Moment.« Jan streckte mir das Telefon hin.

Ich nahm es mit spitzen Fingern entgegen und sah ihn fragend an.

Er zuckte mit den Schultern.

»Luise Engel. Mit wem spreche ich?« Mein Herz klopfte. Ich presste das rechteckige Telefon noch stärker an mein Ohr.

»Guten Abend, Frau Engel«, sagte eine männliche Stimme, nahezu dialektfrei und beinahe gelangweilt. Das waren nicht die Erpresser. »Kriminalhauptkommissar Schwabbacher hier, Kripo Stuttgart.«

»Kripo Stuttgart«, wiederholte ich leise und beinahe ehrfürchtig. Ich fühlte mich seltsam erleichtert. Kein Versteckspielen mehr, keine weiteren Gesetzesübertretungen. Vor allem aber: keine Verantwortung mehr. Aus den Augenwinkeln sah ich, wie Sabrina und Jan erschreckt ihre Augen aufrissen. »Sie haben uns also gefunden.«

»Ich bitte Sie, wir sind Profis, wir haben Sie schon längst gefunden.« Schon wieder Profis, nur diesmal auf der anderen, der richtigen Seite des Gesetzes. »Wie geht es Ihnen in Bispingen, Frau Engel?«

»Sie wissen sogar, wo wir sind?«

Die Stimme stöhnte genervt. »Jeder Idiot kann ein Handy orten.«

»Aber … aber wieso rufen Sie uns dann an? Warum verhaften Sie uns nicht einfach?«

»Ich habe nicht vor, Sie zu verhaften. Jedenfalls nicht zum jetzigen Zeitpunkt.«

»Aber … aber … Sie fahnden doch nach uns. Und damit Sie es gleich wissen, den Geldautomaten haben nicht wir gesprengt. Das war eine Bande!«

»Keine Sorge, das war mir sofort klar, als ich die Aufnahmen aus der Überwachungskamera sah. Trotzdem hat sich bei Ihnen und Ihren beiden Begleitern dann doch die eine oder andere kleine Gesetzesübertretung angesammelt. Diebstahl von Kleidung, Diebstahl von Benzin, Diebstahl einer Geldbörse in einem Supermarkt, Fahrerflucht, Behinderung und Gefährdung des Straßenverkehrs, Nötigung, zwei gestohlene Kfz-Kennzeichen, fahrlässig ausgelöster Feueralarm. Es war natürlich offensichtlich, dass die Aktion im Hotel auf das Konto von Ihnen dreien geht, aber dann auch noch Blutspuren im Zimmer zu hinterlassen, das war geradezu grob fahrlässig. Ach ja, dann die nicht bezahlte Parkhausgebühr, rund dreißig Euro. Ein Polizist hörte, wie jemand Ihren Namen rief, als Sie Richtung Parkhaus gingen, und der BMW-Fahrer hat uns natürlich sofort verständigt, gleich nachdem Sie hinter ihm durch die Schranke gefahren waren. Und eine klitzekleine Kleinigkeit hätte ich jetzt beinahe vergessen, die einunddreißigtausend Euro aus dem Geldautomaten. Die vermutlich nicht zu gebrauchen sind, weil die Bank zur Sicherheit eine Farbkartusche installiert hatte.«

»Aber … wenn Sie das alles wissen, warum verhaften Sie uns dann nicht?«

»Es ist zu früh.«

»Zu früh? Wie meinen Sie das?«

»Ich meine, dass bei Ihnen noch lange nicht das Ende der Fahnenstange ist. Ich meine, da ist noch ein gewisses kriminelles Entwicklungspotenzial vorhanden.« Die Stimme des Mannes war völlig emotionslos.

Mir lief ein eiskalter Schauer den Rücken hinunter. »Kriminelles Entwicklungspotenzial? Aber wenn dem so wäre, und ich streite das entschieden ab, gerade dann wäre es doch Ihre Pflicht, uns zu verhaften, um Schlimmeres zu verhindern!«

»Nein.«

»Warum nicht?«

»Sagen wir mal so, ich habe noch eine Rechnung offen. Und für diese Rechnung ist es günstig, noch ein Weilchen abzuwarten.«

»Eine Rechnung offen, mit wem?«

»Mit Ihnen. Deshalb kam auch Ihr Name im Radio und nicht der von Frau Schwendemann oder Herrn Marquardt. Deswegen habe ich Ihre Freundin Heiderose an eine Talkshow vermittelt.«

»Was reden Sie da? Ich kenne Sie doch überhaupt nicht! Wieso sollten Sie mit mir eine Rechnung offenhaben?« Wer auch immer dieser Mann war, er jagte mir schreckliche Angst ein.

»Natürlich nicht mit Ihnen persönlich. Ich benutze Sie, um mich an jemandem zu rächen. Und deshalb werde ich in dem Moment zuschlagen, wenn es für mich am günstigsten ist. Wenn Ihnen das Wasser bis zum Hals steht.«

»Zuschlagen? Aber … aber wie reden Sie denn?«, flüsterte ich. »Sie reden wie ein Krimineller, nicht wie ein Kommissar! Auf welcher Seite des Gesetzes stehen Sie? Das ist doch pervers!«

»So pervers wie eine unbescholtene alte Dame, die mit

sechsundsiebzig Jahren kriminell wird. Das ist doch lächerlich. Sie sind lächerlich! Aber mir kann es nur recht sein. Einen schönen Tag noch, Frau Engel. Ich werde Ihre weiteren Aktionen mit großem Vergnügen verfolgen. Ach, und beinahe hätte ich es vergessen, ich soll Grüße bestellen von Ihrer Tochter und Ihrer Haushälterin.«

Ich ließ das Handy sinken und bemerkte erst jetzt, dass ich am ganzen Leibe zitterte. Jan und Sabrina starrten mich mit offenem Mund an.

»Luise!«, rief Sabrina erregt. »Wieso hast du diesen Kommissar die ganze Zeit davon zu überzeugen versucht, dass er uns verhaften soll?«

»Das kann kein richtiger Polizist gewesen sein. Das war ein perverser Lügner!« Ich sprang vom Sofa auf und begann, erregt im Zimmer auf und ab zu gehen. Plötzlich hatte ich das Gefühl, zwischen den schweren Möbeln zu ersticken. Ich riss das Fenster auf. Kühle Abendluft wehte herein. Andere Leute in meinem Alter hatten heute eine Kutschfahrt durch die blühende Lüneburger Heide gemacht, mit Kaffee und Kuchen im Ausflugslokal. Danach ein gepflegtes Abendessen und eine Partie Bridge.

»Pervers. Wie kommst du denn dadrauf?«, fragte Jan erstaunt.

»Er weiß alles. Alles, was wir getan haben, in Eisenach angefangen, er weiß, wo wir sind, will uns aber trotzdem nicht verhaften, weil er darauf wartet, was wir als Nächstes tun. Er will sich an mir rächen, sagt er, an mir, dabei habe ich nicht die leiseste Ahnung, wer er ist! Er war es auch, der Heiderose irgendwie in die Talkshow geschleust hat. Das kann doch kein echter Polizist sein … Ein echter Kommissar würde doch niemals seine Zielperson laufenlassen! Vielleicht ist es der Teufel höchstpersönlich!« Verwundert stellte ich fest, dass meine Stimme überschnappte. Ich war kurz davor, die

Nerven zu verlieren. Ich lief noch immer hin und her und versuchte, ruhig zu atmen.

»Luise, so beruhige dich doch. Ganz offensichtlich hat es der Typ drauf angelegt, dich aus der Fassung zu bringen. Er versucht dir einzureden, du wärst seine Marionette und er könnte dich nach Belieben manipulieren. Aber es wird eine Erklärung dafür geben. Wie hat er sich genannt, sagst du?«, fragte Jan.

»Schwabbacher.«

»Vielleicht war er in Wahrheit von der Schmuddelpresse und hat sich nur als Polizist ausgegeben«, mutmaßte Sabrina.

»Ich erinnere mich dunkel an einen völlig fanatischen Stuttgarter Kommissar namens Schwabbacher, der in den siebziger Jahren RAF-Terroristen gejagt hat, ziemlich erfolgreich. Schauen wir doch mal, was Google zu ihm sagt.« Jan tippte und wischte auf seinem Smartphone herum, wie es die Leute heute eben so machten, und hielt mir schließlich das Gerät unter die Nase. »Da haben wir ein relativ aktuelles Foto von ihm. Könnte er das gewesen sein?«

Der Mann auf dem Foto sah aus wie ein Politiker oder ein älterer Geschäftsmann. Anfang, Mitte sechzig, Brille, Bauch, kaum Haare.

»Ich weiß es nicht. Ich habe doch nur seine Stimme gehört. Diesen Mann habe ich jedenfalls noch nie gesehen.«

Jan starrte wieder auf sein Telefon, wischte und las. »Da haben wir seinen Wikipedia-Eintrag. Als blutjunger Polizist erlangte Schwabbacher Berühmtheit, als er 1972 den der RAF nahestehenden Siegfried Hausner am Eugensplatz in Stuttgart aufspürte und verhaftete. Hausner hatte versucht, einen Brandanschlag auf eine Klinik zu verüben. 2006 wurde Schwabbacher wegen seiner herausragenden Polizeiarbeit als nahezu unumstrittener Kandidat für die Nachfolge von Polizeipräsident Martin Schairer gehandelt. Aber nicht er, sondern Siegfried Stumpf bekam den Job. An den erinnert ihr euch bestimmt, der wurde in den Vorruhestand versetzt, nachdem 2010 beim ›Schwarzen Donnerstag‹ der Polizeieinsatz gegen die Stuttgart-21-Demonstranten im Schlossgarten komplett aus dem Ruder lief und unzählige Demonstranten verletzt wurden. Das blieb Schwabbacher also erspart, weil er den Posten als Polizeipräsident gar nicht gekriegt hat. Ob das der Grund ist für seine Verbitterung? In den letzten Jahren hat man praktisch nichts mehr von ihm gehört. Bestimmt hockt er am Pragsattel im Polizeipräsidium rum und wartet auf seine Pensionierung.«

»Das kann ja alles sein. Aber was hat das mit mir zu tun?«, rief ich verzweifelt aus.

»Luise«, sagte Sabrina eindringlich. »Denk nach. Es muss eine Verbindung geben zwischen dir und diesem durchgeknallten Kommissar!«

»Moment, da ist noch was …« Jan konzentrierte sich noch immer auf sein Smartphone. »Es gibt einen Grund, warum er nicht Polizeipräsident wurde. 2006 gab es doch diesen spektakulären Entführungsfall, wisst ihr noch? Die dreizehnjährige Tochter eines Bahn-Vorstands, der mit seiner Familie in Stuttgart wohnte, wurde entführt. Es gab Gerüchte, dass die Täter der späten RAF-Generation angehörten, deshalb leitete Schwabbacher die Ermittlungen. Die Familie wollte das Lösegeld bezahlen. Aber Schwabbacher ließ die stillgelegte Messehalle auf dem Killesberg, wo die Tochter versteckt war, ohne Rücksprache mit der Familie stürmen. Bei dem Einsatz wurde das Mädchen im Kugelhagel von Entführern und Polizei tödlich getroffen. Erst hieß es, es sei ein tragischer Unfall. Aber dann warf man Schwabbacher schwerwiegende Fehler vor. Das war das Ende seiner Karriere, kurz vor der Wahl zum Polizeipräsidenten. Die Boulevard-Zeitungen haben ihn fertiggemacht.«

»Natürlich kann ich mich an diese schreckliche Geschichte erinnern«, sagte ich. »Wir haben am Killesberg wochenlang über nichts anderes gesprochen. Schließlich kannte ich das Mädchen. Die Familie wohnte nur ein paar Straßen weiter.«

»Du kanntest das Mädchen?«

»Ich kannte Janina vom Sehen, sie war ja viel jünger als meine eigenen Kinder. Sie war im Tennisclub, wie es am Killesberg eben so üblich ist. Noch kurz vor ihrem Tod war sie Ballmädchen beim Weissenhof-Turnier gewesen. Ein hübsches, begabtes junges Ding und sehr sportlich, man sagte ihr eine Profi-Karriere im Tennis voraus. Ihr Tod war ein Schock für den ganzen Killesberg. Die Eltern kannten wir ein wenig besser, der Vater gehörte zu Günthers beruflichem Netzwerk.«

»Vielleicht ist das der Zusammenhang?«

»Ich weiß nicht. Der Tod des Mädchens hatte ja nichts mit mir persönlich zu tun. Ich verstehe nicht, mit wem der Kommissar eine Rechnung offenhat. Und warum er ausgerechnet mich benutzen will, um diese Rechnung zu bezahlen.«

»Hat er das denn so gesagt? Dass er sich an dir persönlich rächen will?«, fragte Jan beharrlich.

Ich dachte nach. Es war so schnell gegangen, und ich war aufgeregt gewesen, und mein Kurzzeitgedächtnis war auch nicht mehr das, was es mal war.

»Nein, jetzt wo du nachfragst, er erwähnte irgendetwas davon, dass er sich zwar an mir rächen wollte, aber sozusagen stellvertretend.«

»Dann muss Günther der Zusammenhang sein!«, rief Sabrina aufgeregt. »Wie eng waren die geschäftlichen Beziehungen zwischen Günther und Janinas Vater, dem Bahn-Vorstand?«

Ich zuckte hilflos mit den Schultern. »Das weiß ich nicht. Günther hat mit mir kaum über Geschäfte geredet.«

»Sabrina hat wahrscheinlich recht. Schwabbacher will sich an Günther rächen, und es muss irgendwas mit dem Entführungsfall zu tun haben«, sagte Jan.

»Vielleicht hatte Günther Dreck am Stecken«, warf Sabrina ein.

»Jetzt reicht es aber!«, rief ich ärgerlich. »Günther ist tot. Er war sicher kein Heiliger, aber wir können ihn nicht mehr fragen, und er kann sich auch nicht mehr wehren. Wir werden jetzt nicht damit anfangen, uns irgendwelche Schauermärchen über ihn auszudenken!«

»Ist ja gut, ist ja gut, Luise! Ändern wir jetzt wegen diesem Typen unseren Plan?« Sabrina schob die Notizen auf dem Couchtisch hin und her, ohne sie anzusehen.

Jan schüttelte den Kopf. »Ich würde alles so machen wie besprochen. Wir müssen nur überlegen, wie wir das mit den Handys regeln. Wir müssten sie eigentlich komplett abstellen und sogar die Akkus rausnehmen, wenn wir wollen, dass uns die Polizei nicht mehr orten kann. Aber dann scheitert möglicherweise auch die Geldübergabe, weil die Schlägertypen unseren Standort nicht rauskriegen.«

»Ich glaub nicht, dass dieser Schwabbacher uns in Hamburg verhaftet. Der fühlt sich, als sei er in ›Minority Report‹, diesem Film mit Tom Cruise, wo man vorher schon weiß, wer vorhat, ein Verbrechen zu begehen. Der schaut in aller Seelenruhe zu, wie wir die Bank überfallen«, sagte Sabrina.

»Er vielleicht, aber die Polizei in Hamburg bestimmt nicht«, meinte Jan. »Irgendwie habe ich das Gefühl, dieser Schwabbacher macht sein eigenes, nicht unbedingt gesetzeskonformes Ding. Er kann doch nicht in seiner Funktion als Kommissar einen persönlichen Rachefeldzug starten, aus welchem Grund auch immer!«

»Wir haben jetzt also nicht nur ein paar Kriminelle, sondern auch einen durchgeknallten Kommissar auf den Fer-

sen?« Sabrina seufzte. »Super. Das erhöht unsere Erfolgs-
chancen gewaltig. Und es wirft die Frage auf, ob wir uns nach
dem Überfall wirklich der Polizei anvertrauen können. Diesem Typen jedenfalls nicht.«

»Auf jeden Fall hat Jan recht, wenn er meint, dass der
Kommissar es darauf angelegt hat, uns aus dem Konzept zu
bringen. Das lassen wir nicht zu. Alles bleibt wie besprochen«, sagte ich. »Nur mit den Handys, da müsst ihr euch
was einfallen lassen, dabei kann ich euch nicht helfen. Wir
werden jetzt auch wie geplant zu diesem Abenteuerspiel-
platz gehen und das verfärbte Geld an der Grillstelle ver-
brennen. Ich brauche dringend frische Luft, ich habe das Gefühl, hier drin zu ersticken.«

»Ich ersticke zwar nicht, aber ich bin am Verhungern!«,
klagte Sabrina. »Und dann auch noch zur Grillstelle, bloß,
dass es nichts zu essen gibt!«

»Du isst doch sowieso kein Fleisch«, sagte Jan achselzuckend. »Außerdem hast du an der Tankstelle ein dickes
Käsesandwich verdrückt.«

»Das ist Stunden her! Und als wir mit den Viertklässlern
an der Grillstelle waren, haben wir keine Würstchen, sondern Stockbrot gegrillt. Voll lecker!«

»Frühstück gibt's übrigens auch keins. Vielleicht möchtest
du für alle Fälle noch ein paar Beeren sammeln, Sabrina?«

»Eigentlich hättest du etwas Besseres verdient, an deinem
fünfzigsten Geburtstag.«

Jan seufzte. »Erinnere mich nicht dran. Ich mag mir gar
nicht ausmalen, was gerade in Christine vorgeht. Die fühlt
sich doch total verarscht. Wahrscheinlich sagt sie grad die
Feier am nächsten Samstag ab.«

Ich legte Jan den Arm um die Schultern. »Du wirst es ihr
erklären«, sagte ich leise.

Wir nahmen den Dreckwäschebeutel und gingen hinaus. Wir hatten beschlossen, das Auto in der Garage zu lassen und zu Fuß zur Feuerstelle zu laufen. Wir brauchten zwar schon wieder ein anderes Kennzeichen, aber das wollten wir frühmorgens bei der Abfahrt erledigen. Es tat gut, sich die Beine zu vertreten, und langsam verschwand das Gefühl von Klaustrophobie, das ich in dem Zimmer der Pension empfunden hatte, und der Ärger darüber, dass Sabrina und Jan Günther für den Rachefeldzug des verrückten Kommissars verantwortlich machen wollten. In all den Jahren hatte sich Günther niemals unlauter verhalten! Die Angst vor dem Kommissar allerdings blieb, und die Angst vor dem nächsten Tag sowieso.

Der Abend war still und warm, und es war schon fast dunkel, als wir am Grillplatz ankamen. Wir waren allein; verstreuter Abfall, angespitzte Holzstöcke und heruntergebrannte Grillkohle zeugten davon, dass dies tagsüber ein beliebter Treffpunkt gewesen war. Jan schüttete das Geld auf die Feuerstelle und warf ein paar trockene Äste hinterher, die er unterwegs gesammelt hatte. Ein paar Augenblicke sahen wir stumm zu, wie die dreißigtausendneunhundert Euro in Flammen aufgingen. Lange dauerte es nicht.

»Fast schon romantisch, solange man nicht drüber nachdenkt, dass wir hier grad ein kleines Vermögen abfackeln. Lasst uns was singen«, schlug Sabrina vor. »Das gehört sich so am Lagerfeuer.«

»Ich kann nicht singen«, erklärte Jan wie aus der Pistole geschossen.

»Quatsch. Ich kenne niemanden, der nicht singen kann«, gab Sabrina zurück. »Nur manchmal reden blöde Lehrer den Kids ein, dass sie nicht singen können, und versauen sie für alle Zeiten. Hattest du früher solche Lehrer?«

»Schon möglich«, meinte Jan achselzuckend.

»Ich habe mit meinen Kindern immer viel gesungen«, sagte ich. »Es gibt so viele schöne alte Volkslieder. Schade, dass die aus der Mode gekommen sind. ›Kein schöner Land in dieser Zeit‹, zum Beispiel, oder ›Abendstille überall‹.«

»Mit Volksliedern hab ich's nicht so, und Kirchenlieder kenn ich keine«, sagte Jan. »Ich glaub nicht, dass wir was finden, was wir alle singen können. Du hörst bestimmt so schrecklichen deutschsprachigen Pop, Sabrina, Rosenstolz und Max Giesinger oder Joris. ›Das Herz sagt bleib, der Kopf schreit geh‹ … gib's zu, Sabrina, so ein Gelaber gefällt dir!«

»Ja. Ja, ich geb zu, dass es mir gefällt. Na und? Was ist daran so schlimm?«

»Meine Teenie-Töchter hören so was auch. Ich hör lieber solide Rockmusik.«

»Du meinst die Musik auf den Schlammfestivals, auf die mich meine Eltern als Kleinkind immer mitgeschleppt haben? Wahrscheinlich war ich als Kind auf mehr Rockkonzerten als du in deinem ganzen Leben. Weißt du, wie spaßig Rockkonzerte für Kinder sind? Man sieht nichts außer die Beine der Erwachsenen, man darf nicht rumrennen, weil man sonst verloren geht, und man hört nichts, weil einem die fürsorglichen Eltern gegen den Lärm Stöpsel in die Ohren gestopft haben. Rock, das war die einzige Musik, die meine Eltern hörten und kannten, gesungen haben sie nie mit mir, sie fanden's peinlich. Dabei hab ich immer gern gesungen, als Waldheim-Kind zum Beispiel. Die hatten die ›Mundorgel‹, das war super.«

»Die Mundorgel‹. Die gab's ja zu meiner Waldheim-Zeit schon!«, rief Jan.

»Die Affen rasen durch den Wald …‹«, stimmte Sabrina an.

»›… der eine macht den anderen kalt …‹«, fuhr ich fort.

Sabrina und Jan starrten mich an.

»Das kennst du?«

»Seid doch nicht albern. ›Die Mundorgel‹ gibt's seit den fünfziger Jahren, sie wurde ursprünglich für christliche Jugendgruppen entwickelt. Meint ihr vielleicht, wir haben früher nicht am Lagerfeuer daraus gesungen? Und meine Kinder waren auch alle im Waldheim!«

Und dann legten wir los.

»»Die Affen rasen durch den Wald, der eine macht den anderen kalt, die ganze Affenbande brüllt: Wo ist die Kokosnuss, wo ist die Kokosnuss, wer hat die Kokosnuss gekla-ha-haut …‹« Wir sangen, und jeder von uns konnte sich an eine andere Strophe erinnern, die vom Affenopa oder die vom Affenbaby, und wir sangen immer weiter. Vielleicht war »singen« nicht das richtige Wort: Wir brüllten uns die Seele aus dem Leib. Jan brummte mehr, als dass er sang, Sabrina hatte einen glasklaren Sopran, und meine Stimme war tiefer geworden und hatte sich über die Jahre von Mezzo zu Alt entwickelt. Wir sangen, wir brüllten, wir hatten Texthänger und lachten uns dabei schlapp. Als Nächstes sangen wir »Bolle reiste jüngst zu Pfingsten« und »Wir wollten mal auf Großfahrt gehn« und »Es lebt der Eisbär in Sibirien«, und für einen winzigen Moment vergaßen wir unsere Sorgen und Nöte. Wir sangen, bis wir heiser waren und anfingen zu krächzen. Auf absurde Weise war ich glücklich, so glücklich, dass es weh tat. Wir sahen zu, wie das verfärbte, geklaute Geld zu einem glimmenden Aschehaufen herunterbrannte, wir würden am nächsten Morgen eine Bank überfallen, ich hatte Angst um Lea und Felix, doch in diesem Augenblick war ich glücklich, und ich las in den strahlenden Gesichtern von Sabrina und Jan, dass sie dasselbe empfanden. Und dann stimmte Sabrina noch einmal »Happy birthday to you« an, und ich fiel ein, aber dann sah ich im letzten Schein des Feuers die Trauer in Jans Gesicht und bekam einen Kloß im Hals und konnte nicht mehr weitersingen, und auch Sabrina verstummte, und der Moment des Glücks war vorbei.

Stumm klappte ich meine Handtasche auf, Jan zog die Pistole heraus und zeigte mir stumm, wie man sie entsicherte, und dann zielte er auf einen Baum und gab einen Schuss ab, und ja, die Pistole war geladen, und mir war es, als würde der Schuss mit jedem Herzschlag in mir nachhallen, endlos. Jan drückte mir die Pistole in die Hand. Ich zitterte so, dass ich die Pistole nicht gerade halten konnte und sie schnell zurück in meine Handtasche stopfte.

Schweigend wanderten wir zurück zu unserer Pension. Sabrina zog den gestohlenen Bademantel an, stellte einen Stuhl in die Mitte des Zimmers, legte das große, mittlerweile vor Dreck stehende Badetuch aus dem Breidenbacher Hof hinter der Lehne auf den Boden, setzte sich auf den Stuhl und fuhr sich mit den Händen durch ihr Haar.

»Alles wie besprochen«, murmelte sie.

»Bist du dir sicher?«, fragte ich.

Sie nickte.

Jan stand vor ihr. Er starrte auf ihr langes blondes Haar, hob die Hand und strich langsam darüber, zärtlich und scheu, und sie sahen sich an, und Sabrina lächelte wehmütig, und ich blickte zur Seite. Dann reichte mir Jan das Taschenmesser.

»Nicht grade das ideale Werkzeug für dein tolles Haar«, sagte er.

»Das wächst doch wieder!«, rief Sabrina munter, aber ihr Gesichtsausdruck strafte sie Lügen. Ich klappte die winzige Schere aus dem Messer, und dann begann ich, Sabrinas Haare auf Kinnhöhe abzuschneiden. Schneiden war nicht das richtige Wort. Ich hatte ja nicht einmal einen Kamm oder eine Bürste, und Sabrinas Haare waren dick und widerspenstig, und die Schere bewältigte immer nur wenige Haarsträhnen auf einmal. Ich musste richtig säbeln, und natürlich wurde es schief, und nur langsam wuchs der Haufen von blondem Haar auf dem Handtuch an. Es schien eine Ewigkeit zu dauern. Draußen war es mittlerweile stockdunkel.

»Fertig«, seufzte ich schließlich. Mit viel gutem Willen konnte man Sabrinas Frisur jetzt als Pagenschnitt bezeichnen, wenn man ehrlich war, sah sie aus wie ein gerupftes Huhn. Sie stand langsam auf, bückte sich über das Handtuch, schüttelte den Kopf, fuhr sich mit den Fingern durch das Haar und ging ins Bad. Jan sah mich an und seufzte.

»Sehr schlimm?«, fragte ich, als sie zurückkam.

»Ich bin kaum wiederzuerkennen«, antwortete sie. »Und das ist ja die Hauptsache. Und in zwei, drei Jahren ist es wie früher.« Sie lachte, und es klang beinahe echt. Sie hatte recht. Sie wirkte jetzt viel sportlicher, ihr Gesicht sah viel kantiger aus. Mit den langen Haaren war ein großer Teil ihrer erotischen Ausstrahlung verschwunden. Kein Wunder, dass Männer so auf lange Haare standen! Ich schlug das Handtuch über den Haaren zusammen und legte es neben die Tür, damit wir es am Morgen nicht vergaßen und verräterische Spuren hinterließen.

Mitten in der Nacht wachte ich auf. Es war stockdunkel und sehr warm im Zimmer. Sabrina schnarchte leise neben mir; Jan schnarchte laut. Ich stand auf, nahm meine Geldbörse, in der noch ein bisschen Kleingeld war, und ging in T-Shirt und Unterhose und ohne Schuhe hinaus auf die Straße und bis zur Jugendherberge. Dort stand ein Münzfernsprecher. Ich warf Kleingeld in den Schlitz und wählte Heideroses Nummer. Nach dem vierten Klingeln nahm sie ab. Ich sagte nichts.

»Hallo. Hallo?«, sagte Heiderose.

Ich sagte immer noch nichts.

»Luise! Luise, bist du das?«, stammelte Heiderose und brach in Tränen aus. Wie lange kannten wir uns jetzt, seit fast siebzig Jahren? Als Kind hatte Heiderose nie geweint. Eigentlich hatte ich sie in meinem ganzen Leben nur zwei Mal weinen sehen, bei Günthers Beerdigung und im Fernsehen.

»Lu-lu-lu-Luise!«, stammelte sie. »Es tut mir so leid. Es ist alles meine Schuld!« Das Schluchzen wurde lauter.

»Heiderose. Stell dich nicht so an. Und ich sage dir gleich, wenn Kommissar Schwabbacher dich zu diesem Telefonat angestiftet hat, lege ich sofort auf.«

»Luise, das würde ich doch niemals tun! Reicht es nicht, dass ich dich einmal verraten habe?« Ihr Schluchzen war jetzt unerträglich laut.

Ich sollte doch Mitleid mit ihr haben! Tatsächlich ging sie mir auf die Nerven.

»Petrus hat Jesus drei Mal verraten. Komm bitte zur Sache. Wieso hast du in der Talkshow gesagt, ich soll dich anrufen?«

»Aber … aber … ist das nicht offensichtlich?«

»Nein.«

»Luise, du brauchst Hilfe! Drin-gend! Von einer alten Freundin!«

»Du hast den Quatsch doch nicht etwa selber geglaubt, den du da im Fernsehen von dir gegeben hast?«

»Aber Luise, was soll denn das heißen? Du klingst plötzlich so … so anders. So … hart.«

»Heiderose. Was erwartest du von mir? Du hast mich jahrelang mit meinem Mann betrogen. Dann ziehst du in einer Talkshow eine Tränendrüsennummer ab. ›Günther war wie ein Bruder für mich‹? Du hast mich öffentlich verarscht. Und jetzt soll ich freundlich mit dir am Telefon plaudern, als sei nichts gewesen?«

»Aber das ist es ja gerade. Das alles ist nur wegen mir passiert! Wegen mir und Günther! Das ist doch totales Kurzschlussverhalten, das hat der Psychologe doch gesagt, und der muss es ja wohl wissen, sonst wäre er nicht Psychologe, und ich bin schuld daran! Günther natürlich auch, aber der liegt wenigstens im Grab und muss es nicht mit ansehen! Aber ich, ich kann es wiedergutmachen, indem ich dir zur Seite stehe!«

»Ich brauche keine Hilfe. Und falls es dich beruhigt: Du überschätzt dich. Was hier passiert, hat nichts mit dir zu tun.«

»Dann verzeih mir wenigstens!«, flehte Heiderose.

»So schnell geht das nicht.«

»Willst du deinen Ärger etwa mit ins Grab nehmen? Willst du vor dem Allmächtigen stehen und dir vorwerfen lassen, dass du mir nicht vergeben hast, obwohl ich dich darum angefleht habe? Luise, das ist nicht besonders christlich!«

»Sei nicht so verdammt theatralisch, Heiderose. Ich fühle mich quicklebendig, ich habe nicht vor, demnächst ins Gras zu beißen und neben Günther auf dem Pragfriedhof zu landen. *Diesen* Platz wirst du mir übrigens nicht streitig machen. Leb wohl, Heiderose.«

»Luise! Luisle! Leg nicht auf, bitte!«

Ohne ein weiteres Wort hängte ich den Hörer ein. Plötzlich legte mir jemand schwer die Hand auf die Schulter, und ich schrie auf. Ich fuhr herum. Vor mir stand Kommissar Schwabbacher.

»Verhaften Sie mich jetzt also doch!«, rief ich. »Und ich bin noch nicht einmal richtig angezogen!«

Er schüttelte den Kopf. »Nein, Luise. Ich bin gekommen,

dich zu holen, weil du vom schmalen Pfad der Tugend abgekommen bist.« Und dann packte er mein Handgelenk, und plötzlich war hinter ihm ein lodernder, heller Schein, und mir wurde heiß und heißer, und die Hand des Kommissars umklammerte mich wie ein Schraubstock und zog mich unbarmherzig hinter sich her, und der Kommissar grölte »Die Affen rasen durch den Wald ...«, und der Feuerschein kam immer näher, und ich schrie –

»Luise! Luise, wach auf, du hast schlecht geträumt –«

Ich fuhr hoch. Draußen war es stockdunkel, noch kein Vogel war zu hören. Ich schob das schwere Federbett von mir herunter und ließ mich wieder in die Kissen sinken. Ich war am ganzen Körper schweißgebadet.

»Ist alles in Ordnung?«, flüsterte Sabrina. »Du hast geschrien.«

»Tut mir leid«, murmelte ich. »Ich wollte dich nicht wecken.«

Sabrina strich sanft über meine Hand. Wenig später ging ihr Atem wieder gleichmäßig. Ich dagegen schlief nicht mehr ein, bis Jans Handy um fünf Uhr piepste.

JAN

BISPINGEN, HAUS HEIDEGLÜCK

»Was machen wir jetzt?«, flüsterte Sabrina und deponierte das Handtuch, in dem ihre abgeschnittenen Haare waren, auf dem Kies der Garageneinfahrt.

Es war früh, sehr früh am Montagmorgen. Die Sonne war noch nicht einmal aufgegangen. Wir hatten uns angezogen, Wasser aus dem Hahn getrunken, unsere wenigen Sachen zusammengesucht und waren aus dem Haus geschlichen. Der Renault stand in der Garage der Pension, geschützt vor neugierigen Blicken. Geschützt aber auch vor uns. Die fürsorgliche Vermieterin, vielleicht auch ihr ebenso fürsorglicher Schwiegersohn, hatte die Garage abgeschlossen. Super. Das hätte uns gestern Abend auffallen können, wenn wir mal an dem Griff gerüttelt hätten, als wir zurückkamen, und dann hätten wir die Vermieterin bitten können, die Garage wieder aufzuschließen, weil wir vor dem Frühstück joggen gehen wollten oder so ähnlich. Wir hatten aber nicht gerüttelt.

Jetzt standen wir hier, morgens um halb sechs, waren sowieso schon total nervös und stellten fest, dass sich der Griff am Tor nicht drehen ließ. Au Mann, das war ein echter Tiefschlag. Ich war doch sowieso schon total pessimistisch, weil unser Plan vor lauter Schwachstellen nur so strotzte, und jetzt kriegten wir noch nicht mal das Auto aus der Garage! Ich war nicht nur wegen unseres Plans nervös. Christine hatte mir spät am Abend eine SMS geschickt. Den anderen beiden hatte ich nichts davon erzählt, das war allein meine Angelegenheit. »Wenn du heute nicht mehr kommst, brauchst du gar nicht mehr zu kommen«, schrieb Christine, und ich erschrak zu Tode. Nicht, dass ich es ihr verdenken konnte, aber ich hatte Angst. Angst, dass das wirklich das Aus für meine Ehe bedeutete, gerade jetzt, wo mir klargeworden war, dass ich eigentlich um diese Ehe kämpfen wollte. Irgendwie hatte ich das dumpfe Gefühl, dass ein Banküberfall nicht gerade die beste Paartherapie war.

»Jan!« Sabrina schnipste mit dem Finger vor meinem Gesicht. »Jan, reiß dich zusammen. Was machen wir jetzt?« Ich zuckte hilflos mit den Schultern. Mit dieser Komplikation hatte ich nicht gerechnet. Wir konnten ja wohl schlecht morgens um halb sechs bei der Vermieterin klingeln und sie nach dem Garagenschlüssel fragen! Sabrina sah mich an, schüttelte den Kopf und seufzte.

»Mit dir ist wohl grad nichts anzufangen«, murmelte sie. »Wartet hier.«

Sie verschwand im Haus. Luise und ich standen da, ohne zu wissen, worauf wir warteten; die Minuten dehnten sich zu quälenden Ewigkeiten. Die Haustür öffnete sich wieder und Sabrina kam heraus, mit einem Schlüssel in der einen Hand, einer Packung Knäckebrot in der anderen und einem triumphierenden Grinsen im Gesicht. Sie lief die Treppe hinunter und übergab mir das Knäckebrot.

»Vom Frühstückstisch geklaut«, flüsterte sie. Nicht einmal Knäckebrot war vor Sabrinas Kleptomanie sicher. Dann schloss sie rasch das Garagentor auf, ließ den Schlüssel stecken, drückte das Tor nach oben, und wir sprangen ins Auto. Rasch fuhr ich rückwärts aus der Garage und aus der Einfahrt; mein Bein schmerzte wieder. In diesem Augenblick wurde im Erdgeschoss, da, wo die Vermieterin wohnte, mit lautem Rattern ein Rollladen hochgezogen. Ich gab Gas, so dass die Reifen quietschten. Am Fenster stand die alte Frau und sah uns hinterher, es war zu dämmerig, um ihren Gesichtsausdruck zu erkennen. Was man jedoch deutlich sehen konnte, war, dass ihr Mund weit offen stand.

»Ich fühle mich schlecht«, murmelte Luise.

»Toll ist das nicht«, bestätigte Sabrina. »Aber anders wäre es nicht gegangen. Her mit dem Knäckebrot, ich bin am Verhungern!« Sie streckte mir eine Scheibe hin; ich schüttelte den Kopf. Knäckefraß, dann noch lieber einen knurrenden Magen.

»Der Schlüssel. Wie bist du an den drangekommen?«, fragte ich. Statt auf direktem Weg zur Autobahn fuhr ich Richtung Bispingen.

»Alle alten Leute haben eine Anrichte im Flur«, antwortete Sabrina achselzuckend und reichte Luise eine Scheibe Knäcke nach hinten. »Die Wohnungstür war nicht abgeschlossen. Ich bin einfach rein, da lag der Schlüssel auf einem Häkeldeckchen, ich hab ihn mir geschnappt und bin wieder raus. Ganz leise, natürlich. Total easy.«

»Bestimmt war sie schon wach«, murmelte Luise. »In dem Alter schläft man nicht mehr lang.«

»Man hört aber auch nicht mehr gut«, ergänzte Sabrina. »Sie hat es bestimmt nicht mitgekriegt. Da ist ein Hamburger Kennzeichen«, rief sie und deutete auf einen Smart am rechten Straßenrand. Hoffentlich nicht auch ein Frühaufsteher, dachte ich, aber niemand kam uns in die Quere, und mittlerweile hatte ich echt Routine im Abschrauben von Kennzeichen. Ich brauchte nur ein paar Minuten.

Bispingen lag noch im Tiefschlaf, nirgends bewegte sich eine Gardine, niemand kam aus dem Haus. Zehn Minuten später waren wir auf der Autobahn Richtung Hamburg. Der Verkehr war überschaubar, noch hatte der Berufsverkehr nicht eingesetzt. Ein Sommermorgen war das, ein Urlaubsmorgen, an dem ich mit Christine und den Mädels zum Campen nach Fehmarn fahren sollte. Eigentlich. Das Licht war anders als in Süddeutschland; die gelben, abgeernteten Felder leuchteten anders in der Morgensonne als bei uns.

»Handys aus«, ordnete ich kurz vor dem Maschener Kreuz an. Hier teilte sich die Autobahn. Sowohl der durchgeknallte Kommissar als auch die durchgeknallten Typen, die sich natürlich nicht gemeldet hatten, konnten ab jetzt nur spekulieren, ob wir weiter auf der A7 Richtung Hamburg oder auf der A1 Richtung Bremen oder Lübeck fahren würden. Es war natürlich ein Risiko, die Handys auszuschalten, aber genauso groß war das Risiko, dass dieser Schwabbacher uns gleich nach dem Überfall schnappte, wenn wir die Dinger anließen. Außerdem konnte uns dann die Hamburger Polizei problemlos mit einer Funkzellenabfrage identifizieren. Ich hielt es für unwahrscheinlich, dass man uns in Hamburg wegen des Bankomaten-Überfalls und der Flucht aus dem Hotel auf dem Schirm hatte. Die Polizei würde eine Weile brauchen, um einen Zusammenhang zwischen dem Bankraub in Boppard und uns herzustellen, und das würde uns wertvolle Zeit verschaffen; Zeit, in der wir hoffentlich die Geldübergabe organisieren konnten. Sabrina schaltete unsere beiden Smartphones aus und nagte weiter an ihrem Knäckebrot. Die Akkus herauszunehmen hatte sich als zu kompliziert erwiesen, dazu musste man die Handys aufschrauben. Wir mussten es riskieren, sie drinzulassen, damit wir die Handys gleich nach dem Bankraub wieder einschalten konnten. Irgendwie war unsere ganze Aktion ein einziges Himmelfahrtskommando.

Kurz vor halb acht hatten wir unser Ziel in der Hamburger Innenstadt erreicht. Noch war es ruhig. Wir waren früh genug dran, um in aller Ruhe die Fluchtwege auszuspionieren und dann gegen acht Uhr zu verschwinden, ehe die Bankangestellten auftauchten. Wir fanden sogar einen ganz legalen

Parkplatz an der Binnenalster. Von dort gingen wir zu Fuß zum Jungfernstieg. Auf der Binnenalster umrundeten zwei Kajakfahrer die große Fontäne, wurden dabei nass gespritzt und lachten so laut, dass es bis zu uns herüberdrang. Mir war dagegen eher zum Heulen zumute. Die Hamburg Bank, die wir ausrauben wollten, lag direkt neben einem riesigen Apple Store an der U- und S-Bahn-Haltestelle Jungfernstieg. Wir hatten sie deshalb ausgesucht, weil sie zentral lag, weil die Alster uns als Ortsfremden Orientierung bot und weil dies einer der belebtesten Orte von Hamburg war. Kurz nach zehn würde es hier vor Autos, Bussen, Taxis, Fußgängern und Radlern nur so wimmeln, so dass wir hoffentlich nicht auffielen und ohne Probleme entkommen konnten. Wir stellten uns auf die andere Straßenseite, um uns einen Überblick zu verschaffen.

»U-Bahn-Aufgang, Apple Store, chinesische Bank, Hamburg Bank, Vodafone«, zählte Sabrina auf. »Dann kommen der Bauzaun und das Alsterhaus.« Vom Bauzaun am Alsterhaus hatten wir nichts gewusst; offensichtlich wurde das Hamburger Traditionskaufhaus gerade umgebaut. Vor dem Alsterhaus war ein Taxistand, direkt vor der Bank war eine Bus- und Taxispur. Hier sollte Sabrina uns abholen.

»Allzu lange halten kannst du hier nicht, Sabrina«, sagte ich. »Das wird ein schwieriges Timing.«

Als Sabrina gestern auf dem Klo war, hatten Luise und ich uns schnell darauf geeinigt, dass sie nicht mit in die Bank sollte. Sie hatte schon zu viel Mist gebaut, und die Gefahr, dass sie die Nerven verlor, war einfach zu groß. Dass sie immer noch auf Tablettenentzug war, war offensichtlich; sie hatte nervöse Zuckungen, ihre Bewegungen waren hektisch, und immer wieder fielen ihr Sachen herunter. Sabrina würde das Auto vor die Bank fahren und dann auf den Beifahrersitz wechseln. Sie hatte die Arbeitsteilung ohne Murren akzeptiert. Ich würde dann das Fluchtauto fahren, auch wenn mein Bein schmerzte. Unsere Familienkutsche, mittlerweile rundherum eingedellt und mit kaputtem Schloss, als Fluchtauto zu bezeichnen kam mir noch immer komplett absurd vor.

Wir gingen über die Straße und sahen uns die Bank von außen an. Wir waren hoffentlich früh genug dran und fielen niemandem auf. Die Hamburg Bank lag in einem alten Gebäude, das mich an Jugendstil erinnerte. Wir gingen ein paar Steinstufen hinauf, der Eingang war rechts und von der Straße aus nicht sichtbar. Auch das hatten wir bei unserer Recherche als Pluspunkt notiert: Was wir in der Bank machten, würde man von außen nicht sehen können. Wir spähten durch die Glastür. Noch war niemand zu sehen. Die Bankfiliale war klein und überschaubar, vorne waren ein paar Beratungsplätze und weiter hinten die Kasse.

»Präg es dir gut ein, Luise«, sagte ich leise. »Vor allem den Kassenbereich. Ich schätze, es sind zwei Kassen. Insgesamt sind wahrscheinlich vier, fünf Mitarbeiter in der Bank.«

Luise nickte. Sie wirkte entschlossen und konzentriert, da waren keine Zweifel und kein Zögern spürbar. Luise Engel hatte sich entschieden, und sie würde den Job durchziehen. Ich hatte weniger Sorge um sie als um Sabrina. Wir verbrachten die nächste halbe Stunde damit, Sabrina auf ihre Aufgabe vorzubereiten. Als wir damit fertig waren, war es kurz vor halb neun. Höchste Zeit unterzutauchen. Wir suchten uns eine Bank an der Alster in der Nähe eines Biergartens und blickten auf die Enten, die Kanuten und die Jogger. Ich fühlte mich ein bisschen obdachlos, und außerdem war mir kalt, mein Bein schmerzte, und meine Nase auch. Ich trug noch immer die alberne karierte Bluse, aber eine Jacke hatte ich nicht mehr. Nur Sabrina hatte noch die geklaute Fleecejacke, aber sie hatte sie Luise überlassen, weil die so fror. Es hatte sich zugezogen, ein kühler Wind wehte.

»Ich würd jetzt gern frühstücken gehn«, erklärte Sabrina und seufzte. »Mit Milchkaffee und Croissant.«

»Du hast doch vorher was gegessen«, antwortete ich.

»Knäckebrot!«, sagte Sabrina verächtlich. »Das ist kein Essen. Das ist Entenfutter.«

Mein Magen knurrte. Ich hatte schon ein paar Kilo abgenommen, meine Anzughose saß viel lockerer, und mein Bauch war fast weg, immerhin. Vielleicht half das. Christine mäkelte, wenn ich es mir recht überlegte, doch immer wieder an meinem Bauch rum und erinnerte mich dran, wie schlank und fit ich früher gewesen war. Wir schwiegen wieder. Keiner schien über das, was wir vorhatten, reden zu wollen. Wir sind verrückt, dachte ich, wir sind komplett durchgeknallt. Wenn nur eine von den anderen beiden die leisesten Zweifel anmeldet, schließe ich mich an, und wir brechen die Aktion ab. Aber Sabrina und Luise blieben stumm.

»Das Alsterhaus macht gleich auf«, meinte Sabrina endlich.

Wir gingen zurück an den Jungfernstieg, näherten uns diesmal aber von der anderen Seite, um nicht an der Bank vorbeilaufen zu müssen. Kurz nach zehn betraten wir das Kaufhaus. Am Eingang lag eine elegante Theke, dahinter saß ein Mitarbeiter, der uns dienstbeflissen einen guten Morgen wünschte. Neben der Theke stand ein Security-Mann. Eins war sicher, wenn wir einen Fehler machten, kamen wir hier nicht mehr raus. Wir liefen an den Handtaschen vorbei und nahmen die Rolltreppe hinauf in den zweiten Stock, Damenabteilung. Überall hingen schon die Herbstklamotten. Alles sah ziemlich edel aus; mir sagte nur Hugo Boss was. Sabrina hatte sicher mehr Ahnung, und Luise hatte bestimmt immer nur Markenklamotten getragen, bis sie zum ersten Mal eine Jeans bei Zara kaufte. Aber mit teuren Sachen war es jetzt auch für Luise aus und vorbei.

»Todschick«, murmelte Sabrina. »Dagegen kann Breuninger einpacken.« Wir waren unter einer Art Kuppel und sahen uns suchend um. Am anderen Ende der Kuppel führte eine freistehende Treppe, die einer Brücke über einen Kanal ähnelte, von beiden Seiten nach oben. Verkäuferinnen huschten hin und her. Es gab nur zwei Schaufensterpuppen weit und breit. Sie standen oben an der Treppe auf einer Art Balkon, so exponiert, dass sie von unten von überall zu sehen waren. Ausgerechnet! Wie sollte Sabrina da erfolgreich ihren Job machen?

»Ihr bleibt hier«, befahl sie. Luise sah scheinbar interessiert Mäntel an einem Ständer durch; ich setzte mich auf einen Sessel. In der Damenabteilung war es schließlich das Normalste der Welt, dass sich Männer hinsetzten, während die Frauen shoppten. Zwischen halb geschlossenen Lidern und mit pochendem Herzen beobachtete ich, wie Sabrina die Treppe hinaufging, mit zwei blitzschnellen Bewegungen die Perücken von den Köpfen der Schaufensterpuppen zog, hinter einer Säule verschwand und die Treppen wieder herunterschlenderte; sie hatte jetzt etwas mehr Busen als vorher. Ich schwitzte und sah mich vorsichtig um. Keiner der Verkäuferinnen schien etwas aufgefallen zu sein. Ein paar Minuten später gingen wir an der Rezeption vorbei, ohne dass uns jemand aufhielt, und zurück zum Auto. Sabrina fischte die Perücken und eine riesige Sonnenbrille aus ihrer Bluse. Wann hatte sie die denn mitgehen lassen? Ich setzte mir die Perücke mit den kurzen braunen Haaren auf, und Luise die mit den langen schwarzen Haaren.

»Hast du die Pistole, Luise?«, fragte ich.

Luise nickte, ohne mich anzusehen.

Es war jetzt 10.15 Uhr. Um 10.43 Uhr lief unser Ultimatum ab.

Ich nahm das Plakat und seufzte. »Dann los«, sagte ich.

SABRINA

HAMBURG, JUNGFERNSTIEG

»In genau fünf Minuten, Sabrina. Einmal die Straße rauf und runter, nicht mehr. 10.25 Uhr, hörst du?«, schärft mir Jan ein. Hältst du mich für blöd, denk ich, ich werd's nicht schon wieder versemmeln, denk ich, aber ich sage nichts und nicke nur brav. Wir sind alle gestresst, megamäßig. Schließlich hält sich unsere Erfahrung mit Banküberfällen in Grenzen. Ich bin felsenfest davon überzeugt, dass wir's schaffen, wir hatten doch bisher lauter Dummenglück! Jan scheint eher skeptisch zu sein, aber Luise hat die Angst um ihre Familie eine wilde Entschlossenheit verliehen. Die beiden klettern aus dem Auto.

»Deine Perücke, Jan!« Sie ist verrutscht, jetzt schon! Das kann ja heiter werden. Jan schiebt die kurzen braunen Haare wieder auf Position, er dreht sich nicht mehr um, ich kann ihm nicht mal mehr Glück wünschen. Er humpelt wieder. Er hat mit keinem Wort erwähnt, dass ihm der Hundebiss wieder Probleme macht. Er hat sein Antibiotikum nur zwei Tage genommen, und ich bin noch immer auf Entzug von meinen Tabletten. Dreamteam.

Luise schaut auf der Beifahrerseite noch einmal zum Fenster herein. Sie sieht fantastisch aus, die Perücke sitzt wie angegossen, die langen schwarzen Haare lassen sie um zehn, fünfzehn Jahre jünger erscheinen. Wenn sie nicht so klein wäre, könnte sie modeln, für reife Mode. Was wünscht man jemandem, der im Begriff ist, einen Banküberfall zu begehen? Petri Heil? Glückauf?

»Viel Glück!«, rufe ich enthusiastisch.

Luise nickt. Sie bemüht sich sogar zu lächeln. Dann dreht sie sich um, strafft die Schultern und geht hinter Jan her in Richtung Bank. Luise, die Tapfere, Luise mit der Handtasche unter dem Arm, und in der Handtasche eine Pistole. Ich schaue ihnen hinterher, auf dem kurzen Weg zu ihrem Banküberfall, aber jetzt hupt hinter mir ein Bus, mehrfach und sichtlich genervt. Ich blinke und wende, zum Glück ist grad die Ampel rot, so dass ich freie Fahrt habe. Mein Herz klopft, gleich werden Luise und Jan die Bank betreten, jetzt geht's los. Einmal bis zum Gänsemarkt, U-Turn und dann wieder zurück zur Bank, so haben wir's besprochen, ich lass mir Zeit, sonst bin ich zu schnell zurück am Ausgangspunkt und werd wieder von einem Bus weggehupt, und ich bin doch das Fluchtauto, die einzige Garantie, dass wir nach dem Überfall schnell hier wegkommen, falls Luise und Jan nicht schon vorher verhaftet worden sind. Wenn das passiert, dann werd ich mich stellen, ganz klar, alleine zieh ich das nicht durch.

Ich weiß genau, dass Luise und Jan stillschweigend übereingekommen sind, dass es zu riskant ist, mich in die Bank mitzunehmen, weil sie befürchten, dass ich irgendeinen Scheiß machen könnte. Als ob ich nicht genau wüsste, dass es jetzt drauf ankommt! Ich hätt schon niemanden erschossen! Im Schneckentempo fahre ich geradeaus. Die Ampeln sind grün und weigern sich hartnäckig, auf Rot zu springen, ich fahre extrem langsam, hinter mir hupt ein ungeduldiges Taxi. Mist, immer noch viel zu schnell, gleich bin ich am Gänsemarkt, da soll ich den U-Turn machen. 10.21 Uhr, nicht mal eine Minute für die halbe Strecke, noch vier Minuten übrig! Bei der Probefahrt waren alle Ampeln rot! Außerdem ist mir schwindelig. Entzugserscheinungen oder Hunger? Keine Ahnung, aber ich werde leicht panisch, ausgerechnet jetzt, ich darf nicht noch einen Unfall bauen! Das bisschen Knäckebrot hat mich jedenfalls nicht satt gemacht. Am Gänsemarkt ist eine Bushaltestelle. Ich halte auf der Busspur, kein Bus zu sehen. Hier kann ich ein, zwei Minuten warten. Die Haltestelle liegt an einer Ladenzeile unter einer Kolonnade, und zwar direkt, aber wirklich direkt an einer Bäckerei, der Stadtbäckerei. Vor dem Eingang sitzen ein paar Leute an Holztischen und frühstücken. Und in der Mittelkonsole liegen noch ein paar Münzen, insgesamt vielleicht ein Euro. Mein Magen knurrt, dass man es bis nach Stuttgart hören kann, und mir ist immer noch schwindelig. Wenn ich schnell in die Bäckerei spurte und mir ein Weckle hole, ist das Timing perfekt, zwei Minuten, dann wende ich und fahr zurück und ess dabei schnell das Weckle auf, das gibt eine Punktlandung, und wenn's wirklich Hunger war, dann ist der Schwindel weg. Ich parke auf der Busspur und springe raus, und nix wie rein in die Bäckerei! Wow, lauter sauleckere Sachen gibt es hier, belegte Fladenbrote, Windbeutel und Pflaumenkuchen, und Brötchenhälften mit Rührei oder Frischkäse oder Quark, hübsch mit Beeren garniert, aber das ist alles viel zu teuer. Sogar die belegten Brötchen sind in Hamburg schicker als in Stuttgart! Reiß dich los, Sabrina, die Zeit läuft. Ich entscheide mich für ein Teilchen, das sich Franzbrötchen nennt, die Verkäuferin nimmt es mit einer Zange und fädelt es in eine Papiertüte, jetzt aber raus hier! In zwei Minuten muss ich zurück bei der Bank sein. Auf der Theke liegt ein Stapel BLATT-Zeitungen. Der Aufmacher wird von zwei Fotos illustriert, auf dem einen ist eine Frau abgebildet, auf dem anderen ein Mann. Die Frau kommt mir bekannt vor, und der Typ auch. Auf dem BLATT ist ein Foto von mir, neben einem Foto von Rasmus, dem falschen Schweden. Die Schlagzeile lautet: »Heiße Liebesnacht mit Sabrina«, und darunter: »So versuchte mich die Komplizin von Halbhöhen-Luise im Luxushotel zu beklauen.«

Ich spüre, wie mir das Blut ins Gesicht schießt. Shit, shit, shit. Oliver. Meine Eltern! Meine Kollegen in der Schule! Aber vor allem: Oliver. Die Verkäuferin starrt mich an, Mist, hat sie mich etwa erkannt? Dreht sie sich jetzt um und ruft die Polizei? Nein, ich habe schlichtweg vergessen zu bezahlen. Ich klaube die letzten Zehn- und Zwanzigcentmünzen zusammen, ich reiche der Verkäuferin das Geld, direkt über mein Foto hinweg, die Röte ist mir ins Gesicht gestiegen. Die Verkäuferin muss nur ein bisschen den Blick nach unten senken, dann hat sie die Sabrina auf dem BLATT und mich, die echte Sabrina, auf einer geraden Linie. Auch wenn ich die Haare inzwischen kürzer hab, die Ähnlichkeit ist unverkennbar. Badumm, badumm, badumm, mein Herz hämmert. Was ist das überhaupt für ein Foto? Und wie kommt die BLATT-Zeitung da dran?

Die Backwaren-Verkäuferin kann sich entweder super verstellen, oder sie hat keinen blassen Schimmer. Sie wünscht mir sehr freundlich einen schönen Tag. Ich dreh mich um, unendlich erleichtert, und will rausgehen, ich muss mich jetzt wirklich beeilen! Draußen an der Bushaltestelle hat sich ein Polizist neben dem Renault positioniert, er sieht nachdenklich aus. O nein. Hätt ich bloß das Auto nicht so verboten abgestellt! Er steht auf der Straßenseite, da, wo die Dellen am Auto am auffälligsten sind. Dann geht er um den Renault rum und betrachtet die anderen Dellen und das Nummernschild. Ich verharre unter der Kolonnade neben einem Stehtisch am Eingang der Bäckerei, leg die Tüte drauf, mach sie auf, fummel drin rum, breche ein Stück von dem Franzbrötchen ab und schieb es mir in den Mund. Es bleibt mir im Hals stecken, ich verschluck mich dran, ich schnapp nach Luft, bloß nicht laut husten! Verdammt, ich muss los, die Zeit läuft, die fünf Minuten sind fast um!

Der Polizist geht zur Fahrertür und zieht am Griff, fast

spielerisch, so als würde er sowieso nicht dran glauben, dass
sie aufgeht. Natürlich geht sie auf, das Schloss ist ja futsch,
er lächelt überrascht. Mir wird heiß und kalt, ich kram immer noch in der Tüte rum, um nicht aufzufallen. Der Polizist
geht jetzt auf die Beifahrerseite, öffnet sie, zieht Jans Fahrzeugschein aus dem Handschuhfach und guckt drauf. Er
macht die Türe wieder zu, mit den Papieren in der Hand, und
scrollt auf seinem Smartphone rum. Ich muss sein Gesicht
nicht sehen, um zu wissen, dass er strahlt, ich seh's an der
Art, wie er den Rücken strafft. Er hat gefunden, was er sucht.
Gleich wird er sich nach dem Fahrer des Wagens umschau-
en, er wird sich umdrehen und mich sehen, wie ich da am
Eingang der Bäckerei wie angewurzelt steh. Aber er guckt
sich nicht um. Stattdessen macht er einen Schritt von der
Straße auf den Gehweg und fängt an zu telefonieren. Die
Eitelkeit, seine Kollegen möglichst rasch über den triumpha-
len Fund zu informieren, hat gesiegt. Er steht jetzt direkt vor
der Bäckerei, mit dem Rücken zu mir, und ich schmeiß die
Brötchentüte hin und verlasse meinen Platz, ich könnte die
Hand ausstrecken und seinen Rücken berühren, als ich nach
links abbiege und an ihm vorbeigehe. Gleich wird Verstär-
kung da sein.

Die Tränen schießen mir in die Augen, als ich rasch Richtung Bank weiterlaufe, ohne zu rennen, es sind vielleicht
zweihundertfünfzig Meter, mein Gott, was ist, wenn Jan und
Luise schon auf mich warten, dann werden sie gerade verhaftet, und es ist alles meine Schuld! Die Gedanken in meinem Kopf überschlagen sich, ich hab's versaut, ich hab's
schon wieder versaut, und zwar kolossal. Die Tränen laufen
mir übers Gesicht, ein Mann kommt mir entgegen und
schaut mich interessiert an, ich würd mein Gesicht gern unter meinen Haaren verbergen, aber da sind keine Haare
mehr. Ich hab quasi unser Fluchtauto verbrannt, Jan wird

mich umbringen, ich schäme mich so, wie kommen wir jetzt hier weg? Zum wievielten Mal hab ich Scheiß gebaut? Aber nicht nur das. Oliver. Was, wenn er die Schlagzeile sieht! Vielleicht sieht er sie nicht selber, das BLATT ist nicht seine Lektüre, aber jemand wird sie sehen, jemand wird ihn darauf ansprechen, der Gedanke bricht mir das Herz. Sein Herz hab ich ja schon längst gebrochen in den letzten Tagen. Nichts von mir zu hören, tagelang, und dann eine Schlagzeile im BLATT. Oliver, Oliver, verzeih mir, bitte, gib mir noch eine Chance, ich brauch dich doch, und wahrscheinlich lieb ich dich sogar, ganz sicher bin ich mir nicht, aber es ist ziemlich wahrscheinlich, du bist so wunderbar normal, im Gegensatz zu mir. Aber jetzt ist nichts mehr normal, ich hab alles kaputt gemacht, was tu ich dir bloß an.

Das Tatütata eines Polizeiautos kommt näher. Ich laufe ein bisschen schneller, zum Glück komme ich jetzt in eine überdachte Passage. Intensiv starre ich ins Schaufenster von American Apparel, während in meinem Rücken das Polizeiauto vorbeirast, und kaum ist es vorbei, renne ich los. Ich renne los, ich bin schon fast wieder an der Binnenalster. Ich muss zwei Straßen überqueren, eine mit und die zweite ohne Zebrastreifen, zwischen hupenden Autos, einem Fahrrad und einem Bus, und weiter unter einem Baugerüst, das mir für ein paar Sekunden Schutz bietet, und über die Querstraße, und jetzt bin ich am Alsterhaus und gleich wieder an der Bank. Ich hab's mir richtig gemerkt, direkt vor dem Alsterhaus ist ein Taxistand, ungefähr sechs Taxis stehen dort aufgereiht, die Fahrer stehen davor, rauchen und unterhalten sich. Ich hole tief Luft und warte einen Augenblick, bis sich mein Atem beruhigt. Ich muss normal wirken, normal! Dann gehe ich langsam auf das erste Taxi in der Reihe zu. Der Fahrer steht mit verschränkten Armen neben seinem

Auto, er ist schwarz, ebenso wie der Taxifahrer neben ihm, sie lachen und scherzen, die Hemdsärmel aufgerollt.

»Taxi?«, frage ich und versuche, dass es Englisch klingt. Mein Englisch ist fürchterlich, jeder Depp kann hören, dass es gefakt ist.

»Taxi, ja, sicher«, antwortet der Mann, läuft um seinen cremefarbenen Mercedes herum, hält mir die Beifahrertür auf, und ich klettere hinein. Du hast schon genug versaubeutelt, Sabrina, sag ich mir, mach jetzt bloß keine Fehler mehr.

»Wo soll's denn hingehen?«, fragt der Mann zurück, er hat einen leichten Akzent.

»No German«, sag ich und lächele entschuldigend.

»Schlecht«, murmelt der Mann. »Not a lot of English«, ergänzt er. Ein schwarzer Taxifahrer, der kein Englisch kann, wahrscheinlich kommt er aus dem Senegal oder von der Elfenbeinküste oder aus dem Maghreb. Umso besser.

»Pick up friends«, erkläre ich und wedele mit dem ausgestreckten Arm nach vorne Richtung Bank, ich kann meinen eigenen Angstschweiß riechen. »Only hundred metres.« Ich winke noch mal geradeaus. Der Taxifahrer nickt, lässt den Motor an, rollt auf die Straße und fährt langsam an der Baustelle vom Alsterhaus vorbei. Wir sind jetzt direkt vor der Bank.

»Stop here!«, rufe ich. »We wait, please.« Panisch scanne ich die Umgebung, Luise und Jan sind nicht zu sehen, es ist kurz vor halb elf. In vierzehn Minuten läuft unser Ultimatum ab.

»Warten kostet aber«, sagt der Taxifahrer und deutet auf den Taxameter, der unbarmherzig weiterläuft. »Und wenn ein Bus kommt, muss ich weg.«

Ich nicke. Wenn wir nicht genug Geld erbeutet haben, um ein Taxi zu bezahlen, ist sowieso alles hoffnungslos. Wir warten, und es ist das fürchterlichste, unerträglichste Warten in meinem ganzen Leben. Vielleicht sind Luise und Jan bereits verhaftet worden. Vielleicht hat sich versehentlich ein Schuss gelöst und jemand ist gestorben. Ich sitze da, der Schweiß läuft mir in Strömen herunter, und ich denke mir, Sterben kann nicht schlimmer sein als dieses quälende Warten, bestimmt kommt gleich ein Bus, was machen wir dann, dann müssen wir hier weg und Luise und Jan sind geliefert, der Taxameter springt auf 7,60 Euro, der Taxifahrer schweigt. Mein Blick schweift für eine Sekunde zum Apple Store, davor stehen lauter junge Leute und daddeln, wieso ist das Leben für andere Menschen normal, während wir zu Kriminellen geworden sind?

Wie hypnotisiert starre ich wieder auf den Eingang der Bank, und endlich, endlich tauchen Luise und Jan auf, ich bin unendlich froh, sie zu sehen. Sie kommen die Stufen herunter und gehen ganz normal, so war es abgesprochen, bloß keinen Verdacht erregen, niemand verfolgt sie, sie sehen fremd aus mit den Perücken. Jan humpelt. Das einzig Auffällige an ihnen ist ein brauner Sack, den Luise an ihre Brust presst. O mein Gott. Ein Geldsack! Wieso keine unauffällige Plastiktüte, so war es doch abgesprochen. Aber Geldsack heißt Geld, es hat geklappt! Ich reiße die Tür des Taxis auf.

»There you are!«, brülle ich, damit nur keiner der beiden auf die Idee kommt, Deutsch zu sprechen. »Come quick, jump in, is costing lot of money!« Beide rennen los, wobei man bei Jan nicht von rennen sprechen kann, ich seh den Ausdruck von Panik in seinem Gesicht und die Angst in Luises Gesicht, weil ich nicht mit dem Kangoo gekommen bin, sondern mit einem Taxi.

»Go!«, sage ich im Befehlston zu unserem Fahrer. Das Taxi rollt wieder an, fädelt sich ein, und jetzt sind wir aus dem Blickfeld der Bank, und ich weiß nicht, was dort gerade passiert, und was in der Bank passiert ist, aber auf jeden Fall sind wir alle drei wieder vereint, es ist wie ein Wunder, und das ist erst mal das Wichtigste, und auch wenn wir kein bisschen in Sicherheit sind, ich könnt heulen vor Erleichterung.

»Wohin wollen Sie?«, fragt der Taxifahrer. »Where you go?«

»Harbour«, rufe ich spontan. Da sind sicher viele Leute.

»Der Hafen ist groß. Wohin im Hafen? Where?«

Ich kenn mich doch nicht aus in Hamburg. Wo kann man am besten untertauchen? »Fishmarket?«

»Heute ist kein Fischmarkt. Fischmarkt ist sonntags!« Blöde Touris, denkt sich der Taxifahrer wahrscheinlich, haben null Plan.

»Harbour«, wiederhole ich unbeirrt.

»Ich lass Sie an den Landungsbrücken raus«, seufzt der Taxifahrer.

Ich fang jetzt an zu reden, ohne Punkt und Komma und ohne Sinn und Verstand, ich plappere, ohne nachzudenken, alles, was mir durch den Kopf schießt, ich rede über den grauen Himmel und die Museen und die Kirchen, die wir nicht besucht haben, ich beklage mich über das schlechte Frühstück in dem Hotel, in dem wir nicht waren, ich rede, mit niemandem im Besonderen, mehr so ins Nichts, in meinem schrecklichen Englisch mit unüberhörbarem deutschem Akzent, ich quatsche und weiß irgendwann nicht mehr, ob ich rede, um mich selber zu beruhigen oder um die Show »Wir sind harmlose Touris aus einem englischsprachigen Land« durchzuziehen. Luise versteht mich sowieso nicht, weil sie kein Englisch kann, und Jan starrt nur an die Decke und sagt nichts, wahrscheinlich fragt er sich die ganze Zeit, was mit seinem Auto geschehen ist. Die Spannung ist unerträglich, was ist in der Bank passiert, wie viel Geld haben wir, wie geht es weiter, haben sich die Verbrecher gemeldet, wir haben kein Fluchtauto mehr, wir müssen reden, aber wir

348

können nicht, Oliver, o mein Gott, was mache ich nur. Ich weiß nicht, wie viel Zeit vergeht. Ich weiß nur, dass Jan irgendwann sein Smartphone auf dem Rücksitz hochhält und es demonstrativ einschaltet, ich seh es im Rückspiegel. 10.42 Uhr. Unser Ultimatum läuft in einer Minute ab. Ich hab aber kein Smartphone mehr. Es liegt im Renault. Zusammen mit meinen abgeschnittenen Haaren, die ich mir jetzt umsonst abgeschnitten hab. Handy futsch, Auto futsch, Haare futsch, Tarnung und Vorsprung futsch. Die Polizei kann sich eins und eins zusammenreimen, wer die Bank überfallen hat. Super, Sabrina. Was, wenn die Verbrecher meine Nummer anrufen? Dann nimmt die Polizei ab, und sie werden glauben, dass wir sie verraten haben. Ich bin so wütend auf mich selber, ich würd am liebsten meinen Kopf gegen das Armaturenbrett donnern.

»Harbour!«, ruft der Taxifahrer endlich, und er klingt erleichtert. Er drückt auf seinen Taxameter. »23,50 Euros, please.« Luise hat das Geld, aber Luise kann kein Englisch und sieht nicht mehr gut. Sie beugt sich nach vorne und starrt auf den Taxameter. Dann öffnet sie den braunen Sack und lugt hinein und zieht schließlich einen Hunderteuroschein heraus. Sie streckt den Schein nach vorne. Der Taxifahrer hat in den Rückspiegel gesehen, er hat mitbekommen, wie Luise in dem Sack kramt, er schaut auf den Schein, hält ihn kurz hoch und zögert, einen winzigen Moment.

»Fünfundzwanzig«, sagt Luise von hinten und ich zucke zusammen. Der Taxifahrer wechselt den Schein, hastig, drückt mir und nicht Luise das Wechselgeld in die Hand, und dann greift er über mich drüber und macht die Beifahrertür auf, und ebenso hastig stolpern wir aus dem Taxi.

»Thank you, have a nice day«, murmele ich.

»Thank you«, sagt der Taxifahrer, er zieht von innen die Tür zu und fährt rasch davon.

»Tut mir leid!«, jammert Luise, sie hält den Beutel mit dem Geld an ihre Brust gedrückt, mit dem anderen Arm umklammert sie ihre Handtasche.

»Nicht hier. Schnell weg«, drängt Jan. »Weg von der Straße.«

»Hast du eine Nachricht? Hat jemand versucht anzurufen?«, frage ich.

»Nein. Wo ist dein Handy? Und das Auto? Verdammt, Sabrina!«

»Nicht hier.«

Wenn ich einen belebten Ort gesucht habe, dann habe ich ihn gefunden. Wir sind mitten im Hamburger Hafen, hier ist die Hölle los. Jan lotst uns hinter sich her über einen Kanal, und jetzt sind wir direkt an der Elbe auf einer Art vorgelagertem, breitem Steg. Man sieht den Fluss kaum vor lauter Schiffen, Fähren, Frachtern, links ragt ein futuristisch aussehendes Teil übers Wasser, das muss die Elbphilharmonie sein, und auf dem Steg drängeln sich die Touristen in Scharen. Am Jungfernstieg ging es schick zu, hier dagegen gibt's Fischbrötchen, Pizza und Eis, alles sieht nach Fast Food und billigbillig aus, dazu werden überall lautstark Hafenrundfahrten, Lichterfahrten und Sonderfahrten von stämmigen Männern in weißen Hemden mit Kapitänsmützen angepriesen. Mir ist das alles zu viel, gleich platzt mein Kopf, Stromschläge durchzucken mich, ich will raus aus diesem Alptraum. Ich will nach Hause. Zu Oliver. Und gleich wird mich Jan fragen, wo sein Auto ist.

»Hierher«, drängt Jan. Auf der Kanalseite, weg vom Trubel, neben einem heruntergekommenen Schild »Große Hafenrundfahrt mit Barkassen« steht eine angenagte weiße Plastikbank, hier ist niemand, hier kann uns keiner belauschen. Blitzschnell reißen sich Luise und Jan die Perücken vom Kopf und tauschen sie, niemand schenkt uns Beachtung. Luise trägt jetzt braunes, kurzes Haar und Jan langes, schwarzes Haar. Bevor ich mich hinsetze, wuschle ich es ihm durch, damit es rockermäßiger wirkt, und ziehe ihm ein paar Fransen ins Gesicht. Wie ein Rocker auszusehen, das passt doch zu Jan. Im Moment sieht er vor allem sauwütend aus. Zum Glück reicht ihm Luise jetzt aus ihrer Handtasche die verspiegelte Sonnenbrille, die ich im Alsterhaus hab mitgehen lassen, so dass ich seine Augen nicht mehr sehen muss, seinen anklagenden Blick.

»Sabrina«, zischt er. »Wo ist die verdammte Karre? Wie kommen wir jetzt hier weg?«

Ich springe wieder auf. Ich bin zu nervös, um zu sitzen.

»Ich war zu früh dran. Ich bin ganz schnell in eine Bäckerei. Ich hab das Auto nur eine Minute allein gelassen, ich schwör's, und als ich wieder rauskam, stand da ein Polizist. Er hat die Papiere kontrolliert, er weiß, dass es dein Auto ist. Und weil meine abgeschnittenen Haare hinten drinliegen, wissen die jetzt auch, dass sie nach einer Frau mit kurzen Haaren suchen müssen.« Mir ist wieder zum Heulen zumute, aber ich reiß mich zusammen. Heulen? Nicht vor Jan.

»Verdammt, Sabrina. Wir überfallen eine Bank und du gehst Brötchen holen! Wir wollten dich nicht dabeihaben aus Sorge, du verlierst die Nerven, und stattdessen ist jetzt mein Auto futsch, und wir kommen hier nicht weg!«

»Es tut mir leid«, flüstere ich. Mit hängenden Armen steh ich vor Luise und Jan. »Es tut mir so unendlich leid. Aber ich hatte einfach einen Scheißhunger. Mit leerem Magen kann ich nicht kriminell sein. Dabei hab ich das süße Teilchen sogar liegen lassen. Und außerdem bin ich die Schlagzeile im BLATT.«

LUISE

HAMBURG, LANDUNGSBRÜCKEN

»Und wo ist dein Smartphone?«, fragte Jan. Mit der zu großen Sonnenbrille und dem wirren Haar hatte er tatsächlich
große Ähnlichkeit mit einem abgehalfterten Rockstar.

»Im Auto«, murmelte Sabrina und schlug die Augen nieder. Jan raufte sich die falschen Haare.

»Will heißen, wenn die Typen bei dir anrufen, haben sie
die Polizei an der Strippe, und dann denken die, wir wollen
sie linken! Sabrina, schlimmer geht's wirklich nimmer!« Jan
brüllte jetzt beinahe.

Sabrina stand vor ihm wie ein begossener Pudel, die Tränen liefen ihr über die Wangen. Es musste schon viel passieren, dass die tapfere Sabrina weinte. Jan öffnete den Mund,
wahrscheinlich, um weiterzubrüllen. Ich legte ihm die Hand
auf den Arm.

»Jan. Hör auf! Verwechsel Sabrina nicht mit einer deiner
pubertierenden Töchter, der du eine Standpauke hältst. Außerdem gucken die Leute schon. Lasst uns lieber so schnell
wie möglich überlegen, wie wir hier wegkommen.« Irgendwo im Hintergrund raste ein Polizeiauto mit Sirene vorbei.
Fahndeten sie etwa schon nach uns?

»Was ist mit dem Geld?«, flüsterte Sabrina. »Ich weiß
noch nicht einmal, was in der Bank passiert ist!«

»Das erzählen wir dir später. Wir haben Geld, aber nicht
genug. Wir haben knapp fünfzehntausend Euro erbeutet«,
erklärte ich.

»Zu wenig. Viel zu wenig. Los, gib mir die Pistole!« Sabrina beugte sich über mich, griff nach meiner Handtasche

und versuchte, sie aufzureißen. Ich umklammerte die Tasche, zusammen mit dem Geldsack.

»Lass das!«, rief ich panisch. »Keine weiteren Dummheiten!«

Aber Sabrina versuchte noch immer, mir die Handtasche zu entreißen. Sie tat mir weh.

»Ich werd meinen Fehler wiedergutmachen!«, weinte sie. »Gib mir die Pistole, ich besorg uns mehr Geld, an irgendeinem Schalter da vorn, wo sie Hafenrundfahrten verkaufen!«

Jan sprang auf, packte Sabrinas Handgelenke grob und zerrte sie von meiner Handtasche weg.

»Den Teufel wirst du tun!«, zischte er. »Du hast schon genug Mist gebaut! Das ist der sicherste Weg, dass sie dich sofort schnappen. Und uns auch!« Er umklammerte ihre Handgelenke, sie strampelte und weinte.

»Hör auf, Jan!«, rief ich verzweifelt. Jetzt verloren wir alle völlig die Nerven. Ein älteres Paar auf dem Steg hatte angehalten und blickte zu uns herüber.

»He, Sie doo!«, schrie der Mann, eindeutig ein Schwabe. Die Schwaben fühlten sich einfach immer verantwortlich. »Lasset Se die Frau los, sonschd rufad mir d'Bolizei!«

Jan ließ Sabrinas Handgelenke los.

»Es ist alles in Ordnung!«, heulte Sabrina. »Wir … wir machen nur Spaß!«

»So sieht des abr net aus!« Zögernd ging das Paar weiter.

»Schluss jetzt, alle beide!«, befahl ich. »Wir erregen viel zu viel Aufmerksamkeit!«

»Dein Handy!«, rief Sabrina. »Dein Handy klingelt! Die Typen!«

Jan griff nach seinem Handy. Ich hielt die Luft an. Was, wenn sich die Verbrecher mit dem Geld nicht zufriedengaben? Unsere Familien! Wir hatten keine zweite Chance! Sabrina starrte regungslos auf Jan und sein Smartphone.

»Er«, murmelte Jan und reichte mir stumm das Handy.

»Frau Engel.«

Wir hatten gerade einen Banküberfall begangen und mussten fliehen. Ich wollte nicht mit dem verrückten Kommissar sprechen. »Wer sind Sie?«, brach es aus mir heraus. »Ich habe Ihnen nichts getan. Sagen Sie mir, warum Sie sich an mir rächen wollen!«

»Dazu kommen wir gleich. Zunächst habe ich Neuigkeiten für Sie. Es wird morgen im BLATT stehen, aber ich dachte, Sie wollten es vielleicht vorab erfahren.« Wieder diese monotone, scheinbar teilnahmslose, bewusst manipulierende Stimme, die mich in den Wahnsinn trieb.

»Was wird im BLATT stehen?«

»Nun, ich könnte mir vorstellen, dass die Schlagzeile ungefähr so lautet: ›Halbhöhen-Luise: Pleitegeier schwebt über der Villa am Killesberg!‹ So hatte ich es der Redaktion jedenfalls vorgeschlagen.«

»Pleitegeier? Was soll das heißen?«

»Wie ich's sage. Sie sind pleite.«

»Ich bin … was?«

»Haben Sie sich nie gefragt, wie viel Vermögen Sie eigentlich besitzen, Frau Engel? Wäre es nicht naheliegend gewesen, sich nach dem Tod Ihres Mannes damit zu befassen, wie es um seine Bauprojekte steht?«

»Dafür gibt es einen Geschäftsführer! Er hat mir versichert, alles sei in bester Ordnung. Ich hätte mich schon noch damit befasst, aber immerhin musste ich erst den überraschenden Tod meines Mannes verkraften!« Ich weinte beinahe. Wieso rechtfertigte ich mich vor einem Verrückten, der mir zudem ein Lügenmärchen auftischte? Es konnte nicht sein, es konnte einfach nicht sein, dass ich aus heiterem Himmel bankrott war!

»Es gab einen Geschäftsführer. Die Kollegen von der

Wirtschaftskriminalität haben festgestellt, dass er seit einigen Tagen spurlos verschwunden ist; untergetaucht, etwa zur gleichen Zeit wie Sie, Frau Engel. Das mag damit zusammenhängen, dass die Engel-Projektgesellschaft pleite ist. Diese Projektgesellschaft, ich schätze, Sie sind zumindest so weit informiert, baut im Moment hauptsächlich auf dem Gelände von Stuttgart 21, und zwar Luxuswohnungen, Bürogebäude und ein Fünf-Sterne-Hotel. Das alles befindet sich im Rohbau, und in diesem Zustand wird es vermutlich erst einmal bleiben. Wenn das morgen im BLATT steht, dann werden Lieferanten, Baufirmen, Handwerksunternehmen, Ingenieure und Architekten, die für die Engel-Projektgesellschaft tätig sind, sofort ihre Arbeit einstellen. Und dann werden eine Menge Gläubiger an Ihre Tür klopfen, Frau Engel. Wobei Sie bald keine Tür mehr haben werden, weil Ihre hübsche Villa an der Feuerbacher Heide vermutlich zwangsversteigert wird. Ihr Mann hat sich übernommen, Frau Engel. Er wusste das übrigens schon lange vor seinem Tod, und sein Geschäftsführer sicher auch. Die Probleme fingen schon 2008 mit der globalen Finanzkrise an. Ihr Mann hat damals einen Haufen Geld verloren, und davon hat sich die Firma nie mehr erholt. Günther hat Ihr Vermögen verspielt. Tragisch, nicht wahr? Kein Wunder, dass Ihre Eltern Günther nie mochten. Das BLATT hat sich übrigens brennend für Ihre Familiengeschichte interessiert. Auch für den Selbstmord Ihres Bruders. Dafür müssten Sie mir schon fast wieder dankbar sein. Es wird Ihnen sicher ein paar Sympathiepunkte bei den Lesern einbringen. Überhaupt, so schlecht stehen Sie in der öffentlichen Meinung gar nicht da. Für viele Leute sind Sie fast eine Art Volksheldin.«

»Wieso?«, flüsterte ich. »Wieso haben Sie so eine Freude daran, mich zu quälen?«

»Weil Ihr Mann, und damit kommen wir zu Ihrer Frage,

alles darangesetzt hat, mich zu vernichten. Als das Mädchen damals starb, hatte ich noch ziemlich lange die Unterstützung des Innenministers.

Es gab eine polizeiliche Untersuchung, niemand konnte mir einen Fehler nachweisen. Bis eine Gruppe einflussreicher Männer im Innenministerium auftauchte. Raten Sie mal, wer ihr Wortführer war? Günther Engel. Danach war ich erledigt. Ich wurde zum Innenminister zitiert, und man erklärte mir lapidar, ich sei nicht mehr tragbar. ›Das müssen Sie einfach verstehen, Schwabbacher‹, sagte er. ›Auch wenn Sie sich nichts vorzuwerfen haben, wir können uns das nicht mehr leisten. Wir können uns Sie nicht mehr leisten, nach allem, was passiert ist.‹ Ich wurde nicht Polizeipräsident, ich wurde geächtet, die Zeitungen haben mich zerfetzt. ›Kindstöter!‹, lautete eine der Schlagzeilen. Meine Frau ist Lehrerin am Hölderlin-Gymnasium. Auf dem Parkplatz haben sie ihr aufgelauert, die Schmierfinken und Paparazzi. Zum Glück haben das Kollegium und die Schulleitung zu ihr gehalten. Mit den Eltern sah es da schon anders aus. Manche wollten, dass meine Frau ihre Kinder nicht mehr unterrichtet. Irgendwann hat meine Frau den Druck nicht mehr ausgehalten und ist an eine andere Schule gegangen, unsere Ehe wäre beinahe zerbrochen. Und nun werden Sie sicher fragen, warum sich Ihr Mann so engagiert hat? Da kann ich nur mutmaßen. Aber es war schon auffällig, wie sehr sich der Bahn-Vorstand, dessen Tochter im Kugelhagel starb, in den Jahren danach immer wieder dafür eingesetzt hat, dass die Engel-Projektgesellschaft die Filetstücke auf dem S-21-Gelände bekam.«

»Das alles … ist doch eine einzige Lüge«, stammelte ich. »Sie sind krank!«

»Ich bin nicht krank. Rachsüchtig, meinetwegen. Ich warte seit zehn Jahren auf eine Chance wie diese. Und falls es Sie beruhigt, ich bin es jetzt zufrieden. Ich habe erreicht, was ich wollte.«

»Sie haben mich vernichtet, und das macht Sie glücklich?«, stieß ich hervor.

»Ich bitte Sie, Frau Engel. Es war doch nur eine Frage der Zeit, bis das alles herausgekommen wäre. Ich habe die Angelegenheit durch meine Recherchen nur etwas beschleunigt, und diese Recherchen gebe ich an die Boulevardblätter weiter. Machen Sie Ihren Mann dafür verantwortlich, nicht mich.«

»Sie rächen sich an den Zeitungen, indem Sie sie mit Informationen versorgen?«, fragte ich fassungslos. »Das ist doch absurd!«

»Ist es nicht. Sie bezahlen mich für die Informationen, und sie schreiben, was ich ihnen diktiere. Jetzt bin ich derjenige, der die Schlagzeilen formuliert. Sie können sich gar nicht vorstellen, was für eine Genugtuung das für mich ist! Ach ja, bevor wir uns verplaudern und ich es vergesse, ich werde Sie jetzt übrigens so schnell wie möglich verhaften lassen, damit man mir keine Nachlässigkeit unterstellen kann; ich werde unmittelbar nach dem Gespräch mit Ihnen die Hamburger Kollegen anrufen, um denen zu sagen, dass Sie auf den Landungsbrücken sind. Es ist wirklich erstaunlich, wie genau man heute den Standort eines Smartphones ermitteln kann. Also stellen Sie sich bitte drauf ein. Es wäre übrigens gut, Sie würden möglichst schnell einen Insolvenzantrag stellen. Im Moment treibt die Engel-Projektgesellschaft führungslos dahin. Noch schlimmer, es mag böse Zungen geben, die behaupten, Sie hätten von der Pleite gewusst, weil Sie am selben Tag verschwunden sind wie Ihr Geschäftsführer. Einen schönen Tag noch, Frau Engel. Vielleicht sehen wir uns heute noch gegen später. Ich würde mich freuen, Sie persönlich kennenzulernen.«

Ich ließ das Telefon sinken. Ich brauchte ein paar Sekunden, um mich wieder zu orientieren und an die Landungsbrücken zurückzukehren nach diesem Schock.

»Wir müssen sofort hier weg«, stammelte ich. »Schwabbacher ruft die Hamburger Polizei an und sagt ihr, wo wir sind. Die wird in ein paar Minuten hier sein.«

»Luise! Luise, warum weinst du?«, fragte Sabrina und packte mich am Arm. »Und was soll das heißen, du bist pleite?«

»Später!«, befahl Jan. »Los, weg hier! Solange wir das Geld nicht übergeben haben, dürfen die uns nicht erwischen, hört ihr!« Er riss mir das Smartphone aus der Hand, sprang auf, rannte an den Gitterzaun neben dem Schild »Große Hafenrundfahrt«, holte mit dem Arm weit aus und schleuderte das Handy in das braune Wasser des Elbkanals. Sabrina stürzte hinter ihm her und reckte beide Arme weit über das Gitter, als könne sie das Handy noch im Flug auffangen.

»Bist du wahnsinnig!«, jammerte sie. »Wie sollen uns die Typen jetzt finden!«

»Wenn uns die Polizei zuerst findet, sind wir geliefert. Los, nichts wie weg!«, erwiderte Jan. In diesem Augenblick hörte man erneut die Sirene eines Polizeiautos, nein, das waren sogar zwei. Nur dass die Sirenen diesmal nicht allmählich wieder leiser wurden, sondern in unmittelbarer Nähe verstummten.

»Der Taxifahrer hat uns verpfiffen!«, rief Sabrina.

»Schnell, wir mischen uns unter die Leute, die Polizei wird gleich hier sein!«, befahl Jan. Ich sprang auf, wir gingen auf den Steg und wurden von einem Strom von Menschen mitgerissen. Und ich mit dem auffälligen Geldsack! Ich drehte mich panisch um und erblickte in ungefähr hundert Meter Entfernung drei Polizeibeamte, die sich suchend umschauten, noch hatten sie uns nicht entdeckt, noch verschafften uns die getauschten Perücken und die vielen Menschen ein wenig Tarnung. Vor uns kam die Menschenmenge zum Stillstand, ein Durchkommen schien unmöglich, wieso gingen die Leute nicht weiter, wie sollten wir so entkommen? Mein Herz hämmerte in meiner Brust, als wolle es zerspringen.

Eine blaue Fähre legte gerade an den Landungsbrücken an. »62, Finkenwerder« stand auf einer Leuchtanzeige zu lesen. Eine Gangway wurde heruntergelassen. Die Menge drängelte auf das Schiff.

»Schnell, auf die Fähre!«, rief ich. »Auf der Fähre verteilen wir uns, dann fallen wir weniger auf!«

»Wohin fährt das Ding?«

»Keine Ahnung! Finkenwerder, wo auch immer das ist! Ich kenne das nur als Scholle Finkenwerder Art!«

»Und wie finden wir uns dann wieder?«

»Wir steigen einfach am zweiten Halt aus und treffen uns dort!«

Der Strom der Menschen riss uns jetzt sowieso auseinander, und wir wurden getrennt voneinander auf die Fähre gespült. Niemand kontrollierte Fahrkarten. Aus den Augenwinkeln sah ich, wie Sabrina die Außentreppe hinaufkletterte und an Deck ging, während Jan nach links abbog, in Richtung Cafeteria. Ich wagte es nicht mehr, mich nach der Polizei umzuschauen. Wenn uns die Beamten erspähten, bevor die Fähre ablegte, würden sie die Fahrt stoppen oder am ersten Halt auf uns warten und das Schiff durchsuchen. Und ich mit dem Geldsack in der Hand war doch auf den ersten Blick verdächtig! Aber seltsamerweise geschah nichts; die Fähre fuhr einfach los. Weil Deck und Cafeteria schon von Sabrina und Jan belegt waren und mir nichts Besseres einfiel, ging ich auf die Toilette im Eingangsbereich. Erleichtert schloss ich die Tür hinter mir ab. In Sicherheit, wenn auch nur für ein paar Minuten, wenn auch nur auf einer schmutzigen Toilette!

Ich stellte den Sack mit dem Geld ab und wusch mir die Hände. Plötzlich musste ich mich am Waschbecken festhalten. Mein Unterleib krampfte sich zusammen. Ein schrecklicher Drang überkam mich, wie damals auf der Raststätte. Damals? Es war doch erst ein paar Tage her. Mir wurde übel, und ich begann zu zittern. Die Nachwehen des Banküberfalls. Unfassbar. Ich, Luise Engel, hatte vor einer guten Stunde eine Bankangestellte am Jungfernstieg mit einer Pistole bedroht und fünfzehntausend Euro erbeutet! Und es war wirklich einfach gewesen, so wie es die Opa-Bande ausgesagt hatte. Wir hatten draußen gewartet, bis kein Kunde in der Bank war. Niemand hatte die Bank betreten, nachdem Jan das Plakat »Wegen Dreharbeiten bleibt diese Filiale heute geschlossen« an die Tür geklebt hatte. Die Leute hatten das alberne Plakat für echt gehalten. Auch die Bankangestellten hatten uns trotz unseres dilettantischen Auftretens für echt gehalten, sobald ich die Pistole gezückt hatte. In dem Augenblick, als die Kassiererin mir den Sack mit dem Geld gereicht hatte, da hatte ich ein Gefühl von Macht, Stärke und Triumph empfunden wie noch nie zuvor in meinem Leben; es war wie ein Rausch gewesen.

Jetzt fühlte ich mich nur noch jämmerlich. Ich zog die Jeans herunter, auf die dreckige Brille mochte ich mich nicht setzen, und wie ein Sturzbach entleerte sich mein Darm, obwohl ich doch kaum etwas gegessen hatte. Jemand rüttelte an der Türklinke. Ich brauchte eine Weile, um mich sauberzumachen und mir die Hände zu waschen, wieder wurde ungeduldig an der Tür gerüttelt. Ich musste unbedingt etwas trinken, bestimmt war ich völlig dehydriert, aber an dem Wasserhahn stand »Kein Trinkwasser«. Ich holte tief Luft, nahm den Geldsack und meine Handtasche und schloss die Tür auf. Hoffentlich stand nicht die Polizei davor! Ein schmächtiger, ungepflegter Mann mit einer Alkoholfahne herrschte mich an, wieso ich so lange gebraucht hatte, er wartete kaum, bis ich aus der Tür war, drängelte grob an mir vorbei und knallte die schwere Tür hinter sich zu. Mir schossen die Tränen in die Augen. Von meinen Nerven war nicht mehr viel übrig.

»So ein unverschämter Kerl!«, schimpfte eine Frau mit Kinderwagen, die die Szene beobachtet hatte. Ich nickte nur und wandte mich ab. Nur nicht noch mehr Aufsehen erregen. Die Fähre hatte einmal an- und wieder abgelegt. Ich warf einen Blick in die Cafeteria; Jan saß auf der linken Seite in der Mitte an einem Plastiktisch. Er hatte die Sonnenbrille abgenommen und starrte zum Fenster hinaus, er wirkte bedrückt. Was ihm wohl gerade durch den Kopf gehen mochte? Sabrina war nirgends zu sehen. Ich ging ein paar Schritte zur Türöffnung auf der anderen Längsseite der Fähre und sah hinaus auf die Elbe. Was für ein Fluss, dachte ich, dagegen ist der Neckar ein Rinnsal. Wir wurden gerade von einem weiß-blauen Raddampfer namens »Louisiana Star« überholt, die Passagiere standen an Deck und winkten, weiter hinten sah man Docks und riesige Kräne. Es knatterte; ein Hubschrauber flog über uns hinweg. O mein Gott, hoffentlich war das nicht die Polizei. Was konnte man von einem Hubschrauber aus sehen? Würde man Sabrina erkennen können? Niemand schenkte mir Beachtung. Nur der Mann, der an der Toilettentür gerüttelt hatte, stand an der Bar, hielt ein Bier in der Hand und starrte mich düster an.

Die Fähre verlangsamte zum zweiten Mal ihre Fahrt. Ich ging langsam Richtung Ausstieg. Sabrina kam die Treppe vom Deck herunter, unsere Blicke trafen sich für eine Sekunde, in ihren Augen stand Panik. Jan humpelte aus der Cafeteria, ein paar Leute musterten ihn mit seinen wirren langen

Haaren, der riesigen Sonnenbrille, der noch immer geschwollenen Nase und der zu engen karierten Bluse, aber vielleicht war aufzufallen ja auch eine Form von Tarnung?

Wir hielten Abstand und achteten darauf, dass fremde Menschen zwischen uns blieben. Noch immer war das Knattern des Hubschraubers zu hören, er schien direkt über der Fähre zu schweben. Sabrina warf mir einen unruhigen Blick zu. »Hafencity!« Die Fähre legte an, wir ließen die ersten Menschen von Bord gehen. Der Hubschrauber verharrte über uns. Ich blieb stehen und starrte geradeaus. Erst, als die Fähre wieder abgelegt hatte, wagte ich es, nach rechts und links zu schauen. Sabrina und Jan hatten sich ebenfalls nicht vom Fleck gerührt, Gott sei Dank! In diesem Augenblick drehte der Hubschrauber ab. Langsam entfernte sich das Knattern, und ich atmete auf. Wenige Minuten später hielt die Fähre erneut. »Neumühlen! Museumshafen Övelgönne!« Bei einem Holzhäuschen direkt am Anleger wurde wohl gerade ein Geburtstag gefeiert. Auf einem Tisch lagen Geschenke, Leute umarmten sich, plauderten und tranken Sekt. In dem kleinen Hafen lagen hübsche alte Holzschiffe, überall auf den Terrassen von Kneipen und Cafés saßen entspannt wirkende Menschen. Wir dagegen waren Räuber, Räuber auf der Flucht nach einem Banküberfall. Ich ging über die Brücke zu einem Parkplatz und wartete auf Sabrina und Jan. Es gab eine Bushaltestelle, vielleicht fuhr von dort ein direkter Bus zum Bahnhof.

»Das war ein Polizeihubschrauber«, erklärte Sabrina atemlos. »Der war direkt über mir. Ich hab die volle Panik gekriegt, ich hab gedacht, gleich brüllen die aus einem Megafon raus, He, Sie da unten, Sie sind verhaftet!«

»Anscheinend haben sie dich nicht erkannt, sonst wären sie nicht abgedreht«, sagte Jan. Er schien sich wieder gefangen zu haben.

»Und jetzt?«, fragte Sabrina. In diesem Moment hielt wenige Meter vor uns ein Taxi und spuckte drei Leute aus. Ich winkte dem Fahrer. Ein Taxi zu nehmen war riskant, aber schnell, und diesmal würde ich mit dem Geldsack diskreter sein.

»Wir fahren mit dem Taxi zum Hauptbahnhof und nehmen den Zug«, sagte ich. »Wir setzen uns in unterschiedliche Abteile. Wir müssen irgendwo hin, wo wir eine Weile untertauchen können. Irgendwo, wo es keine Polizei gibt. Dem verrückten Kommissar können wir uns nicht ausliefern. Wir müssen ein bisschen ausruhen. Überlegen, wie es weitergeht. Den Verbrechern Zeit geben, uns zu kontaktieren.«

»Und wo soll das sein? Es gibt keinen Ort in Deutschland ohne Polizei«, sagte Jan.

»Doch. Doch, es gibt einen solchen Ort. Und wenn ihr einverstanden seid, dann fahren wir jetzt gemeinsam dorthin. Wir brauchen nur ein wenig Geld für den Zug, den Bus und dann die Überfahrt.«

»Überfahrt?«

»Richtig. Wir steigen auf ein Schiff.«

»Eine Insel?«

»Nein. Keine Insel.«

JAN

BAHNHOF HUSUM, TELEFONZELLE

»Christine.«

»Jan.« Ein tiefer Seufzer.

»Christine, ich wollte nach Hause kommen, wirklich. Es ist nur … es ist … so wahnsinnig viel passiert. Ich wollte wissen, wie es dir geht. Ob alles in Ordnung ist.«

»Ich bin entsetzlich müde, Jan. Du kannst dir nicht vorstellen, was hier los ist. Wir werden von Sensationsreportern belagert. Die Polizei war mehrmals da, die Mädels trauen sich nicht mehr aus dem Haus. Und ich ohne Auto, was bedeutet, wir müssen immer mitten durch dieses Rudel an Reportern. Jan. Ich begreife das alles nicht. Ist das jetzt deine Midlife-Crisis? Dass du eine Bank ausraubst? Da wäre mir ja sogar eine andere Frau lieber gewesen!«

»Christine, es ist eine lange, lange Geschichte. Ich werde sie dir erzählen, aber nicht jetzt. Außerdem wirst du bestimmt abgehört.«

Christine schwieg.

»Es gibt nur eins, was ich dir sagen will. Das Allerwichtigste. Es ist mir klargeworden in den letzten Tagen.«

»Und das wäre?«

»Ich möchte dich nicht verlieren. Ich möchte, dass wir eine Familie bleiben. Ich möchte einen Neuanfang, mit dir.«

»Du meinst wohl, wenn du aus dem Gefängnis entlassen wirst? Bis dahin sind die Mädchen aus dem Haus.«

»Christine. Ich weiß, wie schwer das alles ist. Ich begreife selber nicht, wie es so weit kommen konnte. Aber ich möchte, dass du weißt, dass … dass ich dich liebe. Da ist nichts zwischen Sabrina und mir. Ich möchte mir keine jüngere Frau suchen, ich möchte mit dir zusammenbleiben. Ich werde alles dafür tun. Wenn du willst, machen wir eine Therapie oder gehen zu einer Beratung. Aber ich will dich nicht verlieren. Es gibt so viel, was uns verbindet. Lass uns das nicht einfach wegwerfen. Bitte.«

Eine lange Pause folgte.

»Christine?«

»Das war, glaub ich, die längste Rede zu unserer Beziehung, die du mir in all den Jahren gehalten hast. Ich bin fast beeindruckt.«

»Und?«

»Ich werde darüber nachdenken. Aber ich verspreche nichts.«

»Danke. Das ist besser, als wenn du mich gleich in die Wüste schickst.«

»Zuallererst solltest du nach Hause kommen und dich der Polizei stellen.«

»Es wird noch ein bisschen dauern.« Wieder ein Seufzen.

»Na schön. Bis dann, Jan.«

»Bis dann, Christine. Pass auf dich auf, hörst du? Und vergiss nicht: Ich liebe dich.«

LUISE

BAHNHOF HUSUM, TELEFONZELLE

»Lea, da bist du ja. Ich bin so froh, dass ich dich erreiche!«

»Mutter! Mein Gott! Endlich!« Lea hatte mich noch nie Mutter genannt. Immer nur Mama.

»Lea. Bist du allein?« Ich war schrecklich aufgeregt, meine Hand zitterte. Seit ich aus Stuttgart abgereist war, hatte ich nicht mit Lea gesprochen. Eine kaum zu kontrollierende Panik hatte mich übermannt, als sie in München das Telefon nicht abgenommen hatte, obwohl sie normalerweise um diese Zeit mit Felix zu Hause war. Ich hatte sie erst auf dem Handy erreicht.

»Natürlich bin ich allein! Mit Felix, meine ich. Und mit Amila. Ich bin in deinem Haus.«

»Du bist in Stuttgart? Geht es euch gut? Das ist das Einzige, was ich wissen will. Geht es euch gut?«

»Ob es uns gutgeht? Bist du verrückt? Es geht uns beschissen!«

»Ist etwas passiert? Sag, seid ihr bedroht worden?«

»Ist etwas passiert, fragst du? Erst verschwindest du spurlos, dann wirst du aus heiterem Himmel kriminell, und jetzt fragst du mich, ob etwas passiert ist?«

»Aber sonst ist nichts passiert, ich meine, es geht euch gut?«

»Nein. Nein, es geht uns nicht gut! Du hast uns zum Gespött der Leute gemacht. Schau mal, das ist die Frau, deren Mutter grad immer im Fernsehen kommt. Die Alte ist kriminell geworden, obwohl sie in Stuttgart am Killesberg wohnt, in einer Villa mit Pool, und Knete hat ohne Ende. Erst hat sie eine Bank gesprengt und jetzt noch eine ausgeraubt. Weißt du, wie sie dich nennen? HHL. Halbhöhen-Luise statt Halbhöhen-Lage.

Und weißt du auch, wie peinlich das alles für mich ist und was für einen Schaden du in meinem Leben anrichtest? In der Firma nimmt mich keiner mehr ernst! Und als ich heute Mittag Felix in der Kita abgeholt habe, haben die anderen Mütter getuschelt und mit den Fingern auf mich gezeigt. Ich habe mir Urlaub genommen, Felix geschnappt, bin nach Stuttgart gefahren und wollte mich in deinem Haus verstecken. Schlechte Idee! Ich kam kaum zur Tür rein, weil die Villa von Reportern belagert ist, die von mir wissen wollten, wie es sich anfühlt, wenn die Mutter, die auf die achtzig zugeht, plötzlich eine Bank ausraubt. Und da fragst du mich, ob etwas *passiert* ist?«

So schlimm war es für Lea? Meine Hand zitterte jetzt dermaßen, dass mir beinahe der Hörer aus der Hand rutschte. Ich war es nicht gewohnt, etwas zu tun, was meinen Kindern missfiel. Ich hatte mich immer bemüht, es ihnen recht zu machen. Es hatte mich nie gestört; wenn man es anderen recht machte, war das Leben leichter.

»Lea. Ich hatte ja keine Ahnung. Das wollte ich bestimmt nicht. Glaub mir, es tut mir leid, dass du meinetwegen Ärger hast.« Ich fühlte mich ganz elend. Aber wenigstens schienen die Gangster ihre Drohung nicht wahrgemacht zu haben. Das war die Hauptsache!

»Wenn es dir leidtut, dann komm nach Hause. Und zwar sofort. Komm nach Hause, stell dich der Polizei und minimier den Schaden. Wir besorgen dir den besten Anwalt, den es in Stuttgart gibt. Wir sind doch schließlich nicht irgendwer. Wir haben doch schließlich noch Kontakte. Bitte, komm heim!«

Sie schluchzte, und mein Herz krampfte sich zusammen.

»Lea, ich kann noch nicht heimkommen. Glaub mir, es gibt Gründe. Ich brauche noch ein wenig – Auszeit.«

»Auszeit?« Leas Stimme schnappte über. Sie klang jetzt ein bisschen wie ein quiekendes Ferkel. Hatte sie schon immer so eine schreckliche Stimme gehabt? Es war mir nie aufgefallen. »Mutter! Du bist Mitte siebzig, machst Überfälle und nennst das Auszeit? Hast du sie noch alle? Als Nächstes wirst du behaupten, du machst einen Wellnessurlaub!«

Das Gespräch entgleiste, dabei hatte ich mich doch nur vergewissern wollen, dass Lea und Felix nicht bedroht wurden. Ein paar Sekunden sagte ich gar nichts, ich holte nur tief Luft. Auch Lea schien zu versuchen, sich zu beruhigen. Ich musste ihr unbedingt noch sagen, dass ich pleite war. Damit sie es nicht morgen aus der Zeitung erfuhr. Ich machte den Mund auf, aber Lea kam mir zuvor.

»Mutter. Möchtest du mir vielleicht sagen, wo du dich momentan aufhältst?« Lea sprach plötzlich extrem langsam und betonte jede Silbe.

»Sei mir bitte nicht böse, aber das möchte ich nicht.«

»Mutter.« Sie machte eine kleine Pause. Offensichtlich versuchte sie, sich zusammenzureißen. »Ich kann ja verstehen, dass Vaters Tod dich durcheinandergebracht hat. Nach so vielen Jahren! Wer würde da nicht … ein bisschen die Nerven verlieren. Genau. Das ist es doch, nicht wahr? Die Nerven. Und dann noch diese … diese unsägliche Geschichte mit Heiderose. Das war eben alles ein bisschen viel. Du bist ja nicht mehr die Jüngste.«

»Glaub mir, Lea, meinen Nerven geht es gut.«

»Du solltest nach Hause kommen. Ich habe schon mit Dr. Dillinger gesprochen, du kannst Tag und Nacht einen Termin bei ihm bekommen.«

»Lea, Kind, ich kann dir versichern, es geht mir gut. Ich brauche keinen Arzt.«

»Nenn mich nicht Kind. Ich bin kein Kind mehr. Und wenn dir deine Kinder jemals etwas bedeutet haben, dann kommst du jetzt nach Hause!«

»Lea«, sagte ich sanft. »Gib mir noch ein bisschen Zeit. Bitte.«

»Das ist so unglaublich egoistisch!«

»Ich muss dir noch etwas sagen.« Und da hörte ich plötzlich ein Hüsteln. Ein männliches, unterdrücktes Hüsteln. »Lea. Lea, bist du wirklich allein?« Es gab eine kleine Pause.

»Mutter, was erwartest du denn?« Lea brüllte jetzt. »Erwartest du etwa, dass ich alles, was ich wegen dir durchmache, ohne jede Hilfe schaffe?«

»Das ist die Polizei. Das ist Kommissar Schwabbacher, nicht wahr? Du hast mich belogen, Lea«, sagte ich. »Du bist nicht allein. Ich lege jetzt auf.« Ich hörte ein Flüstern.

»Nein, Mama!«, schrie Lea panisch. »Nicht auflegen! Sprich mit mir!«

»Es tut mir leid.« Ich hängte den Hörer ein. Meine Hand zitterte noch immer, und auf meiner Stirn standen Schweißperlen. Ich war vollkommen erschöpft. Was war nur aus Lea geworden. Ich hatte versucht, sie zu einem mitfühlenden, großherzigen Menschen zu erziehen, wie alle meine Kinder. Aber Lea dachte nur an sich. Sie hatte offensichtlich entschieden, dass ich verrückt geworden war, und nicht einmal gefragt, wie es mir ging. Und Kommissar Schwabbacher hatte ihr nichts von der Pleite gesagt: Am nächsten Morgen würde sie aus der Zeitung erfahren, dass sie nicht mehr auf das Erbe spekulieren konnte, mit dem sie die sündhafte teure Wohnung im Münchener Lehel abbezahlen wollte, die sie gerade mit ihrem Mann gekauft hatte.

SABRINA

BAHNHOF HUSUM, TELEFONZELLE

»Oliver!«

»Sabrina. O mein Gott, endlich! Sabrina! Wo bist du. Wie geht es dir? Und was machst du bloß für Sachen …«

»Oliver, ich hatte keinen Sex mit diesem Typen! Glaub mir. Ich hab versucht, ihn zu beklauen, das schon, aber ich hatte keinen Sex mit ihm!«

»Sabrina.« Oliver weint. Ich weine auch. »Sabrina, o meine geliebte, süße Sabrina. Ich bin so froh, dass du dich endlich, endlich meldest. Die letzten Tage waren die reinste Hölle für mich, ich konnte nicht mehr essen und nicht mehr schlafen. Ich habe schon fast die Hoffnung aufgegeben, dass du mich jemals anrufst!«

»Wirst du abgehört?«

Oliver seufzt.

»Natürlich wirst du abgehört. Also noch mal für alle, die zuhören: Ich hatte keinen Sex mit diesem Typen, der sich Rasmus nennt!«

»Ich hab das keinen Augenblick geglaubt, Sabrina. Das BLATT, ich bitte dich!«

»Wenn ich Sex mit ihm gehabt hätte, würde ich es zugeben!«

»Ich glaube dir. Du bist vielleicht durchgeknallt, aber ich weiß, dass du mich nicht belügst.«

»Geht es dir gut? Hat jemand … ist etwas passiert?«

»Natürlich geht es mir nicht gut. Kannst du nicht nach Hause kommen, Sabrina, könnt ihr nicht zur Polizei gehen, bitte. Ich mache mir so schreckliche Sorgen. Ihr könnt euch doch nicht ewig verstecken. Das wird doch alles nur noch schlimmer. Und dann auch noch ohne deine Tabletten!«

»Wir brauchen noch ein bisschen Zeit.«

»Und dann? Kommst du dann nach Hause?«

»Wenn du mir verzeihst. Ich weiß doch gar nicht, ob du mich noch haben willst, nach allem, was geschehen ist. Also, ich an deiner Stelle hätte keinen Bock mehr.«

»Ob ich dich noch haben will? Sabrina, ich liebe dich, egal, was passiert. Im Moment machst du es mir nicht sonderlich leicht, das schon, aber ich stehe zu dir, egal, was du angestellt hast. Ich liebe dich, ich liebe dich, bis in den Tod. Und auch, wenn du ins Gefängnis musst, ich warte auf dich ...«

»Ich liebe dich auch. Und ich wünsche mir nichts mehr, als dass du mir verzeihst –«

»Sabrina. Komm bald nach Hause, hörst du?«

»Verzeihst du mir? Alles?«

»Ja. Kommst du bald nach Hause?«

»Ich verspreche es.«

LUISE

HALLIG HOOGE, ANLEGER

Freudige Erwartung lag auf den Gesichtern der Feriengäste, die sich um uns herum am Ausgang der »Adler Express« drängelten und aufgeregt durcheinanderplapperten. Wir wurden von einem Menschenstrom vom Schiff gespült. Paare und Familien schleppten Taschen mit Lebensmitteln und zogen gewaltige Koffer hinter sich her, einige schoben Fahrräder von Bord. Viele gingen zielstrebig auf geparkte Autos mit geöffneten Heckklappen zu und begrüßten ihre Gastgeber mit Umarmungen und großem Hallo, andere schüttelten sich höflich die Hand. Koffer und Kescher wurden verstaut, Gemüsekisten und Pakete übergeben, ein Mann nahm einen Sack Post entgegen und verstaute ihn in einem gelben Postauto, eine Reiseleiterin scheuchte eine Gruppe älterer Herrschaften auf die bereitstehenden Pferdekutschen. Eine Schulklasse machte sich zu Fuß auf den Weg. Nach ein paar Minuten waren alle Autos, die Kutschen und die Schulklasse wie ein Spuk verschwunden. Ein Pärchen mit Rucksäcken verhandelte noch an einem Fahrradverleih mit einem jungen Mann, dann stiegen auch die beiden auf die Räder und radelten davon.

Nur wir drei standen noch unschlüssig herum; Sabrina und Jan sahen mich erwartungsvoll an. Ich versuchte, mir meine Nervosität nicht anmerken zu lassen. Wir schienen die einzigen Gäste zu sein, die nicht wegen der Sommerfrische angereist waren, die einzigen Gäste, die nach Hallig Hooge gekommen waren, um dort dann unterzutauchen. Zur Tarnung trugen wir alle drei unterschiedliche, reichlich alberne Sonnenhüte, die wir in Husum am Bahnhof gekauft hatten. Jan und ich trugen zudem noch immer die getauschten Perücken. Sabrina hatte sich zwar gegen Hüte gesträubt. Sie war der Meinung, dass diese so offensichtlich als Verkleidung zu erkennen waren, dass sie uns mehr enttarnten als tarnten, aber Jan und ich hatten darauf bestanden. Auf dem Schiff hatten wir uns getrennt, um weniger aufzufallen. Ich hatte drinnen gesessen. Jetzt fröstelte es mich. Trotz des Sonnenscheins war es hier deutlich kühler als auf dem Festland.

Eine sommersprossige Frau in einem roten Anorak, auf dem »Gemeinde Hallig Hooge« aufgedruckt war, kam auf uns zu und sagte: »Ich würde gern einmal den Halligtaler kassieren.«

»Halligtaler?«, fragte Jan unwirsch. »Was soll das sein?«

»Das ist unsere Kurtaxe hier«, erklärte die Frau freundlich. »Die betrifft aber nur die Tagesgäste. Ich bekomme von jedem von Ihnen einen Euro, aber nur, wenn Sie mit dem ›Adler Express‹ um 18.30 Uhr wieder abfahren.«

»Nein, nein, wir bleiben über Nacht«, sagte ich hastig.

Die Frau nickte, ging zu dem kleinen Häuschen im Hafen und verschwand in seinem Inneren. Sabrina folgte ihr und kam nach kurzer Zeit mit einem Flyer der Hallig wieder.

»Und nun?«, fragte Jan. Irgendwie war er seit einiger Zeit nur noch genervt. »Wo ist er nun, dein Cousin?«

»Ich … ich habe das alles viel, viel kleiner in Erinnerung«, murmelte ich. Ich musste völlig verrückt sein. Ich wusste doch nicht einmal, ob Hermann noch hier lebte. Ob er überhaupt noch lebte! »Ich dachte, wir könnten zu Fuß gehen.«

Mit den Augen folgte ich dem Sträßchen, das ins Hallig-innere führte, und versuchte angestrengt, mich zu erinnern. Auf keinen Fall wohnte Hermann in der ersten Häuser-ansammlung rechts auf einem Hügel in ein paar hundert Meter Entfernung. Jetzt fiel es mir ein, die Hügel hießen Warften, und sie dienten dem Schutz vor Hochwasser, weil die Hallig regelmäßig überspült wurde. Noch ein paar hundert Meter weiter lag rechts die Kirche, an die erinnerte ich mich gut, da gab es sonst nur noch das Pfarrhaus. Geradeaus ging es zu einer größeren Häuseransammlung. Das schien der Mittelpunkt der Hallig zu sein. Wenn ich mich nicht täuschte, wohnte Hermann auf einer der kleineren Warften. Nur, auf welcher? Ich kam mir töricht vor. Sabrina studierte die Übersichtskarte auf dem Flyer.

»Auf welcher Warft wohnt er denn, dein Cousin?« Ich warf einen unruhigen Blick auf den Plan. Ipkenswarft? Ockelützwarft? Das sagte mir alles überhaupt nichts. Es war einfach schon zu lange her. Ich wusste nur noch, dass wir damals auf der Volkertswarft untergebracht waren.

Es tutete. Die Fähre legte ab. Ein großer, breitschultriger Mann mit Schnauzbart, der Jeans und den gleichen roten Anorak trug wie die junge Frau, die uns wegen des Halligtalers angesprochen hatte, kam vom Anleger herbeigestapft. Auf halbem Weg hielt er an einer Tafel inne. »SeeAdler, heute 17.30 Uhr«, notierte er mit einem Leuchtstift und lief dann auf uns zu.

»Hat Ihr Gastgeber vergessen, Sie abzuholen?«, fragte er.

»Ich … ich fürchte, ja«, antwortete ich zögerlich.

»Zu wem wollten Sie denn? Wir rufen kurz vom Büro aus an, das ist gar kein Problem.«

Ach du liebe Güte. Ich hatte einen Aussetzer. Wie hieß Hermann bloß mit Nachnamen?

»Zu … zu Hermann.« Jan warf mir einen misstrauischen Blick zu.

»Der hat doch normalerweise gar keine Feriengäste«, meinte der Mann.

»Ich bin seine Cousine«, erklärte ich und hoffte nur, dass es glaubwürdig klang. »Kennen Sie Hermann?« Gott sei Dank. Offensichtlich war Hermann der einzige Hermann auf der Hallig.

Der Mann lachte. »Klar kenne ich Hermann und Waltraud. Bei etwas mehr als hundert Einwohnern kennt jeder jeden. Ich muss sowieso hochfahren ins Gemeindebüro. Wenn Sie sich ein bisschen im Auto zusammenquetschen, bringe ich Sie hoch zur Hanswarft.« Ich warf einen raschen Blick auf den Plan. Die Hanswarft war die große Häuseransammlung in der Mitte der Hallig.

»Aber Hermann wohnt doch ganz woanders!«, rief ich spontan. Der Mann schüttelte den Kopf. »Sie haben Ihren

Cousin wohl schon lange nicht mehr besucht? Ich bin zwar erst vor ein paar Jahren auf die Hallig gezogen, aber seit ich hier lebe, hat Hermann nirgendwo anders als auf der Hanswarft gewohnt. Er ist sozusagen mein entfernter Nachbar. Ich schließe nur eben das Büro ab, dann fahren wir los. Sie können schon mal rübergehen zum Gemeindeauto. Haben Sie kein Gepäck?«

Ich schüttelte den Kopf. Der Mann deutete auf einen etwas klapprig aussehenden Kleinwagen, der ein Stück entfernt geparkt war, und verschwand in Richtung des Häuschens. Auf der Rückseite des Anoraks war das Wort »Hafenmeister« aufgedruckt.

»Luise«, sagte Jan, und seine Stimme klang drohend. »Dein Cousin weiß doch, dass wir kommen? Du wolltest ihn anrufen und alles klarmachen. Du hast doch alles klargemacht?«

»Nein«, murmelte ich. »Nein, er weiß es nicht.«

»Wie bitte? Und warum nicht?«

Weil ich Angst hatte, dass er nein sagt, dachte ich. Weil ich Bedenken hatte, er erklärt mir, das könne er Waltraud nicht zumuten, selbst wenn es noch so lange her ist. Weil ich mir fast sicher war, dass er Berichte über uns im Fernsehen gesehen hatte. Weil ich dachte, ihr zwei kommt nicht mit, wenn ich euch die Wahrheit sage. Laut sagte ich: »Ich wollte ihn überraschen.«

»Du wolltest ihn *überraschen?*«, echote Jan ungläubig. »Du meinst, wir sind hierher geschippert, ohne überhaupt zu wissen, ob wir ihn antreffen? Bist du völlig verrückt, Luise? Was, wenn er gar nicht da ist? Er könnte auf dem Festland sein. Oder auf Mallorca, im Sommerurlaub. Dann müssen wir bei irgendwelchen Leuten übernachten, die wahrscheinlich sofort die Polizei benachrichtigen. Außerdem haben wir mal wieder fast kein Geld!«

»Wer hier lebt, geht im Sommer nicht in Urlaub«, erklärte ich mit fester Stimme. obwohl ich nicht die geringste Ahnung hatte, was Hermann für Urlaubsgewohnheiten hatte. »Hier fährt man im Winter weg, wenn es stürmisch und dunkel ist. Nicht im Sommer, wenn die Tage lang sind.«

»Luise. Luise, wann hast du Hermann das letzte Mal gesehen? Oder mit ihm gesprochen?« Jans Stimme klang drohend. Sabrina sah dagegen eher amüsiert aus.

Ich seufzte. »Lass mich mal nachdenken. Wir haben uns jahrelang Weihnachtskarten geschrieben. Aber gesehen, richtig gesehen? Das muss … 1966 gewesen sein.«

»Neunzehnhundert … was?« Jan stöhnte. »Luise. Das ist doch nicht dein Ernst! Hattet ihr nie ein Familientreffen? Du hast deinen Cousin seit fünfzig Jahren nicht gesehen, und dann scheuchst du uns hier auf diese gottverlassene Insel?«

»Das ist keine Insel. Das ist eine Hallig.«

Jan stöhnte erneut; Sabrina bekam einen nervösen Kicheranfall.

Der Hafenmeister stapfte wieder auf uns zu. Er blickte interessiert von einem zum anderen. »Können wir?«, fragte er. »Ich bin übrigens Thorsten Junker. Der Hafenmeister von Hooge.«

»Junker«, echote Jan. Nun bekam er den nervösen Kicheranfall. »Entschuldigen Sie bitte. Aber ich … heiße auch Junker. Manchmal jedenfalls.«

»Das ist ja ein Zufall!«, antwortete der Hafenmeister und grinste. Wir gingen hinüber zum Auto. Thorsten Junker öffnete die Heckklappe und räumte dann einen Fernseher und Werkzeug von der Rückbank in den Kofferraum.

»Setz du dich nach vorne, Luise«, sagte Jan und stieg mit Sabrina hinten ein. Der Hafenmeister wendete das Auto und bog auf das kleine Sträßchen Richtung Halligmitte ein. Vor uns radelte die junge Frau, die uns am Anleger wegen des

Halligtalers angesprochen hatte. Thorsten hupte und fuhr an ihr vorbei. Sie winkte.

»Wollen Sie die Kinder auch besuchen?«

Kinder. Natürlich hatten Hermann und Waltraud Kinder. Mindestens eins.

»Mal sehen. Wenn wir Zeit haben«, sagte ich ausweichend.

»Wenn wir etwas im Überfluss haben auf Hooge, dann ist es Zeit«, meinte der Hafenmeister. »Hier geht's gemächlicher zu als auf dem Festland. Und von der Hanswarft zur Lorenzwarft, wo die Kinder wohnen, ist es nicht besonders weit.«

»Natürlich«, murmelte ich. Jan warf mir schon wieder einen argwöhnischen Blick zu. Wir fuhren an Wiesen mit Kühen und Schafen vorbei, über einen Wasserlauf und dann die Steigung zur Hanswarft hinauf. Von hier aus sah man das Meer. Es war idyllisch, aber ich hatte kein Auge dafür. Der Hafenmeister parkte vor einem Gebäude. Dort herrschte ein reges Kommen und Gehen.

»Ab hier geht's nur zu Fuß weiter«, sagte er. »Ich bringe Sie schnell hin. Das hier ist übrigens das Gemeindebüro. Falls Sie irgendwelche Infos brauchen für Ausflüge oder so. Oder eine Karte vom Wattenmeer. Oder Ringelgans-Tee.«

»Ringelgans-Tee«, wiederholte Jan, und es klang verächtlich.

»Danke«, murmelte ich schnell. »Sie sind wirklich sehr freundlich.« Für Thorsten Junker sahen wir aus wie normale Touristen, wenn auch ohne Gepäck. Touristen, die einen Verwandten besuchten und Tagesausflüge nach Amrum oder Sylt planten. Immerhin hieß das, er hatte uns nicht im Fernsehen gesehen.

»Ich bringe Sie schnell zu Hermann«, sagte der Hafenmeister. Ich wollte abwehren, spätestens an Hermanns

Haustür würde ich auffliegen, aber wie sollten wir das Haus ohne Hilfe finden? Der Hafenmeister führte uns um einen kleinen Teich herum und an einem mächtigen Holzhaus vorbei, vor dem junge Leute in der Sonne saßen. »Das ist die Schutzstation Wattenmeer«, erklärte er. »Falls Sie eine Wattwanderung machen wollen. Und falls Sie sich für Bernstein interessieren, meine Frau Corinna hat ein Bernsteinlädchen.« Er bog nach links ab. Wir waren jetzt in der Mitte der Warft; reetgedeckte Backsteinhäuser waren um einen riesigen Innenhof herum gebaut. Thorsten Junker blieb vor einer efeuüberwachsenen Tür stehen und klopfte.

»Hermann. Hermann, deine Cousine ist da!«

»Sie brauchen nicht zu warten, Herr Junker«, sagte ich hastig. »Sie haben doch sicher noch genug zu tun. Vielen Dank für Ihre Hilfe.«

»Ach, so viel Zeit muss sein«, antwortete der Hafenmeister unbekümmert, öffnete die unverschlossene Haustür und rief: »Hermann! Hermann, dein Besuch!«

Nach ein paar Minuten stand Waltraud in der Tür. Es konnte niemand anders sein als Waltraud, auch wenn sie wenig Ähnlichkeit hatte mit der schlanken jungen Frau aus meiner Erinnerung.

»Moin moin, Thorsten«, sagte sie. »Besuch? Wir erwarten keinen Besuch.«

»Hermanns Cousine ist da!«, rief der Hafenmeister enthusiastisch und trat zur Seite.

Waltraud sah mich an. »Cousine?«, fragte sie verwirrt. »Das muss ein Irrtum sein. Hermann hat überhaupt keine Cousine. Und diese Frau habe ich noch nie in meinem Leben gesehen.«

JAN

HALLIG HOOGE, HANSWARFT

Wir saßen in Hermanns Wohnzimmer und tranken Kaffee. Die Konversation lief, gelinde gesagt, etwas schleppend. Nachdem Hermanns Frau an der Haustür offensichtlich nicht die geringste Ahnung gehabt hatte, wer Luise war, und Luise natürlich vor dem Hafenmeister ihren Namen nicht hatte nennen wollen, sagte Luise nur: »Hallo, Waltraud. Es ist schon ziemlich lange her. Volkertswarft, 1966.« Mit einem Ruck zog sie sich Sonnenhut und Perücke vom Kopf. Da sah Waltraud Luise mit zusammengekniffenen Augen an, und endlich schien sie zu kapieren, mit wem sie es zu tun hatte. Sie öffnete den Mund, um etwas zu sagen, aber Luise drängte rasch ins Haus. Sie bedankte sich eilig beim Hafenmeister, der natürlich ziemlich komisch guckte, zog Sabrina herein, winkte mich hinterher und zog rasch die Tür hinter uns zu.

»Luise«, sagte Waltraud fast tonlos.

»Es tut mir leid«, sagte Luise. »Bitte entschuldige den Überfall.«

»Überfall. Das ist ja wohl das richtige Stichwort.« Da war klar, dass Waltraud über uns Bescheid wusste. Sie machte keine Anstalten, sich von der Tür wegzubewegen, als hätte sie Angst, wir würden ihr das Tafelsilber klauen, sobald sie uns den Rücken kehrte.

»Kannst du Hermann holen?«, fragte Luise. Sie klang schon fast autoritär. »Dann sehen wir weiter.«

Waltraud blieb noch einen Augenblick wie erstarrt stehen, als überlege sie ernsthaft, ihrem Mann unsere Ankunft zu

verschweigen und uns gleich wieder vor die Tür zu setzen.
»Bitte«, sagte Luise eindringlich. Da verschwand Waltraud
endlich und kam nach kurzer Zeit mit einem Mann zurück,
den ich auf Mitte siebzig schätzte, ungefähr so alt wie Luise.
Er trug Jeans und ein ausgebleichtes T-Shirt und wirkte fit
und drahtig.

»Luise«, murmelte er. »Mein Gott.« Er stand nur mit hängenden Armen da und schüttelte den Kopf. Er gab Luise
nicht einmal die Hand.

»Hallo, Hermann«, sagte Luise. »Bitte entschuldige, dass
wir so hereinplatzen. Darf ich dir meine Freunde vorstellen?
Sabrina und Jan.«

Genau wie seine Frau schien Hermann nicht so recht zu
wissen, was er mit uns anfangen sollte. Wir standen noch
immer im Flur. Hermann sah hilflos zu Waltraud, die mit
verschränkten Armen interessiert an die Decke starrte, dann
räusperte er sich.

»Dann … dann kommt doch herein«, sagte er schließlich.
»Mögt ihr einen Kaffee?«

»Das wäre sehr nett«, meinte Luise höflich.

»Waltraud macht euch einen Kaffee. Nicht wahr,
Waltraud?« Waltraud sah aus, als würde sie uns lieber einen
Giftcocktail verabreichen als einen Kaffee. Wir standen alle
nur blöd rum und warteten auf ihre Antwort.

»Natürlich«, murmelte sie nach einer gefühlten Ewigkeit.
Ein paar Minuten später saßen wir im Wohnzimmer und
tranken Kaffee. Waltraud hatte uns Tassen, Milch, Zucker
und Kaffee hingeknallt, war in der Küche verschwunden und
hatte die Tür hinter sich geschlossen. Zu essen bot sie uns
nichts an. Sabrinas Magen knurrte laut und vernehmlich.
Nie im Leben waren Hermann und Luise verwandt! Und nie
im Leben konnten wir hierbleiben, so wie Waltraud drauf
war. Heute kamen wir sicher nicht mehr hier weg, und was

380

dann? Luise musste völlig den Verstand verloren haben, sonst hätte sie uns doch nicht auf diese komische Insel geschleppt, zu irgendeinem Kerl, den sie vor fünfzig Jahren zum letzten Mal gesehen hatte. Die beiden wussten überhaupt nichts voneinander. Deshalb wussten sie auch nicht, worüber sie reden sollten. Sie sprachen ein paar Minuten über Stuttgart, dann ging ihnen wieder der Gesprächsstoff aus. Ganz offensichtlich kam Hermann auch aus Schwaben. Seinen Dialekt hatte er nämlich behalten.

Nach einer zähen Weile mit endlosen Gesprächspausen sagte Hermann schließlich: »Luise. Luise, kann ich dich mal sprechen? Unter vier Augen.«

Luise nickte. Hermann öffnete die Tür zum Garten, aber der Wind riss ihm beinahe die Türklinke aus der Hand. »Zu kalt«, murmelte er, verschwand stattdessen mit Luise im Flur und schloss die Wohnzimmertür. Wir sahen den beiden hinterher, Sabrina und ich. Ich stand auf, ging zur Tür, öffnete sie leise einen kleinen Spalt und legte das Ohr daran.

»Luise. Was hast du dir bloß dabei gedacht?«, fragte Hermann. »Hierher zu kommen. Ausgerechnet hierher! Nach fünfzig Jahren!«

»Wir wussten einfach nicht mehr, wohin wir gehen sollten«, sagte Luise. »Und ich dachte, hier sind wir sicher. Mir fiel ein, dass es keine Polizei auf der Hallig gibt.«

»Luise. Luise, also wirklich! Du bist immer noch so naiv wie damals. Das ist eine Hallig, keine einsame Insel im Pazifik. Wenn hier jemand drei Leute zu Besuch kriegt, unangemeldet, dann weiß es nach einer halben Stunde die komplette Hallig. Ach, was sag ich denn, schon vorher, schon dann, wenn ihr von der Fähre steigt und euch keiner abholt, und dann landet ihr bei mir, und ausgerechnet Thorsten bringt euch! Und glaubst du vielleicht, die Leute hier gucken nicht fern? Glaubst du wirklich, die können sich nicht zusammenreimen, wer ihr seid? Das Video, auf dem ihr Benzin klaut, läuft in Dauerschleife im Fernsehen! Ganz Deutschland hat das mittlerweile angeschaut!«

Das war eine interessante Neuigkeit. Dabei waren wir felsenfest davon überzeugt gewesen, dass die Tanke in Thüringen keine Videoüberwachung hatte.

»Es tut mir leid, Hermann. Ich hatte wahrscheinlich falsche Vorstellungen. Oder falsche Erinnerungen. Und natürlich will ich dich nicht in Schwierigkeiten bringen. Glaubst du, jemand wird uns verraten?«

Hermann seufzte. »Nein, das glaube ich nicht. Alle werden Bescheid wissen, die ganze Hallig wird darüber tratschen. Hier bleibt nichts lange geheim. Aber dass euch jemand verrät, das kann ich mir nicht vorstellen. Die Leute sind zwar neugierig, aber sie mischen sich nicht ein.«

»Und was sagt deine Frau?«

»Sie möchte, dass ihr geht. Morgen früh, spätestens. Noch besser heute, mit dem Schiff um halb sieben.«

»Und was sagst du?«

Hermann schwieg.

»Hermann. Du schuldest mir was.«

»Das ist verjährt!«, stieß Hermann heftig aus. »Du kannst doch nicht nach fünfzig Jahren hier ankommen und mir das ... das vorwerfen!«

»Meinetwegen. Trotzdem hast du mich damals unendlich gedemütigt, und ich habe es dir nie vorgeworfen. Das tue ich jetzt auch nicht. Aber ich bitte dich um Hilfe.«

»Luise. Du bittest mich nicht um Hilfe, du setzt mir die Pistole auf die Brust, indem du ohne Vorwarnung mit deinen ... deinen *Freunden* hier anrückst!«

»Meine Freunde. Genau, Hermann. Das sind meine Freunde. Auch wenn dir vielleicht das Wort ›Komplizen‹ auf der Zunge lag.«

»Aber genau das sind sie doch! Komplizen! Und wo ist das gestohlene Geld aus der Bank?«

»An einem sicheren Ort, den ich lieber für mich behalte, um dich nicht tiefer in unsere Probleme hineinzuziehen als unbedingt notwendig.«

»Warum stellt ihr euch nicht der Polizei?«

»Das ist eine sehr lange, sehr komplizierte Geschichte, in die ich dich erst recht nicht hineinziehen möchte. Ich kann dir nur sagen: Es gibt Gründe. Alles, was wir brauchen, ist etwas Zeit.«

»Könnt ihr nicht woanders hin?«

»Ehrlich gesagt: nein.«

Beide schwiegen.

»Na schön. Ich rede mit Waltraud.«

Ich hörte Hermanns Schritte. Dann kam Luise zurück ins Wohnzimmer.

»Pfui«, sagte sie streng zu mir. Nach ein paar Minuten tauchte Hermann wieder auf. Luise sah Hermann erwartungsvoll an.

»Zweieinhalb Tage. Ihr könnt zweieinhalb Tage hierbleiben. Am Donnerstag nehmt ihr den Adler um 10.25 Uhr vormittags und verschwindet. Und wenn es irgendwelche Probleme gibt, verschwindet ihr sofort, und das meine ich wörtlich. In Ordnung?«

Luise nickte. »Danke«, antwortete sie leise.

LUISE

HALLIG HOOGE, LANDSENDE

Ich kannte Strandkörbe von Sylt, dicht an dicht standen sie am Strand von Westerland. Wir hatten dort oft Familienurlaub gemacht. Gleich nach unserer Ankunft mietete Günther zwei Strandkörbe für die ganze Woche. Sie boten uns Schutz vor Sonne und Wind und dem gelegentlichen Schauer, wir picknickten in ihrem Schatten, und die Kinder breiteten ihre Handtücher davor aus und spielten Karten.

Hier dagegen stand ein einzelner Strandkorb im Gras, als hätte ihn jemand vergessen. Die buntgestreifte Sitzfläche war zum Schutz vor Wind und Regen mit Plastik überzogen. Sabrina ruckelte den Korb hin und her, bis er Richtung Sonne zeigte, und ließ sich dann mit einem zufriedenen Seufzer daraufsinken.

»Setz dich zu mir, Luise! Es ist einfach herrlich, so windgeschützt!«

Es war eigentlich nicht besonders kalt, aber der Wind schien niemals Ruhe zu geben, unablässig fegte er über die nahezu baumlose Hallig, zerrte an unseren Jacken und machte meine Hände steif. Nach Hochsommer fühlte sich das nicht an. Die Wolken jagten in irrsinniger Geschwindigkeit über den Himmel. Wenn sich Wolkenlücken auftaten, war es tatsächlich herrlich, dann brannte die Sonne auf mein Gesicht, und mir war warm und wohl.

In Stuttgart wussten die Leute eigentlich überhaupt nicht, was Wind war. Sobald die Sonne schien, stürzte alles nach draußen, selbst im Winter konnte man im Freien sitzen, vor allem, seit die Cafés überall diese praktischen Fleecedecken auslegten. Hier dagegen schien der Wind niemals Pause zu machen. Ich stellte es mir anstrengend vor, immer mit diesen starken Böen zu leben. Wie lange Hermann wohl gebraucht hatte, um sich daran zu gewöhnen?

Sabrina kuschelte sich an mich und seufzte zufrieden, und mir wurde warm ums Herz. Wenn Sie meine Tochter wäre, wären wir uns dann auch so nahe? Oder wäre sie genauso distanziert und rechthaberisch wie Lea bei unserem letzten Telefonat, und wir verstanden uns nur deshalb so gut, weil wir nicht miteinander verwandt waren? Wir blickten aufs Meer hinaus. Das heißt, eigentlich blickten wir auf Pfützen und Schlick und irgendwelche Seegräser. Es war Ebbe.

Sabrina rekelte sich, zog den zusammengefalteten Plan der Hallig aus ihrer Tasche, faltete ihn auseinander und sagte: »Guck mal, da sitzen wir gerade. Landsende. Genauso fühlt es sich auch an. Wir waren mit der Schule mal in Land's End in England. So platt wie hier war das aber nicht, und der Atlantik war auch ein bisschen wilder als die Nordsee.«

Landsende, dachte ich. Schon zum zweiten Mal schienen sich die Namen der Orte, an denen wir uns aufhielten, auf geheimnisvolle Weise an uns und unsere Geschichte anzupassen. Wieso hatten wir sonst in Gießen ausgerechnet vor einer Martin-Luther-Schule gehalten?

Vielleicht war das hier tatsächlich das Ende? Das Ende unserer Reise, und das Ende unserer Geschichte. Wo sollten wir denn noch hin, nach allem, was geschehen war? Wie sollten wir unbemerkt wieder von hier verschwinden? Es war doch nur eine Frage der Zeit, bis uns jemand erkannte. Und dann? Man würde uns vor Gericht stellen. Mit sechsundsiebzig Jahren würde ich erst in Untersuchungshaft und dann ins Gefängnis kommen, und selbst wenn ich noch zu Lebzeiten aus der Haft entlassen wurde, wohin sollte ich dann gehen? Meine Kinder würden mich bestimmt nicht haben wollen. Würde überhaupt noch etwas übrig bleiben, nachdem die Villa verkauft und Günthers Schulden bezahlt waren?

Eigentlich war das alles völlig unwichtig. Ich hätte gerne noch ein paar gesunde, zufriedene Jahre gehabt, das schon, aber nun war von meinem alten Leben sowieso nichts mehr übrig, und es war mir immer so gutgegangen. Ich hatte mein Leben gelebt. Aber was würde aus Sabrina und Jan werden? Sabrina hatte ihr Leben und ihren Beruf noch vor sich, und Jan hatte eine Familie, die von ihm abhängig war, und eine Ehe, die auf der Kippe stand. Was, wenn die beiden auch ins Gefängnis mussten? Konnte Sabrina überhaupt noch in den Schuldienst gehen, mit einer Vorstrafe? Vielleicht konnte ich den Richter überzeugen, dass das alles meine Idee gewesen war! Irgendwie stimmte das ja auch.

Jan war ein paar Schritte von uns weggelaufen. Die Hände in die Seiten gestemmt, als sei er wütend, schaute er hinaus aufs Meer, der Wind fuhr durch sein spärliches Haar. Dann kam er zurück und baute sich vor dem Strandkorb auf. Er schien abgenommen zu haben, er wirkte schmäler als noch vor ein paar Tagen. Von seinem Bäuchlein war kaum mehr etwas zu sehen. Das langärmelige Hemd von Hermann war ihm zu weit.

»Cousin«, sagte er vorwurfsvoll. »Das ist also dein Cousin, Luise.«

»Ich dachte, wenn ich euch die Wahrheit sage, dann kommt ihr nicht mit.«

»Die Wahrheit ist, zwischen euch lief mal was«, stellte Sabrina sachlich fest.

»Wir waren mal verlobt. Ist schon ein Weilchen her. 1966.«

»Verlobt? Ach du liebe Güte. So richtig mit allem Tatütata?«

»Wir haben offiziell Verlobung gefeiert, mit allem Drum und Dran, mit Geschenken und Familien und Feier und Verlobungsring, falls du das meinst. Hermann war meine erste große Liebe, wir lernten uns bei der Tanzstunde im ›Schönblick‹ in der Weißenhofsiedlung kennen. Der Hochzeitstermin stand schon fest.«

»Irgendwas muss wohl dazwischengekommen sein«, erklärte Jan mit vor Sarkasmus triefender Stimme und setzte sich vor dem Strandkorb ins Gras.

»Wir wollten noch im gleichen Jahr im September in der Brenzkirche auf dem Killesberg heiraten, alles schien perfekt. Im Juli fuhren wir mit einer Gruppe junger Erwachsener vom CVJM Stuttgart auf eine Einkehrfreizeit nach Hallig Hooge. Der CVJM hatte damals ein Ferienheim hier, auf der Volkertswarft. Hermann hat mir erzählt, dass dort bis heute schwäbischer Wein wächst, irgendjemand hat dort mal eine Rebe gepflanzt.«

»Luise, du schweifst ab. Wir sind jetzt bei ›Und Hermann lernte Waltraud kennen‹«, meinte Sabrina.

»Wir sind gestern auf dem Weg zur Hanswarft am Abzweig zur Kirchwarft vorbeigefahren. Waltraud spielte ehrenamtlich Orgel in der Inselkirche. Wir sangen im Sonntagsgottesdienst, vorher übten wir ein paarmal mit Waltraud. Waltraud war so alt wie ich, nur sehr viel verzweifelter. Sie war ein echtes Halligkind, sie konnte sich nicht vorstellen, irgendwo anders zu leben als auf Hooge, aber es gab keine heiratsfähigen Männer in ihrem Alter, und da tauchte Hermann auf. Schwabe zwar und völlig halligfremd, aber gut aussehend und aus ihrer Sicht ein Geschenk des Himmels. Ich weiß nicht, wie sie's angestellt hat, aber es ging dann ganz schnell.«

»Krass! Komisch, dass du Hermann nie erwähnt hast. Ich dachte, deine große Liebe hieß Günther?«, warf Sabrina ein.

Ich nickte. »Das war er auch. Aber das war Jahre später. Hermann war meine erste große Liebe. Nachdem er die Verlobung gelöst hatte, blieb ich jahrelang allein. Ich konnte ja nichts dafür, aber wenn man damals sitzengelassen wurde, blieb immer ein Makel an einem haften. Anfangs war Günther ein Notnagel, die Liebe zu ihm entwickelte sich erst allmählich. Ich war schon fast zweiunddreißig, als er um meine Hand anhielt, für damalige Zeiten uralt, und unendlich erleichtert, keine alte Jungfer zu werden. Ich lebte ja immer noch zu Hause.«

»Und Günther? Warst du für ihn auch ein Notnagel?«

»Günther … ich denke schon, dass er mich geliebt hat. Mein Geld aber auch. Ich war eine gute Partie, mit der Schuhfabrik im Rücken. Meine Eltern zahlten mir einen Teil meines Erbes aus, und wir kauften die Villa, nur ein paar hundert Meter von meinem Elternhaus entfernt. Für jemanden wie Günther, der kaum eigenes Kapital hatte, war das ein kometenhafter Aufstieg.« Ich musste lachen. Mir fiel plötzlich ein, wie Günther mich damals zu meinen Vermögensverhältnissen befragt hatte. Subtil, wie er glaubte.

»Und darüber kannst du lachen?«, fragte Sabrina ungläubig. »Dass Günther dich wegen deines Geldes geheiratet hat?«

Ich zuckte mit den Schultern. »Ich glaube, wir waren früher pragmatischer. Weniger romantisch. Und als Frau musste man schauen, wo man blieb. Es gab ja auch nicht so viel Auswahl, wie ihr sie heute habt mit eurem Internet.«

»Und jetzt sitzen wir also auf dieser gottverlassenen Insel fest«, meinte Jan noch vorwurfsvoller und sprang wieder auf. »Wegen einer Verlobung, die vor fünfzig Jahren geplatzt ist. Dass Hermann komisch reagiert hat, kann man ihm eigentlich nicht übelnehmen.«

»Das ist keine Insel. Das ist eine Hallig.«

»Mein Gott, Luise, das ist doch komplett egal!«

»Pfui, Jan, sei doch nicht so unhöflich. Ich find's schön hier. Und das Gute ist, es gibt keine Polizei. Warst du in deinem Leben schon mal irgendwo, wo es überhaupt keine Polizei gibt?«

»Das ist wirklich super, Sabrina. Es gibt nicht nur keine Polizei, sondern auch von allem anderen reichlich wenig. Nur Vogelscheiße gibt's genug.« Jan klopfte sich den Hintern ab und blickte angeekelt auf seine Hand. »Alle paar Zentimeter liegen irgendwelche Köttel rum. Hatten die hier 'ne Adlerinvasion? Abgesehen von den Kötteln sind die größten Aufreger hier der Fischbrötchenstand und die Pferdekutschen. Wir sind vielleicht sicher, dafür langweilen wir uns zu Tode!« Jan lief aufgebracht vor dem Strandkorb auf und ab. »Und man kann sich auch so toll verstecken auf einer Insel, die so platt ist, dass einen jeder schon aus drei Kilometer Entfernung sieht!«

»Ich finde ein bisschen Langeweile zur Abwechslung mal ganz angenehm. Schließlich hatten wir weiß Gott Aufregung genug. Und die gute Nordseeluft!« Ich atmete tief ein.

»Ich weiß gar nicht, was du hast, genieß es doch einfach. Wir haben ein Dach über dem Kopf, Waltraud kocht, auch wenn sie keinen Bock drauf hat, und die Herumhetzerei hat erst mal ein Ende«, sagte Sabrina und zeigte in die Ferne. »Guck doch, da hinten sieht man eine andere Hallig. Mit einem Leuchtturm drauf.«

»Das ist keine Hallig. Das ist eine Insel. Pellworm«, entgegnete ich. »Und was du da siehst, ist die Turmruine der Alten Kirche.«

Jan stöhnte. »Als ob das irgendjemanden interessierte! Wenn wir hier dringend wegwollten, müssten wir uns am Tag vorher unten am Anleger eine Fahrkarte kaufen, und jeder wäre vorab informiert. Flucht mit Ansage! Und wie soll ich das hier genießen, wenn ich schier verrückt bin vor lauter Sorge um Christine, die Mädels und meinen Job?«

Jan lief immer noch vor dem Strandkorb auf und ab. Wie die Austernfischer, die über das Watt tippelten, nur dass die nicht vor sich hin schimpften. Sabrina und ich schwiegen. Ich legte ihr den Arm um die Schultern. Sie lehnte ihren Kopf an meine Schulter und schniefte.

»Was hast du«, fragte ich sie, so leise, dass Jan es nicht mitbekam.

»Ich hab Heimweh«, flüsterte Sabrina. »Ich hab so schlimmes Heimweh. Nach Stuttgart. Und … nach Oliver. Er fehlt mir so schrecklich, jetzt, wo ich weiß, dass er mir verziehen hat. Ich will nach Hause, Luise. Ich will nicht mehr hier rumhängen und drauf warten, dass sich irgendwelche Bankomaten-Bomber melden, die sich gar nicht melden können, weil unsere Handys weg sind.«

Ich nickte, obwohl mir bang war. »Ja, Sabrina. Es wird Zeit, dass wir nach Hause kommen.«

»Nach Hause kommen? Ihr seid ja süß. Nach Hause, das wird ein paar Jährchen dauern!«, rief Jan, und er klang bitterböse. »Ins Gefängnis kommen wir, und sonst nirgendwohin. Da stellt euch mal schön drauf ein, ihr zwei!«

»Unser lieber guter Jan«, murmelte Sabrina. »Immer optimistisch.«

SABRINA

HALLIG HOOGE, HANSWARFT

Ich hab so lange rumgenölt, bis mir Hermann sein Rad geliehen hat. Ich bin's eigentlich gewohnt, jeden Tag ins Fitness zu gehen oder auf mein Mountainbike zu steigen. Ich brauch das einfach, genauso wie mein Citalopram, und jetzt hab ich seit Tagen keine Gelegenheit, Sport zu machen, wenn man das bisschen Rumplanschen im Hallenbad vom Breidenbacher Hof mal ausnimmt, aber das ist auch schon ewig her. Ich dreh allmählich durch ohne Bewegung. Außerdem hocken wir uns viel zu dicht auf der Pelle in Hermanns Haus auf der Hanswarft und nölen uns nur noch an. Na ja, Luise und ich sind eigentlich nicht voneinander genervt, wir beide verstehen uns ja prima, es betrifft vor allem Jan. Seine Laune, die noch nie besonders gut war, wird kontinuierlich schlechter. Er sagt es nicht, aber er macht sich schreckliche Sorgen, dass seine Ehe endgültig futsch ist und sein Job gleich mit dazu. Ist ja auch fies, Luise ist zwar pleite, aber pensioniert, und ich hab Sommerferien, und nach dem Telefonat mit Oliver bin ich vorsichtig-optimistisch, wenn ich an ihn denke.

Oliver weiß nicht, dass ich noch nie zu jemandem gesagt hab »Ich liebe dich«. Ich hab immer gedacht, das ist so ein Klischee, das bring ich niemals über meine Lippen, da steh ich doch drüber. Vielleicht hab ich auch gedacht, ich kann das gar nicht, jemanden lieben. Das war mir bisher immer eine Nummer zu groß. Und komischerweise fühlt es sich jetzt tatsächlich so an, als ob ich Oliver liebe, und ich werd ganz aufgeregt, wenn ich an ihn denke, meinen braven stellvertretenden Schulleiter. Nicht, dass ich ernsthaft glaube, dass ich nach den Ferien zurück in die Schule gehe. Wahrscheinlich sitze ich stattdessen in U-Haft.

Trotz des ganzen Durcheinanders hatten wir drei so einen Moment von Galgenhumor. Das war, als das Tankvideo von uns mal wieder im Fernsehen lief. In Zeitlupe rollte ein Renault Kangoo an eine Zapfsäule heran. Eine junge Frau sprang aus dem Wagen, versuchte vergeblich, den Schlauch um den Wagen herumzuzerren, dann stieg ein Mann aus, beide mühten sich ab, das Auto zur nächsten Zapfsäule zu schieben, aber es bewegte sich nicht von der Stelle, bis die Frau wieder in den Wagen hineinlangte, der Wagen nach vorne rollte und der Mann den Schlauch um das Auto herumführte und endlich tankte. Das Ganze erinnerte mich an einen lustigen Stummfilm. Das Video machte einen Sprung; es zeigte, wie die zwei Frauen in affenartiger Geschwindigkeit in das Auto hüpften, eine vorne, eine hinten, und davonfuhren. Leider sieht man nicht mehr, wie ich beinah den Tankwart umniete, da war ich wohl zu weit von der Kamera weg. Die Qualität der Bilder war trotz der Schwarz-Weiß-Aufnahme erstaunlich; niemand, der uns kannte, würde die geringste Mühe haben, uns zu identifizieren.

»Keine Videokamera«, sagte ich. »Auf dem Land haben sie an der Tankstelle keine Videokamera. Das hast du gesagt, Jan.« Ich musste echt lachen über das Video, aber Jan fand's natürlich nicht witzig, und Luise seufzte nur schwer. Zum Glück waren wir unter uns, Waltraud war grad beim Hallig-Kaufmann. Ich musste noch mehr lachen, als wir rausfanden, dass es eine Facebook-Seite gibt, die »Help-Halbhöhen-Luise« heißt und schon zweihundertfünfunddreißigtausend Likes hat. Zweihundertfünfunddreißigtausend Leute in Deutschland sagen, sie würden Luise helfen unterzutauchen. Keine Ahnung, ob jemand auf Hallig Hooge dabei ist, aber ich find's echt witzig. Ich hab fast das Gefühl, ich bin mittlerweile so überdreht ohne meine Tabletten, dass mir alles egal ist, irgendwie. Ich meine, ganz im Ernst, keiner von uns glaubt doch noch dran, dass wir heil aus der Sache rauskommen! Es grenzt sowieso an ein Wunder, dass wir es aus Hamburg rausgeschafft haben, ohne geschnappt zu werden, obwohl es im Hauptbahnhof nur so gewimmelt hat vor Polizisten. Wir hatten uns getrennt, ich hab die Zeit bis zur Abfahrt des Zugs nach Husum in einem Schuhgeschäft verbracht und Schuhe anprobiert, kein einziger Polizist kam rein. Vorher haben wir das Geld im Schließfach Nr. 79 im Bahnhof deponiert, der Schlüssel ist in Luises Handtasche, und nur so viel Geld behalten, wie wir für die Fahrt brauchten.

Wir haben gehofft, die Verbrecher melden sich, und wir übergeben ihnen den Schließfachschlüssel. So wie im Krimi. Aber bisher haben sie sich nicht gemeldet, und wenn sie in den nächsten achtundvierzig Stunden nichts von sich hören lassen, dann ist die Höchstmietdauer von zweiundsiebzig Stunden abgelaufen, die Bahn macht das Schließfach auf und findet das Geld. In spätestens achtundvierzig Stunden sind wir geliefert. Aber in achtundvierzig Stunden fliegen wir auch bei Waltraud raus, von daher ist es sowieso egal. Noch achtundvierzig Stunden Freiheit?

Luise hat gesagt, wir brauchen Zeit. Zeit, wofür? Das Ultimatum ist längst abgelaufen, und die Bankomaten-Bomber haben sich nicht gemeldet. Wie sollen sie auch, wenn ein Handy bei der Polizei liegt und eins in der Elbe? Außerdem haben wir zu wenig Geld erbeutet. Dem verrückten Kommissar können wir uns auch nicht stellen ... Es fühlt sich an, als wären wir mit Vollgas auf einen Bahnübergang zugerast und hätten mitten auf den Gleisen eine Vollbremsung hingelegt, und von rechts kommt langsam ein Zug, immer näher, immer näher, aber wir sitzen da wie gelähmt. Wir sitzen da, bis sie uns holen, entweder die Polizei oder die Verbrecher. Vermutlich wird es die Polizei sein. Ich glaube nicht mehr, dass die Typen unseren Familien was tun. Die sind einfach abgetaucht, denen ist die Sache zu heiß geworden. So wie uns. Komischerweise reden wir überhaupt nicht mehr über das, was uns möglicherweise bevorsteht. Es ist zum Tabuthema geworden. Wir warten eigentlich nur, ohne recht zu wissen, worauf. Wir sind einfach schreckliche Amateure.

Das Haus ist zu klein, um sich aus dem Weg zu gehen. Hinten raus, da, wo die Touristen nicht hinkommen, gibt's zwar einen kleinen Garten mit ein paar Stühlen, aber da pfeift pausenlos der Wind, es ist saukalt. Vor die Tür können wir auch nicht so richtig, weil da überall Unmengen an Tagestouris rumrennen und in den Cafés sitzen und ins Bernsteinlädchen gehen und ins Sturmflutkino oder in die Schutzstation Wattenmeer, das ist alles ganz dicht beieinander, und die Gefahr, dass uns jemand erkennt, ist einfach zu groß. Findet Hermann jedenfalls. Und seine Frau. Die würde uns, glaube ich, am liebsten postwendend auf die nächste Fähre stopfen oder den Haien vorwerfen, falls es die im Wattenmeer gibt, um uns ganz schnell wieder loszuwerden.

Ich kann das ja auch verstehen, sie hat Angst, dass sie und Hermann sich mitschuldig machen, wenn sie uns verstecken. Das allein ist es aber nicht. Fast hat man den Eindruck, Waltraud sei eifersüchtig auf Luise, dabei ist das doch fünfzig Jahre her. Wie kann man nach einem halben Jahrhundert immer noch eifersüchtig auf jemanden sein? Abgesehen davon hätte Luise doch viel mehr Grund, sauer zu sein, wer hat denn hier wem den zukünftigen Ehemann ausgespannt? Wenn Luise wie geplant Hermann geheiratet hätte, wär ihr Leben komplett anders verlaufen, und wir wären jetzt bestimmt nicht hier. So brav, wie Hermann aussieht, hätt er Luise niemals betrogen oder eine Baufirma in den Sand gesetzt.

Das ist ein komischer Gedanke, dass das Leben so extrem anders hätte verlaufen können. Ich würd gern einen Glücksschein kaufen. So eine Art Glücksversicherung, die mir garantiert, dass ich glücklich werde, wenn ich mich tatsächlich endgültig für Oliver entscheide. Keine Schicksalsschläge wie tödliche Krankheiten, plötzliche Todesfälle oder schmerzhafte Trennungen. Dafür würd ich sogar ziemlich viel Geld ausgeben. Dann noch meine Eier einfrieren, dann hätt ich, glaub ich, mehr Gelassenheit, wenn's um meine Zukunft geht. Aber so als Kleinkriminelle hab ich mir meine Zukunft wahrscheinlich erst mal versaut. Komischerweise bereu ich es nicht. Als ob es zwei Sabrinas gäbe. Die eine, die hat dermaßen Panik vor der Zukunft, dass sie sich auf nichts festlegen will. Die andere hat dagegen in den letzten Tagen weitreichende Entscheidungen getroffen, die ihre Zukunft nicht grad in rosigem Licht erscheinen lassen. Ziemlich pervers.

Wenn ich mir's überlege, dass Waltraud eifersüchtig ist, ist eigentlich kein Wunder. Luise hat sich viel besser gehalten, und in den enganliegenden Jeans sieht sie richtig sexy aus. Waltraud futtert wahrscheinlich zu viel von dieser Friesenschnitte, die es hier überall auf der Insel in den Cafés gibt, und sieht viel älter aus als Luise, so richtig wettergegerbt. Bestimmt liegt das auch am rauhen Klima hier auf der Hallig. Luise hat trotz ihrer sechsundsiebzig eine Figur wie ein junges Mädchen und richtig tolle Haut. Das kann Hermann aber nicht aufgefallen sein, zumindest lässt er es sich nicht anmerken. Er ist schon fast unfreundlich zu ihr. Bestimmt hat er Muffensausen vor seiner Frau und will krampfhaft den Eindruck vermeiden, dass er mit Luise flirtet. Verheiratet zu sein scheint mir doch eine ziemlich komplizierte Angelegenheit.

Wie wäre das wohl gewesen, wenn ich als Luises Tochter auf die Welt gekommen wäre? Sie ist so viel weniger kumpelhaft als meine eigene Mama. Das finde ich total angenehm. Meine Mutter wollte immer meine Freundin sein, das war mir echt zu anstrengend. Auch wenn man das von mir vielleicht nicht erwartet, ich bin in der Schule eher streng. Die Kinder respektieren das, ich glaube, klare Regeln sind ihnen lieber als das Gekuschel. Und doch ist Luise meine Freundin geworden, ganz von alleine. Bei dem Gedanken werd ich total gerührt. Bald werden wir uns trennen müssen. Ich hab Angst davor.

So ein Rad wie das von Hermann hab ich seit Jahren nicht gesehen, zumindest in Stuttgart nicht. Es hat keine Gangschaltung, es klappert und quietscht. Erst dachte ich, ist ja kein Problem, so flach, wie das hier ist, kommt man auch ohne Gänge aus. Von wegen. Gegen den Wind anzuradeln ist echter Sport. Pause machen ist nicht. Ich musste Hermann und den anderen beiden hoch und heilig versprechen, nirgendwo anzuhalten und mit niemandem zu reden. Und das ist noch nicht alles. Zur Tarnung trage ich jetzt klobige schwarze Gummistiefel, mit denen geht Hermann sonst ins Watt und holt Muscheln, eine viel zu große Windjacke und eine Schirmmütze, eine von der Art, wie Helmut Schmidt sie getragen hat, bevor er mit gefühlt hundertfünfundzwanzig Jahren gestorben ist.

Als ich nach einem Schloss gefragt habe, hat Hermann sich schlappgelacht und gemeint, niemand schließt auf Hooge Fahrräder ab, weil man sie sowieso nicht klauen kann, und selbst wenn man sie klauen könnte, würde nichts passieren, weil die Kriminalitätsrate auf Hooge bei null Prozent liegt. Plötzlich hat Hermann ganz abrupt zu lachen aufgehört und mich alarmiert angeschaut. Ich hab dann ganz schnell gesagt, dass wir unsere kriminelle Karriere abgeschlossen haben, und sich die Hooger echt keine Sorgen machen müssen. Es gibt hier nur eine Bank in einer Küche, die hat eine Stunde am Tag offen, die werden wir bestimmt nicht ausrauben.

Ich radle die Asphaltwege rauf und runter, zur Westerwarft und zum Landsende und wieder zurück, und kann es einfach nicht fassen, dass Luises blöde Hallig dermaßen herzzerreißend schön ist. Die Wolken haben sich verzogen und der Himmel ist knallblau, Kühe und Schafe stehen auf den Salzwiesen und sehen extrem selbstzufrieden aus. Die ganze Hallig leuchtet, als hätte sie jemand gewienert, und man kann unglaublich weit gucken, ganz anders als in Stuttgart mit den hohen Feinstaubwerten. Die Seevögel machen ganz schön viel Radau, ansonsten gibt es keinen Lärm, vor allem keinen Verkehrslärm. Es fahren ja kaum Autos. Dafür gibt's Fußgänger und andere Radler, und natürlich die Pferdekutschen, die die Tagestouristen hin- und herkarren. Die Kutscher winken mir zu, und ich winke zurück und fühl mich schon total einheimisch. Es ist vollkommen entspannt, und alles, was die letzten Tage so passiert ist, kommt mir unendlich weit weg vor und total unwirklich. Ich kann mir plötzlich überhaupt nicht mehr vorstellen, dass die Polizei uns jagt und wir wahrscheinlich bald ins Gefängnis müssen.

Zum ersten Mal seit Tagen fühle ich mich glücklich und frei, und ganz automatisch fang ich an zu singen. »*Winter, spring, summer, or fall, all you got to do is call, and I'll be there … you've got a friend …*« Luise und Jan, irgendwie sind sie nach allem und trotz allem, was wir gemeinsam durchgemacht haben, wirklich zu Freunden geworden. Leider fangen die Fußgänger an, sich nach mir umzudrehen und zu lachen, dabei soll ich doch keine Aufmerksamkeit erregen, also halt ich ganz schnell wieder die Klappe, obwohl ich total gern noch »Die Affen rasen durch den Wald« anstimmen würde.

Ich radle jetzt Richtung Fährhafen. Ein paar hundert Meter davor liegt auf der linken Seite ein Café, es hat einen total schnuckeligen, windgeschützten Garten und auf einem Schild steht »Blauer Pesel – Friesenschnitte«, die würd ich ja schon gern mal probieren, aber ich halt mich natürlich an mein Versprechen. Ich bin doch nicht doof und geh noch mal ein Risiko ein, für wie blöd hält mich Jan eigentlich, nach der Geschichte mit dem Auto?

Am Anleger liegt gerade kein Schiff. Trotzdem ist dort ein kleiner Menschenauflauf, zwischen dem Häuschen für die Fahrkarten und dem Steg. Ich fahr vorsichtig ein bisschen näher ran, aber ich kann nichts sehen. Ungefähr zwanzig Leute, die meisten tragen kurze Hosen und sehen aus wie Touristen, stehen im Kreis um etwas herum, sie halten Handys in die Höhe, schießen Fotos, schnattern aufgeregt und stoßen entzückte Schreie aus. Dann hört man noch etwas. Es klingt unmenschlich und menschlich zugleich, ein Wimmern und Heulen, wie das Weinen eines Babys, nur viel schlimmer und viel lauter. Es klingt einfach herzzerreißend.

Ich steige vom Rad, lege es hin, weil es keinen Ständer hat, und mache ganz langsam ein paar Schritte auf die Menge zu. Niemand schenkt mir Beachtung. Ich ziehe die Helmut-Schmidt-Mütze tiefer ins Gesicht und gehe vorsichtig ein kleines bisschen näher ran. Ich versuche, zwischen den Leuten durchzugucken, ein junger Kerl rückt bereitwillig ein wenig beiseite, und jetzt kann ich endlich was sehen. Die Leute stehen um einen Weidenkorb herum. Darin liegt nicht etwa Moses, sondern ein Seehundbaby streckt den Kopf heraus.

In meinem ganzen Leben, ich schwör's, in meinem ganzen Leben hab ich noch nie so was Knuffiges gesehen. Der kleine Seehund hat riesige schwarze Knopfaugen, mit denen er total verzweifelt in die Welt guckt, und diese weiche graue Schnauze mit den abstehenden Barthaaren und der Stupsnase! Und er hat so eine Falte im Nacken, als sei ihm das Fell zu groß, und dunkelgraue Punkte auf dem hellgrauen Fell, und zwei allerliebste Patschepfötchen.

Er versucht, aus dem Korb rauszuklettern, und fällt wieder zurück, und dann fängt er wieder mit diesem jämmerlichen Heulen an, und ich will ihn auf den Arm nehmen und streicheln und trösten, so gefühlsduselig kenn ich mich gar nicht. Muss wohl am Entzug liegen.

»Ich hab ihn als Erstes gesehen, noch vor dem Hafenmeister«, berichtet der junge Typ neben mir stolz. »Er lag am Anleger, die Mutter ist weg. Er kommt jetzt auf die Seehundstation nach Friedrichskoog und wird dort aufgepäppelt.«

Thorsten Junker, der Hafenmeister, der uns gestern aufgegabelt hat und so nett zu uns war, macht jetzt vorsichtig den Deckel von dem Korb zu, ein paar Sekunden lang sieht man noch die Schnauze und die Barthaare, dann wird das Heulen noch herzzerreißender.

»So, Leute, Kino vorbei«, sagt der Hafenmeister lapidar, und in der Sekunde kommt plötzlich eine starke Windböe und reißt mir die Helmut-Schmidt-Mütze vom Kopf, und sie wirbelt durch die Luft und landet genau auf dem Seehundskorb, und mein blondes Haar weht in alle Richtungen, obwohl es doch jetzt kurz ist, und als ich der Mütze voller Panik hinterherhechte, wird sie von der nächsten Windböe gepackt und fliegt noch ein paar Meter weiter, und alle lachen, und ein Mann hebt die Mütze vom Boden auf, klopft sie ab und reicht sie mir, und alle gucken mich an.

So schnell ich kann, setz ich die Mütze wieder auf und

murmele einen Dank, alle haben mich gesehen, scheiße, scheiße, scheiße, ich senke den Blick und drehe mich weg. Ich drehe mich weg, aber eine Sekunde lang habe ich in den Augen des Mannes etwas gesehen, etwas ist passiert, er hat gestutzt, die Augen zusammengekniffen, überrascht, fragend, aber ich gehe jetzt weg, ohne übertriebene Hast und ohne mich noch einmal umzudrehen, und ich hebe das Rad auf und ziehe die Mütze tief ins Gesicht und radle davon, ich strample, was das Zeug hält, mein Herz rast, musste das jetzt sein, Sabrina, ich könnte mich mal wieder totärgern über mich selbst.

Ob ich's den anderen sagen soll? Nein. Ich werd's ihnen nicht sagen. Luise wird sich sonst schreckliche Sorgen machen, und Jan wird noch genervter sein, als er es sowieso schon ist, und vielleicht habe ich mich auch getäuscht, und ich komme dem Mann zwar bekannt vor, aber er hat mich nicht erkannt, und dann mache ich alle umsonst verrückt. Außerdem wird uns Hermann vor die Tür setzen, weil er keinen Ärger mit seiner Frau will, und wo sollen wir dann hin?

LUISE

HALLIG HOOGE, KIRCHWARFT

Es war kurz vor sieben. Das späte Schiff hatte die letzten Tagesgäste eingesammelt und war abgefahren. Die Hallig hatte sich verwandelt, sie schien in eine Art Schlummer verfallen zu sein, aus dem sie am nächsten Morgen wieder erwachen würde, wenn das erste Ausflugsboot anlegte. Sabrina war von ihrer Radtour zurückgekehrt, ohne etwas Besonderes zu vermelden, sie schien deutlich entspannter, die körperliche Bewegung hatte ihr sichtlich gutgetan. Waltraud machte uns eine Kanne Tee, und wir plauderten, als ob nichts wäre, wie drei Freunde, die auf Hooge in der Sommerfrische waren und sich mit einer Gastgeberin unterhielten, die anfangs ein bisschen spröde gewesen war und nun allmählich auftaute.

Natürlich stimmte das nicht. Eine unausgesprochene Spannung lag über uns allen. Es war die Ruhe vor dem Sturm, der irgendwann ausbrechen würde, morgen vielleicht, oder übermorgen, oder erst, nachdem wir die Hallig verlassen hatten? Wir wussten alle, dass es nicht mehr lange gehen würde. Wir waren in Sicherheit und saßen gleichzeitig in der Falle, wieso war ich nur auf die absurde Idee gekommen, hier unterzutauchen? Hermann war wortkarg, er strich wie eine unruhige Katze um seinen Computer herum.

Nun war ich es, die sich Hermanns Schildmütze und eine viel zu große Wolljacke von Waltraud auslieh und sich vor die Tür wagte, nun, da die meisten Touristen die Hallig verlassen hatten. Die Mütze war mir viel zu groß, trotzdem fühlte ich mich durch sie zusammen mit der Perücke vor neugierigen Blicken geschützt. Ich würde sowieso nur ein

Weilchen wegbleiben, Sabrina und Jan bekamen sich ruck, zuck in die Haare, wenn ich nicht als Puffer dazwischen war; sie spielten mit Waltraud Skat. Es war nicht weit von der Hanswarft zur Kirchwarft, und niemand begegnete mir unterwegs, außer Thorsten Junker, der Hafenmeister, der mit dem klapprigen Gemeindeauto von seinem Dienst am Anleger kam und mir freundlich zuwinkte. Wahrscheinlich wusste er längst über uns Bescheid.

Ich bog auf das Sträßchen zur Kirche ab, stieg hinauf zur Warft und ging durch das weiße Holztörchen über den Friedhof. Es war noch genauso wie damals, vor einem halben Jahrhundert, am reetgedeckten Pfarrhaus rankte der Efeu und überall blühten Blumen. Neben dem Eingang zur Halligkirche stand eine Bank. Ich setzte mich und blickte auf die Grabsteine. Was für ein schöner Ort, um begraben zu werden, an diesem stillen, windgeschützten Fleckchen Erde mitten im Wattenmeer! Vielleicht würde sogar meine Seele hier Ruhe finden, diese Seele, die nicht mehr rein und unbefleckt war, sondern arm und sündig. Arm und sündig. Wer sagte denn überhaupt, dass das stimmte? Die Welt in Gut und Böse einzuteilen, das war doch viel zu billig. Die Kirche benutzte es seit Jahrhunderten, um den Menschen Angst einzujagen.

War Günther ein schlechter Mensch gewesen, weil er mich ein Jahrzehnt lang betrogen hatte und weil er mir eine finanziell ruinierte Firma hinterließ? So einfach lagen die Dinge nicht. Und machte die Tatsache, dass ich Bankangestellte mit einer Waffe bedroht und eine Bank ausgeraubt hatte, all mein bisheriges Leben zunichte, in dem ich nie irgendeinem Menschen auch nur ein Härchen gekrümmt hatte? Mein ehrenamtliches Engagement, die Erziehung meiner Kinder, die vielen Spenden, das Heim, das ich Amila gegeben hatte, war das alles nichts mehr wert?

Vielleicht geschah nach meinem Tod ein Wunder: Seht

her, hier ist das Grab von Halbhöhen-Luise! Heute nennt man sie nur noch die Heilige Luise, denn trotz zahlreicher Missetaten am Ende ihres Lebens fuhr sie in den Himmel auf und wurde deshalb heiliggesprochen. Halbhöhen-Luise, die Schutzheilige der Diebe, Räuber und Betrüger!

Plötzlich musste ich lachen. Ich hatte nicht mehr die geringste Lust auf die Hölle. Und auch keine Angst mehr davor. Es beunruhigte mich auch nicht, kein Geld mehr zu haben. Ich würde das bequeme Leben ohne Amila und das Haus vermissen, das schon, aber Geld hatte mir nie viel bedeutet. Außerdem würde ich die nächsten, die letzten Jahre meines Lebens vermutlich im Gefängnis verbringen. Bei diesem Gedanken bekam ich wirklich Angst.

»Luise!« Hermann stand mit seinem Rad auf der anderen Seite des Zauns, außer Atem und völlig aufgelöst. »Luise, Sie kommen, euch zu holen!« Plötzlich tauchte ein Bild aus meiner Vergangenheit auf. Ich stand vor dem Halligkirchlein, der Gottesdienst war vorüber, und Waltraud plauderte mit Hermann, sie strahlte ihn an und Hermann strahlte zurück, und ich wusste, ich hatte verloren. Mühsam kam ich auf die Füße. Ich hatte Muskelkater von der ungewohnten Rennerei der letzten Tage. Langsam ging ich zum Törchen.

»Woher weißt du das?«, fragte ich ruhig.

»Ich beobachte schon den ganzen Tag die Schiffspositionen im Internet. Da siehst du alle Schiffe im Wattenmeer, und wo sie hinfahren.«

»Und weiter?«

»Der Seenotkreuzer von Amrum ist auf dem Weg hierher. Der fährt nur bei Notfällen. Es hat aber niemand einen Notruf abgesetzt.«

»Nun sag schon, Hermann! Was hat der Seenotkreuzer mit uns zu tun?«

»Es gibt keine Polizei auf Hallig Hooge, das stimmt. Auf Amrum und Föhr aber schon. Und wenn die Polizei zu einem Einsatz nach Hooge muss, kommt sie mit dem Dienstboot von Wyk. Oder aber mit dem Seenotkreuzer von Amrum. Jemand muss euch erkannt haben und hat die Polizei informiert.«

»Hast du es den anderen beiden gesagt?«

Hermann schüttelte den Kopf. Er sah extrem unglücklich aus.

»Schau nicht so, Hermann«, sagte ich munter. »Wir werden der Polizei hoch und heilig schwören, dass ihr von nichts wusstet. Wann, schätzt du, ist das Boot hier?«

»Vielleicht in einer halben Stunde. Dann müssen sie erst einmal ein Transportmittel organisieren, weil sie bestimmt nicht ins Gemeindeauto passen, und dann müssen sie euch finden. Wobei das sicher nicht allzu lang dauern wird.«

»Nimmst du mich auf dem Gepäckträger mit? Dann sind wir schneller.«

Hermann sah aus, als wolle er protestieren, sagte dann aber nichts. Ich setzte mich seitlich auf den Gepäckträger, umfasste mit einer Hand Hermanns Taille, hielt mich mit der anderen am Gepäckträger fest, und wir rollten die Warft hinunter. Wieder kam eine Erinnerung in mir hoch. Ich trug ein gelbes Kleid und saß seitlich auf der Stange eines Herrenrads, und hinter mir saß Hermann, und wir rollten in einem Affenzahn die Birkenwaldstraße hinunter und um die Kurven, und mein Kleid bauschte sich im Fahrtwind, und Hermanns Arme umfassten mich, und er hatte seine Wange an meine gelegt, und wir waren uns so nah, nur beim Tanzen waren wir uns näher in diesen prüden Zeiten, in denen unsere Mütter mit Argusaugen über uns wachten und uns schworen, dass sie uns grün und blau prügeln würden, wenn wir vor der Hochzeit schwanger würden. Was Hermann nicht daran gehindert hatte, mit Waltraud ein voll entwickeltes Fünf-Monats-Baby zu bekommen. Jeder konnte sich ausrechnen, dass das im Sommer passiert sein musste, jenem Sommer, als wir noch verlobt waren. Wieder musste ich lachen. Hermann drehte sich um.

»Du hast echt einen Galgenhumor, Luise!«, rief er gegen den Fahrtwind. »Warst du früher eigentlich auch schon so? Die Polizei ist auf dem Weg, um dich zu holen, das sind wahrscheinlich deine letzten Minuten in Freiheit, und du lachst.«

Da musste ich schon wieder lachen. »Was bleibt mir anderes übrig, Hermann?«

Wir waren an der Hanswarft angekommen, ich kletterte vom Gepäckträger, Hermann stellte das Rad ab, und wir gingen das letzte Stück zu Fuß. Waltraud, Jan und Sabrina saßen noch immer im Wohnzimmer und spielten Skat. Als wir eintraten, ließen sie die Karten ohne ein Wort sinken. Einen Augenblick sagte niemand etwas.

»Die Polizei ist unterwegs«, erklärte ich endlich. »Mit dem Seenotkreuzer.«

Sabrina gab ein leises Wimmern von sich. »Es ist meine Schuld«, stieß sie hervor. »Ich hab beim Fahrradfahren meine Mütze verloren. Jemand hat mich erkannt.« Sie sah Jan an und zog den Kopf ein, als warte sie auf eine Schimpfkanonade.

Jan holte tief Luft. »Viele Leute haben uns erkannt, Sabrina. Es macht keinen Unterschied, es war nur eine Frage der Zeit«, sagte er ruhig. »Was schlägst du vor, Luise. Sollen wir hierbleiben?«

Ich schüttelte den Kopf. »Lasst uns hinausgehen zum Landsende und dort warten. Ich möchte nicht, dass Waltraud und Hermann mehr als nötig in unsere Geschichte hineingezogen werden. Wir haben sie schon genug strapaziert.«

Ich ging zu Waltraud und reichte ihr die Hand. »Danke für alles«, sagte ich leise. Waltraud hatte Tränen in den Augen. Sie schluchzte, dann nahm sie mich fest in die Arme. »Es tut mir leid«, flüsterte sie. »So leid. Alles.«

»Mir nicht«, antwortete ich und lächelte. Dann gab ich Hermann die Hand. Er blickte zu Boden und murmelte etwas, das ich nicht verstand. Ich zog Waltrauds Wolljacke aus und wollte sie über den Sessel legen, aber Waltraud rief, »Lass sie an! Nicht, dass dir kalt wird, wenn –« Sie wimmerte, schlug beide Hände vors Gesicht und stürzte aus dem Wohnzimmer.

Ich schlüpfte wieder in die Jacke, öffnete meine Handtasche, warf einen prüfenden Blick hinein, nahm sie fest unter den Arm und ging zur Tür. Mehr Sachen hatte ich sowieso nicht mehr. Jan trug noch immer Hermanns Hemd, aber das schienen beide vergessen zu haben.

Wir traten aus dem Haus. Selbst durch die geschlossene Tür hindurch konnte ich spüren, wie erleichtert Waltraud und Hermann waren. Wer wollte es ihnen verdenken? Auf der Terrasse eines Restaurants saßen ein paar Feriengäste, ansonsten war alles ruhig. An dem kleinen Teich vorbei gingen wir aus der Hanswarft hinaus auf das Sträßchen Richtung Landsende. Unsichtbare Augen bohrten sich in meinen Rücken. Hermann war nicht der Einzige auf der Hallig, der Schiffspositionen beobachtete. Der Wind war abgeflaut, und eine stille Dämmerung hatte sich auf die Hallig gelegt, Richtung Amrum verfärbte sich der Himmel gelb und rot. Wir liefen an der Ockenswarft vorbei, ohne Hast und ohne zu sprechen. Kurz vor Landsende mischte sich das Knattern eines Hubschraubers in die lauten Schreie der Seevögel.

»Der Seenotkreuzer allein ist wohl nicht genug für Schwerverbrecher, wie wir es sind«, murmelte Jan.

Wir setzten uns auf die Bank am Landsende und blickten hinaus; dieses Mal war Hochwasser. Ich saß in der Mitte, einen Arm um Sabrina, einen Arm um Jan gelegt. So saßen wir, dicht beieinander und schweigend, und blickten auf die See und Pellworm. Das Knattern des Hubschraubers kam näher. Dann war er direkt über unseren Köpfen. Sabrina winkte, fast trotzig. Der knallrote Hubschrauber flog hinaus auf die Nordsee, drehte eine Schleife, kam zurück und flog erneut über unsere Köpfe hinweg, diesmal tiefer. So tief, dass unsere Haare zu flattern begannen und ich erkennen konnte, dass ein Mann neben dem Hubschrauberpiloten saß.

»Sie haben Kommissar Schwabbacher eingeflogen«, sagte ich. »Lernen wir ihn also doch noch persönlich kennen.«

Schwabbacher, dieser Verrückte. Der Mann, der meinen Ruf und meinen Reichtum zerstört hatte. Ich würde vor ihm stehen, aufrecht, und mich nicht einschüchtern lassen.

»Offensichtlich werden unseretwegen weder Kosten noch Mühen gescheut«, meinte Jan. »Da können wir uns ja schon fast was drauf einbilden.«

»Erinnert ihr euch an den Bahnhof im Thüringer Wald?«, fragte ich. »Da saßen wir genauso zusammen auf einer Bank. Nur, dass wir auf Gleise guckten und nicht aufs Meer.«

»Jan hatte gerade versucht, dich loszuwerden«, ergänzte Sabrina. »Wenn er das geschafft hätte, wäre alles anders gekommen. Aber er hatte nicht damit gerechnet, dass du so zäh bist, Luise.«

»Jetzt ist wohl die letzte Gelegenheit, um die noch offenen Fragen in unserer kurzen, bewegten, gemeinsamen Geschichte zu klären«, sagte Jan. »Zum Beispiel, was ist im Krankenhaus zwischen dir und dem Arzt passiert, Sabrina? Wie hast du ihn dazu gebracht, dir ein Rezept für ein Antidepressivum auszustellen, obwohl er das eigentlich nicht durfte?«

Sabrina kicherte. »Darüber denkst du immer noch nach? Ich hab ihm einen runtergeholt, was denn sonst.« Sie grinste.

»Das hab ich mir gedacht«, sagte Jan.

»Ist das wirklich wahr?«, fragte ich schockiert.

»Nein.«

»Was war dann?«

»Kleine Geheimnisse erhalten die Freundschaft. Du hast mir auch nicht erzählt, was in der Nacht im Hotel Breidenbacher passiert ist, als du erst morgens zurück ins Zimmer kamst, Luise. Ich nehme mal an, es hat irgendwas mit dem distinguierten älteren Herrn zu tun, der dir dann bei der Evakuierung des Hotels hinterhergebrüllt hat, aber du hast ihn komplett ignoriert.«

»Luise hat die Nacht mit einem Mann verbracht?«, rief Jan ungläubig aus. »Und mir erzählt mal wieder keiner was!«

»Ich schätze, Sabrina könnte auch eine Geschichte über diese Nacht erzählen«, sagte ich.

»Woher weißt du das, Luise?«, fragte Sabrina ungläubig. »Du warst doch schon weg!«

»Der Typ auf der Treppe. Der Typ, der dich so blöd angemacht hat!«, rief Jan. »Dann war die Schlagzeile im BLATT doch keine Verleumdung!«

»Doch. Ich hatte keinen Sex mit dem Typen, der sich Rasmus nannte. Wir haben nur geknutscht und gefummelt. Ich wollte ihn beklauen, weil ich so viel versemmelt hatte. Leider hat er mich beim Klauen ertappt.«

»Ich dagegen, ich hatte Sex«, erklärte ich, und ohne es zu wollen, stahl sich ein Lächeln in mein Gesicht. Es war ein wehmütiges Lächeln. Nun war der Moment, um die letzten Geheimnisse zu lüften; aber ich, ich würde wohl nie erfahren, ob Carl mich verraten hatte oder nicht und ob ihm die Nacht mit mir etwas bedeutet hatte. Sei nicht so romantisch, Luise, schalt ich mich, du kennst doch die Antwort. Ein Heiratsschwindler verbringt ständig Nächte mit fremden Frauen, das ist für ihn Routine. Bei dem Gedanken wurde ich noch wehmütiger.

»O mein Gott!«, kreischte Sabrina. »Sex! In deinem Alter! Braucht man dazu nicht eine polizeiliche Erlaubnis? Noch ein Verbrechen!«

»A propos Verbrechen. Als wir morgens in Hamburg an der Alster saßen, da habe ich gehofft, dass einer von euch sagt, wir brechen die Aktion ab«, sagte ich. »Ich habe mich nur nicht getraut, es vorzuschlagen.«

»Mir ging's genauso«, bekannte Jan. »Wenn du was gesagt hättest, ich hätte dir sofort zugestimmt.«

Wir schwiegen wieder eine Weile.

»Irgendwie war's auch schön«, murmelte Jan schließlich.

»Irgendwie«, schniefte Sabrina. »Ich hab Angst.«

»Ich auch«, sagte Jan. »Und du, Luise?«

»Nein«, antwortete ich leise, und automatisch legte sich meine Hand von außen auf meine Handtasche und auf das, was sich in ihrem Inneren verbarg. »Nein. Vorher hatte ich Angst, jetzt nicht mehr. Jetzt bin ich nur noch traurig. Weil wir uns trennen müssen.«

»Und alles andere? Alles … was passiert ist?«, fragte Jan.

»Ich bereue nichts. Nein. Und ihr?«

»Es ist, wie es ist«, antwortete Jan schlicht. »Ich hätte nur gern die Gelegenheit gehabt, ein paar Dinge in meinem Leben zu ändern, zum Beispiel mit Christine neu anzufangen. Jetzt, wo ich endlich kapiert habe, was wichtig ist.« Sabrina schwieg und drückte meine Hand.

Das Knattern des Hubschraubers war verstummt und vom Tatütata einer Feuerwehr abgelöst worden. Das Geräusch der Feuersirene in unserem Rücken kam langsam näher. Wir standen von der Bank auf und drehten uns um. Das Feuerwehrauto befand sich auf Höhe der Ockenswarft und hielt direkt auf uns zu, das Gemeindeauto fuhr ihm voraus wie eine Eskorte.

»Es gibt keine Polizei auf Hallig Hooge, und deshalb rückt der Kommissar jetzt mit dem Feuerwehrauto an«, sagte Jan kopfschüttelnd. »Da könnt man schon fast wieder drüber lachen. Wenn's nicht so ernst wäre.«

In der Fahrerkabine des Feuerwehrautos erkannte man nur einen Feuerwehrmann, der das Auto steuerte, und eine weitere Person. Das Gemeindeauto, das vom Hafenmeister gefahren wurde, hielt in etwa fünfzig Meter Entfernung auf Höhe des Toilettenwagens, die Feuerwehr direkt dahinter. Zwei Männer und eine Frau in Polizeiuniform sprangen aus dem Auto, zückten ihre Dienstwaffen, liefen ein paar Meter auf uns zu, blieben dann breitbeinig stehen und zielten auf uns. Je eine Waffe war auf Sabrina, Jan und mich gerichtet. Besonders glücklich wirkten die drei nicht.

Ein paar Sekunden standen wir nur da und betrachteten uns gegenseitig, die Polizisten und wir, bewegungslos, so als hätten beide Seiten Angst, einen riesigen Stein ins Rollen zu bringen, einen Stein, der sich aus heiterem Himmel löste, den Hang hinunterrollte und auf seinem Weg eine Spur der Verwüstung hinterließ. Wie absurd und lächerlich war das alles. Warum reichten wir uns nicht einfach die Hände, warum kamen sie nicht einfach auf uns zu und führten uns ab, anstatt mit Waffen auf uns zu zielen?

Sabrina krallte ihre Hand in meinen Arm; sie tat mir weh.

»O mein Gott!« Sie klang panisch. »Wir sind doch keine Schwerverbrecher!«

»In den Augen der Polizei schon«, murmelte Jan düster.

Aus dem Feuerwehrauto kletterte jetzt ein Mann in Zivil.

»Das ist nicht Kommissar Schwabbacher!«, rief Sabrina.

Der Mann, der jetzt auf uns zustapfte, war deutlich jünger als der, dessen Bild wir im Internet gesehen hatten. Er war schlank und trug Jeans, Hemd und Lederjacke. Langsam kam er näher, baute sich hinter den drei Polizisten auf und rief:»Luise Engel! Jan Marquardt! Sabrina Schwendemann! Mein Name ist Hanns-Jörg Rominger, ich bin Kommissar bei der Stuttgarter Kripo. Sie sind verhaftet wegen des Verdachts auf schwere räuberische Erpressung und Raub. Bitte verschränken Sie die Hände hinter dem Kopf, gehen Sie langsam auf die andere Seite der Bank, und dort auf die Knie!« Seine Stimme klang ruhig und autoritär.

»Klar ergeben wir uns, aber nur, wenn Sie uns nicht an Kommissar Schwabbacher ausliefern!«, brüllte Sabrina zur Antwort.

»Kommissar Schwabbacher ist wegen nicht ganz regelkonformem Verhalten beurlaubt worden. Bitte kommen Sie jetzt, nacheinander!«

»Versprechen Sie uns, dass Sie uns nicht an Schwabbacher übergeben?«

»Frau Schwendemann. Ich sagte Ihnen doch bereits, er ist beurlaubt! Sie haben mein Wort!«

»Und er kommt auch nicht zurück und macht uns fertig?«

»Ich gehe davon aus, er wird in den vorzeitigen Ruhestand versetzt! Bitte lassen Sie uns jetzt das Ganze rasch beenden!«

»Wir gehen einer nach dem anderen. Du zuerst, Jan«, befahl ich.

Jan nickte und küsste mich auf die Wange; seine Augen schimmerten feucht. Er küsste auch Sabrina. Dann verschränkte er die Hände hinter dem Kopf und ging langsam auf die Polizei zu. Zwei der Polizisten stolperten herbei, zogen seine Hände auf den Rücken und legten ihm voller Panik Handschellen an.

»Jetzt du, Sabrina«, sagte ich leise.

»Lass uns zusammen gehen.« Sie griff nach meiner Hand.

»Nein. Bitte geh.« Sabrina warf sich in meine Arme und begann hemmungslos zu schluchzen.

Ich drückte sie zärtlich an mich. »Geh jetzt«, sagte ich leise. »Alles wird gut, irgendwie.«

»Irgendwie«, schniefte Sabrina und ließ mich abrupt los. »Und wenn wir in zehn Jahren aus dem Gefängnis entlassen werden, dann ziehst du zu Oliver und mir und wirst Ersatzoma für die drei Kinder aus meinen eingefrorenen Eiern.« Dann drehte sie sich um, verschränkte die Arme hinter dem Kopf, holte tief Luft und begann trotzig zu singen, während sie auf die Polizisten zuging. »Die Affen rasen durch den Wald, der eine macht den andern kalt …«

Den Polizisten war die Verwirrung anzusehen; der Kommissar verzog dagegen nicht einmal das Gesicht. Jan lächelte wehmütig. »Wo ist die Kokosnuss …« Wieder klickten Handschellen. Der Anblick von Sabrina und Jan, beide in Handschellen und je von einem Polizisten festgehalten, war seltsam unwirklich. Die Polizistin und ich würden das dritte Paar bilden, sie stand da, abwartend, ich spürte ihre Nervosität. Alle blickten mich an.

»Jetzt Sie, Frau Engel!«, befahl der Kommissar ungeduldig. Ein drittes Mal Handschellen, das würde es nicht geben. Langsam öffnete ich meine Handtasche und zog die Pistole heraus.

»Luise. Luise, was machst du denn da?«, rief Sabrina panisch.

»Frau Engel! Frau Engel, legen Sie die Pistole auf den Boden! Sofort!«, schrie Kommissar Rominger und zog seinerseits eine Waffe.

Nun waren vier Waffen auf mich gerichtet.

»Frau Engel! Machen Sie keine Dummheiten!«, brüllte

Rominger wieder. Langsam hob ich den Arm und hielt mir die Pistole an die Schläfe.

»Luise!«, schluchzte Sabrina. »Luise, was tust du denn da? Leg die Pistole weg, bitte!«

»Sabrina«, rief ich und konnte nicht verhindern, dass meine Stimme zitterte. »Schau weg, bitte.« Der Polizeibeamte wollte Sabrina an den Handschellen wegführen, aber sie trat ihm kräftig gegen das Schienbein und blieb, wo sie war.

»Du darfst dich nicht umbringen!«, schluchzte sie. »Warum willst du dich umbringen?«

»Ich kann nicht anders!«, stammelte ich. »Sabrina, ich habe ein schönes Leben gehabt. Lieber setze ich diesem Leben jetzt ein Ende, als meine restlichen Jahre im Gefängnis zu verbringen.«

»Frau Engel!«, rief Kommissar Rominger. »Vielleicht ist das alles nicht so schlimm, wie Sie glauben! Ihre Hotelrechnung und die Kosten für den falschen Alarm zum Beispiel sind bezahlt worden, von einem Mann, der sich Ihnen als Carl vorgestellt hat. Er hat mit der bezahlten Hotelrechnung gewunken, aber Sie sind weggelaufen. Sie hätten das Hotel aufrecht durch die Rezeption verlassen können, der Feueralarm war vollkommen unnötig. Und für den Einsatz ist er ebenfalls aufgekommen.«

Carl hatte unsere Hotelrechnung bezahlt? Und die Kosten für die Evakuierung übernommen? Von dem Geld, das er irgendwelchen Witwen abgenommen hatte?

»Was soll das heißen, der Mann, der sich mir als Carl vorgestellt hat?« Ich war jetzt völlig verwirrt. Und gleichzeitig wurde ich von einer unbändigen Freude gepackt, wenn auch nur für einen winzigen Moment. Carl hatte mich nicht verraten, im Gegenteil.

»Er heißt eigentlich Philipp. Philipp Meißelstein. Und die Bankomaten-Bomber haben die Kollegen verhaftet, noch in

Düsseldorf. Wir wissen, dass Sie erpresst wurden! Das gibt mildernde Umstände. Und jetzt legen Sie die Pistole weg und kommen Sie her!«

Der Pistolenlauf an meiner Schläfe war kalt. Langsam zog ich den Sicherungshebel an der Pistole zurück. Ich wusste, was ich tat. Jan hatte es mir schließlich gezeigt, vor dem Überfall. Mein Entschluss stand fest, egal, was der Kommissar sagte. Selbst wenn ich mildernde Umstände bekam, die Mindeststrafe für bewaffneten Banküberfall betrug fünf Jahre. In fünf Jahren war ich einundachtzig. Man würde mich nicht vergessen. Am Tag meiner Entlassung würde die Schmuddelpresse Spalier stehen, und alles würde von vorne beginnen. Die Qual würde endlos sein; mein Tod dagegen schnell.

»Luise!«, rief Sabrina wild. »Tu's nicht! Um meinetwillen. Bitte! Tu's nicht! Ich brauch dich doch! Ich krieg das ohne dich nicht hin, das Leben!«

Ich schüttelte nur stumm den Kopf, den Pistolenlauf noch immer gegen meine Schläfe gepresst. Eine winzige Bewegung. Eine winzige Bewegung mit dem Zeigefinger, und es war vorüber. War ich etwa zu feige? Weil ich nicht wusste, ob nach dem Tod Himmel, Hölle oder gar nichts auf mich wartete?

Und plötzlich dachte ich: das Leben. Trotz Gerichtsverhandlung, trotz der öffentlichen Scham und Schande, trotz Gefängnis. Es war trotz allem das Leben. Es war das Leben, und es gab nichts, was mehr zählte. Langsam ließ ich die Pistole sinken.

DANK

»Luise lebt!«, schrieb mir meine Lektorin Michaela Kenklies, nachdem ich ihr das fertige Manuskript abgeliefert hatte, sichtlich erleichtert. In der ersten Fassung des Romanendes brachte sich Luise nämlich tatsächlich um (und wer jetzt die Danksagung vor dem Roman liest, ist selber schuld). Mittlerweile bin ich sehr froh, dass ich Luise am Leben gelassen habe, weil sie mir so ans Herz gewachsen ist, und ich danke Michaela herzlich für ihre kluge Beratung, nicht nur in dieser Frage! Ebenso danke ich Antje Steinhäuser für ihr stilsicheres und umsichtiges Lektorat. Und was wäre ich ohne die Anregungen meines treuen Testleserinnenteams, bestehend aus Susanne Schempp, Eva Schumm und Andrea Witt? Danke auch an meine Bürogemeinschaft für Inspiration und Unterstützung!

Sehr dankbar bin ich einer Dame, die namentlich nicht genannt werden will. Sie ist am Killesberg aufgewachsen und hat mir vieles erzählt, was nicht unbedingt in Geschichtsbüchern nachzulesen ist. Auch wenn es nicht ihre Geschichte ist, so sind doch einige Details aus ihrem Leben in Luises Biografie eingeflossen. Herbert Medek von der Denkmalschutzbehörde Stuttgart wiederum, der sich mit der Stuttgarter Stadtgeschichte auskennt wie kein Zweiter, danke ich für Literaturtipps und Informationen zu Stuttgart in der Nachkriegszeit, die mir geholfen haben, ein Bild von Luise zu formen. Ohne es zu wissen, hat mir auch Ulrich Gohl vom Muse-O in Gablenberg einen wertvollen Dienst geleistet. Die Ausstellung »Made in S-Ost« brachte mich darauf, Luises Eltern zu Eigentümern einer Schuhfabrik im Stuttgarter Osten zu machen. Auch Barbara Dengler und Friederike Geist haben mich unwissentlich mit Inspiration versorgt, indem sie mir in einem völlig anderen Zusammenhang berichteten, dass der CVJM Walddorf jahrelang die Volkertswarft auf Hallig Hooge als Ferienheim gepachtet hatte.

Die fabelhaften Mitarbeiterinnen und Mitarbeiter des Hotel Breidenbacher in Düsseldorf haben mir jeden Wunsch von den Augen abgelesen und mich unterstützt, wo sie nur konnten. Danke, das waren die mit Abstand angenehmsten Tage auf meiner Recherchereise! Mein besonderer Dank gilt Sina Hoekstra vom Marketing, die meine Idee, das Breidenbacher als Kulisse zu benutzen, mit so viel Enthusiasmus aufgegriffen hat.

Einige Schauplätze sowie alle Personen in diesem Roman, ob im Hotel, in Bäckereien oder auf städtischen Fundämtern, sind frei erfunden, ebenso die drei Polizisten von Amrum. Die einzigen echten Personen sind Corinna und Thorsten Junker. Beide wuchsen mir sehr ans Herz, als ich im Frühsommer 2015 drei Wochen ehrenamtlich im Projekt »Hand gegen Koje« auf Hallig Hooge mitarbeitete. Ich war so begeistert von der Hallig und ihren liebenswerten Bewohnern, dass ich schon zu Beginn des Romans wusste, dass er auf Hooge enden würde. Es hätte keinen Sinn gemacht, Thorsten durch eine fiktive Person zu ersetzen, weil es unmöglich ist, auf Hooge anzukommen und dem freundlichen und hilfsbereiten Hafenmeister nicht zu begegnen. Ich danke ihm und seiner Frau Corinna sehr dafür, dass ich sie in diesen Roman einbauen durfte.

Bedanken möchte ich mich auch bei der Sendung mit der Maus. Nirgendwo sonst habe ich so detaillierte Informationen bekommen wie in der Lach- und Sachgeschichte »Der Geldautomat«. Sollten Sie jemals einen Bankomaten sprengen wollen, schauen Sie sich diese Sendung an.

Herzlich Ihre Elisabeth Kabatek